셜록 홈즈 전집 **6**
Sherlock Holmes

셜록 홈즈의 회상록 | 아서 코난 도일

Memoirs of Sherlock Holmes | 백영미 옮김

황금가지

차례

셜록 홈즈 전집의 한국어판은 미국의 Bantam Books에서 출간된 『*Sherlock Holmes: The Complete Novels and Stories*』를 저본으로 삼았습니다.

Memoirs of Sherlock Holmes

실버 블레이즈

"왓슨, 이제 내가 가봐야 할 것 같네."

어느 날 아침 식탁 앞에서 홈즈가 말했다.

"간다고? 어디로?"

"다트무어의 킹스 파일랜드로."

나는 놀라지 않았다. 사실 그가 영국 전역에서 초미의 관심사가 되어 있는 이 괴상한 사건을 해결하기 위해 진작 출발하지 않은 것이 의아할 따름이었다. 내 친구는 온종일 고개를 숙이고 이맛살을 찌푸린 채 방 안을 서성거리며 제일 독한 검은 담배를 파이프에 눌러 담고 또 담았다. 그리고 내가 무슨 질문이나 말을 해도 일절 못 들은 척하고, 신문 판매업자가 종류별로 갖다주는 따끈따끈한 신문을 건성으로 훑어보고 구석에 던져버리곤 했다. 하지만 홈즈가 아무리 입을 다물고 있어도, 나는 그가 어떤 생각에 골몰하고 있는지 훤히 꿰뚫어 보고 있었다. 지금 그의 분석 능력에 공개적으로 도전 장을 내민 사건은 단 하나였는데 그것은 웨식스 배(盃) 경마 대회의 최강마가 실종되고 조교사가 살해된 사건이었다. 따라서 그가 극적 인 사건의 현장을 향해 출발하겠다고 불쑥 선언했을 때, 그것은 내 가 기대하고 바라던 바였다.

"방해가 안 된다면 자네와 동행하고 싶군."

"여보게, 자네가 같이 가준다면 나로서는 고마울 따름이지. 그리 고 이 사건에는 대단히 독특한 요소들이 있으니까 자네한테도 시간 낭비가 되지는 않을 걸세. 패딩턴 역에서 기차를 타려면 지금 출발 해야 할 것 같군. 사건에 대한 얘기는 기차를 타고 가는 동안 좀 더 하기로 하세. 그리고 자네가 그 고성능 망원경을 가져가주면 고맙 겠어."

한 시간 뒤에 우리는 엑서터행 열차의 일등실에 몸을 싣고 있었 다. 셜록 홈즈는 구석 자리에 앉아 귀덮개가 달린 여행 모자를 쓴 채 날카롭고 진지한 얼굴로 패딩턴에서 산 새 신문 한 뭉치를 빠른 속도로 읽었다. 기차가 레딩을 지난 뒤에야 그는 마지막 남은 신문 한 장을 좌석 밑에 쑤셔 넣고 내게 시가 케이스를 내밀었다.

"잘 달리고 있군."

홈즈는 창밖을 내다보고 시계를 흘끗거리더니 말했다.

"지금 시속 88킬로미터로 가고 있네."

"400미터 푯말들이 있었나? 나는 못 봤는데."

"그건 나도 못 봤네. 하지만 이 노선에는 전신주가 55미터 간격으로 서 있어서 계산하기가 간편하지. 자네도 이번에 존 스트레이커가 살해되고 실버 블레이즈가 실종된 사건에 대한 기사를 읽었겠지?"

"《텔레그래프》와 《크로니클》에 실린 기사는 다 읽었어."

"이번 일은 논리적 방법을 동원해서 새로운 증거를 찾아내기보다는 사실을 분류하는 데 집중해야 할 사건에 속하지. 사건 자체가 대단히 기상천외하고 치밀할뿐더러 수많은 사람의 이해관계가 얽혀 있어서 온갖 짐작과 추측, 가설이 난무하고 있어. 가장 어려운 부분은 숱한 이론가와 기자 들이 덧붙인 가설에서 사실, 즉 부정할 수 없는 절대적 사실을 골라내는 것이지. 이렇게 탄탄한 기초를 다진 후에, 추론을 통해 문제를 푸는 열쇠를 찾는 것이 우리가 할 일일세. 화요일 저녁때 나는 마주(馬主) 로스 대령과 수사 책임자 그레고리 경위한테서 협조를 요청하는 전보를 받았네."

"화요일 저녁이라고!"

나는 부르짖었다.

"그런데 오늘은 목요일 아침이야. 대관절 어제 내려가지 않은 이유가 무언가?"

"내가 큰 실수를 한 거지. 여보게, 자네의 기록을 통해 나를 알고 있는 사람들이 생각하는 것과는 달리 나도 종종 실수를 저지른다네. 사실 나는 영국에서 가장 유명한 말이 그렇게 오랫동안, 더구나 다트무어 북부처럼 한적한 곳에서 사람 눈에 안 띄게 숨어 있을 수 있다는 걸 믿을 수가 없었네. 나는 어제 온종일 말을 찾았다는 소식이 들리기만을 이제나저제나 하고 기다렸어. 말을 감춘 것은 조교사 존 스트레이커의 살해범일 거라고 생각했지. 하지만 하루가 지나고 다시 아침이 왔는데도 피츠로이 심슨 청년을 체포한 것 말고는 아무 일도 없었고 나는 이제 행동할 때가 됐다고 느꼈네. 그래도 어제 하루를 아주 허투루 보낸 것 같지는 않아."

"그럼 벌써 가설을 세운 건가?"

"적어도 이 사건의 핵심적인 사실들을 포착해 내긴 했지. 이제부터 다 말해 주지. 하나의 사건을 명확히 정리하는 데는 뭐니 뭐니해도 남에게 이야기해 주는 게 최고니까 말이야. 그리고 우리의 출발 지점이 어딘지를 가르쳐주지 않으면 자네 협조를 기대하기도 어렵지 않겠나."

나는 시가를 피우며 좌석에 몸을 묻고 있었고 홈즈는 상체를 내밀고 가늘고 긴 손가락으로 왼쪽 손바닥에 요점을 정리해 가며 사건의 개요를 설명해 주었다.

"실버 블레이즈는 유명한 경주마 소모미의 혈통을 물려받았는데 그 조상 못지않게 눈부신 기록을 내고 있다네. 나이는 지금 다섯 살이지. 운 좋은 마주 로스 대령은 실버 블레이즈 덕분에 경마 대회의 우승컵을 석권했네. 재앙이 닥친 그 순간까지 실버 블레이즈는 웨식스 배 경마 대회의 첫 번째 우승 후보로 꼽히던 말이었어. 배당률은 3 대 1이었지. 하지만 실버 블레이즈는 경마장에서 첫손가락에 꼽히는 인기마이고 여태까지 자신에게 돈을 건 사람들을 한 번도 실망시킨 적이 없기 때문에, 배당이 많지 않은데도 사람들은 엄청난 돈을 그 녀석한테 걸었다네. 그러니 실버 블레이즈가 다음 주 화

요일로 예정된 경마 대회에 참가하지 못하면 막대한 이득을 챙기게 될 사람들이 많다는 것도 명약관화하지.

물론 대령의 마방(馬房)이 자리 잡고 있는 킹스 파일랜드에서는 그 사실을 잘 알고 있었네. 그래서 우승 예상마를 지키기 위해 온갖 주의 조처를 다 했지. 존 스트레이커는 로스 대령의 재킷을 입었던 기수 출신인데 체중이 불자 은퇴하고 조교사로 전업했어. 대령 밑에서 5년간은 기수로, 7년간은 조교사로 일했는데 한결같이 성실하고 정직한 일꾼이었지. 스트레이커 밑에서 일하는 아이는 셋이었네. 마방의 규모가 작아서 말이라곤 전부 네 마리뿐이었으니까. 매일 밤 이 셋 중 하나가 마구간에서 밤을 새우고 나머지 둘은 다락방에 올라가서 잤다네. 셋 다 나무랄 데 없는 소년들이지. 존 스트레이커는 기혼자라서 마구간에서 200미터가량 떨어진 곳의 작은 주택에서 살고 있네. 아이는 없고 하녀를 하나 두었고 살림은 넉넉하지. 그 일대는 아주 한적한 곳이지만 북쪽으로 800미터가량 떨어진 곳에 태비스톡의 어느 업자가 건설한 작은 별장촌이 있어. 병약자나 다트무어의 맑은 공기를 마시고 싶어 하는 사람들이 쉬어 가는 곳이라네. 태비스톡 마을은 황무지에서 서쪽으로 3.2킬로미터 떨어진 곳에 자리 잡고 있고, 또 3킬로미터쯤 떨어진 곳에는 백워터 경 소유의 메이플턴 마방이 자리 잡고 있다네. 메이플턴은 비교적 규모가 큰 마방인데 실라스 브라운이 관리하고 있어. 그 밖에는 사방이 다 황무지이고 사람이라곤 고작 떠돌이 집시 몇 명뿐이라네. 지난 월요일 밤, 참변이 벌어졌을 때의 전반적인 상황은 이와 같았지.

그날 저녁에 소년들은 항상 하던 대로 말을 운동시키고 물을 먹인 다음에 아홉시에 마구간 문을 잠갔네. 두 소년은 조교사의 집으로 올라가서 주방에서 저녁 식사를 했고 네드 헌터라는 소년은 마구간을 지켰지. 아홉시가 좀 지나서 하녀 에디스 백스터는 마구간으로 헌터의 식사를 가지고 갔네. 그건 양고기 카레였어. 마실 것은 가져가지 않았지. 근무자는 밖에서 반입된 음료수를 마시면 안 된다는 규정이 있었으니까 말이야. 대신 마구간에는 수도가 있네. 밤이라 어두운 데다가 길이 그대로 황야로 통해 있기 때문에 하녀는 등불을 들고 갔지.

마구간까지 30미터쯤 남았을 무렵, 한 남자가 어둠 속에서 나타나 에디스 백스터를 불러 세웠네. 사내가 노란 불빛 안으로 들어왔을 때 보니 꼭 신사처럼 보였어. 회색 트위드 정장에 베레모를 쓰고 있었고, 각반을 차고 손잡이가 달린 무거운 지팡이를 들고 있었네. 하지만 하녀에게 가장 인상적인 것은 무섭게 창백한 얼굴과 불안한 태도였지. 나이는 서른은 넘어 보였다는군.

'여기가 어딘지 좀 알려주겠소?' 사내는 물었지. '황야에서 잘 수밖에 없겠다고 생각하던 차에 불빛을 보고 달려온 거요.'

'여긴 킹스 파일랜드 마방이에요.' 하녀는 말했네.

'오, 정말이오? 참으로 다행이군!' 사내는 소리쳤지. '매일 밤 마구간지기 하나가 저기서 혼자 잔다고 하던데. 보아하니 지금 그 친구한테 저녁 식사를 갖다주는 모양이오. 내가 당신한테 드레스 한 벌 값 벌게 해주겠소. 어때, 싫지는 않겠지?' 사내는 조끼 주머니에서 접힌 흰 종이를 꺼냈네. '어디 저 친구가 오늘 밤에 이걸 받는지 봅시다. 당신은 돈으로 살 수 있는 것 중에서 제일 예쁜 드레스를 갖게 될 거요.'

하녀는 사내가 열성적으로 달려들자 무서운 생각이 들어서 늘 음식을 넣어주던 마구간의 창문을 향해 달려갔네. 창문은 벌써 열려 있었고 헌터는 작은 탁자에 앉아 있었지. 하녀가 조금 전에 있었던 일에 대해 말하기 시작하는데 낯선 사내가 다시 나타났네.

'안녕하신가?' 사내는 안을 들여다보며 말했어. '잠깐 얘기 좀 하세.' 사내가 아직도 종이를 손에 쥐고 있는 걸 보고 하녀는 욕을 퍼부었네.

'대관절 여기 무슨 볼일이시오?' 소년이 물었네.

'자네 주머니를 두둑하게 해줄 일이 있지.' 상대가 말했어. '여기

서 웨식스 배 대회를 위해 두 마리를 데리고 있지 않나. 실버 블레이즈하고 바야르 말일세. 정보를 주면 섭섭지 않게 해주겠네. 부담 중량을 하면 바야르가 실버 블레이즈를 5펄롱에 100미터 앞설 수 있어서 여기서는 바야르한테 돈을 걸었다고 하던데 그게 사실인가(부담 중량이란 경주에서 말이 부담하는 무게. 부담 중량은 말의 나이, 성별, 우승 횟수 등을 고려하여 정하는데 '핸디캡 중량'이라고 모든 출주마의 우승 기회를 균등하게 하기 위해 최근의 경주 기록, 종전의 부담 중량, 경주 편성 시 경주마 간의 상대성 등을 고려하여 중량을 부여하는 경우도 있다. 그리고 펄롱이란 경마에서 쓰는 거리 단위. 1펄롱은 약 200미터—옮긴이)?'

'그래, 네놈이 바로 그 망할 놈의 염탐꾼이구나!' 소년이 외쳤지.

'킹스 파일랜드에서 너희 같은 놈을 어떻게 대접하는지 맛 좀 봐라.' 소년은 벌떡 일어나서 개를 데리러 달려갔네. 하녀는 집으로 달아났는데 달려가다가 뒤를 돌아보니 낯선 사내가 창문 안으로 머리를 디밀고 있는 게 보였어. 하지만 잠시 후 헌터가 사냥개를 끌고 나와보니 사내는 자취 없이 사라졌지. 그래서 개를 데리고 마구간과 집 주위를 한 바퀴 돌았는데 사내는 행방이 묘연했네."

"잠깐만."

나는 물었다.

"그 마구간 소년이 개를 데리고 나가면서 마구간 문을 열어두고 가진 않았나?"

"훌륭하이, 왓슨. 정말 훌륭해!"

내 친구가 중얼거렸다.

"그 부분이 대단히 중요하다는 생각이 들어서 나는 어제 다트무어에 전보를 쳐서 그 문제에 대한 답변을 요청했네. 소년은 마구간을 나오면서 문을 잠갔다는군. 그리고 마구간 창문에 대해 말하자면 사람이 드나들지 못할 정도로 작다고 하네.

헌터는 동료 마부들이 돌아오기를 기다렸다가 조교사에게 방금 있었던 일을 알렸네. 스트레이커는 이 소식을 듣고 크게 흥분했지만 사건의 진정한 의미를 깨달았던 것 같지는 않아. 하지만 막연한 불안을 느꼈던 것 같더군. 스트레이커 부인이 밤 한시에 잠을 깨어 보니 남편이 옷을 입고 있더래. 어디 가느냐고 하니까 말이 걱정돼 잠이 안 온다고 하면서 별일 없는지 마구간을 둘러보고 올 생각이라고 했다는군. 부인은 창밖에서 빗소리가 나는 걸 듣고 나가지 말라고 말렸지만 스트레이커는 뿌리치고 헐렁한 방수 외투 차림으로 방을 나갔네.

스트레이커 부인이 아침 일곱시에 일어나보니 남편이 옆에 없었네. 부인은 부랴부랴 옷을 입고 하녀를 불러서 함께 마구간으로 나갔지. 마구간 문은 활짝 열려 있었고, 안에는 헌터가 의자에 앉은 채 인사불성이 되어 있었네. 실버 블레이즈가 있던 자리는 텅 비어 있고 조교사는 어디 있는지 보이지 않았어.

두 여인은 마구실 위의 여물 써는 다락방에서 자고 있던 두 소년을 재빨리 깨웠네. 둘은 일단 잠이 들면 누가 업어 가도 모를 정도로 깊이 자기 때문에 밤사이에 아무 소리도 듣지 못했지. 헌터는 무슨 독한 약에 취했는지 도무지 정신을 차리지 못해서 그냥 자게 놔두고 이들은 말과 조교사를 찾아서 밖으로 뛰어나갔네. 왠지는 모르겠지만 조교사가 일찌감치 말을 운동시키려고 밖으로 끌고 나갔는지도 모른다는 희망을 품고 있었지. 하지만 주변의 황무지가 한눈에 내려다보이는 집 근처의 작은 언덕에 올라갔을 때 없어진 우승 예상마는커녕 비극적인 사건이 일어났음을 암시하는 뭔가를 보게 되었지.

마구간에서 400미터가량 떨어진 곳에 존 스트레이커가 입고 나간 외투가 가시금작화 덤불에 걸려 펄럭거리고 있었네. 바로 그 너머는 사발 모양으로 움푹 팬 분지였는데 그 밑에 불운한 조교사가 싸늘한 시신이 되어 누워 있었어. 머리에는 무거운 흉기로 심하게

얻어맞은 듯한 상처가 있었고 허벅지에는 길게 베인 자국이 있었는데 상처가 깨끗해서 아주 날카로운 도구로 베인 것이 분명했지. 하지만 스트레이커가 자기 몸을 지키기 위해 공격자와 힘껏 싸웠다는 증거가 남아 있었네. 오른손에는 작은 칼을 들고 있었는데 손잡이까지 온통 피투성이였고 왼손에는 검은색과 붉은색이 섞인 실크 스카프를 쥐고 있었어. 그런데 하녀는 그 스카프가 눈에 익었네. 그건 전날 밤에 마구간을 찾아온 사내가 두르고 있던 거였어. 헌터도 나중에 정신을 차린 다음에 그 스카프가 간밤에 왔던 사내 것이 분명하다고 증언했네. 헌터 역시 그 사내가 창밖에 서 있다가 양고기 카

레에 약을 탔다고 확신하고 있지. 없어진 말에 대해서는, 격투가 벌어졌던 당시에 말이 죽음의 분지 속에 있었음을 나타내는 증거가 진흙 바닥에 무수히 남아 있었네. 하지만 말이 실종된 날 아침부터 거액의 현상금을 내걸고 다트무어에 있는 집시들을 전부 동원했지만 아무것도 찾지 못했네. 마지막으로 마구간 소년이 먹다 남긴 음식을 분석해 보니 상당량의 아편 분말이 검출됐지. 하지만 그날 밤 집 안에서 같은 음식을 먹은 사람들은 아무렇지도 않았어.

지금까지 말한 것이 추측을 모두 빼버린 중요한 사실들이라네. 이제부터는 경찰 수사를 요약해 줌세.

수사 책임자인 그레고리 경위는 대단히 유능한 경찰일세. 상상력만 좀 있으면 형사로 대성할 인물이지. 그레고리 경위는 현장에 도착하자마자 유력한 용의자로 떠오른 인물을 찾아내서 재빨리 검거했네. 용의자를 찾아내는 일은 식은 죽 먹기였지. 왜냐하면 그는 좀 전에 얘기한 그 별장촌에서 살고 있었으니까 말이야. 그가 바로 피츠로이 심슨이었던 것 같네. 심슨은 좋은 집안에서 태어나 훌륭한 교육을 받은 인물이지만 경마에 재산을 날리고 지금은 런던의 경마 클럽에서 마권업자로 조용히 일하고 있네. 그런데 심슨의 배팅 장부를 살펴보니 실버 블레이즈가 아닌 말에 5000파운드에 달하는 금액을 걸었다는 사실이 밝혀졌지. 심슨은 체포되자마자 자신은 킹스 파일랜드의 말뿐 아니라, 메이플턴 마방에서 실라스 브라운이 관리하고 있는 두 번째 우승 후보마 데스버로에 대한 정보를 얻을 생각으로 다트무어에 갔다는 얘기를 술술 털어놓았네. 그리고 전날 저녁때 하녀와 헌터의 증언대로 행동한 일을 부정하지는 않았지만 나쁜 의도가 있었던 것은 전혀 아니고, 그저 정보를 얻고 싶었을 뿐이라고 단언했지. 스카프 얘기를 들이대자 심슨은 하얗게 질려서 살해당한 사람이 그걸 손에 쥐고 있었던 까닭을 전혀 설명하지 못했네. 심슨의 젖은 옷은 그가 전날 밤에 폭풍우 속을 돌아다녔다는 사실을 말해 주었고, 납을 넣어서 묵직하게 만든 페낭 로여 지팡이는 몇 번 휘두르면 피살된 조교사의 몸에 남아 있는 것과 똑같은 치명적인 상처를 입힐 만한 무기로 보였어. 그런데 스트레이커가 들고 있던 칼이 피투성이가 된 걸 보면 적어도 한 사람한테는 상처를 입힌 것이 분명한데 심슨의 몸에는 아무런 상처가 없었네. 왓슨, 이게 전부일세. 뭔가 생각나는 게 있으면 말해 주게. 내 감사히 경청하겠네."

나는 홈즈의 이야기를 흥미롭게 들었다. 그의 설명은 여느 때와 마찬가지로 명쾌했다. 그가 말한 것은 대부분 아는 얘기였지만, 솔직히 나는 개개 사실의 비중이나 여러 사실 간의 상호 관계에 대해서는 제대로 인식하지 못하고 있었다.

"혹시 조교사의 다리에 난 상처는 그가 머리를 맞은 상태에서 경련을 일으키며 몸부림치다가 자기 칼로 벤 게 아닐까?"

"그럴 수 있지. 그랬을 가능성이 아주 높아. 그렇다면 용의자에게 유리한 증거가 하나 사라지게 되는 셈이지."

"하지만 나는 아직도 경찰에서 주장하는 가설이 뭔지 잘 모르겠네."

"내 생각엔 우리가 어떤 가설을 세우든 경찰의 주장에는 찬동할 수 없을 것 같네그려."

내 친구가 대답했다.

"경찰은 이 피츠로이 심슨이라는 사람이 소년에게 약을 먹이고 무슨 수를 써서 복제한 열쇠를 손에 넣은 다음 마구간 문을 열고 말을 꺼냈다고 생각하는 것 같아. 물론 말을 훔쳐낼 목적으로 말일세. 실버 블레이즈의 안장이 없어진 것도 심슨 짓으로 보고 있겠지. 그리고 심슨이 마구간 문을 열어놓은 채 말을 끌고 황무지로 도망치다가 조교사를 만났거나 추적당했을 거라고 생각하고 있을 거야. 당연히 싸움이 벌어졌고 심슨은 무거운 지팡이로 조교사의 머리를 부숴놓았지만 자신은 스트레이커가 휘두른 작은 칼을 용케도 잘 피했다는 것이겠지. 그리고 말은 심슨이 어딘가 비밀 장소에 감춰두었거나 아니면 두 사람이 싸우는 동안에 도망쳐서 지금 황무지 어딘가를 배회하고 있다는 것이고. 그런데 경찰의 이런 주장에는 전혀 현실성이 없네. 하지만 다른 설명은 더 현실성이 없거든. 그래서 난 현장에 도착하면 우선 경찰의 주장부터 재빨리 검증해 볼 생각이네. 그때까지는 뾰족한 수가 없으니까 기다려야지."

우리가 작은 마을 태비스톡에 도착한 것은 저녁 무렵이었다. 다트무어의 거대한 황무지의 중심부에 자리 잡은 태비스톡 마을은 마치 큰 방패에 튀어나온 장식처럼 보였다. 두 명의 신사가 역에서 우릴 기다리고 있었다. 한 사람은 사자 갈기 같은 금발에 턱수염을 기른 키 큰 남자였고, 다른 하나는 프록코트에 각반을 차고 깔끔하게 다듬은 구레나룻에 안경을 낀 작지만 민첩한 사내였다. 키가 작은

쪽은 유명한 운동선수 로스 대령이었고, 키가 큰 쪽은 영국 수사계에서 빠르게 명성을 쌓고 있는 그레고리 경위였다.

"홈즈 선생, 이렇게 내려와주셔서 정말 감사하오."

대령이 말했다.

"여기 계신 경위께서 해야 할 일은 다 하셨지만 그래도 나는 가엾은 스트레이커의 원수를 갚고 말을 되찾기 위해 최선을 다하고 싶었소이다."

"추가로 발견된 사실은 없었습니까?"

"죄송한 말씀을 드려야겠군요. 새롭게 밝혀진 사실은 전혀 없습니다."

경위는 말했다.

"밖에 마차를 대기시켜 놨습니다. 해가 떨어지기 전에 현장을 보고 싶어 하실 것 같아서요. 얘기는 가는 동안에 하기로 하지요."

잠시 후 우리는 안락한 사륜마차에 몸을 싣고 오래된 도시 데번셔의 예스러운 길을 달렸다. 수사에 몰두한 그레고리 경위는 쉼 없이 이야기를 쏟아놓았고 홈즈는 간간이 질문을 던지거나 한두 마디 말을 끼워 넣었다. 로스 대령은 팔짱을 끼고 모자를 푹 눌러쓴 채 무관심하게 앉아 있었지만 나는 경위와 탐정이 나누는 대화를 흥미롭게 경청했다. 그레고리의 가설은 홈즈가 기차 안에서 말한 것과 거의 같았다.

"지금 피츠로이 심슨을 향해 그물망을 좁혀가고 있습니다."

경위가 말했다.

"나는 놈이 진범이라고 믿습니다. 하지만 순전히 정황 증거뿐이어서 새로운 사실이 드러나면 뒤집힐 수도 있는 게 사실입니다."

"스트레이커가 쥐고 있던 칼은 어떻게 됐지요?"

"우린 조교사가 쓰러지면서 자신의 칼에 찔렸다는 결론을 내렸습니다."

"내 친구 왓슨 박사가 기차 안에서 한 얘기와 똑같군요. 그렇다면 심슨이라는 사람은 더 불리해졌습니다그려."

"그렇지요. 그자한테는 칼도 없고 몸에 상처도 없습니다. 그자가 범인이라는 증거는 한두 가지가 아니지요. 그자는 우승 예상마가 실종되면 막대한 이득을 챙기게 됩니다. 그리고 마구간 소년의 음식에 약을 탔다는 혐의를 받고 있지요. 또 밤중에 폭풍우 속을 돌아 다닌 게 분명하고 무거운 지팡이로 무장하고 있었습니다. 죽은 사 람은 그자의 스카프를 쥐고 있었고요. 나는 법정에서도 충분히 승 산이 있다고 생각합니다."

홈즈는 고개를 저었다.

"머릴 좀 쓸 줄 아는 변호사라면 그런 증거는 곧 휴지 조각으로 만들어버릴 겁니다. 말을 굳이 마구간 밖으로 끌고 나갈 필요가 어 디 있었겠습니까? 말에게 상처를 입히는 게 목적이었다면 안에서도 충분히 그렇게 할 수 있었을 겁니다. 심슨이 갖고 있었다는 복제 열 쇠는 찾았습니까? 그에게 아편 분말을 판 약사는 누구지요? 무엇보 다 그곳 지리를 전혀 모르는 사람이 그렇게 눈에 띄는 말을 어디에 감출 수 있었다는 겁니까? 그런데 심슨은 하녀를 통해 마구간 아이 에게 전해 주려고 했다는 종이에 관해 어떻게 설명하고 있지요?"

"심슨은 그게 10파운드짜리 수표였다고 주장합니다. 그리고 그의 지갑에서 그런 수표가 나오긴 했습니다. 하지만 다른 문제는 별것 아닙니다. 심슨은 그곳 지리를 모르는 자가 아닙니다. 여름에 두 차 례 태비스톡에서 지냈지요. 아편은 아마 런던에서 가져왔을 겁니다. 열쇠는 쓰고 나서 어딘가에 던져버렸을 테고요. 말은 황무지의 구 덩이나 오래된 광산 속에 숨겨놓았을 겁니다."

"스카프에 대해선 뭐라고 하던가요?"

"그자는 그게 자기 거라는 걸 인정하면서도 잃어버렸다고 발뺌하 더군요. 하지만 심슨이 마구간에서 말을 끌어낸 이유를 설명할 수 있는 요소가 새롭게 밝혀졌습니다.”

홈즈는 귀를 쫑긋했다.

“우린 월요일 밤에 살인 사건 현장에서 1.5킬로미터도 떨어지지 않은 곳에 한 무리의 집시가 야영했던 흔적을 찾아냈습니다. 화요일에 집시들은 일제히 행방을 감췄지요. 그런데 심슨과 그 집시들 간에 사전에 밀약이 있었다고 가정할 때, 심슨이 실버 블레이즈를 훔쳐내서 집시들에게 데리고 가다가 조교사한테 잡혔다고 볼 수도 있지 않을까요? 그리고 지금 그 집시들이 말을 데리고 있다고 볼 수도 있지 않겠습니까?”

“그것도 분명히 가능한 얘깁니다.”

“지금 그 집시들을 찾아서 황무지를 샅샅이 수색하는 중입니다. 또 태비스톡에서 반경 15킬로미터 내에 있는 마구간과 창고 들도 일일이 뒤지고 있지요.”

“킹스 파일랜드에서 아주 가까운 곳에 다른 마방이 있는 것으로 알고 있는데요.”

“그렇습니다. 그건 분명히 중요하게 고려해 봐야 할 요소지요. 메이플턴 마방의 데스버로는 두 번째로 꼽히는 우승 예상마이니까요. 당연히 그쪽 사람들은 실버 블레이즈가 없는 편이 좋습니다. 그곳의 조교사 실라스 브라운은 이번 경마 대회에 거액을 걸었다고 합니다. 게다가 그는 가엾은 스트레이커와 친한 사이는 아니었지요. 하지만 그쪽 마구간도 조사해 봤지만 실라스 브라운이 이번 일과 관련된 증거를 찾아내지는 못했습니다.”

“그런데 이 심슨이라는 사내가 메이플턴 마방과 결탁한 증거는 없었습니까?”

“전혀.”

홈즈는 좌석에 등을 기댔고 대화는 그쳤다. 몇 분 뒤 마부는 작고 산뜻한 붉은 벽돌집 앞에서 마차를 세웠다. 방목지에서 약간 떨어진 곳에 회색 기와를 얹은 긴 부속 건물이 서 있었다. 사방이 다 나지막하게 물결치는 황무지였다. 시들어가는 양치류가 황무지를 청동 빛으로 물들여 놓고 있었다. 지평선 끝까지 뻗은 단조로운 풍경에 변화를 주는 것은 태비스톡 마을의 첨탑과 서쪽에 옹기종기 모여 있는 메이플턴 마방의 건물뿐이었다. 우리는 모두 마차에서 뛰어내렸지만 홈즈는 멍하니 허공을 쳐다보면서 좌석에 몸을 기댄 채 무슨 생각에 골몰해 있었다. 내가 팔을 툭 치자 홈즈는 그제야 화들짝 놀라며 마차에서 내렸다.

“실례했습니다.”

홈즈는 놀란 얼굴로 자신을 바라보고 있는 로스 대령을 향해 말했다.

“무슨 생각을 좀 하느라고.”

홈즈의 반짝거리는 눈빛과 흥분을 감추지 못하는 태도를 보고 나는 그가 단서를 잡았다는 것을 간파했다. 물론 어떻게 단서를 잡을 수 있었는지는 짐작조차 할 수 없었지만.

“홈즈 선생님, 당장 사건 현장을 보고 싶으시겠지요?”

그레고리가 말했다.

"아닙니다, 여기서 한두 가지 알아보고 싶은 게 있습니다. 시신은 이리로 옮겨 왔겠지요?"

"예, 지금 2층에 안치돼 있습니다. 검시는 내일로 예정되어 있습니다."

"로스 대령님, 스트레이커가 여기서 일한 게 벌써 한참 되었지요?"

"그는 항상 나무랄 데 없는 일꾼이었소."

"경위, 사망 당시에 고인의 주머니에 있던 소지품 목록은 작성해 놓았겠지요?"

"보고 싶어 하실 것 같아서 거실에 모아두었습니다."

"거참 잘됐군요."

우리는 줄지어 거실로 들어가 가운데 있는 탁자에 둘러앉았다. 경위는 네모난 양철 상자를 열고 그 안에 든 것을 탁자 위에 꺼내놓았다. 밀랍 성냥 한 갑, 수지(獸脂) 양초 한 토막, ADP 브라이어 파이프, 가늘게 썬 씹는담배 15그램이 든 물개 가죽 쌈지, 금줄이 달린 은시계, 금화 다섯 개, 알루미늄 필통, 종이 몇 장, 상아 손잡이가 달린 칼 하나. 칼은 대단히 섬세하고도 날카롭게 생겼는데 칼날에는 '바이스 앤 컴퍼니, 런던'이라고 찍혀 있었다.

"아주 보기 드문 칼이로군."

홈즈는 칼을 집어 들고 자세히 살피면서 말했다.

"핏자국이 묻어 있는 걸 보니 고인이 들고 있던 바로 그 칼인가 보군요. 왓슨, 이 칼은 그쪽 계통에서 쓰는 거 아닌가?"

"이건 우리 의사들이 백내장 칼이라고 부르는 메스일세."

"그럴 줄 알았어. 대단히 정교한 작업을 위해서 만든 아주 섬세한 칼날이로구먼. 험한 일을 하러 나가는 사람이 들고 다닐 만한 물건은 아니야. 더구나 그냥 주머니에 넣고 다닐 수도 없었을 테니."

"시신 곁에서 코르크 원반을 발견했습니다. 날에 씌우는 칼집 같은 거지요."

경위가 말했다.

"부인 말에 따르면 이 칼은 옷방 탁자 위에 놓여 있었는데 남편이 방을 나갈 때 집어 들고 나갔다고 합니다. 썩 훌륭한 건 아니지만 그 순간에 손에 잡힌 무기가 바로 이것이었나 봅니다."

"그럴 수도 있겠군요. 이 종이는 뭐지요?"

"세 장은 건초 상인이 발행한 영수증입니다. 한 장은 로스 대령이 보낸 지시문이고요. 이쪽에 있는 건 본드가의 여성 의류점에서 마담 레수리어가 보낸 37파운드 15펜스짜리 청구서입니다. 수신자는 윌리엄 다비셔로 되어 있지요. 스트레이커 부인 말에 따르면 다비셔는 남편 친군데 가끔씩 그의 편지가 이 주소로 배달되는 일이 있다고 합니다."

"다비셔 부인은 꽤 사치스러운 여성이군요."

홈즈는 영수증을 흘끗 쳐다보며 말했다.

"숙녀복 한 벌에 22기니면 결코 헐값이 아니니까요. 하지만 더 이상 알아볼 게 없는 것 같으니 이제 사건 현장에 가보는 게 좋겠습니다."

거실에서 나왔을 때 복도에서 우릴 기다리고 있던 여성이 한 발짝 나서며 경위의 옷소매에 손을 올려놓았다. 여위고 초췌한 얼굴에는 최근에 겪은 무서운 사건의 흔적이 역력히 남아 있었다.

"범인을 잡았나요? 범인을 찾아내셨어요?"

여인은 숨찬 목소리로 말했다.

"스트레이커 부인, 아직은 아닙니다. 하지만 여기 계신 홈즈 선생께서 우릴 돕기 위해 런던에서 달려오셨습니다. 우리는 최선을 다할 작정입니다."

"스트레이커 부인, 얼마 전에 플리머스의 가든파티에서 뵌 적이 있는 것 같은데요. 그렇지 않습니까?"

홈즈가 말했다.

"아니요. 착각하신 것 같군요."

"그럴 리가! 저는 맹세라도 할 수 있습니다. 그때 타조 깃털로 장식한 비둘기색의 실크 드레스를 입고 오셨지요?"

"저는 그런 옷을 가져본 적이 없답니다."

"아, 그렇군요."

홈즈는 부인에게 사과하고 경위를 따라 밖으로 나갔다. 우린 황무지로 나가 시신이 발견된 작은 분지를 향해 걸었다. 분지 가장자리에는 외투가 걸려 있던 가시금작화 덤불이 엉켜 있었다.

"그날 밤엔 바람이 없었던 것으로 알고 있습니다만."

홈즈가 말했다.

"그랬습니다. 하지만 비가 심하게 왔지요."

"그래서 외투가 날아가지 않고 여기 걸려 있었군요."

"그렇습니다. 덤불 위에 걸쳐 있었지요."

"흥미로운 얘기로군요. 바닥에 발자국이 많았다고 했는데 사건 이후에도 여길 많은 사람들이 밟았겠군요."

"우리는 이쪽 가장자리에 자리를 깔고 모두 그 위에 서 있었습니다."

"잘하셨습니다."

"이 자루에 스트레이커와 피츠로이 심슨의 구두 한 짝씩이랑 실버 블레이즈의 편자 주형을 넣어 가지고 왔습니다."

"경위, 정말 훌륭하십니다!"

홈즈는 자루를 받아 들고 구덩이 속으로 내려가더니 돗자리를 좀 더 가운데 쪽으로 밀어놓았다. 그리고 그 위에 엎드려서 두 손으로 턱을 고인 채 발자국투성이의 진흙밭을 주의 깊게 살폈다.

"어럽쇼! 이게 뭐지?"

홈즈가 갑자기 말했다. 그건 반쯤 타다 남은 밀랍 성냥이었는데 온통 진흙을 뒤집어쓰고 있어서 언뜻 보기에는 작은 나뭇조각처럼 보였다.

"어떻게 그걸 놓쳤는지 모르겠군요."

경위는 불편한 기색으로 말했다.

"이건 진흙에 묻혀서 보이지 않았습니다. 이게 눈에 띈 것은 내가 바로 이걸 찾고 있었기 때문이지요."

"뭐라고요! 그걸 찾고 계셨다고요?"

"그런 것 같습니다."

홈즈는 가방에서 신발을 꺼내더니 흙 속에 새겨진 발자국과 일일이 대조해 보았다. 그리고 위로 올라와서 분지 가장자리의 양치류와 덤불 사이를 기어 다녔다.

"더 이상의 발자국은 없을 겁니다."

경위가 말했다.

"사방으로 100미터 이내의 땅을 철저하게 조사했으니까요."

"그렇습니까!"

홈즈는 허리를 펴며 말했다.

"그런 말씀을 듣고서도 똑같은 조사를 되풀이하는 결례를 범할 수야 없지요. 하지만 어두워지기 전에 황무지를 걸으며 생각을 좀 해보고 싶군요. 그리고 좋은 일이 있을지도 모르니까 이 편지는 제가 보관하기로 하겠습니다."

로스 대령은 내 친구가 조용한 태도로 체계적으로 조사를 벌이는 걸 보고 마음이 급한 듯 시계를 흘끗 쳐다보았다.

"경위, 나랑 같이 갑시다. 경위에게 몇 가지 듣고 싶은 조언이 있소. 특히 웨식스 배 대회의 출주마 명단에서 실버 블레이즈의 이름을 빼는 게 관중에 대한 도리가 아닌지 묻고 싶소."

"그건 그렇지 않습니다."

홈즈가 주저 없이 말했다.

"명단에 이름을 그대로 올려놓으십시오."

대령은 고개를 숙였다.

"선생의 의견이 그렇다니 정말 기쁘오. 우린 가엾은 스트레이커의 집에 먼저 가 있겠소. 선생이 산책을 끝내고 오면 같이 태비스톡으로 나갑시다."

대령은 경위와 함께 집으로 돌아갔고 홈즈와 나는 황무지를 천천히 걸었다. 태양이 메이플턴 마방 너머로 지고 있었다. 눈앞에 펼쳐진 경사진 평원은 황금빛으로 물들었고, 시든 양치류와 나무딸기는 저녁 햇살을 받아 여기저기서 짙은 적갈색으로 빛났다. 그러나 깊은 생각에 빠져 있는 내 친구에게 이토록 찬란한 풍경은 아무런 의미가 없었다.

"왓슨, 이런 식으로 생각해 보세."

홈즈는 불쑥 말을 꺼냈다.

"존 스트레이커를 누가 죽였는가 하는 문제는 논외로 하고 말의 소재를 알아내는 일에만 집중하기로 하세. 자, 실버 블레이즈가 사람들이 싸움을 벌이는 동안 달아났다고 가정하고 녀석이 어디로 갔는지 생각해 보지. 말은 대단히 군거성(群居性)이 높은 동물이라네. 말이 본능에 따라 움직였다면 십중팔구 킹스 파일랜드로 돌아갔거나 메이플턴으로 갔을 걸세. 말이 무엇 때문에 황야를 뛰어다니겠나? 황야로 나갔다면 벌써 누군가의 눈에 띄었을 거야. 그리고 집시들이 실버 블레이즈를 데려다가 무엇에 쓰겠나? 집시들은 무슨 일이 생겼다는 얘길 들으면 경찰한테 시달리기 싫어서 아예 야영지를 옮겨버리는 게 보통이라네. 그런 말을 팔아넘긴다는 건 언감생심 바랄 수도 없는 일이지. 말을 붙들고 있어봤자 위험하기만 하고 실익은 전혀 없네. 그건 확실해."

"그럼 말은 지금 어디 있지?"

"내가 벌써 말하지 않았나? 킹스 파일랜드 아니면 메이플턴으로 간 것이 분명하다고 말일세. 말은 지금 킹스 파일랜드에는 없네. 그렇다면 메이플턴 마방에 있는 게 분명하지. 이런 가설을 세운다면 어떤 결과가 나올까? 그레고리 경위가 말했던 것처럼, 황무지의 이 부분은 극히 단단하고 건조한 땅이라네. 하지만 메이플턴 쪽으로 갈수록 지대가 낮아지지. 저 너머에 있는 꽤 넓은 분지가 보이지? 저곳은 월요일 밤에 비가 왔을 때 몹시 질척했을 거야. 만약 우리가 세운 가설이 옳다면 말은 틀림없이 저곳을 지났을 걸세. 따라서 우리가 말의 발자국을 찾아야 하는 곳은 바로 저길세.”

이런 대화를 나누면서 우리는 부지런히 다리를 놀렸고, 잠시 후 목적했던 분지에 도착했다. 홈즈의 주장대로 나는 분지의 오른쪽 제방, 그는 왼쪽 제방을 향해 걷기 시작했다. 그런데 채 50보도 걷기 전에 고함 소리가 들렸다. 돌아보니 그가 나를 향해 손짓하고 있었다. 그가 서 있는 곳의 부드러운 땅에 말 발자국이 선명하게 찍혀 있었다. 그가 주머니에서 꺼낸 편자는 땅바닥의 말 발자국과 정확히 일치했다.

“이건 상상력의 승리일세. 그레고리에게 부족한 자질이 바로 그것이지. 우린 무슨 일이 생겼을지 상상해서 가설을 세우고, 그 가설에 따라 움직였네. 그리고 우리의 생각이 옳다는 게 증명됐어. 자, 계속 가보도록 하세.”

질척한 분지를 건너자 400미터가량 건조하고 단단한 땅이 나타났다. 그러나 지대가 낮아지면서 발자국이 다시 나타났다. 그리고 800미터가량 또다시 발자국은 사라졌지만 메이플턴 마방 근처에서 다시 만났다. 갑자기 홈즈가 걸음을 멈추더니 득의에 찬 표정으로 바닥을 가리켰다. 말 발자국 옆에 한 남자의 발자국이 찍혀 있었다.

“말은 혼자 왔는데.”

나는 소리쳤다.

“그래. 여기까진 혼자 왔지. 어럽쇼, 이게 뭐지?”

사람과 말이 뒤로 돌아서 킹스 파일랜드 쪽으로 방향을 틀었던 것이다. 홈즈는 휘파람을 불었고, 우리는 하릴없이 발자국을 따라갔다. 그는 발자국만 쳐다봤지만 나는 어쩌다가 옆을 슬쩍 보았다. 그런데 이게 웬일인가. 똑같은 말과 사람의 발자국이 이번에는 정반대로 가고 있었다.

"왓슨, 이번에는 자네가 점수를 올렸군."

내가 그것을 가리키자 홈즈가 말했다.

"자네 덕분에 쓸데없이 왔다 갔다 하는 수고를 면하게 됐네. 도로 올라가세."

그리 멀리 갈 필요가 없었다. 발자국은 메이플턴 마구간의 문으로 통하는 포장도로에서 끝났다. 마구간 문 앞으로 다가가자 마부 하나가 안에서 뛰어나왔다.

"쓸데없이 여기서 왔다 갔다 하면 안 됩니다."

"한 가지 물어볼 게 있네."

홈즈는 엄지와 검지를 조끼 주머니에 넣었다.

"내일 새벽 다섯시에 여기 오면 실라스 브라운 씨를 뵐 수 있을까? 시간이 너무 이를까?"

"아닙니다, 선생님. 그 시간에 오시면 브라운 조교사님을 얼마든지 뵐 수 있습니다. 여기서 제일 먼저 일어나는 분이시니까요. 아닙니다요, 선생님, 그 돈에 손댔다가 그분한테 걸리기라도 하는 날엔 당장 쫓겨날 겁니다. 주시겠다면 나중에."

셜록 홈즈가 반 크라운짜리 동전을 도로 주머니에 집어넣었을 때 나이 지긋하고 사납게 생긴 사내가 수렵용 채찍을 흔들며 밖으로 성큼성큼 걸어 나와 소리쳤다.

"도슨, 지금 뭐 하나? 웬 잡담이냐! 가서 일 봐! 그리고 당신, 대관절 여기서 뭐 하는 거지?"

"조교사, 10분만 시간을 내주시지요."

홈즈는 한껏 부드러운 목소리로 말했다.

"난 할 일 없이 노닥거리는 사람들을 일일이 만나 얘기할 시간이 없다. 여긴 외부인 출입 금지 구역이다. 꺼져! 안 그러면 개를 풀어 놓을 테니까."

홈즈는 조교사의 귀에 입술을 바짝 대고 뭔가를 속삭였다. 그러자 조교사는 화들짝 놀라며 관자놀이까지 빨개졌다. 그가 소리쳤다.

"거짓말! 그건 새빨간 거짓말이야!"

"좋습니다. 그럼 그 문제에 대해서 여기서 공개적으로 토론할까요, 아니면 브라운 씨 방으로 가서 얘기할까요?"

"아, 들어가고 싶다면 들어가야지."

홈즈는 씩 웃었다.

"왓슨, 금방 나올 걸세. 그럼 브라운 씨, 들어가십시다."

홈즈와 조교사가 다시 나타난 것은 20분 뒤였다. 석양의 붉은 기운은 완전히 가시고 잿빛 땅거미가 지고 있었다. 나는 실라스 브라운처럼 그렇게 짧은 시간에 태도가 백팔십도 바뀐 사람은 처음 보았다. 그의 얼굴은 창백한 잿빛이었고 이마에는 구슬 같은 땀이 송송 돋아 있었다. 손은 얼마나 떠는지 수렵용 채찍이 바람 속의 나뭇가지처럼 흔들거렸다. 협박조의 고압적인 태도는 온데간데없었고, 그는 주인 앞에 있는 개처럼 내 친구 옆에서 시종 굽실거렸다.

“지시대로 하겠습니다. 빠짐없이 이행합지요.”

실라스 브라운은 말했다.

“실수가 없도록 해야 하오.”

홈즈는 그를 돌아보며 말했다. 브라운 조교사는 그의 눈에서 심상치 않은 빛을 읽고 몸을 움츠렸다.

“아, 그럼요. 실수 없이 하지요. 반드시 출주시키겠습니다. 먼저 색깔부터 바꿀까요?”

홈즈는 조금 생각해 보고 큰 소리로 웃음을 터뜨렸다.

"아니, 그냥 놔두시오. 그 문제에 대해서는 나중에 편지하겠소. 얄
은꾀를 쓸 생각일랑 하지 마시오. 만약에 그랬다가는……."

"오, 걱정하지 마십시오. 그건 절대로 걱정하지 마십시오!"

"좋소. 한번 믿어보겠소. 그럼 내일 다시 연락하겠소."

조교사는 떨리는 손을 내밀었지만 홈즈는 못 본 척하고 돌아섰
다. 우리는 킹스 파일랜드를 향해 출발했다.

"실라스 브라운 조교사처럼 복합적인 성격을 가진 괴물은 처음
봤네. 고압적이면서도 겁이 많고 알랑거리기까지 하잖나."

터벅터벅 걸어가면서 홈즈가 말했다.

"그럼 말은 저 사람이 갖고 있는 건가?"

"처음에는 길길이 날뛰면서 부정하더군. 하지만 그날 새벽에 그
가 했던 행동을 정확하게 설명하니까 내가 숨어서 지켜봤다고 확
신하더군. 물론 자네도 구두코가 각진 그 특이한 발자국을 봤지만
그자의 구두 모양이 그것과 똑같았네. 또 평범한 일꾼 같았으면 감
히 그런 행동을 할 엄두를 못 냈을 걸세. 나는 전후 사정을 하나하
나 설명했지. 그가 늘 하던 대로 제일 먼저 일어나서 내려왔다가 웬
낯선 말 한 마리가 황무지에서 어슬렁거리는 걸 봤던 거, 그걸 보고
밖으로 쫓아 나갔다가 그 말이 하얀 이마 때문에 실버 블레이즈라
는 이름이 붙은 우승 예상마라는 걸 알고 놀란 거며. 사실 그가 돈
을 건 데스버로를 제칠 수 있는 유일한 말이 수중에 들어온 것 아닌
가. 하지만 처음에는 그 말을 킹스 파일랜드로 데려다주려고 하다
가 도중에 마음이 바뀌어서 경주가 끝날 때까지 감춰놓기로 하고

도로 메이플턴으로 끌고 가서 숨겨놓은 것까지 내가 자세히 얘기하자 브라운 조교사는 완전히 포기하고 자기 살 궁리만 하더군."

"하지만 경찰에서 여기도 샅샅이 뒤졌잖아?"

"오, 말의 겉모습을 바꾸는 방법은 수없이 많은데 저 약아빠진 늙은이는 그런 걸 잘 알고 있지."

"하지만 말을 그냥 여기 두고 가도 되겠나? 실버 블레이즈가 다치기라도 하면 저 사람한테는 이익이잖아?"

"여보게, 저자는 말을 자기 눈동자처럼 지킬 걸세. 자기가 지은 죄를 용서받는 길은 말을 안전하게 지키는 것밖에 없다는 걸 잘 알고 있으니까."

"로스 대령은 어떤 상황에서도 그다지 자비를 베풀 만한 사람은 아닌 것 같던데."

"그 문제는 로스 대령한테 달린 게 아닐세. 나는 내 방식대로 할 거고, 얼마만큼 얘기하느냐는 순전히 내가 알아서 판단할 문제지, 그게 나 같은 사립 탐정이 누리는 특권 아니겠나? 왓슨, 자네도 느꼈을지 모르겠지만 대령한테는 좀 거만한 구석이 있어. 난 그 사람을 골탕 좀 먹이려고 하네. 실버 블레이즈에 대한 얘기는 절대로 하지 말게."

"자네의 허락 없이는 한마디도 안 하겠네."

"물론 이건 존 스트레이커를 죽인 범인을 찾아내는 일에 비하면 대단히 사소한 거지."

"그럼 자네는 이제부터 그 문제를 해결하는 데 전념할 건가?"

"천만에, 자네랑 같이 야간열차 편으로 런던에 돌아갈 거라네."

나는 벗의 말을 듣고 기겁했다. 데번셔에 내려온 지 몇 시간밖에 안 됐는데 이렇게 성공적으로 시작된 수사를 중단하겠다니 어안이 벙벙할 따름이었다. 조교사의 집에 닿을 때까지 그는 한마디도 하지 않았다. 대령과 경위가 응접실에서 우릴 기다리고 있었다.

"우린 야간 급행열차 편으로 런던으로 돌아가려고 합니다."

홈즈가 말했다.

"아름다운 다트무어의 공기를 마시니 기분이 상쾌하군요."

경위는 눈을 동그랗게 떴고 대령은 입가에 비웃음을 머금었다.

"그래서 가엾은 스트레이커를 죽인 범인을 찾아내는 일은 단념하겠다 이거요?"

대령이 말했다.

홈즈는 어깨를 들썩했다.

"그 문제에 대해선 중대한 난관에 봉착했습니다. 하지만 실버 블레이즈는 화요일 경주에 출주하리라고 예상하고 있습니다. 그러니 기수를 준비해 주시기 바랍니다. 존 스트레이커의 사진을 한 장 구할 수 있을까요?"

경위는 봉투에서 사진을 한 장 꺼내서 건네주었다.

"허어, 그레고리, 내가 뭘 요구할지 완벽하게 예상했군요. 모두들 여기서 잠깐 기다려주시기 바랍니다. 하녀에게 좀 물어봐야 할 게 있으니까요."

내 친구가 방을 나가자 로스 대령이 퉁명스럽게 말했다.

"솔직히 말해서 난 런던에서 온 탐정한테 좀 실망했소. 여기 와서 해놓은 일이 아무것도 없잖소."

"그래도 실버 블레이즈가 경주에 나오리라는 건 확인해 주었잖습니까."

나는 말했다.

"그렇소, 그럴 거라는 얘길 들었지."

대령은 어깨를 들썩하며 말했다.

"하지만 나는 얘길 듣기보다는 말을 되찾는 게 더 좋소."

내가 벗의 편을 들어 뭐라고 대꾸하려는 찰나 홈즈가 다시 방에 들어왔다.

"자, 신사 여러분, 난 이제 태비스톡으로 갈 채비가 끝났습니다."

우리가 마차에 올라탈 때 마구간 소년 하나가 문을 붙들어주었다. 홈즈는 그걸 보고 무슨 생각이 났는지 소년에게 다가가 팔을 툭 쳤다.

"목장에 양이 몇 마리 있는 것 같은데 누가 돌보고 있지?"

"접니다, 선생님."

"요즘 양한테 별문제는 없나?"

"뭐 큰일은 아니지만 양 세 마리가 다리를 절게 됐습니다, 선생님."

홈즈는 만면에 희색이 가득해서 쿡쿡거리고 웃으며 두 손을 마주 비볐다.

"왓슨, 내 예상이 적중했군. 적중했어."

그는 내 팔을 살짝 꼬집으며 말했다.

"그레고리, 양들 사이에 이렇게 이상한 돌림병이 돌고 있는 점에 주목하는 게 좋을 겁니다. 마부, 출발하세!"

로스 대령은 여전히 내 친구를 우습게 생각하는 듯한 표정이었지만 경위의 얼굴에는 바짝 긴장한 빛이 떠올랐다.

"그 점이 중요하다고 보시는 겁니까?"

경위는 물었다.

"매우 중요합니다."

"제가 주목해야 할 점이 더 있습니까?"

"그렇습니다. 그날 밤 개의 이상한 행동을 놓치지 마시오."

"그날 밤 개는 전혀 짖지 않았습니다."

"그게 바로 이상한 행동이오."

셜록 홈즈는 말했다.

나흘 뒤, 홈즈와 나는 웨식스 배 경마 대회를 관전하기 위해 열차 편으로 윈체스터로 갔다. 로스 대령은 약속대로 역사 밖에서 기다리고 있었고 우리는 대령의 마차를 타고 시 외곽의 경마장을 향해 달렸다. 대령은 심각한 표정이었고 태도는 몹시 차가웠다.

"내 말은 구경도 못 했소이다."

"말을 보면 알아보실 수 있겠지요?"

홈즈가 물었다.

대령은 화를 벌컥 냈다.

"난 20년 동안 이 바닥에 있었지만 그런 질문을 받아본 건 처음이오. 하얀 이마와 오른쪽 앞다리의 얼룩무늬를 보면 누구든지 실

버 블레이즈를 알아볼 거요."

"예상 배당률은 어떻습니까?"

"글쎄, 그게 참 희한한 일이오. 어제는 15 대 1이었는데 배당률이 점점 떨어지더니 지금은 3 대 1까지 됐소(우승 확률이 높은 말일수록 배당률이 낮다. 많은 사람들이 그 말에 돈을 걸기 때문이다. 영국 경마에서 예상 배당률이 15 대 1이란 마권업자가 15를, 마권 구매자가 1을 걸었다는 것이고 이 말이 우승하면 마권 구매자가 16(15+1)을, 우승하지 못하면 마권업자가 16을 갖게 된다 ― 옮긴이)."

"흠! 누군가 뭔가를 알고 있구먼, 틀림없어."

마차가 특별관람석 근처의 울타리 앞에 멈춰 서자 경주마 명단이 게시되어 있는 게 보였다.

웨식스 배 1등 상 금화 1000파운드. 2등 300파운드, 3등 200파운드. 신 경주로(1.6킬로미터 5펄롱)

　　1. 히스 뉴턴 씨의 마필(馬匹) 니그로. 붉은 모자. 진노랑 재킷.

　　2. 워드로 대령의 마필 푸질리스트. 분홍 모자. 청색과 검정 재킷.

　　3. 백워터 경의 마필 데스버로. 노랑 모자와 노랑 소매.

　　4. 로스 대령의 마필 실버 블레이즈. 검정 모자. 붉은 재킷.

　　5. 발모럴 공작의 마필 아이리스. 노랑과 검정 줄무늬.

　　6. 싱글퍼드 경의 마필 래스퍼. 진홍 모자. 검정 소매.

"우린 당신 말만 믿고 다른 말은 경주마 명단에서 빼버렸소."

대령은 말했다.

"아니, 저게 뭐지? 우승 예상마 실버 블레이즈?"

"예상 배당률 실버 블레이즈 5 대 4!"

관람석이 쩌렁쩌렁 울렸다.

"실버 블레이즈 5 대 4! 데스버로 5 대 15! 나머지 5 대 4!"

"숫자가 올라갑니다!"

나는 외쳤다.

"전부 여섯 필이군요."

"전부 여섯 필이라고? 그럼 내 말도 나오는 게 분명한데."

대령은 당황해서 외쳤다.

"하지만 어디 있는지 보이지 않는구려. 붉은 재킷이 아직 안 지나 갔소."

"지나간 건 다섯 마리뿐입니다. 지금 나오는 저 말인가 봅니다."

내가 말하는 동안 탄탄한 밤색 말 한 필이 울타리 안으로 들어와 우리 앞을 느린 구보로 지나갔다. 말은 유명한 검정 모자에 붉은 재킷을 입은 대령의 기수를 태우고 있었다.

"저건 내 말이 아니오!"

마주가 외쳤다.

"저 말은 몸에 흰 털이 없소이다. 홈즈 선생, 대관절 이게 어찌 된 노릇이오?"

"자, 자, 말이 얼마나 잘 뛰는지 보십시다."

내 친구는 태연하게 말했다. 그리고 잠시 내 망원경을 빌렸다.

"좋았어! 출발이 아주 좋은데!"

그는 갑자기 외쳤다.

"저기 있다! 지금 커브를 돌고 있어!"

우리 마차에서는 직선 코스를 달리는 말들이 한눈에 내려다보였다. 여섯 필의 경주마는 서로 바싹 붙어 있어서 카펫 한 장으로 여섯 필을 모두 덮을 수 있을 정도였다. 하지만 직선 코스를 절반쯤 지나자 메이플턴 마방의 노란 모자가 선두로 치고 나왔다. 그렇지만 우리가 있는 곳에 이르기 전에, 대령의 말이 속도를 내더니 데스버로를 6마신(馬身, 말의 코끝에서 엉덩이 끝까지의 길이. 약 2.4미터—옮긴이) 이상 앞서서 기둥을 통과했고 발모럴 공작의 아이리스가 한참 늦게 3위로 들어왔다.

"어쨌든 달리는 걸 보니 내 말이 틀림없소이다."

대령은 눈을 비비며 헐떡거렸다.

"하지만 어찌 된 노릇인지 통 영문을 모르겠구려. 홈즈 선생, 이제 사실을 솔직히 털어놓을 때가 된 거 아니오?"

"그렇고말고요. 이제 모든 사실을 다 아시게 될 겁니다. 어디 같이 가서 말을 한번 보기로 하지요. 저기 있군요."

우리는 마주와 그의 친구들에만 입장이 허가되는 경기장 안으로 들어갔다.

"포도주로 말 머리와 다리를 씻어주십시오. 그러면 예전과 똑같은 실버 블레이즈가 나타날 겁니다."

"정말 사람을 놀라게 하시는군!"

"나는 어느 말 위조꾼의 손에서 이 말을 찾아낸 뒤에 외람되지만 원래대로 경주에 출주시키도록 조처했습니다."

"선생, 정말 놀라운 일을 하셨소이다. 말은 아주 건강하고 튼튼한 것 같소. 상태는 그 어느 때보다 좋은 것 같구려. 그동안 선생의 능력을 의심한 점에 대해 깊이 사과하겠소. 내 말을 찾아주어서 정말 고맙소이다. 앞으로 존 스트레이커의 살해범을 밝혀준다면 내 그 고마움을 영원히 잊지 않으리다."

"이미 밝혀냈습니다."

홈즈는 조용히 말했다.

대령과 나는 깜짝 놀라서 그를 쳐다보았다.

"범인을 찾았다고? 그게 대체 누구요?"

"범인은 여기 있습니다."

"여기 있다고? 어디 말이오?"

"지금 바로 제 앞에 서 있습니다."

대령의 얼굴이 벌겋게 달아올랐다.

"홈즈 선생, 내가 선생에게 신세를 진 건 틀림없는 사실이오. 하지만 선생이 방금 한 말은 아주 형편없는 농담이거나 나에 대한 모욕이오."

셜록 홈즈는 웃음을 터뜨렸다.

"분명히 말해 두지만 로스 대령이 범인이라는 건 절대 아닙니다. 진범은 대령의 바로 뒤에 서 있습니다."

홈즈는 말에게 성큼성큼 다가가 순혈종 우승마의 윤기 흐르는 목덜미에 손을 올려놓았다.

"말이!"

대령과 나는 이구동성으로 외쳤다.

"그렇습니다. 범인은 말입니다. 하지만 말이 자기방어를 위헤 저지른 짓이었다고 한다면 용서받을 수 있겠지요. 사실 존 스트레이커는 배은망덕한 자였습니다. 하지만 종이 울리는군요. 다음 경주에선 좀 딸 것 같으니까 긴 설명은 다음 기회로 미루기로 하겠습니다."

그날 저녁 우리는 침대차를 타고 런던을 향해 질주했다. 홈즈는 월요일 밤에 다트무어의 두 마방에서 일어난 일에 대해, 그리고 자신이 어떻게 수수께끼를 풀었는지에 대해 설명해 주었고, 나와 로스 대령은 그 얘기를 듣느라 긴 여행이 조금도 지루한 줄을 몰랐다.

홈즈가 말했다.

"솔직히 말해서, 내가 신문을 보고 구상한 이론은 다 틀렸습니다. 사실 신문에는 의미심장한 사실들이 소개돼 있었지만 다른 사소한 일들에 가려 그 진정한 의미가 숨겨져 있었지요. 나는 피츠로이 심슨이 진범이라는 확신을 갖고 데번셔에 왔습니다. 물론 증거가 완전하지 않다는 건 잘 알고 있었지요. 양고기 카레의 엄청난 의미가 생각난 것은 우리가 막 조교사의 집 앞에 도착했을 때 마차 안에서였습니다. 그때 모두들 마차에서 내린 다음 나 혼자 멍하니 마차 속에 앉아 있던 일을 기억하고 계실 겁니다. 어떻게 그토록 명백한 단서를 간과할 수 있었는지 마음속으로 놀라움을 금치 못하고 있었지요."

"솔직히 말하면 나는 지금도 양고기 카레가 사건 해결에 어떻게 도움이 됐는지 잘 모르겠소이다."

대령이 말했다.

"그것은 연쇄적 추리의 첫 번째 고리였습니다. 아편 분말은 맛이 대단히 강합니다. 향은 그다지 나쁘지는 않지만 독특한 편이지요. 그걸 보통 음식에 섞어놓으면 사람들은 한 입만 먹어도 뭔가 이상하다는 걸 깨닫고 더 이상 먹지 않으려고 할 겁니다. 카레는 아편의 맛과 향을 감추는 데 더할 나위 없는 재료였습니다. 그런데 이 피츠로이 심슨이라는 이방인이 그날 밤 조교사 가족의 음식으로 카레를 골랐다는 것은 어불성설입니다. 또 때마침 그가 찾아온 날 밤에 아편의 풍미를 감출 수 있는 음식이 준비되었다고 보는 것도 터무니없는 일일 겁니다. 이렇게 생각하면 심슨 대신 그날 밤 저녁 식사로 양고기 카레를 선택할 수 있는 두 사람, 즉 스트레이커 부부가 용의 선상에 떠오르게 됩니다. 아편은 마구간 소년에게 갖다주려고 담아놓은 음식에만 넣었습니다. 그래서 다른 사람들은 저녁 식사로 똑같은 음식을 먹고도 아무렇지도 않았던 겁니다. 그럼 부부 중에서 누가 하녀 모르게 음식에 약을 넣었을까요?

그 문제에 답하기 전에 나는 그날 밤에 개가 짖지 않은 이유를 이해하게 되었습니다. 정확한 추리는 또 다른 바른 추리로 이어지게 마련이니까요. 나는 심슨 사건을 통해 개가 마구간 안에 있었다는 것, 하지만 누군가 마구간에 들어와 말을 끌어낼 때 가만히 있었고 그래서 다락방에서 자고 있던 두 소년이 깨지 않았다는 것 등을 알게 되었습니다. 심야의 방문객은 명백히 개가 잘 아는 인물이었지요.

나는 존 스트레이커가 한밤중에 마구간에 내려가서 실버 블레이즈를 끌어냈다는 사실을 거의 확신하고 있었습니다. 목적이 뭐였을까요? 부정한 목적이 아니라면 무엇 때문에 자기 밑에서 일하는 소년에게 약을 먹였겠습니까? 하지만 그 이유는 잘 알 수 없었지요. 그런데 여태까지 몇몇 조교사들이 대리인을 통해 다른 말에 돈을 건 다음, 부정한 방법으로 자기 말이 경주에서 이기는 걸 방해해서 거액을 벌어들인 사례가 있었습니다. 어떤 때는 기수를 협박했습니다. 아니면 좀 더 확실하고 교묘한 수단을 동원하는 경우도 있었습니다. 이번에 스트레이커는 어떤 방법을 쓰려고 했던 걸까요? 나는 조교사의 소지품이 사태를 파악하는 데 도움이 될지도 모른다고 생각했습니다.

그건 사실이었지요. 두 분은 죽은 조교사가 쥐고 있던 특이한 칼을 기억하고 계실 겁니다. 정신이 제대로 박힌 사람이라면 그런 칼을 무기로 선택하지는 않을 겁니다. 우리 왓슨 박사의 말마따나 그건 의사들이 미세 수술을 할 때 사용하는 메스였지요. 로스 대령은 경마 경험이 풍부하시니까, 말의 오금 부분의 힘줄을 근육층은 놔두고 피하층만 슬쩍 그어놓으면 전혀 흔적이 남지 않는다는 걸 잘 아실 겁니다. 말이 그런 상처를 입으면 발을 약간 절게 되는데, 사람들은 말이 연습하다 다리를 삐었거나 관절염 기운이 있다고 생각하지 어떤 부정행위가 있었으리라곤 상상도 못 하게 마련이지요."

"저런 나쁜 놈! 악당 같으니라고!"

대령이 외쳤다.

"존 스트레이커가 말을 황무지로 끌어낸 이유가 바로 그겁니다. 그렇게 기운 좋은 동물이 몸에 칼이 닿는 걸 느끼면 가만히 있지 않을 테고, 종내는 다락방에서 깊이 잠든 소년들을 깨우고야 말았을 겁니다. 말을 꼭 밖으로 끌고 나가야 했던 거지요."

"나는 눈뜬장님이었소!"

대령이 소리쳤다.

"스트레이커가 초와 성냥을 가지고 나간 건 다 그 때문이었구려."

"그렇습니다. 하지만 나는 스트레이커의 소지품을 보고 다행스럽게도 범행 방법뿐 아니라 동기까지 간파해 냈지요. 대령, 상식적으로 생각해서 다른 사람 앞으로 날아온 청구서를 갖고 다니는 사람은 없습니다. 자기 것을 처리하는 것만도 벅차니까요. 나는 그걸 보고 스트레이커가 이중생활을 하고 있다는 걸 직감했습니다. 말하자면 딴살림을 차린 거지요. 청구서를 보면 사치스러운 취향을 가진 여자가 끼어 있다는 것을 알 수 있습니다. 대령이 일꾼들에게 아무리 후하다 해도 조교사가 자신의 여자들에게 20기니짜리 외출복을 사주기는 힘들었을 겁니다. 나는 스트레이커 부인에게 에둘러서 그 드레스에 대해 묻고 그런 옷이 부인에게 배달된 적이 없다는 사실을 확인했습니다. 나는 여성 의류점의 주소를 적었고 스트레이커의 사진을 들고 그 집에 찾아가면 다비셔가 가공의 인물이라는 사실을 쉽게 확인할 수 있으리라 생각했지요.

그때부터는 모든 게 다 뻔했지요. 스트레이커는 말을 끌고 불빛을 가리기 위해 분지로 갔습니다. 심슨은 도망치다가 스카프를 떨어뜨렸는데 스트레이커가 이걸 주웠지요. 아마 그것으로 말의 다리를 묶어놓으려고 했을 겁니다. 분지 안에 들어가자 조교사는 말 뒤로 돌아가서 불을 켰습니다. 그런데 말은 갑작스러운 불빛에 놀라기도 했고, 또 놀라운 동물적 본능으로 조교사가 어떤 나쁜 일을 꾸미고 있다는 걸 느끼고 발길질을 했습니다. 강철 편자가 스트레이커의 이마를 정통으로 때렸지요. 비가 오고 있었지만 그는 섬세한 작업에 방해가 되지 않도록 이미 비옷을 벗어놓은 상태였습니다. 그래서 쓰러지면서 들고 있던 메스로 자신의 허벅지를 깊이 벤 것이지요. 이해가 되십니까?”

“훌륭하오! 정말 훌륭하오! 꼭 옆에서 지켜본 사람처럼 말하는구려!”

“방금 얘기한 부분은 우회적으로 추리해 낸 사실입니다. 그런데 스트레이커처럼 약아빠진 인간이 연습도 하지 않고 말의 힘줄 일부를 끊는 섬세한 작업을 할 리가 없다는 생각이 들더군요. 그렇다면 조교사는 무엇을 대상으로 연습했을까요? 우연히 양이 눈에 띄었을 때 나는 양을 돌보는 소년에게 물어보았습니다. 그 결과 놀랍게도 내 추리가 옳다는 것이 확인되었지요.

런던에 돌아왔을 때 나는 문제의 여성 의류점을 찾아가서 스트레이커가 다름 아닌 다비셔라는 이름의 씀씀이가 큰 고객이라는 사실을 확인했습니다. 다비셔에겐 값비싼 드레스를 좋아하는 아주 사치스러운 아내가 있더군요. 조교사는 그 여자 때문에 빚더미에 올라앉고 결국에는 이렇게 파렴치한 범행을 계획하게 된 것이 분명합니다.”

"선생은 한 가지만 빼고 모든 걸 다 설명하셨소이다."

대령이 외쳤다.

"말은 어디 있었소?"

"아, 말은 달아났습니다. 그동안 어느 이웃이 돌봐주었지요. 그 부분에 대해서는 너그럽게 용서하셔야 할 것 같습니다. 가만, 여긴 틀림없이 클래펌 역인 것 같습니다. 10분 안에 빅토리아 역에 도착하겠군요. 대령, 우리 집에 가서 시가라도 한 대 피우면서 얘기하는 게 어떨까요. 아직도 궁금한 점이 있다면 기꺼이 설명해 드리지요."

노란 얼굴

그동안 내가 간략하게 기록한 수많은 사건을 통해 독자들은 기이한 드라마 속에 직접 뛰어든 것처럼 생생하게 사건을 경험할 수 있었다. 그것은 내 친구 홈즈의 독특한 능력 덕분이었으므로 나는 자연스럽게 친구의 실패보다는 성공 사례를 위주로 다루었다. 그리고 내가 이렇게 한 것은 그의 명성을 높이기 위해서가 아니라(사실 그는 자신의 열정과 능력에 대한 찬사가 최고조에 달할 때면 어쩔 줄 몰라 했다.) 그가 풀지 못한 사건을 다른 사람이 해결한 경우는 거의 없었고, 그런 사건은 영구히 미제로 남았기 때문이다. 하지만 그가 실수를 저질렀어도 진실은 밝혀진 경우가 많았다. 나는 그런 사건을 대여섯 가지 기록해 놓았는데, 그중에서도 특히 '머즈그레이브 전례문' 사건과 지금 설명하려는 사건이 매우 흥미진진하다.

셜록 홈즈는 운동 그 자체를 위해 운동하는 일은 좀체 없는 사나이였다. 그는 어느 누구보다 힘이 좋았고, 권투 선수로서 같은 체급 내에서는 적수가 될 만한 사람이 거의 없는 정도였다. 하지만 그는 목적 없는 육체적 노력을 정력의 낭비로 간주했고, 직업상 어떤 구체적인 필요가 있을 때를 제외하면 몸을 움직이려 들지 않았다. 하지만 그는 피로와 좌절을 모르는 사나이였다. 그가 그런 조건에서 좋은 상태를 유지한 것은 주목할 만한 일이지만, 그는 항상 식사는 간소하게 했고 생활 방식은 단순하다 못해 금욕적일 정도였다. 가끔 코카인을 투여하는 걸 빼면 나쁜 습관은 없었는데, 그것도 사건 의뢰가 드물거나 신문에 흥미로운 기사가 없을 때 단조로운 일상에 저항하는 수단으로 택했을 뿐이다.

어느 이른 봄날, 홈즈는 전에 없이 나의 요청을 받아들여 공원에 함께 산책하러 나갔다. 느릅나무 가지에는 초록빛 새순이 움트고 있었고, 밤나무의 끈적끈적한 겨울눈이 막 다섯 장의 잎사귀를 펼치고 있었다. 우리는 서로를 속속들이 알고 있는 사람들답게 두 시간 동안 말없이 공원을 거닐었다. 베이커가로 돌아온 것은 저녁 다섯시가 다 돼서였다.

"실례합니다, 선생님."

사환 아이가 방문을 열고 말했다.

"어떤 신사가 선생님을 뵈러 왔었습니다."

홈즈는 그것 보라는 듯 나를 흘끗 쳐다보았다.

"이제 오후 산책은 끝이야! 그 신사는 돌아가셨나?"

"예, 선생님."

"들어와서 기다리시라고 했나?"

"예, 선생님. 방에 들어오셨습니다."

"얼마나 기다렸지?"

"30분 정돕니다. 그분은 여기 계시는 동안 안절부절못하고 방 안을 오락가락하며 발을 쿵쿵 구르셨습니다. 저는 문밖에서 대기하고 있었는데 소리가 다 들렸어요. 그러다가 갑자기 그분은 복도로 나와서 고함을 지르셨습니다. '그 사람 영영 안 온다더냐?' '조금만 더 기다리시면 될 겁니다.' 저는 이렇게 말했습니다. '그럼 난 바깥에서 기다려야겠다. 숨이 막혀 죽을 것 같으니까 말이야. 금방 다시 오마.' 그 말을 하고 밖으로 나가셨는데 제가 아무리 말려도 소용없었습니다."

"그래그래, 수고 많았구나."

방으로 들어가면서 홈즈가 말했다.

"하지만 왓슨, 정말 기운 빠지는 일이군. 그렇지 않아도 사건 의뢰가 들어오기만을 기다리고 있었는데, 그 사람이 그렇게 안절부절못했던 걸 보면 아주 중요한 일이었던 것 같아. 어럽쇼! 못 보던 파이프가 탁자 위에 놓여 있군. 그 신사가 두고 갔나 보네. 브라이어 뿌리로 만든 멋진 파이프일세. 기다란 담뱃대는 애연가들이 호박이라고 부르는 물건으로 돼 있어. 런던에 진품 호박 물부리가 몇이나 될까? 혹자는 호박 속에 든 화석 파리를 보고 진품 여부를 알 수 있다고 생각한다더군. 그렇게도 아끼는 파이프를 두고 간 걸 보니 마

음이 어지간히 급했나 보네.”

“그 신사가 이 파이프를 아낀다는 건 어떻게 알았나?”

“음, 내가 보기에 이 파이프는 처음 살 때의 가격이 7실링 6펜스 정도 됐을 거야. 그런데 여길 좀 보게, 두 번이나 수선한 흔적이 남아 있어. 한 번은 나무 담뱃대를, 또 한 번은 호박 물부리를 고쳤네. 보다시피 두 번 다 은제 띠를 둘러서 고쳤는데 수선 비용이 파이프 값보다 더 많이 치였을 걸세. 그 돈으로 새것을 사지 않고 헌것을 고쳐 쓰는 편을 택한 것은 파이프를 몹시 아끼기 때문이 아니겠나.”

“그 밖에 다른 건?”

나는 물었고, 홈즈는 손에 든 파이프를 돌려보면서 특유의 생각에 잠긴 태도로 응시했다.

그는 뼈에 대해 강의하는 교수처럼 길고 가는 손가락으로 파이프를 들고 톡톡 두들겼다.

"파이프는 대단히 흥미로운 물건일 경우가 많아. 시계와 구두끈을 제외하고 이것만큼 개성이 강하게 드러나는 물건은 별로 없지. 하지만 여기서 개성이란 별로 뚜렷한 것도 중요한 것도 아닐세. 이 파이프의 주인은 근육질이고 왼손잡이면서 이가 튼튼한 남자임에 틀림없네. 그리고 부주의한 데가 있지만 경제 활동을 할 필요가 없을 정도의 재력을 갖추고 있네."

내 친구는 건성으로 말하는 듯했지만 내가 자신의 추론을 이해하는지 보려고 나를 곁눈질했다.

"7실링짜리 파이프를 쓰기 때문에 돈이 많다고 보는 건가?"

"이건 1온스에 8펜스 하는 그로브너 담배라네."

홈즈는 손바닥에 담뱃재를 톡톡 털며 대꾸했다.

"그런데 그 반값만 주어도 품질 좋은 담배를 살 수 있거든. 그러니 경제 활동을 할 필요가 없는 사람이라고 볼 수 있지."

"그리고 다른 건?"

"이 사람은 등잔불이나 가스 불로 파이프에 불을 붙이는 습관이 있다네. 담배통 한쪽이 온통 그을린 것 보이지? 물론 성냥불로 불을 붙이는데 파이프가 이 모양으로 되는 일은 없어. 왜 성냥불을 담배통 옆에 갖다 대겠나? 하지만 등잔불로 불을 붙이면 담배통이 그을리게 마련이지. 그런데 그을린 쪽은 온통 오른쪽뿐일세. 나는 그걸 보고 이 신사가 왼손잡이라는 사실을 알아낸 걸세. 파이프를 한번 등잔불에 갖다 대보게. 자네는 오른손잡이니까 당연히 담배통 왼쪽이 불에 닿을 거야. 물론 반대쪽이 불에 닿을 수도 있지만 그건 어쩌다 한 번씩 있는 일이지. 그런데 이 담뱃대는 온통 오른쪽이 불에 닿은 흔적뿐이거든. 그리고 이 파이프의 호박 물부리에는 잇자국이 나 있어. 이렇게 잇자국이 남을 정도면 튼튼한 이에 근육질의 힘이 넘치는 사내가 틀림없네. 그런데 계단을 올라오는 발소리가 들리는군. 아까 그 신사인가 보네. 그럼 파이프 연구는 이만하고 좀 더 흥미로운 이야기를 들어보도록 하세."

잠시 후 문이 열리더니 키 큰 젊은이가 방으로 들어왔다. 그는 고급스럽고 점잖은 진회색 정장을 차려입었고 챙이 넓은 갈색 중절모를 들고 있었다. 나이는 서른 정도밖에 안 돼 보였지만 나중에 알고 보니 실제 나이는 그보다 많았다.

"실례합니다."

그는 약간 당황한 듯 말했다.

"문을 두드렸어야 하는 건데. 예, 물론 노크를 했어야 했습니다. 그런데 사실은 제가 지금 제정신이 아닙니다. 그러니 양해해 주시기 바랍니다."

그는 혼란스러운 사람처럼 이마를 쓸어 올리고 의자에 털썩 주저앉았다.

"하루 이틀 잠을 설치신 모양이군요."

홈즈는 편안하고 따뜻한 태도로 말했다.

"불면증이란 일보다, 심지어는 그 어떤 쾌락보다 신경을 혹사시키는 것이지요. 그런데 무엇을 도와드릴까요?"

"선생님의 조언이 필요합니다. 저는 어떻게 해야 할지 모르겠습니다. 제 인생 전체가 산산조각 난 것 같습니다."

"자문 탐정인 내게 일을 의뢰하러 온 겁니까?"

"그뿐만이 아닙니다. 저는 선생님의 세상 사는 지혜와 분별을 빌리고 싶습니다. 앞으로 어떻게 해야 할지 알고 싶습니다. 부디 선생님께서 그런 가르침을 주실 수 있기를 바랄 뿐입니다."

그는 말하는 것 자체가 몹시 고통스러운 듯했다. 원하지 않는 일을 의지의 힘으로 하는 사람처럼 날카롭게 그리고 띄엄띄엄 말을 내뱉었다.

"사실 제가 상담하려는 건 아주 예민한 문제입니다. 자신의 가정사를 남에게 털어놓고 싶은 사람은 없을 겁니다. 일면식도 없는 사람들과 아내의 행동에 대해 의논한다는 건 정말 두려운 일입니다. 그렇게 할 수밖에 없다는 게 너무 끔찍합니다. 하지만 저는 막다른 골목에 왔습니다. 조언이 필요합니다."

"친애하는 그랜트 먼로 씨."

홈즈가 입을 열었다.

손님은 튕기듯 자리에서 일어서며 외쳤다.

"뭐라고요! 제 이름을 알고 계십니까?"

홈즈는 빙그레 웃으며 말했다.

"이름을 감추고 싶거들랑 모자 안감에 이름을 써놓는 습관을 버리는 게 좋을 겁니다. 그렇지 않으면 대화 상대를 향해 모자 위쪽을 돌려놓으십시오. 내가 지금 하려고 했던 얘기는, 내 친구와 나는 이 방에서 기이한 비밀 이야기를 숱하게 들었고, 다행스럽게도 수많은

고통받는 영혼에게 평화를 가져다줄 수 있었다는 겁니다. 우리는 당신에게도 그렇게 해줄 수 있으리라 믿습니다. 알고 보면 분초를 다투는 일일지도 모르니 지체 없이 사건에 관해 이야기를 들려주시지 않겠습니까?"

손님은 몹시 곤혹스러운 듯 다시 한번 이마를 쓸어 올렸다. 그의 표정과 몸짓을 보고 그가 내성적이고 과묵하며 자존심이 강한 사람이라는 걸 알았다. 그는 자신의 상처를 드러내기보다는 감추려 하는 사람이었다. 그러나 먼로 씨는 과묵함 따위는 개한테나 던져주려는 듯 갑자기 주먹을 불끈 쥐고 휘두르며 말을 시작했다.

"홈즈 선생님, 사실은 이렇습니다. 저는 결혼한 지 3년 된 기혼자입니다. 그동안 아내와 저는 어느 부부 못지않게 서로 사랑하며 행복하게 살아왔습니다. 우리는 생각이나 말이나 행동에서 어떤 차이도 없었습니다. 그런데 지난 월요일부터 갑자기 우리 부부 사이에 벽이 생겼습니다. 알고 보니 아내의 말과 행동에는 거리에서 우연히 마주친 여인이나 한가지로 제가 잘 모르는 부분이 있었지요. 우리는 서먹서먹해졌고, 저는 그 이유를 알고 싶습니다.

홈즈 선생님, 얘기를 계속하기 전에 한 가지 밝혀두고 싶은 점이 있습니다. 그건 에피가 저를 사랑한다는 것입니다. 그 점에 대해서는 착오가 없었으면 합니다. 아내는 온 마음과 영혼을 다해 저를 사랑하고 있습니다. 저는 그걸 알고, 그걸 느끼고 있습니다. 그 점에 대해서는 다투고 싶지 않습니다. 한 여자가 한 남자를 사랑할 때 남자는 쉽사리 그걸 느낄 수 있습니다. 하지만 에피가 어떤 비밀을 갖게 되자 우리 사이는 예전과 같지 않게 되었습니다."

"먼로 씨, 부디 무슨 일인지 말씀해 주시기 바랍니다."

홈즈는 성급하게 말했다.

"우선 아내의 과거를 아는 대로 말씀드리겠습니다. 처음 아내를 만났을 때 그녀는 과부였습니다. 하지만 아주 젊었지요. 고작 스물둘이었으니까요. 그때 아내는 헤브론 부인이라고 불렸습니다. 그녀는 어렸을 때 미국으로 건너갔습니다. 그리고 애틀랜타 시에서 살다가 헤브론이라는 능력 있는 변호사를 만나 결혼했지요. 둘 사이에는 아이도 하나 있었는데 그 고장에서 황열병이 크게 유행할 때

남편과 아이가 둘 다 죽었다고 했습니다. 아내는 전남편의 사망 진단서를 제게 보여준 적도 있습니다. 이런 일을 겪은 뒤에 아내는 미국이란 나라에 염증을 느끼고 영국으로 돌아와 어느 독신 이모와 함께 미들섹스의 피너에서 살았습니다. 아내는 전남편 덕분에 유복하게 살게 되었다고 말할 수 있습니다. 아내에겐 4500파운드의 현금 자산이 있는데 전남편이 그걸 아주 잘 투자해 놓아서 평균 7퍼센트의 수익을 내고 있지요. 우리가 만난 건 아내가 피너에 온 지 여섯 달밖에 안 됐을 때였습니다. 우린 서로에게 반했고 몇 주 만에 결혼했습니다.

저는 홉 거래를 하는 상인인데 연간 칠팔백 파운드의 수입이 들어옵니다. 덕분에 우리 부부는 아주 풍족하게 살 수 있었고 노베리에 집세가 연 80파운드 되는 근사한 집을 얻었습니다. 우리가 사는 곳은 런던에서 아주 가까움에도 시골 냄새가 물씬 풍기는 곳이지요. 우리 집 위쪽에는 여관 하나와 집 두 채가 있고 집 앞의 목초지 맞은편에는 농가 주택 한 채가 있습니다. 그리고 역으로 가는 길 중간쯤까지 다른 집은 없습니다. 저는 직업상 어떤 계절에는 런던에 자주 나가지만 여름에는 별로 할 일이 없습니다. 우린 시골집에서 꿈결처럼 행복하게 살았지요. 분명히 말씀드리지만 이 저주받을 사건이 터지기 전까지 우리 부부 사이에는 어떤 문제도 없었습니다.

얘기를 계속하기 전에 또 한 가지 말씀드려야 할 게 있습니다. 우리가 결혼했을 때 아내는 전 재산을 저에게 넘겼습니다. 제 사업이 잘못되기라도 하는 날엔 곤란한 일이 생길 것 같아서 저는 반대했지요. 하지만 아내는 부득부득 우겼고 그래서 일은 아내 뜻대로 되었습니다. 아내가 저를 찾아온 것은 약 6주 전이었습니다.

'여보, 당신이 내 돈을 받아 갈 때 필요하면 언제든지 말하라고 했잖아요.'

'그랬소. 그건 전부 당신 돈이니까.'

'그럼 100파운드만 줘요.'

저는 그 말을 듣고 깜짝 놀랐습니다. 저는 기껏해야 새 드레스나 그런 비슷한 것일 거라고 상상하고 있었으니까요.

'대관절 뭐 하려고?' 저는 물었습니다.

아내는 장난스럽게 말했지요. '오, 당신은 그저 내 은행 역할을 할 뿐이라고 했잖아요. 그런데 은행에서 그런 질문하는 거 봤어요?'

'그 돈이 정말 필요하다면 물론 줘야지.'

'오, 그래요. 정말 필요해요.'

'그런데 무엇에 쓸 건지는 얘기 안 할 거란 말이오?'

'글쎄요, 언젠가는 말할지도 모르죠. 하지만 지금은 안 돼요.'

우리 사이에 어떤 비밀이 생긴 것은 그것이 처음이었지만 저는 그 정도에서 만족할 수밖에 없었습니다. 저는 아내에게 수표를 주었고 그 일에 대해선 더 이상 생각하지 않았습니다. 그 일이 나중에 생긴 사건과는 무관할지도 모르지만 저는 말씀드리는 게 좋을 거라고 생각했습니다.

좀 전에 저는 우리 집에서 그리 멀지 않은 곳에 농가 주택 한 채가 있다고 했습니다. 그런데 두 집 사이에는 목초지가 있어서 그곳에 가려면 도로를 따라가다가 다시 샛길로 접어들어 가야 합니다. 그 집 너머에는 멋진 스코틀랜드 전나무 숲이 있어서 저는 거기로 산책 나가는 걸 아주 좋아했지요. 나무들은 항상 이웃 같은 존재니까요. 그 농가 주택은 요즘 8개월간 비어 있었는데 그걸 볼 때마다 안타까웠습니다. 그 집은 예쁜 이층집인데 인동 덩굴이 타고 올라간 고풍스러운 현관문까지 있었지요. 저는 그 앞에 서서 사람이 살면 얼마나 산뜻한 집이 될까 하고 생각한 게 한두 번이 아니었습니다.

그런데 지난 월요일 저녁때 그 길로 산책을 나가는데 빈 짐마차 한 대가 올라오는 게 보였습니다. 그 집 현관문 옆 잔디밭에는 카펫 따위의 물건이 한 무더기 쌓여 있었지요. 빈 농가 주택에 마침내 누가 세를 든 게 분명했습니다. 저는 그 앞을 지나가다가 한가한 사람이 으레 그렇듯 걸음을 멈추고 집을 둘러보았습니다. 그렇게 가까운 곳으로 이사 온 이들이 대관절 어떤 사람들인지 궁금했지요. 그런데 문득 얼굴 하나가 2층 창문으로 저를 내다보는 걸 의식했습니다.

홈즈 선생님, 그 얼굴의 어떤 점 때문에 그랬는지는 잘 모르겠지만 어쩐지 등골이 서늘해졌습니다. 저는 창문에서 약간 떨어진 곳에 서 있었기 때문에 이목구비를 정확히 알아볼 수는 없었지요. 하지만 그 얼굴에는 뭔가 부자연스럽고 비인간적인 점이 있었습니다. 저는 그런 인상 때문에 저를 쳐다보고 있는 인물을 좀 더 가까이에서 보기 위해 재빨리 다가갔습니다. 그러자 그 얼굴은 갑자기 사라져버렸습니다. 꼭 어두운 방 안으로 딸려 들어간 것처럼 갑자기 없어져버렸지요. 저는 5분쯤 그 자리에 서서 어떻게 된 노릇인지 곰곰이 생각해 보며 제가 받은 인상을 분석하려고 해보았습니다. 그 얼굴이 여잔지 남잔지는 알 수 없었습니다. 그런 걸 구분하기에는 너무 먼 거리였지요. 하지만 가장 인상적인 것은 낯빛이었습니다. 그 얼굴은 죽은 사람처럼 창백했지요. 그리고 뭔가 딱딱하게 굳어 있는 부분이 있어서 소름 끼치도록 부자연스럽게 느껴졌습니다. 저는 너무도 이상해서 새로 이사 온 이웃들에 대해 좀 더 알아봐야겠다고 마음먹었습니다. 그래서 현관문을 두드렸지요. 곧 문이 열렸고 키가 크고 삐쩍 마른 여인이 사납고 무서운 얼굴을 하고 나왔습니다.

'무슨 볼일이쇼?' 여인은 미국 북부 사투리로 물었습니다.

'나는 저 앞집에 사는 사람입니다.' 저는 고갯짓으로 우리 집을 가리키며 말했습니다. '방금 이사 오는 걸 봤는데 뭔가 도울 일이라도 없는지…….'

'알았어요. 필요하면 부르지요.' 여인은 말하고 코앞에서 문을 쾅 닫았습니다. 저는 그 불쾌한 거절에 화가 나서 그만 집으로 돌아오고 말았습니다. 그리고 저녁 내내 딴생각을 해보려고 애썼지만, 창가에 서 있던 유령과 그 무례한 여인 생각이 머릿속을 떠나지 않더군요. 저는 그 얘기를 아내에게는 하지 않으리라고 마음먹었지요. 아내는 그렇지 않아도 신경이 날카로운 여잔데 제 마음속의 불쾌한 인상을 전해 주고 싶지 않았던 겁니다. 하지만 밤에 잠자리에 들기 전에 앞집에 누가 이사 왔다고 말해 주었습니다. 아내는 아무 말도 하지 않았지요.

저는 굉장히 깊이 잠드는 사람입니다. 가족들은 제가 한번 잠이

들면 누가 업어 가도 모를 거라며 놀려대곤 했지요. 그런데 그날 밤에는 낮에 있었던 일 때문에 흥분했기 때문인지 평소보다 훨씬 얕은 잠이 들었습니다. 그런데 문득 잠결에 방에서 무슨 일이 벌어지고 있다는 걸 의식했지요. 서서히 잠이 깨면서 아내가 망토를 걸치고 모자를 쓰고 있는 게 보였습니다. 저는 입술을 달싹거리면서 한밤중에 옷을 차려입는 것에 대해 한마디 따끔하게 말하려고 했습니다. 그런데 반쯤 뜬 눈으로 촛불에 비친 아내의 얼굴이 보였지요. 저는 깜짝 놀라 입이 얼어붙었습니다. 아내의 얼굴에는 한 번도 보지 못한 표정이 떠올라 있었어요. 아내가 그런 표정을 지을 수 있으리라고는 꿈에도 생각지 못했습니다. 아내는 망토 단추를 채우며 혹시 제가 깨지 않았는지 보려고 이쪽을 살피고 있었지요. 아내는 죽은 사람처럼 창백한 얼굴로 숨을 몰아쉬고 있었습니다. 그러더니 제가 아직 자고 있다고 생각했는지 소리 내지 않고 방을 나갔습니다. 잠시 후 삐걱거리는 소리가 또렷이 들려왔습니다. 그것은 아래층 현관문의 경첩에서 나는 소리였지요. 저는 벌떡 일어나 앉아서 이게 꿈인지 생시인지 확인하려고 침대 난간을 주먹으로 두드렸습니다. 그리고 베개 밑에서 시계를 꺼냈지요. 새벽 세시였습니다. 대관절 아내는 새벽 세시에 시골길로 나가서 무엇을 하려고 했을까요?

저는 20분가량 일어나 앉아서 뭔가 가능한 설명을 찾아보려고 했습니다. 하지만 생각하면 할수록 너무도 기이하고 종잡을 수 없는 일로 보였지요. 다시 조그맣게 문 열리는 소리가 나고 2층으로 올라오는 발소리가 들릴 때까지도 저는 갈피를 못 잡고 있었습니다.

'에피, 대체 어딜 갔다 오는 거요?' 아내가 들어오자 저는 물었습니다.

제가 말을 하자 아내는 기겁을 하며 숨죽인 비명 소리를 토해 냈습니다. 저는 아내가 놀라서 비명을 지른 것이 무엇보다 마음에 걸렸지요. 그런 모습에서 떳떳지 못한 어떤 것이 느껴졌으니까요. 아내는 항상 솔직담백한 여자였습니다. 그런데 남편이 말을 시키자 질겁해서 소리를 지르며 자신의 방으로 달아나는 모습을 보니 마음이 서늘해졌습니다.

'잭, 일어났군요!' 아내는 신경질적으로 웃으며 외쳤습니다. '세상

이 무너져도 당신이 잠에서 깨는 일은 없을 거라고 생각했는데.'

'어딜 다녀온 거요?' 저는 좀 더 엄격한 목소리로 물었습니다.

'당신이 놀란 것도 당연해요.' 아내는 망토 단추를 풀며 말했습니다. 아내의 떨리는 손이 훤히 보였습니다. '나도 이런 일은 처음이에요. 사실은 자다가 너무 갑갑했는데 신선한 공기를 좀 마시면 살 것 같았어요. 밖에 나가지 않았다면 정말 기절했을지도 몰라요. 난 잠간 문 앞에 서 있었어요. 지금은 괜찮아요.'

이 말을 하는 동안 아내는 제 쪽을 쳐다보지 않았습니다. 아내의 목소리는 평상시와 아주 달랐지요. 거짓말을 하고 있는 게 분명했습니다. 저는 아무 말도 하지 않았지만 역겨운 생각이 치밀어서 벽 쪽으로 얼굴을 돌렸습니다. 불쾌한 의심이 마음속에서 끝없이 피어올랐습니다. 아내가 감추려고 한 게 무엇일까? 아내는 대관절 어딜 다녀온 걸까? 저는 그 답을 알기 전까지는 마음의 평화를 찾지 못하리라는 걸 깨달았지만 아내가 거짓 대답을 한 다음에 다시 캐묻는 일은 피했습니다. 그날 밤 저는 밤새 잠을 못 이루고 말도 안 되는 상상으로 밤을 지새웠지요.

그날 저는 구시가에 갈 일이 있었지만 마음이 너무 어수선해서 일에 집중할 수가 없었습니다. 아내도 저만큼 뒤숭숭한 것 같았지요. 아내는 제가 자기 말을 믿지 않는다는 사실을 눈치챈 듯 불안한 시선으로 저를 바라보았고 어쩔 줄 모르는 듯했습니다. 우리는 조반을 들면서 거의 한마디도 하지 않았지요. 저는 식사를 마친 뒤에 신선한 아침 공기를 마시며 그 일에 대해 생각해 보려고 산책을 나갔습니다.

　저는 하이드 파크의 수정궁까지 가서 구내에 한 시간 정도 있다가 한시쯤에 노베리로 돌아왔습니다. 그리고 그 농가 주택 앞을 지나다가 전날 저를 내다보던 이상한 얼굴을 다시 볼 수 있을까 해서 걸음을 멈추고 창문을 올려다보았습니다. 그런데 갑자기 그 집 현관문이 열리더니 아내가 나왔습니다. 홈즈 선생님, 생각해 보세요, 제가 그걸 보고 얼마나 놀랐겠는지 말입니다.

　저는 아내를 보고 너무 놀라 말문이 막혔지만 시선이 마주친 순간 아내의 얼굴에 떠오른 표정을 보면 그녀는 저와 비교도 안 되게 놀란 것이 분명했습니다. 아내는 순간적으로 다시 집 안으로 들어가고 싶은 것 같았습니다. 하지만 아무리 숨어봤자 소용없으리라는 걸 알고 억지로 미소를 띠며 앞으로 나섰습니다. 얼굴은 하얗게 질려 있었고 눈에는 두려움이 가득했지요.

　'아, 잭, 새로 이사 온 분들한테 무슨 도와줄 일이라도 없는지 보려고 왔어요. 잭, 왜 그런 눈으로 쳐다보는 거예요? 나한테 화난 건 아니죠?'

　'그렇군. 당신이 밤중에 다녀온 곳이 바로 여기로군.'

　'그게 무슨 말이에요?' 아내는 소리쳤습니다.

　'당신은 여기 왔었어. 분명해. 당신이 그런 시간에 찾아간 사람들이 대관절 누구요?'

　'난 여기 처음 온 거예요.'

　'어떻게 당신도 믿지 않는 거짓말을 나한테 할 수 있소?' 저는 소리 질렀습니다. '당신 목소리만 들어도 그게 거짓말이라는 걸 알 수 있소. 내가 당신한테 뭘 숨긴 적이 있소? 난 이 집에 들어가보겠어. 대관절 어찌 된 노릇인지 내 눈으로 직접 확인하겠단 말이오.'

'안 돼요, 안 돼요. 잭, 제발!' 아내는 걷잡을 수 없이 당황하며 숨 넘어가는 목소리로 말했습니다. 그리고 제가 현관 앞으로 다가가자 제 소매를 붙잡고 힘껏 잡아당겼지요.

'여보, 사정할게요. 제발 이러지 마요.' 아내는 소리쳤습니다. '언젠가 모든 걸 다 말할게요. 맹세해요. 하지만 지금 이 집으로 들어가면 불행한 일이 생겨요.' 저는 아내를 뿌리치려고 했지만 아내는 미친 듯이 애원하며 매달렸습니다.

'여보, 날 믿어줘요!' 아내는 외쳤습니다. '이번 한 번만 믿어줘요. 나중에 절대로 후회하지 않을 거예요. 나를 위해서 당신한테 뭘 감추려고 하는 게 아니에요. 당신이 알게 되면 우리 두 사람의 생활이 위태로워져요. 나랑 같이 집에 가요. 그럼 아무 일도 없을 거예요. 하지만 당신이 나를 뿌리치고 억지로 이 집에 들어간다면 우리 사이는 끝장이에요.'

아내가 하도 매달리며 애걸하는 바람에 나는 마음을 정하지 못하고 문 앞에 서 있었습니다.

'한 가지 조건을 지켜준다면 당신을 믿겠소. 오직 한 가지 조건이오.' 저는 마침내 말했지요. '이제부터 이런 행동은 끝이오. 당신이 비밀을 고백하건 말건 그건 마음대로 하시오. 하지만 더 이상 밤에 외출하는 일도 나한테 뭘 숨기는 일도 없어야 하오. 앞으로 더 이상

그런 일이 없을 거라고 약속한다면 지난 일은 없었던 일로 하겠소.'

'당신이 날 믿어줄 줄 알았어요.' 아내는 안도의 한숨을 내쉬며 외쳤지요. '이제부터 당신 말대로 할게요. 가요. 이제 우리 집으로 가요.'

아내는 여전히 제 소매를 붙들고 잡아끌었습니다. 저는 집으로 가면서 흘끗 뒤를 돌아보았지요. 2층 창문에서 그 노랗고 창백한 얼굴이 우릴 내려다보고 있었습니다. 대관절 저 인간은 아내와 어떤 관계일까? 아니, 전날 보았던 사납고 무지막지한 여자는 아내와 어떤 관계란 말인가? 그것은 정말 기막힌 수수께끼였고, 저는 그 답을 알기 전까지는 결코 마음의 평화를 찾지 못하리라는 사실을 깨달았습니다.

그 일이 있고 난 뒤 이틀 동안 저는 집에 있었고 아내도 약속을 충실히 이행하는 모습을 보였습니다. 제가 아는 한 아내는 꼼짝 않고 집에만 있었으니까요. 하지만 셋째 날, 아내는 엄숙한 약속을 했으면서도 남편을 버리고 또 아내로서의 의무를 저버리고 그 야릇한 행동으로 되돌아갔습니다.

저는 그날 런던에 나갔다가 늘 타던 세시 36분 기차 대신 두시 40분 기차를 타고 돌아왔습니다. 집 안에 들어서자 하녀가 놀란 얼굴로 쫓아 나오더군요.

'안주인은 어디 계시냐?' 저는 물었습니다.

'산책하러 나가신 것 같습니다.' 하녀는 대답했지요.

금세 마음속에 의심이 스멀거렸습니다. 저는 아내가 집에 없다는 걸 확인하려고 2층으로 뛰어 올라갔습니다. 그런데 문득 창밖을 내다보니 방금 전의 하녀가 바쁜 걸음으로 목초지를 가로질러 그 집 쪽으로 가고 있는 게 보였습니다. 물론 저는 그게 무슨 뜻인지 정확하게 깨달았지요. 아내는 그 집으로 가면서 제가 오면 알려달라고 하녀에게 미리 부탁해 놓은 것입니다. 저는 분노에 눈앞이 캄캄해지는 걸 느끼며 1층으로 뛰어 내려가 그 집을 향해 목초지를 달려 갔습니다. 이제 끝장을 볼 생각이었지요. 아내와 하녀가 서둘러 샛길로 나선 것이 보였지만 저는 본 척도 하지 않았습니다. 제 인생에 그림자를 드리운 비밀이 그 집에 있었습니다. 저는 무슨 일이 있든 진실을 밝혀내리라고 맹세했지요. 그리고 문도 두드리지 않고 그 집 문을 열었습니다.

　집 안은 쥐 죽은 듯 고요했습니다. 부엌에서는 주전자의 물이 끓고 있었고 바구니 속에 커다란 검은 고양이 한 마리가 도사리고 있었습니다. 하지만 며칠 전에 봤던 그 여인은 어디에도 없었습니다. 다른 방에도 뛰어 들어갔지만 비어 있었지요. 2층에도 뛰어 올라갔지만 방 두 개가 모두 비어 있었습니다. 온 집 안이 텅 비어 있었지요. 가구와 그림은 대부분 흔하고 조잡한 것이었지만 한 방만은 예외였습니다. 그것은 그 이상한 얼굴이 나타났던 창문이 있는 방이었지요. 그곳은 안락하고 우아하게 꾸며져 있었는데, 벽난로 선반 위에는 다름 아닌 아내의 사진이 놓여 있었습니다. 그걸 보자 모든 의혹이 고통의 불길이 되어 활활 타올랐지요. 그것은 겨우 3개월 전 저의 부탁으로 찍은 아내의 전신사진이었습니다.

　저는 한참 더 머물며 집에 아무도 없다는 사실을 확인했습니다. 그리고 무거운 마음으로 그 집을 나왔지요. 그런 심정이 되어본 것은 정말 처음이었습니다. 집에 들어가자 아내가 홀로 나왔습니다. 하지만 저는 마음에 상처를 입은 데다 화가 치밀어 말도 하고 싶지 않았습니다. 그래서 아내를 밀치고 서재로 향했지요. 하지만 아내는 기어코 서재로 뒤따라 들어왔습니다.

　'여보, 약속을 어겨서 미안해요. 하지만 사정을 알면 틀림없이 날 용서해 줄 거예요.'

'그럼 어떻게 된 건지 다 말해 보시오.'

'난 못 해요, 여보, 난 못 하겠어요.' 아내는 소리쳤지요.

'그 집에 살고 있는 사람이 누군지, 그리고 당신이 사진을 갖다준 사람이 누군지 말해 주지 않는다면 절대로 당신을 믿을 수 없소.' 저는 이렇게 말하고 아내를 뿌리치고 집을 나왔습니다. 홈즈 선생님, 이게 바로 어제 있었던 일입니다. 그리고 저는 그다음엔 아내를 보지 못했고 그 일이 어떻게 됐는지도 더 이상 모릅니다. 우리 부부 사이에 문제가 생긴 것은 이번이 처음이었지요. 그리고 저는 하도 충격을 받아서 대관절 어떻게 하는 게 최선인지도 잘 모르겠습니다. 그런데 오늘 아침에 문득 선생님만 한 분이라면 저에게 조언을 해주실 수 있을 것 같다는 생각이 들었습니다. 그래서 급히 여기로 달려와서 사정을 털어놓은 것입니다. 아직도 궁금한 점이 있다면 물어봐주십시오. 하지만 무엇보다 제가 어떻게 해야 하는지 일러주십시오. 저는 이런 고통이 너무도 견디기 힘듭니다.”

홈즈와 나는 이 기이한 이야기에 대단한 흥미를 느끼며 귀 기울이고 있었다. 먼로 씨는 격한 감정 때문인지 때로는 말을 더듬기도 하고 발작적으로 떨기도 했다. 내 친구는 손으로 턱을 괸 채 말없이 생각에 잠겼다.

“그런데 창가의 얼굴이 남자 얼굴이 틀림없습니까?”

“가까이서 본 적이 없어서 그건 정확히 알 수 없습니다.”

“하지만 불쾌한 인상을 받으셨나 봅니다.”

“낯빛이 부자연스럽고 표정이 이상하게 굳어 있었습니다. 제가 가까이 갈 때마다 그 얼굴은 금세 자취를 감추었지요.”

“부인께서 100파운드를 요구하신 게 언제의 일이지요?”

“거의 두 달 전입니다.”

“전남편의 사진을 본 적 있습니까?”

“아니요. 애틀랜타에서 전남편이 죽은 뒤에 큰불이 났다고 합니다. 그래서 사진이 전부 불에 탔다고 했지요.”

“그런데 부인께서는 전남편의 사망 진단서를 갖고 계셨습니다. 그걸 본 적이 있다고 하셨지요?”

“예. 불이 난 뒤에 재발급을 받았다고 합니다.”

“미국에서 부인을 알던 사람을 만난 적이 있습니까?”

“아니요.”

"부인께서 그곳에 다시 가보고 싶다는 말을 한 적이 있습니까?"

"아니요."

"아니면 미국에서 편지를 받은 적은?"

"없습니다."

"감사합니다. 이제 그 문제에 대해 생각을 좀 해보고 싶군요. 만약 새로 이사 온 사람들이 집을 아주 떠났다면 일이 좀 어려워질 겁니다. 하지만 그럴 가능성보다는 어제 먼로 씨가 온다는 기별을 받고 집을 잠깐 비웠을 가능성이 큽니다. 그렇다면 지금쯤 집에 돌아와 있을 테고 우리는 쉽게 사실을 규명할 수 있을 겁니다. 그럼 이제 제 의견을 말씀드리지요. 우선 노베리로 돌아가서 그 집 창문을 자세히 살펴보십시오. 만약 집 안에 사람이 있는 것 같거든 무조건 그 집으로 들어가려고 하지 마시고 우리에게 전보를 치십시오. 전보를 받으면 한 시간 내로 거기에 도착하겠습니다. 그다음에 곧장 진상을 밝히는 일에 착수합시다."

"만약 그 집이 계속 비어 있으면?"

"그렇다면 내일 거기로 찾아가겠습니다. 그때 같이 이야기하도록 하지요. 그럼 안녕히 가십시오. 그리고 무슨 문제가 확인된 것도 아닌데 너무 속 태우지 마십시오."

내 친구는 그랜트 먼로 씨를 문밖까지 배웅하고 와서 말했다.

"왓슨, 어쩐지 추잡한 일인 것 같아. 자네 생각은 어떤가?"

"느낌이 별로 안 좋구먼."

"그래. 내가 보기엔 부인이 협박당하고 있는 것 같아."

"누구한테?"

"응, 그 농가 주택에 단 하나뿐인 안락하게 꾸며진 방에서, 난로 위에 부인의 사진을 올려놓고 사는 인간한테 그랬겠지. 여보게, 창가의 노란 얼굴에는 형언할 수 없을 만큼 흥미로운 점이 있어. 난 무슨 일이 있어도 이 사건을 놓치지 않을 걸세."

"가설을 세운 건가?"

"응, 잠정적으로. 하지만 십중팔구 내가 세운 가설이 옳다는 게 판명될 거야. 먼로 부인의 전남편이 그 농가 주택에서 살고 있어."

"왜 그렇게 생각하나?"

"그렇지 않고서야 지금 남편이 그 집에 들어가는 걸 한사코 말리는 이유를 설명할 수가 없지. 내가 생각하는 바에 따르면 사실은 이런 거야. 그 여성은 미국에서 결혼했어. 그런데 남편에게 어떤 고약한 면이 생겼지. 어쩌면 끔찍한 병에 걸려서 문둥이나 저능아가 됐다고도 할 수 있을 걸세. 부인은 마침내 남편 곁에서 도망쳐 영국으로 왔네. 그리고 재혼하면서 새 출발을 했어. 적어도 그 여성은 그렇게 생각했지. 먼로 부인은 3년 동안 결혼 생활을 했고 자신의 위치가 안정됐다고 생각했네. 남편에게는 자신에게 성을 빌려준 다른 남자의 사망 진단서를 보여주었지. 그런데 갑자기 전남편이, 아니면 불구자에게 기생하는 파렴치한 여인이 먼로 부인의 소재를 알아낸 거야. 이들은 부인의 집에 찾아와서 사실을 폭로하겠다는 협박 편지를 보내지. 부인은 남편에게 100파운드를 받아서 입막음을 하려고 하네. 하지만 두 사람은 기어코 근처로 이사 왔고, 남편이 무심

코 앞집에 누가 새로 이사 왔다는 얘기를 했을 때 부인은 그들이 누군지 짐작하게 되네. 부인은 남편이 잠들기를 기다렸다가 그 집에 쫓아가서 제발 자신을 가만히 놓아두라고 설득하지. 하지만 아무리 말해도 소용없었어. 그래서 다음 날 아침에 다시 그 집에 쫓아갔다가 나오는 길에 남편과 마주친 걸세. 부인은 남편에게 다시는 거기 가지 않겠다고 약속하지만 이틀 뒤에 그 무서운 이웃을 쫓아내고 싶은 욕구를 억누르지 못하고 다시 그 집에 찾아갔네. 이번에는 그쪽에서 요구한 사진을 들고 말일세. 그런데 그 집 사람들과 얘기를 하고 있는데 하녀가 달려와서 주인이 돌아왔다고 고했네. 그러자 부인은 남편이 곧장 거기로 올 거라는 사실을 알고 그 집 사람들을 서둘러 뒷문으로 내보내지. 그 부근에 있다는 전나무 숲으로 말이야. 먼로 씨가 갔을 때 집이 비어 있었던 것은 이 때문이었네. 하지만 오늘 저녁때도 집이 비어 있을 리는 없어. 자네는 내 이론에 대해 어떻게 생각하나?"

"순전히 추측뿐이로군."

"하지만 적어도 모든 사실을 설명해 주기는 하지. 내가 세운 가설과 맞지 않는 사실이 나오면 그때 가서 재고해 봐도 늦지 않을 걸세. 노베리의 친구한테서 기별이 오기 전까지는 더 이상 할 수 있는 일이 없군."

하지만 우리는 그리 오래 기다릴 필요가 없었다. 전보가 온 것은 우리가 막 차를 마시고 난 다음이었다.

사람들이 아직 그 집에 있음. 창가에서 그 얼굴을 다시 보았음. 마중 나가겠으니 일곱시 기차로 오시기 바람. 두 분이 올 때까지 아무 조치도 취하지 않겠음.

기차에서 내렸을 때 먼로 씨는 승강장에서 우릴 기다리고 있었다. 역사의 불빛 아래 그는 몹시 파리해 보였고 흥분으로 몸을 떨었다.

"홈즈 선생님, 그들은 아직 그 집에 있습니다."

그는 내 친구의 옷소매에 손을 올려놓으며 말했다.

"여기 오는 길에 그 집에서 불빛이 흘러나오는 걸 봤습니다. 이제 사실을 분명하게 밝히고야 말겠습니다."

"그럼 무슨 계획을 갖고 계십니까?"

가로수가 서 있는 어둠침침한 도로를 걷는 동안 홈즈가 물었다.

"저는 그 집에 쳐들어가서 거기 있는 자가 누군지 제 눈으로 확인하려고 합니다. 두 분은 증인의 자격으로 동행해 주십시오."

"모르는 척하는 게 낫다고 부인이 경고하셨음에도 그렇게 하기로 작정한 겁니까?"

"예, 저는 결심했습니다."

"흠, 나도 그렇게 하는 게 좋을 거라는 생각이 드는군요. 어떤 진실이든 끝없는 의심보다는 나으니까요. 그럼 당장 같이 올라가는 게 좋겠습니다. 물론 법적으로 우리는 명백히 불법 행위를 하는 겁니다. 하지만 그럴 만한 가치가 있는 일이라고 생각합니다."

캄캄한 밤이었다. 좁은 샛길로 접어들었을 때 가랑비가 내리기 시작했다. 바큇자국이 깊이 팬 길 양쪽으로 관목 울타리가 서 있었다. 그랜트 먼로 씨는 앞장서서 급하게 내달았고 우리는 비틀거리며 겨우 뒤를 쫓아가는 게 고작이었다.

"저기 보이는 게 우리 집 불빛입니다."

먼로 씨는 나무 사이로 반짝거리는 불빛을 가리키며 중얼거렸다.

"그리고 이 앞에 있는 게 우리가 찾아가는 그 집입니다."

그가 말하는 사이에 우리는 길모퉁이를 돌았다. 집이 나타났다. 시커먼 앞마당에 노란 불빛이 길게 드리워져 있는 걸로 봐서 현관문이 조금 열려 있는 듯했다. 2층의 어느 창문에서 밝은 불빛이 흘러나왔다. 우리가 올려다보고 있는 동안 검은 그림자 하나가 커튼 앞에서 움직이는 모습이 보였다.

"저 인간입니다!"

그랜트 먼로가 부르짖었다.

"저기 누가 있는 게 보입니다. 자, 저를 따라오십시오. 이제 모든 게 다 밝혀질 겁니다."

우리는 문 앞으로 다가갔다. 그런데 갑자기 한 여성이 그늘에서 나오더니 노란 불빛 속에 섰다. 어두워서 얼굴은 잘 보이지 않았지만 그녀는 애원하는 듯한 태도로 두 팔을 올렸다.

"제발, 그러지 마요, 잭!"

여인은 외쳤다.

"당신이 오늘 밤에 여기 올 줄 알고 있었어요. 오, 여보! 다시 한번 생각해 봐요! 날 한 번만 더 믿어줘요. 그럼 절대로 후회하지 않을 거예요.”

“에피, 난 당신을 너무 오랫동안 믿어왔어.”

그는 엄격한 목소리로 외쳤다.

“붙잡지 마시오! 난 들어가야겠소. 여기 있는 친구들과 함께 이 문제를 완전히 매듭짓겠소!”

그는 아내를 옆으로 밀쳤고 우리는 그의 뒤를 바짝 쫓았다. 그가 문을 열자 늙수그레한 여인 하나가 달려 나와 앞을 막아섰다. 그러나 그는 여인을 떠밀었고 우리는 순식간에 2층으로 올라갔다. 그랜트 먼로는 2층의 불 켜진 방으로 뛰어들었고 우리도 뒤따라 들어갔다.

그것은 가구가 잘 갖추어진 아늑한 방이었다. 탁자와 벽난로 선반 위에 촛불이 두 개씩 놓여 있었다. 구석에서 여자애 같은 한 아이가 책상 위로 고개를 숙이고 있었다. 우리가 들어갔을 때 아이는 고개를 홱 돌렸지만 우리는 아이가 빨간 드레스에 하얀색의 긴 장갑을 끼고 있는 걸 볼 수 있었다. 아이가 우리를 흘끗 돌아보았을 때, 나는 경악과 공포에 못 이겨 고함을 질렀다. 아이의 얼굴은 너무도 이상한 흙빛이었고 아무 표정이 없었다. 수수께끼는 곧 풀렸다. 홈즈가 웃으면서 아이의 귀 뒤에 손을 대자 가면이 벗겨지며 꼬마 숙녀의 새까만 얼굴이 나타났다. 아이는 우리의 놀란 얼굴이 재미있는지 흰 이를 드러내며 웃었다. 나도 아이의 명랑한 기분에 전염되어 웃음을 터뜨렸다. 그러나 그랜트 먼로는 자신의 목덜미를 움켜쥐고 멍하니 바라보기만 할 뿐이었다.

“맙소사! 대관절 이게 무슨 뜻일까요?”

"무슨 뜻인지 내가 말하겠어요."

부인이 굳은 얼굴로 당당하게 들어서며 외쳤다.

"나는 말하고 싶지 않았지만 당신이 그렇게 원하니 어쩔 수 없게 됐군요. 이왕 이렇게 됐으니 우리 둘 다 최대한 노력해야 해요. 전남편은 애틀랜타에서 죽었어요. 하지만 아이는 살았지요."

"당신 아이가?"

부인은 가슴에서 커다란 은제 로켓을 끄집어냈다.

"당신 이 속에 든 걸 한 번도 본 적이 없을 거예요."

"나는 그게 안 열리는 줄 알았소."

부인이 용수철을 건드리자 뚜껑이 찰칵 열렸다. 그 안에는 놀랄 만큼 잘생기고 지적으로 보이는 남자의 초상화가 들어 있었다. 그러나 그 남자의 용모에는 아프리카계의 특징이 뚜렷이 살아 있었다.

"바로 이 사람이 애틀랜타의 존 헤브론이에요. 세상에서 가장 고결한 남자였지요. 나는 이 사람과 결혼하기 위해 내가 살아온 세계와 인연을 끊었어요. 하지만 그가 살아 있는 동안 단 한 순간도 그걸 후회한 적이 없답니다. 그런데 불행하게도 우리 사이에 태어난 외동딸은 엄마보다는 아빠 쪽을 더 많이 닮았어요. 흑인과 백인의 결합에서 그런 일은 드물지 않지요. 우리 루시는 제 아빠보다도 훨씬 피부가 검었어요. 하지만 검든 희든 이 애는 사랑하는 내 딸이고, 내 귀염둥이예요."

어린 것은 그 말을 듣자 쪼르르 달려와 엄마의 치맛자락에 매달렸다.

"이 아이를 미국에 두고 떠나온 건 얘가 몸이 약했기 때문이었어요."

부인은 말을 계속했다.

"환경이 바뀌면 아이한테 해로울 것 같았지요. 그래서 나는 아이를 우리 집 하녀로 있던 충실한 스코틀랜드 여자한테 맡겼어요. 이 아이가 내 자식이라는 걸 부인할 생각은 꿈에도 없었어요. 하지만 잭, 난 어쩌다 당신을 만나 사랑하게 됐지요. 그러자 아이 얘기를 털어놓는 게 두려워졌어요. 오 하느님, 나는 당신을 잃을까 봐 두려웠던 거예요. 당신에게 솔직히 고백할 용기가 없었어요. 난 두 사람 사이에서 선택을 해야 했고, 마음이 약해졌을 때 딸아이에게 등을 돌렸지요. 난 아이의 존재를 3년간 비밀에 부쳤지만 보모한테서 소식을 듣고 아이가 건강해졌다는 걸 알게 됐어요. 그러자 아이를 보고 싶은 마음이 걷잡을 수 없을 만큼 커졌지요. 참으려고 했지만 뜻대로 되지 않았어요. 그래서 난 위험하다는 걸 알고 있었지만 단 몇 주일만이라도 아이를 옆에 두기로 결심했답니다. 그리고 보모에게 100파운드를 보내면서 이 집에 대해 알려줬지요. 내가 나서서 어떤 식으로든 관계가 있다는 걸 드러내지 않고도 보모가 이웃집으로 이사 올 수 있도록 말이에요. 나는 조심하느라고 보모에게 낮에는 아이를 집 밖에 내보내지 말고, 얼굴과 손을 가려놓으라고 부탁하기까지 했어요. 혹시 누가 창문으로 아이를 보게 되더라도 이웃집에 흑인 아이가 살고 있다는 소문이 퍼지지 않도록 말이지요. 하지만 그렇게까지 조심하지 않는 편이 오히려 현명했을 거예요. 난 당신이 사실을 알게 될지도 모른다는 두려움 때문에 정신이 반쯤 나가 있었어요.

그런데 이 집에 누가 이사 왔다는 말을 처음으로 해준 사람이 바로 당신이었어요. 아침까지 기다려야 했지만 마음이 들떠서 잠을 잘 수가 없었지요. 그래서 당신이 한번 잠들면 좀처럼 깨지 않는다는 걸 알고 밤중에 나간 거예요. 하지만 당신은 내가 나가는 걸 봤고 그게 불행의 씨앗이 되었지요. 다음 날 당신은 내가 이 집에서 나오는 현장을 목격했지만 더 이상 추궁하지 않고 기품 있게 참아주었어요. 하지만 사흘 뒤, 당신은 이 집으로 뛰어 들어왔고 보모와 아이는 뒷문으로 간신히 피했어요. 그리고 오늘 밤에 당신은 마침내 사실을 전부 알게 되었군요. 대답해 주세요. 이제 아이와 나는 어떻게 되는 건가요?"

부인은 두 손을 마주 잡고 대답을 기다렸다.

긴 10분이 지난 뒤 그랜트 먼로는 침묵을 깼다. 그의 대답은 생각할수록 흐뭇한 것이었다. 그는 아이를 번쩍 안아 들고 볼에 뽀뽀해 준 다음 아내에게 손을 내밀고 문 쪽으로 돌아섰다.

"그 문제에 대해서는 집에 가서 좀 더 편안하게 얘기하기로 합시다."

먼로가 말했다.

"에피, 난 아주 좋은 사람은 아니오. 하지만 당신이 생각하는 것보다는 훨씬 나은 인간일 거요."

홈즈와 나는 이들을 따라 샛길로 나섰다. 내 친구는 집에서 나올 때 내 옷소매를 슬쩍 잡아당겼다.

"여보게, 우린 노베리보다는 런던에 가 있는 편이 도움이 되겠어."

홈즈는 그날 밤늦게까지 그 사건에 대해 일언반구도 없었다. 그러다 촛불을 들고 침실로 들어가는 길에 한마디 툭 던졌다.

"왓슨, 앞으로 내 능력을 과신하거나 사건 수사에 최선을 다하지 않는다고 생각될 때가 있거들랑 '노베리'라고 내 귀에 속삭여주게. 그럼 나는 자네에게 한없이 감사할 걸세."

증권 거래소 직원

나는 결혼 직후에 패딩턴 구역에서 의원을 하나 인수했다. 그것은 한때 명의로 이름을 날렸던 늙은 파커 선생의 의원이었다. 선생이 늙고 무도병(신체 여러 부분의 근육군이 불규칙적, 불수의적으로 운동하는 것이 특징인 신경계 질환 — 옮긴이)을 앓게 되면서 진료실엔 점차 환자들의 발길이 뜸해졌다. 사람들은 대개 타인을 치료하는 사람은 자신부터 건강해야 한다고 생각해서 약으로 치료가 불가능한 난치병을 앓는 의사의 치료 능력을 의심하는 경향이 있다. 그래서 전임자의 건강이 나빠지면서 진료 실적도 쇠퇴일로를 걸었고, 내가 파커 선생에게 의원을 인수했을 때 연간 진료 수입은 1200파운드에서 300파운드를 밑도는 금액으로 격감한 상태였다. 하지만 나는 자신의 젊음과 열정을 믿었고, 몇 년 안에 의원을 예전의 위치로 되돌려놓을 거라고 자신했다.

　의원을 인수하고 세 달 동안은 일에 매달리느라 베이커가를 방문할 틈을 내지 못했고, 그래서 내 친구 셜록 홈즈를 거의 만나지 못했다. 게다가 그는 용무 없이 밖에 나다니는 사람이 아니었다. 그런데 6월 어느 날 아침, 조반을 마치고《영국 의학 회지》를 읽고 있는데 초인종 소리와 함께 옛 친구의 약간 갈라진 듯한 높은 목소리가 들려오는 바람에 깜짝 놀랐다.

　"아, 여보게."

　홈즈는 성큼성큼 들어오며 말했다.

　"이렇게 만나니 반갑구먼! 부인께선 지난번 '네 사람의 서명' 사건으로 인한 흥분 상태에서 완전히 회복하셨으리라 믿네."

　"고마워. 우리 모두 잘 지내고 있지."

　나는 그의 손을 반갑게 잡아 흔들며 말했다.

　"또 있네."

　홈즈는 흔들의자에 앉으며 말을 이었다.

　"환자를 돌보느라 추리 문제에 대한 예전의 관심이 완전히 없어진 건 아니겠지?"

　"그럴 리가 있나. 지난밤에도 옛 기록을 들춰보면서 과거의 수사 기록 몇 가지를 분류하는 작업을 했는걸."

　"앞으로 사건 기록에서 손을 뗄 생각은 아니겠지?"

　"천만에. 그런 경험을 좀 더 해보는 것이야말로 나의 가장 큰 희망 사항일세."

　"그럼 오늘은 어떤가?"

"괜찮아. 자네가 좋다면."

"버밍엄까지 가야 하는데?"

"상관없어. 자네가 원한다면."

"그럼 환자는?"

"이웃 의사가 자리를 비울 때 내가 그 집 환자를 대신 봐줬거든. 그 사람은 언제고 빚을 갚을 준비가 돼 있을 걸세."

"허! 그것참 잘됐군."

홈즈는 의자에 몸을 기댄 채 실눈을 뜨고 나를 유심히 살폈다.

"자네 요즘 건강이 별로 좋지 않았군. 여름 감기란 건 정말 괴로운 거지."

"지난주에 심한 감기에 걸려서 사흘 동안 집에서 꼼짝 못했다네. 하지만 지금은 겉보기에도 멀쩡하게 다 나은 줄 알았는데."

"자네 말이 맞아. 지금은 아주 건강해 보인다네."

"그럼 대관절 그건 어떻게 알았나?"

"이 친구야, 자넨 내 방법을 알고 있지 않나."

"그럼 추리해 낸 거로구먼."

"당연하지."

"무얼 보고?"

"자네 슬리퍼를 보고."

나는 지금 신고 있는 새 에나멜가죽 슬리퍼를 내려다보았다.

"도대체 그건……."

홈즈는 내 질문이 채 끝나기도 전에 대답했다.

"자네 새 슬리퍼를 신었군. 그걸 신기 시작한 지 몇 주밖에 안 됐을 거야. 그런데 살짝 들려 올라간 슬리퍼 바닥 면을 보니 약간 그을려 있더군. 처음에는 슬리퍼가 젖어서 말리다가 태운 게 아닌가 하고 생각했지. 하지만 발등에 동그란 종이 상표가 붙어 있는 게 보였네. 물에 젖었다면 그건 벌써 떨어져 나가고 없을 거야. 그렇다면 자넨 슬리퍼를 신은 채 불을 쬐었던 것이네. 그런데 건강이 좋은 사람이라면 이런 6월에 아무리 발이 젖었어도 불을 쬐는 일 따윈 하지 않았을 걸세."

홈즈의 추론이 다 그렇지만 일단 설명을 듣자 아주 쉬워 보였다. 그는 내 표정을 보고 그런 생각을 읽어낸 듯 약간 씁쓸한 미소를 지었다.

"나는 설명할 때 나를 너무 과다하게 노출시키는 것 같아. 근거를 빼고 결과만 말하면 훨씬 더 인상적일 텐데. 그럼 자네 버밍엄에 같이 갈 텐가?"

"물론이지. 그런데 어떤 사건인가?"

"그 얘기는 기차에서 들려주기로 하겠네. 지금 의뢰인이 사륜마차에서 대기하고 있어. 곧 출발할 수 있나?"

"응, 잠깐만 기다려주게."

나는 이웃 의사에게 보낼 메모를 휘갈겨 쓰고 2층으로 뛰어 올라가 아내에게 사정을 설명한 다음 홈즈와 함께 밖으로 나갔다.

"이웃 사람도 의사로군."

홈즈는 청동 문패를 고갯짓으로 가리키며 말했다.

"응. 나처럼 의원을 인수했지."

"유서 깊은 의원이었나?"

"응. 우리 집하고 같네. 두 의원의 건물과 역사가 똑같지."

"아! 그럼 자네가 더 잘되는 쪽을 물려받았구먼."

"그런 것 같네. 그건 어떻게 알았나?"

"이 사람아, 그건 계단을 보고 알았지. 자네 집 계단이 옆집 계단에 비해 7.5센티미터는 더 패었네. 그건 그렇고, 마차에 타고 계신 이 신사가 홀 파이크로프트 씨라네. 인사하게. 마부, 기차 시간이 다 되었으니 어서 출발하세."

나와 마주 보고 앉아 있는 사람은 건장한 체격에 싱그러운 얼굴의 젊은이였다. 솔직하고 정직한 얼굴에 곱슬곱슬한 노란 턱수염을 약간 기르고 있었다. 윤기 흐르는 중산모에 깔끔한 검은색 정장을 갖춰 입은 품이 영락없이 젊고 단정한 금융업계 직원이었다. 그는 런던 토박이에 속하는 부류였지만 자원입대해도 나무랄 데 없는 군인이 될 것 같았고, 영국 전역을 통틀어 누구에게도 뒤지지 않을 운동선수가 될 것 같기도 했다. 혈색이 좋은 둥근 얼굴에는 타고난 쾌활함이 넘쳤지만 무슨 고민이 있는지 입꼬리가 처진 것이 약간 희극적으로 보였다. 하지만 그가 어떤 문제 때문에 셜록 홈즈를 찾아왔는지 알게 된 것은 버밍엄행 기차의 일등실에 탄 다음의 일이었다.

"앞으로 족히 70분은 더 가야 하오."

홈즈는 말했다.

"홀 파이크로프트 씨, 당신이 경험한 대단히 흥미로운 사건을 내게 말한 그대로 내 친구에게 들려주기 바라오. 자세히 얘기할수록 좋소이다. 사건에 대한 얘기를 다시 듣는 건 나한테도 도움이 되니까 말이오. 왓슨, 이것은 엄청난 사건일 수도 있지만 아무것도 아닌 일일 수도 있네. 하지만 적어도 자네나 내가 좋아하는 기묘한 사건임에는 분명하지. 자, 파이크로프트 씨, 이제 나는 끼어들지 않겠소."

젊은 친구는 반짝이는 눈으로 나를 바라보고 말했다.

"제 경험에서 가장 나쁜 부분은 제가 형편없는 바보 짓을 했다는 겁니다.

물론 일이 잘 해결될 수도 있습니다. 그리고 제가 달리 어떻게 할 수 있었는지도 잘 모르겠고요. 하지만 제 손에 들어온 패를 놓치고 그 대가로 아무것도 얻지 못한다면 정말 한심한 기분이 들 겁니다.

왓슨 박사님, 저는 그다지 훌륭한 이야기꾼은 아니지만 지금부터 자초지종을 말씀드리겠습니다.

저는 드레이퍼 가든스의 콕슨 앤 우드하우스사에서 일했습니다. 그런데 지난 이른 봄에 회사에서 남미의 베네수엘라 공채를 사들였다가 엄청난 손해를 보았지요. 아마 그 일에 대해선 들어보셨을 겁니다. 저는 거기서 5년간 일했는데 회사가 도산하자 콕슨 사장님은 저에게 최상의 추천장을 써주셨지요. 하지만 저를 포함해서 스물일곱 명의 직원들은 전부 실업자 신세가 되었습니다. 저는 여기저기 이력서를 내보았지만 처지가 같은 경쟁자들이 부지기수였지요. 어딜 가도 도무지 받아주는 데가 없었습니다. 저는 콕슨사에서 주급 3파운드를 받았고 그동안 대략 70파운드를 저축해 놓았습니다. 하지만 그 돈을 야금야금 빼서 쓰다 보니 금방 바닥이 나고 말았지요. 저는 마침내 막다른 골목에 이르고 말았습니다. 모집 광고를 보고 이력서를 보내려고 해도 우표도 떨어지고 우표를 붙일 봉투도 없는 형편이었습니다. 사무실 계단을 신발이 닳도록 오르내렸지만 취직은 항상 요원한 일 같았습니다.

그러다가 롬버드가에 있는 큰 증권 회사 모슨 앤 윌리엄스사에 결원이 생긴 걸 알게 되었습니다. 두 분께선 경제 쪽에는 문외한이실 듯한데, 사실 그 회사는 런던에서 가장 자본이 탄탄한 증권 거래소라고 할 수 있습니다. 이력서는 반드시 우편으로 접수받는다고 해서 저는 추천장과 이력서를 보냈지요. 하지만 별로 기대하지는 않았습니다. 그런데 뜻밖에도 다음 주 월요일에 출근하면 간단한 면접을 거쳐 곧 업무를 배정해 주겠노라는 답장이 왔습니다. 어떻게 일이 그렇게 됐는지는 아무도 모릅니다. 누구 말로는 그 회사의 인사 담당자는 이력서 더미에 손을 집어넣고 손에 잡히는 대로 아무거나 뽑아낸다고 하더군요. 어찌 됐건 그건 절호의 기회였고 저는 뛸 듯이 기뻐했습니다. 급료는 1파운드가 올라서 주당 4파운드였고 업무는 콕슨사에서 했던 것과 같았습니다.

이제부터 이상한 사건에 대한 얘기가 나옵니다. 저는 햄스테드의 포터스 테라스 17번지에서 하숙하고 있습니다. 취업이 확정됐다는 통고를 받은 바로 그날 저녁때 저는 방에 앉아서 담배를 피우고 있었지요. 그런데 하숙집 주인아주머니가 '아서 피너, 금융 중개사'라고 쓰인 명함을 들고 올라왔습니다. 그런 이름을 들어본 적도 없었고 대관절 저한테 어떤 볼일이 있는지도 알 수 없었지만 손님을 올려 보내라고 했습니다. 들어온 사람은 중키에 검은 머리, 검은 눈, 검은 수염을 기른 남자였지요. 코를 보니 유대계처럼 보였습니다. 그리고 똑 부러지는 말투에 시원시원한 태도가 시간의 가치를 아는 사람 같았지요.

'홀 파이크로프트 씨이신가요?' 그가 물었습니다.

'그렇습니다만.' 저는 손님을 향해 의자를 밀어놓으며 말했습니다.

'최근에 콕슨 앤 우드하우스사에서 일하셨지요?'

'그렇습니다.'

'그리고 지금은 모슨사 직원이시고.'

'맞습니다.'

‘에, 내가 여기 온 것은 당신의 업무 능력이 정말 탁월하다는 이야기를 들었기 때문이오. 콕슨사의 부장이었던 파커 씨 기억할 거요. 당신을 입에 침이 마르도록 칭찬하더이다.’

저는 물론 그 얘기를 듣고 기분이 좋았습니다. 직장에서 일 처리는 항상 정확하게 했지만 금융업계 사람들이 저를 그런 식으로 평가할 줄은 꿈에도 몰랐지요.

‘기억력은 좋으신가?’ 그가 물었습니다.

‘괜찮은 편입니다.’ 저는 겸손하게 대답했습니다.

‘일을 쉬는 동안에도 시장에 대한 연구는 계속하고 있소?’

'예. 매일 아침 주식 거래 현황을 살펴보고 있습니다.'

'정말 열심히 노력하는 분이시군!' 그는 외쳤습니다. '그게 바로 성공의 지름길이오! 내가 한번 시험해 봐도 되겠소? 어디 봅시다. 에어셔사의 주가는?'

'106파운드 5펜스에서 105파운드 78펜스.'

'뉴질랜드 정리 공채는?'

'104파운드.'

'그럼 브리티시 브로큰 힐스는?'

'7파운드에서 7파운드 6센트.'

'훌륭하오!' 그는 두 손을 번쩍 들고 외쳤습니다. '과연 명불허전이구려. 당신은 정말 모슨 직원으로는 아까운 인재요!'

저는 그 얘기를 듣고 약간 어안이 벙벙했습니다. '글쎄요. 피너 씨, 다른 사람들은 저를 그렇게까지 대단하게 평가하지는 않는답니다. 저는 이 자리를 얻기 위해 온갖 노력을 다했고, 다행히 취직이 되어 몹시 기뻐하고 있습니다.'

'쳇, 젊은이, 포부를 크게 가지시오. 그곳은 당신 같은 인재가 몸담을 만한 곳이 못 되오. 자, 그럼 내가 조건을 말하리다. 내가 제시하는 조건은 당신의 능력에 비하면 충분치 않지만 모슨의 조건과 비교하면 그야말로 하늘과 땅 차이일 거요. 어디 봅시다. 모슨에는 언제부터 나가기로 했소?'

'월요일입니다.'

'하하! 나는 당신이 거기에 가지 않을 거라고 생각하오.'

'모슨에 가지 않는다고요?'

'그렇소. 그날까지 당신은 프랑코 미들랜드 철물 회사의 영업부장이 돼 있을 테니 말이오. 그 회사는 프랑스 각지에 134개의 지점을 두고 있소. 브뤼셀과 산레모에 하나씩 있는 지점은 차치하고서라도 말이오.'

저는 숨이 턱 막혔습니다. '그런 회사는 처음 들어봤습니다.'

'아마 그럴 거요. 회사가 아주 조용히 유지돼 왔으니 말이오. 자본금은 전부 개인 투자자들이 출자한 건데 워낙 수익이 높은 기업이라 주식 공모를 하지 않소. 나의 형님인 해리 피너가 발기인인데 사장으로 임명된 후에 중역 회의를 이끌고 있지요. 형님은 내가 이 바닥을 훤히 꿰고 있는 걸 알고 좋은 사람이 있으면 추천해 달라고 했소. 패기만만하고 진취적인 청년으로 말이오. 그런데 파커한테 당신 얘기를 듣고 이 밤에 여길 찾아온 거요. 우리는 약소하지만 초봉으로 500파운드를 제공할 수 있소.'

'연봉 500이라고요!' 저는 소리쳤습니다.

'초봉이 그렇다는 거요. 하지만 당신이 성사시킨 모든 거래에 대해 1퍼센트의 커미션을 추가로 지불할 거요. 그리고 분명히 말해 두지만 커미션이 봉급보다 더 많을 거외다.'

'하지만 저는 철물에 대해서는 아무것도 모릅니다.'

'쯧쯧, 젊은이, 당신은 숫자에 능통하잖소.'

저는 머리가 빙빙 돌면서 의자에 계속 앉아 있기도 힘들었지요. 하지만 문득 의심스러운 생각이 들었습니다.

'솔직히 말씀드리지요. 모슨의 연봉은 겨우 200파운드지만 안전합니다. 사실 저는 귀 회사에 대해서는 별로 아는 게 없고…….'

'아, 좋아요, 좋아!' 그는 기쁨에 들뜬 목소리로 외쳤습니다. '당신이 적임자요. 더 이상 이러쿵저러쿵할 것도 없이 꼭 맞는 사람이오. 자, 이건 100파운드 수표요. 우리랑 같이 일할 만하다고 생각되거든 선불 조로 받아서 주머니에 찔러 넣기만 하면 되는 거요.'

'직원들한테 상당히 후하시군요. 일은 언제부터 시작합니까?'

'내일 한시까지 버밍엄으로 오시오. 이건 우리 형님에게 보내는 편지이니 전해 주시기 바라오. 코퍼레이션가 126B번지로 찾아가면 형님을 만날 수 있을 거요. 거기 임시 사무실이 있소이다. 물론 형님이 당신과의 계약을 승인해야 하지만, 솔직히 말해서 그건 다 된 일이나 마찬가지요.'

'피너 씨, 뭐라고 감사의 말씀을 드려야 할지 모르겠습니다.'

'천만의 말씀이오. 당신은 응분의 대접을 받는 거요. 그리고 별것 아니지만 한두 가지 처리해야 할 일이 있소. 이건 그냥 요식 행위라고 생각하시오. 그 옆에 있는 종이에 이렇게 써주시오. 본인은 최저 500파운드의 연봉에 프랑코 미들랜드 철물 회사의 영업부장으로 취임할 것을 승낙합니다.'

저는 그가 부르는 대로 받아 적었고 그는 그것을 호주머니에 집어넣었습니다.

'한 가지 문제가 더 남아 있소. 모슨사에는 어떻게 할 셈이오?'

저는 기쁜 나머지 모슨의 일 같은 건 까맣게 잊고 있었습니다.

'사퇴서를 써서 제출하겠습니다.' 저는 이렇게 말했지요.

'그건 내가 원하는 게 아니오. 사실 나는 모슨사의 부장과 한바탕 했소이다. 내가 당신에 대한 정보를 얻으려고 거기 갔더니 그자는 굉장히 불쾌하게 나왔소. 내가 자기 회사 사람을 감언이설로 꼬드겨 빼 간다나 뭐라나 하며 욕을 퍼붓더군. 결국은 나도 버럭 화를 냈소. 좋은 사람을 쓰고 싶으면 그만큼 대우를 잘해 주면 될 거 아니오.'

'당신들이 아무리 돈을 많이 줘도 그 사람은 돈을 조금 주는 우리 회사로 올 거요.' 모건의 부장은 이렇게 말했소.

'내가 5파운드 걸겠소. 그 친구는 우리 회사를 택할 거고 당신은 그 친구한테 아무 연락도 받지 못할 거요.'

'좋소! 내기합시다! 우린 그 사람을 시궁창에서 건져줬소이다. 그렇게 쉽게 우리 회사를 포기하지는 않을 거요.' 이게 모건의 부장이 한 얘기요.

'파렴치한 놈 같으니라고!' 저는 소리쳤습니다. '저는 그의 얼굴도 본 적이 없습니다. 제가 왜 그런 사람을 배려해야 합니까? 원하신다면 아무 연락도 하지 않겠습니다.'

'좋소! 그건 약속이오.' 그는 자리에서 일어서며 말했습니다. '이렇게 훌륭한 사람을 형님에게 추천하게 돼서 정말 기쁘오. 여기 100파운드 선불 받으시오. 그리고 이건 편지요. 코퍼레이션가 126B번지를 적으시고 내일 한시 약속을 잊지 마시오. 그럼 안녕히 계시오. 당신처럼 능력 있는 청년의 앞날에 행운이 깃들기를 빌겠소!'

지금까지 저는 그 사람과 나눈 얘기를 생각나는 한 자세히 말씀 드렸습니다. 왓슨 박사님, 제가 그렇게 기묘한 행운에 얼마나 기뻐했는지 상상하실 수 있겠지요. 저는 너무 좋아서 밤잠마저 설치고 다음 날 약속 시간 전에 도착할 수 있도록 일찌감치 버밍엄행 기차를 탔습니다. 그리고 뉴가의 어느 호텔에 짐을 맡겨놓고 그 주소로 찾아갔지요.

거기 도착한 것은 약속 시간 15분 전이었지만 별 차이가 없을 거라고 생각했습니다. 126B번지는 두 개의 큰 상점 사이의 건물이었는데 나선형의 돌계단을 올라가면 층마다 많은 방들이 나오지요. 그것은 모두 회사나 전문직 종사자의 사무실로 임대되어 있습니다. 1층 벽에는 건물에 세 든 회사 이름이 적혀 있었지만 프랑코 미들랜드 철물 회사라는 이름은 눈에 띄지 않았습니다. 저는 가슴이 철렁 내려앉아서 혹시 모든 일이 기막힌 사기가 아닌지 생각하며 잠시 그 자리에 서 있었지요. 그런데 한 남자가 다가오더니 제게 말을 건넸습니다. 그는 전날 밤에 본 사람과 아주 흡사했습니다. 용모와 목소리는 같았고, 다만 깨끗이 면도를 하고 머리 색깔이 약간 엷다는 점이 달랐지요.

'홀 파이크로프트 씨시오?' 그가 물었습니다.

'예.'

'오! 당신을 기다리고 있었소. 그런데 좀 일찍 오셨구면. 오늘 아침 동생한테서 당신을 몹시 칭찬하는 편지를 받았소.'

'저는 사무실을 찾고 있었습니다.'

'우리 회사 이름은 아직 여기 안 올랐소. 겨우 지난주에 이곳을 임시 사무실로 정했으니까 말이오. 같이 올라가서 얘기합시다.'

저는 그 사람을 따라 계단 꼭대기까지 올라갔습니다. 그가 안내한 곳은 지붕 밑에 있는 먼지투성이의 작은 사무실이었지요. 방은 두 개였고 카펫도 커튼도 없었습니다. 제가 상상하고 있던 것은 널찍한 사무실과 반짝거리는 책상 앞에 나란히 앉아서 일하는 직원들이었지요. 제가 일했던 곳이 그랬으니까요. 하지만 눈앞에 나타난 건 두 개의 전나무 의자와 작은 책상 하나였습니다. 책상 위에는 큰 장부와 휴지통이 놓여 있었지요. 사무실에 있는 가구라곤 그게 전부였습니다.

'파이크로프트 씨, 실망하지 마시오.' 저의 실망한 표정을 보고 초면의 사나이가 말했습니다. '로마는 하루아침에 이루어지지 않는다고 하잖소. 아직 사무실을 요란하게 꾸며놓지는 않았지만 우리한테 돈은 많다오. 거기 앉으시고, 편지 주시오.'

저는 편지를 건넸고 그는 아주 꼼꼼히 그것을 읽었습니다.

'보아하니 내 동생 아서에게 굉장히 좋은 인상을 준 모양이오. 나도 아우가 뛰어난 판단력의 소유자라는 사실을 잘 알고 있소이다. 아시겠지만 아서는 런던 출신을 선호하고 나는 버밍엄 출신을 좋아하오. 하지만 이번에는 동생의 의견을 따를 생각이오. 당신을 정식 직원으로 채용하겠소.'

'제가 할 일이 뭐지요?' 저는 물었습니다.

'당신은 나중에 파리의 큰 지점 하나를 맡게 될 텐데 거기서 프랑스 전역의 134개 대리점에 영국제 도자기를 쏟아부을 거요. 구매는 일주일 안에 완료할 예정인데 그동안 당신은 버밍엄에서 일을 돕도록 하시오.'

'어떤 일을?'

대답 대신 그는 서랍에서 큼직한 빨간 책 한 권을 꺼냈습니다.

'이건 파리의 상공인 인명부요. 사람들의 이름 뒤에 업종이 적혀 있소. 이걸 가지고 가서 철물류 판매업자의 이름과 주소를 따로 뽑아놓으시오. 그렇게 해놓으면 일에 큰 도움이 될 거요.'

'업종별 인명부가 따로 있지 않습니까?' 저는 넌지시 물었습니다.

‘그게 별로 믿을 만하지 못하다오. 그쪽 체계는 우리하고 영 다르니까 말이오. 한눈팔지 말고 열심히 하시오. 그리고 명단은 월요일 열두시까지 이리로 가져오시오. 그럼 파이크로프트 씨, 안녕히 가시오. 당신이 계속해서 능력과 열정을 발휘한다면 회사에서도 섭섭지 않게 대우해 줄 거요.’

저는 마음속에서 서로 다른 감정이 부글거리는 걸 느끼며 큰 책을 옆구리에 끼고 호텔로 돌아왔습니다. 우선 제가 취직이 된 건 확실했고 호주머니에는 100파운드가 들어 있었습니다. 그런데 사무실 모습이나 건물 벽에 회사 이름이 없는 것하며, 경력자의 눈으로 보면 이상하기 짝이 없는 몇 가지 요소들 때문에 저를 고용한 사람들의 형편에 대해 좋은 인상을 가질 수가 없었지요. 하지만 어찌 됐건 간에 돈을 받았기 때문에 마음을 다잡고 일을 시작했습니다. 저는 일요일 날 쉬지 않고 일에 매달렸지만 월요일까지 겨우 ‘H’ 항목까지 마쳤을 뿐이었습니다. 그리고 사장한테 갔습니다. 사무실은 변함없이 휑뎅그렁했고 사장은 저한테 그러면 수요일까지 해 오라고 하더군요. 하지만 수요일에도 일은 안 끝났고 그래서 저는 금요일까지 죽자 사자 일에 매달렸지요. 그리고 어제 그걸 들고 해리 피너 사장을 찾아갔습니다.

‘수고 많았네. 내가 업무량을 과소평가한 모양일세. 이 명단은 여러모로 쓸모가 많을 걸세.’

‘시간이 좀 걸렸습니다.’ 저는 말했습니다.

‘그럼 이제부터는 가구점의 명단을 뽑아놓게. 가구점에서도 도자

기를 취급하니까 말일세.'

'알겠습니다.'

'그럼 내일 저녁 일곱시에 와서 업무의 진행 상황을 알려주게. 너무 무리하지는 말게나. 근무를 마친 뒤에 저녁때 데이 뮤직 홀에 가서 두어 시간 즐기는 것도 나쁘지는 않을 걸세.' 사장은 말하면서 웃음을 터뜨렸는데 저는 그때 왼쪽 두 번째 이를 금으로 때운 걸 보고 소스라치게 놀랐습니다."

셜록 홈즈는 흐뭇한 얼굴로 손을 비볐고 나는 멍하니 의뢰인을 바라보았다.

"왓슨 박사님, 놀라셨군요. 하지만 사정은 이렇습니다. 런던에서 피너 사장의 동생을 만나 얘기할 때, 제가 모슨에 가지 않겠다고 하자 그는 큰 소리로 웃음을 터뜨렸는데 그때 우연히 똑같은 이가 똑같은 모양으로 때워져 있는 걸 보았습니다. 번쩍거리는 금니는 쉽게 눈에 띄니까요. 저는 두 사람의 목소리와 생김새가 똑같다고 했는데 다른 점들은 면도를 하거나 가발을 써서 바꿀 수 있는 것들이었지요. 그 두 사람은 동일 인물임에 분명했습니다. 물론 형제니까 비슷하게 생겼을 거라고 생각할 수도 있지만 똑같은 이를 똑같은 모양으로 때운다는 건 있을 수가 없는 일이니까요. 사장은 저를 정중하게 배웅했고 저는 얼떨떨한 기분이 되어 거리로 나왔습니다. 그리고 호텔로 돌아와서 머리에 찬물을 끼얹으며 생각을 정리해 보려고 노력했지요. 그는 왜 저를 런던에서 버밍엄으로 보낸 걸까요? 그리고 왜 저보다 먼저 거기 와 있었던 걸까요? 왜 자신에게 편지를 보냈던 걸까요? 하지만 아무리 생각해도 통 그 의미가 이해되지 않았습니다. 그런데 문득 저한테는 아무리 까다로운 문제라도 셜록 홈즈 선생님께선 쉽게 풀어낼 수 있을 거라는 생각이 들었지요. 그래서 그 길로 런던행 야간열차를 탔고 아침결에 홈즈 선생님을 찾아뵌 뒤에 이렇게 두 분을 모시고 버밍엄으로 가게 된 거죠.”

주식 거래소 직원의 놀라운 이야기가 끝난 뒤 잠시 침묵이 흘렀다. 셜록 홈즈는 좌석에 기대앉아 흐뭇하면서도 진지한 표정으로 나를 곁눈질했다. 그는 방금 최상급 포도주를 한 모금 맛본 포도주 감식가 같은 얼굴을 하고 있었다.

“왓슨, 괜찮은 것 같지 않나?”

홈즈는 말했다.

“이 사건에는 아주 매력적인 요소가 몇 가지 있네. 자네도 우리가 프랑코 미들랜드 철물 회사의 임시 사무실로 찾아가 아서이자 해리 피너 사장과 면담하는 게 상당히 흥미로운 경험이 될 거라는 데 동의할 걸세.”

“하지만 가서 뭐라고 말하지?”

“오, 그건 아주 간단합니다.”

홀 파이크로프트가 쾌활하게 말했다.

“두 분 다 제가 아는 친구들인데 지금 일자리를 찾고 있다고 하지요. 구직자를 사장한테 데려가는 건 아주 자연스럽지 않겠습니까?”

“좋소, 바로 그거요.”

홈즈는 말했다.

"나는 그 신사를 한번 만나보고 싶소. 대관절 무슨 꿍꿍이속인지 알아보기로 합시다. 그런데 왓슨, 자네는 무슨 재주가 있다고 할 텐가? 아니, 그건 혹시……."

홈즈는 손톱을 물어뜯으며 창밖을 멍하니 응시했다. 그러더니 뉴가에 도착할 때까지 한마디도 하려 들지 않았다.

그날 저녁 일곱시에 우리 셋은 코퍼레이션가를 걷고 있었다. 회사 사무실로 가는 길이었다.

"일찍 가봤자 소용없습니다."

의뢰인이 말했다.

"사장은 저하고 만날 때나 거기 나오는 게 분명하니까요. 약속 시간 전에 가면 사무실은 텅 비어 있습니다."

"의미심장한 대목이로군."

홈즈가 자기 생각을 말했다.

청년이 외쳤다.

"제가 뭐랬습니까! 저 앞에 사장이 가는 게 보이는군요."

의뢰인은 길 건너편에서 부지런히 걷고 있는 검은 머리의 키 작은 사내를 가리켰다. 옷을 잘 차려입은 사내였다. 그는 크고 작은 마차 사이를 뛰어다니며 방금 나온 석간신문을 큰 소리로 팔고 있는 소년을 부르더니 신문을 한 부 샀다. 그리고 어느 건물 안으로 들어갔다.

"저깁니다!"

홀 파이크로프트가 외쳤다.

"지금 사장이 들어간 건물에 사무실이 있습니다. 절 따라오세요. 제가 되도록 간단하게 일을 처리하겠습니다."

우리는 의뢰인을 따라 건물 5층으로 올라갔다. 청년은 반쯤 열려 있는 문 앞에 서서 노크했다. 들어오라는 소리가 났고, 우리는 홀 파이크로프트가 설명한 대로 아무것도 없는 썰렁한 방으로 들어섰다. 단 하나뿐인 책상 앞에 거리에서 본 사내가 석간신문을 펼쳐놓고 앉아 있었다. 우리를 바라보는 그의 얼굴에는 형언할 수 없는 슬픔이 어려 있었다. 아니 그것은 슬픔이라기보다는 인간이 평생에 한 번 경험해 볼까 말까 하는 그런 공포라고 할 만한 것이었다. 사내의 이마는 땀으로 번들거렸고 두 볼은 물고기의 배처럼 둔탁하고 생기 없는 흰빛을 띠고 있었다. 두 눈은 넋이 나간 사람처럼 멍했다. 사내는 부하 직원을 쳐다보고 있었지만 그가 누군지 알아보지 못하는 눈치였다. 나는 의뢰인의 놀란 표정을 보고 이런 상태가 사장의 평소 모습이 아니라는 사실을 알 수 있었다.

"사장님! 어디 아프세요?"

파이크로프트는 물었다.

"그래, 몸이 안 좋아."

사내는 정신을 차리려고 애쓰는 것이 분명했다. 그는 말을 하기 전에 마른 입술을 혀로 핥았다.

"이 신사분들은 누군가?"

"이쪽은 버밍시의 해리스 씨고, 이쪽은 이 고장 출신인 프라이스 씨입니다."

의뢰인은 입심 좋게 말했다.

"제 친구인데 둘 다 경력자이지만 요즘 한동안 실직 상태에 있었지요. 혹시 회사에 빈자리가 있으면 써주십사 하고 이렇게 데리고 왔습니다."

"그거야 어렵지 않지! 어렵지 않아!"

피너 사장은 해쓱한 얼굴로 미소를 지어 보이며 외쳤다.

"아무렴, 우리 회사에서 일자리를 마련해 줄 수 있을 걸세. 해리스 씨는 무슨 일을 하셨소?"

"전 회계원입니다."

홈즈가 말했다.

"아, 그렇군. 우리 회사에도 그런 사람이 필요할 거요. 그리고 프라이스 씨는?”

“전 사무원입니다.”

나는 말했다.

“아마 회사에서 두 분 모두에게 일을 줄 수 있을 거요. 결정이 나는 대로 곧 알려드리리다. 그럼 이제 가보시오. 제발 날 혼자 있게 좀 놔두라고!”

사내는 자제력을 잃지 않으려고 애쓰는 것 같았으나 마침내 폭발하고 말았다. 홈즈와 나는 이 마지막 말을 듣고 서로의 얼굴을 마주 보았고 홀 파이크로프트는 책상 앞으로 한 걸음 다가갔다.

“피너 사장님, 저는 업무 지시를 받으려고 약속한 시간에 여기로 온 겁니다.”

“물론 그렇지, 암. 그렇고말고.”

사내는 좀 더 차분한 어조로 말했다.

“그럼 여기서 잠깐 기다리게. 뭐, 친구분들이랑 같이 기다려도 되겠지. 잠깐만 참아주면 3분 뒤에 다시 나오겠네.”

사내는 정중한 태도로 일어서서 우리에게 목례를 보냈다. 그리고 뒤쪽의 문을 열고 들어갔다.

“뭘 하려는 거지?”

홈즈가 속삭였다.

“우릴 따돌리려고 하는 건가?”

“그건 불가능합니다.”

파이크로프트가 대답했다.

“왜?”

“저 문은 내실로 통하는 문입니다.”

“거기에 다른 출구는 없소?”

“없습니다.”

“가구는?”

“어제까지는 아무것도 없었습니다.”

“그럼 대관절 저기서 뭘 하려는 거지? 이번 일에는 정말 종잡기 힘든 측면이 있군. 저 사람은 지금 두려움 때문에 반쯤 미쳐 있어. 무엇 때문에 저렇게 벌벌 떠는 걸까?”

“우리가 탐정이라는 걸 눈치챈 게 아닐까.”

나는 의견을 말했다.

“맞아요.”

파이크로프트가 외쳤다.

홈즈는 고개를 설레설레 저었다.

“저 사람은 우릴 보고 창백해진 게 아닐세. 우리가 들어왔을 때 이미 창백한 얼굴이었어. 혹시…….”

내실 쪽에서 문을 탁탁 두드리는 소리가 들려오는 바람에 홈즈의 말은 중단되었다.

“대관절 자기 방을 왜 두드리는 걸까요?”

청년이 외쳤다.

문을 두드리는 소리가 이번에는 훨씬 더 크게 들려왔다. 우리는 호기심에 가득 찬 눈으로 닫혀 있는 문을 바라보았다. 홈즈를 흘끗 쳐다보니 그는 굳은 표정으로 상반신을 내민 채 유심히 귀 기울이고 있었다. 그런데 갑자기 입안을 헹굴 때처럼 나지막하게 콜록거리는 소리가 들리더니 나무 판을 북 치듯이 빠르게 두드리는 소리가 났다. 홈즈는 미친 듯이 달려가서 방문에 몸을 던졌지만 그것은 안에서 굳게 잠겨 있었다. 우리는 홈즈가 하는 대로 체중을 실어 힘껏 방문에 몸을 부딪쳤다. 경첩 하나가 떨어지고 또 하나가 떨어지면서 문짝이 콰당 하고 넘어졌다. 우리는 문짝을 밟고 내실로 뛰어들었다. 방은 비어 있었다.

그러나 다음 순간 우리는 그게 아니라는 걸 깨달았다. 우리가 있던 방과 제일 가까운 구석에 방 하나가 더 있었다. 홈즈는 비호같이 달려가서 문을 벌컥 열어젖혔다. 양복 상의와 조끼가 바닥에 떨어져 있었고, 문 안쪽의 고리에 프랑코 미들랜드 철물 회사의 사장이 자신의 멜빵으로 목을 맨 채 늘어져 있었다. 그는 양쪽 무릎을 들어 올리고 있었는데 머리는 무시무시한 각도로 꺾인 채 줄에 매달려 있었다. 우리의 대화를 중단시킨 문 두드리는 소리는 그의 발꿈치가 방문에 부딪혀 난 소리였다. 내가 달려들어 사장의 허리를 잡고 몸을 들고 있는 사이에 홈즈와 파이크로프트는 목덜미의 푸르뎅뎅한 주름 속으로 묻혀버린 신축성 있는 띠를 풀었다. 그리고 우리는 그를 옆방에 끌어다 놓고 바닥에 눕혔다. 얼굴은 흙빛이었고 자줏빛 입술 새로 실낱같은 숨이 새어 나왔다. 5분 전의 모습과는 딴판으로 끔찍하게 변해 버린 모습이었다.

"어때, 괜찮겠나?"

“이제 깨어나는 건 시간문제일세.”

나는 손을 털고 일어서며 말했다.

홈즈는 두 손을 바지 주머니에 찌르고 고개를 숙인 채 책상 옆에 서 있었다.

“이제 경찰을 불러야겠군. 그 사람들이 오면 사건의 전모를 설명해 줘야겠어.”

“저는 도대체 뭐가 뭔지 모르겠는데요.”

파이크로프트는 머리를 긁적거리며 소리쳤다.

“대체 무엇 때문에 저를 여기까지 데려와서…….”

“쳇! 모든 게 다 불 보듯 뻔하오.”

홈즈는 성급하게 말했다.

“그건 마지막 수였소.”

“그럼 그 앞의 것도 다 알고 계신다는 겁니까?”

“그렇소. 왓슨, 자네는 어떤가?”

나는 어깨를 들썩했다.

“솔직히 말해서 난 하나도 모르겠네.”

“허허, 맨 처음에 있었던 일들을 생각해 보면 결론은 오직 하나뿐이지.”

“그게 뭔가?”

“에, 사건 전체를 이해하는 데 핵심이 되는 점이 두 가지가 있네. 하나는 파이크로프트 군에게 이 엉터리 회사에서 일하겠다는 자필 서류를 쓰게 한 것이지. 여보시오, 젊은 친구, 그쪽에서 당신의 필적

표본을 손에 넣으려고 안달했다는 생각이 안 드시오? 그자들이 달리 어떤 방법으로 당신의 글씨를 입수할 수 있었겠소?”

“그런데 도대체 왜?”

“그렇지. ‘도대체 왜?’ 이 질문에 대답할 수 있을 때 우린 문제 해결에 상당한 진척을 보게 되는 거요. 왜냐? 그럴듯한 답은 단 하나뿐이오. 누군가 당신 필체를 배우고 싶어 했고 그래서 먼저 당신의 글씨를 확보해야 했소. 그런데 두 번째 중요한 점으로 넘어가면 우리는 이런 답이 또 다른 진실을 드러낸다는 걸 알게 되오. 피녀는 당신에게 새로운 직장에 사퇴서를 보내지 말라고 요구했소. 큰 회사의 인사부장은 한 번도 본 적 없는 홀 파이크로프트라는 청년이 월요일 아침부터 출근하는 것으로 알고 있는데 그걸 그냥 내버려두라는 얘기였던 거요.”

“오, 하느님!”

의뢰인이 소리쳤다.

“저 같은 눈뜬장님이 어디 있겠습니까!”

“이제 그 사람들이 당신의 글씨를 원했던 이유가 짐작이 가오? 생각해 보시오. 당신 대신 출근한 사람이 자필 이력서의 글씨와는 전혀 다른 필체로 글씨를 쓴다면 게임은 끝난 거나 마찬가지일 거요. 하지만 그사이에 사기꾼은 당신 필체를 모방하는 연습을 했고 그래서 전혀 의심받지 않았소. 그 회사에서 당신을 실제로 본 사람은 아무도 없었을 테니까 말이오.”

“그렇습니다. 단 한 사람도.”

홀 파이크로프트는 신음했다.

"좋소. 물론 가장 중요한 것은 당신이 마음을 바꾸는 일이 없어야 한다는 거였소. 그리고 당신이 혹시 아는 사람이라도 만났다가 가짜가 모슨 사무실에서 일하고 있다는 얘기를 듣게 될지도 모르니까, 그런 가능성을 완전히 차단하는 것도 중요했소. 그래서 그들은 당신에게 거액의 선불을 찔러주고 미들랜드사로 쫓아버린 거요. 당신은 그 엉터리 회사에서 과중한 업무에 허덕이다 보니 런던에 갈 틈이 없었고 사기꾼들은 안전을 보장받았소. 어때, 뻔한 일 아니오?"

"그런데 이 사람은 왜 혼자서 형과 아우 노릇을 다 한 걸까요?"

"아, 그것도 아주 명백한 일이오. 이 사건에 연루된 사람은 분명히 둘뿐이오. 하나는 지금 모슨 사무실에서 당신 역할을 해내고 있소. 이 사람은 인사 책임자 역할을 했는데 사장 역할을 할 사람이 하나 더 필요하다는 걸 알게 됐소. 하지만 이 일에 제3의 인물을 끌어들이는 건 내키지 않았소. 그래서 최대한 용모를 바꾸고 직접 나선 거요. 당신은 두 사람이 비슷하다는 걸 알아차렸지만 아마 형제라서 그럴 거라고 생각했는데, 이 사람이 노린 점이 바로 그거였소. 우연히 똑같은 금니를 목격하지만 않았어도 당신은 아마 절대로 의심하지 않았을 거요."

홀 파이크로프트는 허공에 두 주먹을 불끈 쥐고 흔들었다.

"오, 주여! 제가 이렇게 감쪽같이 속아 넘어간 사이에 또 하나의 홀 파이크로프트는 모슨에서 무슨 짓을 하고 있었나이까? 홈즈 선생님, 이제 어떻게 해야 합니까? 어떻게 해야 좋은지 말씀해 주십시오."

"우린 모슨으로 전보를 쳐야 하오."

"거긴 토요일에는 무조건 열두시에 문을 닫습니다."

"걱정 마시오. 수위나 당직 근무자가……."

"아, 맞습니다. 그쪽에서는 거액의 유가 증권 때문에 경호원을 상주시킨다고 하더군요. 구시가에서 그런 소문을 들은 적이 있습니다."

"잘됐소. 그럼 경호원한테 전보를 쳐서 아무 이상 없는지, 지금 당신과 이름이 같은 직원이 거기서 일하고 있는지 알아봅시다. 그런데 여기까지는 다 알겠는데, 왜 두 사기꾼 중 하나가 우릴 보자마자 옆방으로 달려가서 목을 맸는지 그 이유는 통 모르겠소이다."

"신문!"

등 뒤에서 목쉰 소리가 들려왔다. 사내는 일어나 앉아서 아직도 두툼하게 목에 감겨 있는 붉은 멜빵 자국을 신경질적으로 문지르고 있었다. 얼굴은 죽은 사람처럼 창백했지만 두 눈을 보니 정신이 돌아온 듯했다.

"맞아! 신문!"

홈즈는 잔뜩 흥분해서 고함을 질렀다.

"이런 등신이 있나! 여기 오는 생각만 하느라고 신문 같은 건 까맣게 잊고 있었어. 당연하지. 비밀은 신문에 있는 게 틀림없어."

그는 책상 위에 신문을 펼쳐놓더니 의기양양하게 소리 질렀다.

"이것 봐, 왓슨! 런던 신문일세.《이브닝 스탠더드》초판이로군. 우리가 찾는 게 여기 있네. 제목은 '금융가의 범죄. 모슨 앤 윌리엄스사의 살인극. 천문학적 액수를 노린 절도 행각 미수에 그치다. 범인 검거.' 왓슨, 모두가 다 궁금해하는 소식이니까 자네가 큰 소리로 읽어주게."

지면에서 기사의 위치로 보아 런던에서 중요하게 취급되는 사건인 듯했다. 기사는 다음과 같았다.

오늘 오후, 구시가에서 자행된 대담 무쌍한 절도 행각은 한 사람의 죽음과 범인의 검거로 막을 내렸다. 유명한 주식 거래소 모슨 앤 윌리엄스사는 얼마 전부터 총액 100만 파운드를 초과하는 유가 증권을 보관하게 되었다. 다른 대규모 증권 회사가 위기에 처하면서 새로운 책임을 떠맡게 된 소장은 고심 끝에 최신식 금고를 들여오고 무장 경호원이 24시간 건물을 경호하는 보안 체계를 갖추었다. 그리고 지난주에 홀 파이크로프트라는 사무직원이 채용되었다. 그런데 이 사람은 다름 아닌 유명한 서류 위조범이며 금고털이인 베딩턴이었던 듯하다. 베딩턴 형제는 최근에 5년의 징역형을 마치고 출소했다. 그런데 베딩턴은 아직 밝혀지지 않은 어떤 수단을 통해 가명으로 모슨사에 입사하는 데 성공했고, 직원이라는 신분을 이용하여 많은 열쇠를 복제했을 뿐 아니라 귀중품 보관실과 금고의 위치에 대해서도 정확하게 알아냈다.

모슨사 직원들은 토요일에는 정오에 퇴근하는 것이 관례이다. 그래서 구시가 경찰서의 터슨 경사는 한시 20분에 한 신사가 여행 가방을 들고 모슨사 계단을 내려오는 걸 보고 놀랄 수밖에 없었다. 이를 수상하게 여긴 터슨 경사는 그 남자의 뒤를 쫓아가 폴록 경관의 도움을 받아 격투 끝에 남자를 검거했다. 곧 거액의 돈을 노린 대담 무쌍한 절도 행각이 자행되었다는 사실이 밝혀졌다. 거의 10만 파운드에 달하는 미국 철도 채권과 광업소를 비롯한 여러 기업에서 발행한 거액의 유가 증권이 여행 가방에서 쏟아져 나왔다. 모슨사 구내를 수색한 결과 불운한 경비원의 시신이 대형 금고 안에 쑤셔 박혀 있는 것이 발견되었다. 터슨 경사의 신속한 조치가 없었다면 범행 사실은 월요일 아침까지 발견되지 않았을 것이다. 경비원은 둔기로 뒷머리를 맞

아 두개골이 심하게 손상되어 있었다. 베딩턴은 뭔가를 남겨두고 온 척하고 다시 건물 안으로 들어가 경비원을 살해한 뒤, 재빨리 대형 금고를 털어서 도망친 것임에 틀림없다. 항상 범행을 같이했던 베딩턴의 형은 아직 이번 사건에 연루되었는지 여부가 확인되지 않았으나, 경찰에서는 현재 그의 소재를 밝히는 데 전력을 다하고 있다.

"음, 우린 그쪽 방향에서 경찰의 수고를 다소나마 덜어줄 수 있겠군."

홈즈는 형편없는 몰골로 창가에 웅크리고 있는 사내를 곁눈질하며 말했다.

"왓슨, 인간이란 참으로 복잡다단한 존재 아닌가. 아무리 악당에 살인자라고 하더라도 자기 목이 달아날 것임을 알고 형이 자살을 시도했다는 얘기를 들으면 착잡한 심정을 금할 길이 없을 걸세. 하지만 지금 우리가 할 일은 오직 하나뿐이군. 파이크로프트 씨, 우리가 여길 지키고 있을 테니까 수고스럽더라도 경찰서에 다녀와야겠소."

글로리아 스콧호

"왓슨, 나한테 어떤 기록이 있는데 말이지."

어느 겨울밤, 내 친구 셜록 홈즈는 벽난로 앞에 앉아서 이렇게 말했다.

"자네가 한번 볼만한 가치가 있을 것 같아. 이게 뭐냐면 글로리아 스콧호의 기이한 사건에 관한 문서라네. 자, 이걸 좀 보게. 치안 판사 트레버를 공포에 떨게 한 편지일세."

홈즈는 서랍을 열고 변색된 종이 두루마리를 꺼내서 끈을 풀었다. 그리고 회색 종이에 급하게 갈겨쓴 짧은 편지를 내밀었다.

게임은 런던으로 가서 끝났다. 파리 사냥꾼 허드슨이 어쩐지 자꾸만 다 명령을 받아 말했다. 암꿩의 번식은 필사적으로 유지해서 너희 도망쳐라.

이 수수께끼 같은 편지를 읽고 눈을 드니 홈즈가 내 얼굴에 떠오른 표정을 보고 킬킬거리고 있었다.

"좀 당황한 것 같군."

그는 말했다.

"대관절 어떻게 이런 편지가 사람을 공포에 떨게 할 수 있었는지 잘 모르겠네그려. 내가 보기엔 무섭다기보다는 좀 기괴하군."

"옳은 말이야. 하지만 아픈 데도 없이 멀쩡하던 노인이 그걸 읽고 누가 총구를 들이대기라도 한 것처럼 픽 쓰러진 건 사실일세."

"자꾸만 남의 호기심을 부채질하는군. 자넨 방금 내가 이 사건을 연구해야 할 특별한 이유가 있는 것처럼 말했는데 그건 왜지?"

"왜냐하면 내가 처음으로 관계한 사건이 바로 그거였으니까."

나는 지금까지 친구가 범죄 수사에 마음을 두게 된 계기가 무엇인지 알아내려고 부단히 노력해 왔지만 그는 좀체 말해 주려고 하지 않았다. 그런데 지금 그는 안락의자에 앉아서 무릎 위에 서류를 펼쳐놓은 채 말할 태세를 갖추고 있었다. 홈즈는 파이프에 불을 붙이고 담배를 피우며 서류를 만지작거렸다.

"내가 빅터 트레버 이야기는 한 적이 없지? 트레버는 내가 2년간 대학을 다니면서 사귄 유일한 친구일세. 왓슨, 난 원래부터 별로 사교적인 성격이 아니었네. 언제나 조용히 방에 틀어박혀서 내가 창안해 낸 사고방식과 씨름하는 걸 좋아했어. 그래서 또래의 친구들과도 별로 어울리지 않았네. 펜싱과 권투를 빼면 운동에 대한 취미도 없었고, 게다가 학문에 대한 취향이 다른 친구들과는 완전히 딴

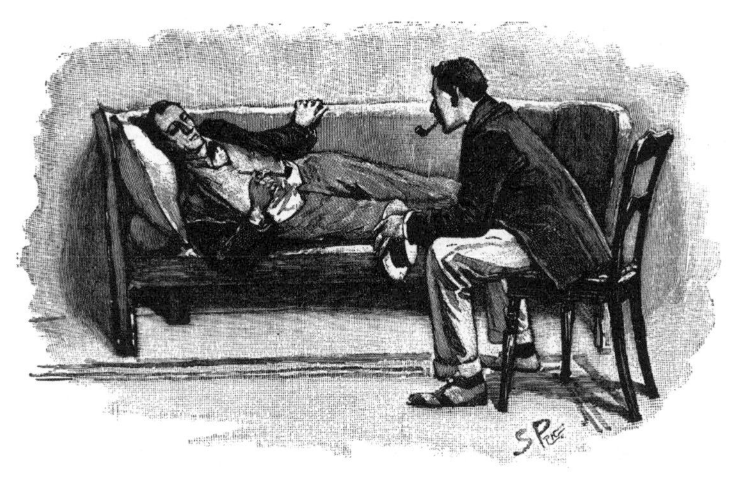

판이어서 공통점이라곤 전혀 없었으니까. 내가 사귄 친구는 트레버뿐이었는데 그것도 어느 날 아침에 교회에 가는 길에 그 친구의 수컷 테리어가 내 발목을 물고 늘어지는 사고가 생겼기 때문이었네.

우정을 키우는 방식치고는 참 재미없는 것이긴 했지만 아주 효과적이긴 했어. 나는 열흘간 꼼짝없이 누워 있어야 했고 트레버는 문병하러 자주 들렀네. 처음에 우리 둘의 대화는 1분 만에 끝나곤 했지만 그 친구가 머무는 시간이 점점 길어졌지. 그리고 학기가 끝나기 전에 우리는 절친한 사이가 되었어. 트레버는 패기와 기백이 넘치는 혈기왕성한 친구였네. 거의 모든 측면에서 나와는 정반대였지만 그래도 몇 가지 공통점이 있었지. 그리고 알고 보니 그도 나처럼 친구가 없었고 그것이 우리를 하나로 묶는 끈이 되었다네. 학기가 끝날 무렵 그는 노퍽의 도니소프에 있는 집으로 나를 초대했어. 그리고 나는 친구의 호의를 받아들여 긴 여름 방학 가운데 한 달을 거기서 머물기로 했지.

치안 판사이자 지주인 트레버의 부친은 부와 명예를 동시에 누리는 분이었네. 도니소프는 대수로(大水路)의 고장인 랭미어 북부에 인접한 작은 마을일세. 저택은 참나무 들보를 써서 지은 벽돌 건물인데 오래되긴 했지만 아주 컸네. 집 앞으로 들어오는 진입로 양쪽에는 멋진 라임나무 가로수가 서 있었지. 그곳의 늪지대에선 흥미진진한 들오리 사냥이 벌어졌고 특히 낚시질하는 재미가 그만이었네. 또 전에 살던 사람이 남겨놓았다는 작지만 알찬 서재에다 그럭저럭 솜씨가 괜찮은 요리사에 이르기까지, 그런 곳에서 한 달을 즐겁게 보내지 못한다면 아주 까다로운 사람인 게 틀림없어.

트레버의 부친은 상처하셨고 자식이라곤 내 친구뿐이었네.

딸이 하나 있었지만 버밍엄에 갔다가 디프테리아에 걸려 죽었다더군. 트레버의 부친은 굉장히 흥미로운 분이었어. 풍부한 교양이 느껴지지는 않았지만 육체적, 정신적으로 원초적인 힘이 넘치는 분이었네. 책이라곤 거의 안 읽었지만 여행을 많이 다녔고 세계 곳곳을 별로 안 가본 데가 없을 정도였지. 그리고 당신이 보고 들은 걸 죄다 기억하고 계셨네. 키는 비록 작았지만 체구가 탄탄했고 헝클어진 희끗한 머리에 갈색으로 그을린 얼굴을 하고 있었네. 푸른 눈에는 광채가 있었고. 하지만 그분은 그 일대에서 인심 좋기로 유명했고, 치안 판사로서 판결이 너그럽기로 소문났다네.

어느 저녁, 내가 그곳에 도착한 직후였어. 우리 세 사람은 저녁 식사를 마치고 포트와인을 앞에 놓고 앉아 있었네. 그런데 빅터가 나의 관찰과 추리 습관에 대한 이야기를 꺼냈지. 나는 그때 이미 관찰과 추리의 방법론을 체계화시킨 상태였지만 그것이 내 인생에서 어떤 역할을 하게 될 것인가는 미처 모르고 있었네. 노인은 아들이 친구의 한두 가지 재주를 과장해서 말하고 있다고 생각했나 봐.

'여보게, 홈즈 군.' 노인은 너그럽게 웃으며 말했어. '나라면 훌륭한 대상이 되지 않겠나. 자네가 날 보고 뭔가를 추리해 낼 수 있다면 말일세.'

'글쎄요, 잘은 모르겠습니다만, 지난 12개월 안에 테러 위협을 받은 적이 있으신 것 같습니다.' 나는 대답했네.

노인은 웃음기를 거두고 놀란 눈으로 나를 쳐다보았지.

'그렇지, 그건 사실일세. 빅터, 왜 너도 알고 있지 않느냐.' 노인은 아들을 돌아보며 말했네. '우리가 그 밀렵꾼 일당에게 엄벌을 내렸을 때 그자들이 칼침을 놓겠다고 위협했던 것 말이다. 그리고 에드워드 홀리 경은 실제로 테러를 당했거든. 그래서 난 그 일이 있고 난 다음부터 항상 조심하고 있단다. 그런데 홈즈 군이 그 일을 어떻게 알았는지 모르겠구나.'

'아버님은 굉장히 좋은 단장을 갖고 다니십니다.' 나는 대답했네. '상표를 보니 구입하신 지 채 1년이 넘지 않았더군요. 그런데 아버님은 지팡이 손잡이에 일부러 구멍을 뚫고 그 속에 납을 부어 넣어 위력적인 무기로 만드셨습니다. 저는 아버님께서 신변에 위협을 느끼지 않으셨다면 그렇게 조심하지는 않았을 거라고 생각합니다.'

'그 밖에는?' 노인은 빙그레 웃으며 물었네.

'젊었을 때 권투를 많이 하셨군요.'

'맞는 얘기일세. 그런데 어떻게 알았나? 내 코가 약간 비뚤어지기라도 했나?'

'아닙니다. 귀를 보고 알았습니다. 권투 하는 사람들은 귀가 특이한 모양으로 주저앉은 채 두꺼워져 있으니까요.'

'그 밖에는?'

'굳은살이 박여 있는 모양을 보니 광산에서 오래 일하셨군요.'

'나는 금광에서 돈을 모았네.'

'그리고 뉴질랜드에 갔던 적이 있으십니다.'

'그것도 맞아.'

'일본에도 다녀오셨고요.'

'사실이네.'

'그리고 'J. A.'라는 사람과 굉장히 가깝게 지냈지만 나중에는 그 사람을 기억에서 완전히 지워버리려고 노력하셨습니다.'

트레버 씨는 천천히 자리에서 일어나 눈을 부릅뜨고 넋이 나간 표정으로 나를 쳐다보았네. 그러다가 정신을 잃고 앞으로 푹 고꾸라져서 견과류 껍질이 흩어져 있는 식탁에 얼굴을 박았지.

왓슨, 나와 내 친구가 얼마나 놀랐는지 상상할 수 있겠지? 하지만 우리가 셔츠 단추를 풀고 얼굴에 물을 뿌리자 트레버 씨는 금세 정신을 차렸네. 노인은 한두 번 숨을 몰아쉬더니 일어나 앉았어.

'난 괜찮다.' 노인은 억지로 미소를 지으며 말했네. '나 때문에 놀랐겠구나. 내가 겉으로는 튼튼해 보여도 심장이 좀 약하지. 그래서 별것 아닌 일에도 이렇게 넘어가곤 한다. 홈즈 군, 어떻게 그걸 알아냈는지 모르겠지만 자네는 실재와 허구를 막론하고 세상의 그 어떤 탐정보다 더 나은 것 같네. 앞으로 자네는 그 길로 나가게. 내 말을 산전수전 다 겪은 늙은이의 말로 생각하면 좋을 걸세.'

왓슨, 그 어른이 나의 능력을 과대평가하면서 그러한 권고를 한 것은 내가 그때까지 단순한 취미로만 여겨오던 것을 평생의 업으로 삼을 수도 있겠다고 생각하게 된 계기가 되었네. 하지만 그 순간에는 노인이 갑자기 쓰러진 것에 신경 쓰느라 다른 것은 생각할 여유가 없었지.

'혹시 제가 심려를 끼쳐드릴 만한 말을 한 건 아닌지 모르겠습니다.'

'음, 자네가 아픈 데를 건드린 건 사실이야. 그런데 자네가 어떻게 그걸 알았는지, 얼마만큼이나 알고 있는지 물어봐도 되겠나?' 노인은 이제 반쯤 농담하는 투로 말했지만 두 눈에는 아직도 두려운 표정이 가시지 않았어.

'그건 아주 간단하지요. 아버님께서 팔을 걷어붙이고 물고기를 배 안으로 끌어들일 때 저는 아버님의 팔꿈치 안쪽에 'J. A.'라는 문신이 새겨져 있는 것을 보았습니다. 그런데 글씨를 읽을 수는 있었지만 얼룩진 모양이나 주변의 피부가 물들어 있는 걸로 봐서 그걸 지우려고 했던 것이 분명했지요. 그렇다면 아버님은 그 머리글자의 주인공과는 한때 아주 가까운 사이였지만 나중에는 그를 잊고자 했던 것이 틀림없습니다.'

'자네 눈이 보배로군!' 노인은 안도의 한숨을 내쉬며 외쳤지. '자네가 말한 그대로일세. 하지만 그 얘기는 그만하기로 하지. 하고많은 유령 중에서 가장 나쁜 건 옛사랑의 유령이니까. 자, 당구실로 가서 조용히 시가나 피우세.'

노인은 변함없이 나를 따뜻하게 대해 주긴 했지만 그다음부터 나를 쳐다보는 눈에는 어떤 의혹이 서려 있었네. 친구도 그 얘기를 하더군. '우리 집 대장이 자네 때문에 무척 놀랐나 봐. 자네가 어디까지 알고 있는지 모르니까 절대 마음을 놓지 못하실 거야.' 트레버 씨가 일부러 그랬던 것은 아니지만 항상 그런 생각을 하고 있다는 게 일거수일투족에서 드러났네. 나 때문에 영감이 불안해한다는 걸 알게 되자 나는 그만 런던으로 돌아가기로 결심했지. 하지만 떠나기 바로 전날에 어떤 사건이 일어났고 그것은 결과적으로 아주 중요한 결과를 초래했어.

우리 셋은 잔디밭에 의자를 놓고 앉아서 햇볕을 쬐며 대수로의 풍경을 감상하고 있었네. 그런데 하녀가 와서 밖에 어떤 남자가 트레버 씨를 뵈러 왔다고 고했네.

'이름이 뭐라고 하더냐?' 주인이 물었지.

'성명을 대지 않으려고 합니다.'

'그럼 용건은?'

'그 사람 얘기가 주인님과 아는 사이라고, 잠깐만 얘기를 나누고 싶다고 합니다.'

‘그럼 이리 데려오너라.’ 잠시 후 늙수그레한 사내가 굽실거리며 나타났네. 발을 질질 끄는 듯한 걸음걸이에, 소매에 타르 얼룩이 묻은 선원용 재킷을 입고 있었어. 그리고 검은색과 붉은색의 체크무늬 셔츠에 작업복 바지를 입고 닳아빠진 무거운 부츠를 신고 있었지. 갈색으로 탄 여윈 얼굴은 교활해 보였고, 입가에는 웃음이 떠나지 않았는데 그 바람에 들쭉날쭉한 누런 이가 훤히 드러났네. 주름진 손은 선원들이 다 그렇듯 반쯤 오그라들어 있었어. 사내가 구부정한 걸음걸이로 잔디밭을 걸어오는 걸 보고 트레버 씨는 목구멍에서 딸꾹질하는 듯한 소리를 냈네. 그러더니 벌떡 일어나서 집 안으로 뛰어 들어갔어. 잠시 후 노인은 다시 돌아왔는데 내 옆을 지날 때 독한 브랜디 냄새를 풍기더군.

‘그래, 웬일로 여길 다 왔는가?’ 노인은 말했네.

선원은 눈살을 찌푸리고 서서 노인을 쳐다보았네. 하지만 입가에는 여전히 헤픈 웃음이 떠나지 않았어.

‘나를 모르쇼?’ 선원이 물었네.

‘모르긴, 이 사람아, 자네 허드슨 아닌가.’ 트레버 씨는 놀란 듯이 말했네.

‘예, 허드슨입죠. 30년 만에 처음인 것 같구먼요. 그런데 당신은 자기 집에서 사는데, 나는 아직도 어구(漁具)통에서 소금에 절인 고기나 꺼내 먹는 신세요.’

‘쯧쯧, 나는 아직 옛 시절을 잊지 않았다네.’ 트레버 씨는 이렇게 외치면서 선원에게 다가가 작은 목소리로 무슨 얘긴가를 속삭였네.

그러고는 다시 큰 소리로 말했지. '주방으로 가게. 가서 요기도 하고 술도 한잔하게. 일자리는 내가 꼭 알아봐줌세.'

'고맙구먼요.' 선원은 고개를 까딱하며 말했지. '나는 얼마 전에 일손이 달리는 8노트짜리 화물선에서 2년 만에 내린 사람이오. 그래서 이제는 좀 쉴 생각이지. 당신이나 비도스 씨를 찾아가면 당연히 받아줄 줄 알았어.'

트레버 씨가 외쳤네. '아! 자넨 비도스 씨가 어디 사는지도 알고 있나?'

'어디 그뿐이겠소? 옛 친구들이 사는 곳은 다 알고 있소이다.' 선원은 음흉하게 웃으면서 하녀를 따라 구부정한 걸음걸이로 주방으로 갔네. 트레버 씨는 그가 광산으로 갈 때 만난 뱃사람이라는 식으로 얼버무리고는 집 안으로 들어갔네. 한 시간 뒤에 집 안에 들어가 보니 선원은 만취 상태로 식당 소파에 누워 자고 있었지. 나는 그 사건에서 대단히 추악한 인상을 받았기 때문에 다음 날 도니소프를 떠나는 게 조금도 섭섭하지 않았네. 내가 있어봤자 친구 입장만 곤란해질 것 같았지.

이 모든 일이 긴 방학의 첫째 달에 일어났네. 나는 런던으로 돌아가서 남은 7주 동안 방에 틀어박혀 유기 화학 실험에 몰두했지. 그런데 어느 날, 가을이 성큼 다가서면서 방학이 끝나 갈 무렵에 친구에게서 전보 한 통이 도착했네. 긴히 내 도움을 받을 일이 있으니 꼭 도니소프로 와달라는 내용이었어. 물론 나는 만사를 제쳐두고 다시 북부로 출발했네.

친구는 말 한 필이 끄는 이륜마차를 타고 역으로 마중 나왔지. 나는 지난 두 달 동안 그가 몹시 시달렸다는 걸 한눈에 알아보았네. 얼굴은 바짝 마르고 초췌한 데다 예전처럼 떠들썩하고 유쾌한 태도는 찾아볼 수 없었어.

'우리 대장이 돌아가실 것 같아.' 친구의 첫마디는 이것이었어.

'그럴 리가! 무엇 때문에?' 나는 소리쳤지.

'뇌졸중일세. 정신적인 충격 때문이지. 하루 종일 사경을 헤매셨네. 우리가 갈 때까지 살아 계실지도 모르겠어.'

왓슨, 자네도 짐작하겠지만 예기치 못한 소식을 듣고 나는 대경실색했네.

'원인이 뭔가?' 나는 물었네.

'아, 그 점이 중요하다네. 어서 마차에 올라타게. 가는 길에 얘기 해 줌세. 자네가 런던으로 출발하기 바로 전날 저녁때 우리 집에 찾 아온 사내 기억나나?'

'기억나고말고.'

'그날 부친께서 집에 들여놓은 그자가 누구였는지 아나?'

'모르겠는데.'

'홈즈, 그자는 악마였어.' 친구는 외쳤지.

나는 깜짝 놀라서 그를 바라보고만 있었네.

'그래, 그자는 악마였다네. 그때부터 우리 집의 평화는 산산조각 이 났지. 우리 대장은 그날 저녁부터 기를 펴지 못하시더니 이제는 생명력을 다 빼앗겨버리고 탈진하고 마셨네. 그게 다 그 저주받을 허드슨이란 인간 때문이야.'

'그자가 대체 어떤 힘을 갖고 있기에?'

'아, 내가 알고 싶은 게 바로 그걸세. 인정 많고 너그러운 우리 대 장이 어떻게 그런 불한당의 손아귀에 걸려든 것일까! 어쨌든 홈즈, 자네가 와줘서 정말 기쁘네. 난 자네의 분별과 판단력을 굳게 믿고 있네. 내가 어떻게 하는 것이 좋을지 좀 가르쳐주게.'

우린 평탄한 시골길을 마차로 달려갔네. 눈앞에는 끝없이 흐르는 대수로가 떨어지는 저녁 해를 받아 붉게 빛났지. 왼쪽에 있는 숲 너 머로는 대지주의 저택을 나타내는 높은 굴뚝과 깃발이 벌써 나타나 기 시작했어.

'아버지는 처음에 허드슨이라는 자를 정원사로 만들어주었네. 그

런데 그자가 불만스러워하니까 집사로 승진시켜 주었어. 집 안이
온통 그자 손아귀에 휘둘리는 것 같았지. 그는 하루 종일 빈둥거리
고 돌아다니면서 하고 싶은 짓을 했네. 그자의 술버릇과 상스러운
말투에 하녀들은 질색을 했어. 아버지는 하녀들의 불만을 달래기
위해 두루 급료를 올려주었지. 그자는 아버지가 아끼는 총을 들고
나가 배를 타고 사냥을 다녔네. 그러면서도 항상 냉소적인 태도로
눈을 흘기며 무례하게 굴었지. 그자가 내 또래만 됐어도 벌써 스무
번은 때려눕혔을 걸세. 여보게, 솔직히 말해서 그동안 꾹꾹 눌러 참
았지만 이제 와서 생각해 보니 그게 과연 잘한 일이었는지 의문스
러워지네. 조금 더 강하게 나가는 편이 현명하지 않았을까.

사태는 점점 악화됐고 그 허드슨이라는 짐승은 점점 더 제멋대로
굴게 됐네. 그러나 어느 날 내가 보는 앞에서 아버지에게 무례하게
말대꾸하는 걸 보고 나는 그자의 어깨를 움켜잡고 밖으로 끌고 나
갔네. 그자는 얼굴이 흙빛이 돼서 슬슬 도망치고 말았어. 하지만 말
은 안 했지만 그 독사 같은 눈빛만 봐도 내게 얼마나 앙심을 품었는
지를 알 수 있었지. 가엾은 아버지와 그자 사이에 무슨 얘기가 오갔
는지는 알 수 없네만, 아버지는 다음 날 나를 불러서 그자에게 사과
하는 게 어떻겠느냐고 하시더군. 나는 당연히 싫다고 했네. 그리고
아버지에게 왜 저런 철면피가 당신과 당신의 가정을 휘두르게 내버
려두시냐고 따지고 들었네.

'아들아, 너는 내가 어떤 처지에 있는지 모른다. 하지만 앞으로 알
게 될 거다. 무슨 일이 있든 내가 반드시 알려주마. 너는 가엾은 늙

은 아비의 악덕을 모를 게다. 안 그러냐, 얘야?' 아버지는 몹시 심정이 상한 듯 온종일 서재에 틀어박혀 계셨네. 창문 너머에서 보니 뭔가를 열심히 쓰고 계시더군.

그날 저녁에 마침내 해방의 날이 온 것 같았어. 허드슨이 가겠다고 했거든. 저녁 식사를 마치고 아버지와 같이 식당에 앉아 있는데 그자가 들어오더니 취해서 혀 꼬부라진 목소리로 말했네.

'이제 노퍽에는 그만 있을라오. 햄프셔의 비도스 씨 댁으로 달려갈 거요. 그 사람도 나를 보면 당신만큼이나 반가워할 거외다.'

'허드슨, 대접이 섭섭해서 떠나는 건 아니겠지?' 아버지가 비굴하게 말하는 걸 듣고 나는 피가 끓었네.

'난 아직 사과를 못 받았소.' 그자는 내 쪽을 바라보며 음울하게 말했지.

'빅터, 너 그동안 이분한테 무례하게 군 것을 솔직히 인정해라.' 아버지가 나를 보며 말씀하셨네.

'천만에요. 우린 그동안 무한한 인내심을 갖고 저자를 대한 것 같은데요.' 나는 대답했지.

'오호, 그렇게 생각하쇼?' 허드슨이 으르렁거렸네. '좋아, 젊은 친구. 어디 앞으로 어떻게 되는지 보자고!'

'그자는 구부정한 걸음으로 방을 나갔고 반 시간 뒤에 집을 떠났네. 아버지는 가엾게도 안절부절못하셨지. 나는 밤마다 아버지가 방 안에서 오락가락하는 소릴 들었네. 그런데 아버지가 막 안정을 되찾아갈 무렵에 불행한 사건이 터졌네.'

'어떤?' 나는 궁금증에 몸이 달아서 물었지.

'그것도 아주 기이한 방식으로 말이야. 어제저녁 아버지 앞으로 포딩엄 소인이 찍힌 편지가 한 통 도착했네. 아버지는 그걸 읽더니 두 손으로 머리를 싸쥐고 정신 나간 사람처럼 방 안을 맴돌기 시작했어. 아버지를 겨우 소파 위에 끌어다 앉혔을 때는 벌써 입과 눈이 돌아간 다음이었지. 난 아버지가 중풍을 맞았다는 걸 알았네. 당장 포드햄 선생이 달려왔어. 우린 아버지를 침대에 눕혔지만 마비는 점점 진행됐고 의식이 돌아오는 기미는 보이지 않았네. 아버지

는 지금쯤 돌아가셨는지도 모르겠어.'

'트레버! 정말 끔찍한 얘기로군! 대관절 그 편지에 무슨 말이 쓰여 있기에 그렇게 끔찍한 결과가 빚어졌지?' 나는 외쳤지.

'끔찍한 말 같은 건 없었어. 그냥 이해하기 힘든 말이 쓰여 있었지. 그건 말도 안 되는 장난 편지였네. 오, 하느님, 내가 두려워하던 일이 생겼어!'

그동안 마차는 진입로의 모퉁이를 돌아갔는데 희미한 불빛 속에서 집 안의 커튼이란 커튼은 죄다 내려져 있는 게 보였다네. 내 친구가 슬픔에 일그러진 얼굴로 현관으로 뛰어 올라가는데 검은 옷을 입은 신사가 안에서 나왔네.

'의사 선생, 어떻게 된 겁니까?' 트레버가 물었지.

'자네가 나간 뒤에 곧 운명하셨네.'

'의식을 되찾으셨나요?'

'마지막 순간에 아주 잠깐.'

'무슨 유언이라도?'

'일본 문갑의 검은 서랍에 편지가 들어 있다는 말씀뿐이셨네.'

친구는 의사와 함께 고인이 계신 방으로 올라갔고 나는 서재에 들어가서 평생 처음 느껴보는 침울한 기분이 되어 그동안 있었던 모든 일에 대해 골똘히 생각해 보았네. 권투 선수이며 여행가, 금광 탐사자인 트레버 노인의 과거는 어떤 것이었고, 어떤 연유로 그 심술궂은 선원에게 약점을 잡힌 것일까? 또 팔뚝의 반쯤 지워진 머리 글자를 언급했을 때 졸도한 이유는 무엇이고, 포딩엄에서 온 편지를 받아본 뒤에 죽도록 공포에 질린 것은 또 왜일까? 그러자 포딩엄은 햄프셔에 속한다는 게 생각났네. 그리고 비도스 씨 또한 햄프셔에서 살고 있다는 것과 선원이 협박할 목적으로 그를 찾아갔다는 얘기가 떠올랐지. 그렇다면 그 편지는 선원 허드슨이 과거의 무서운 비밀을 폭로했다는 사실을 알리는 것일 수도 있고, 아니면 비도스가 옛 동지에게 그런 일이 생길 것 같으니 조심하라고 보내는 경고문일 수도 있었지. 여기까지는 분명해 보였네. 하지만 내 친구는 어째서 그 편지가 기괴한 장난 편지라고 했던 걸까? 친구는 편지를 제대로 읽지 못했음에 틀림없었네. 만약 그렇다면 그것은 겉으로 드러난 것과 다른 의미를 담은 교묘한 암호문이었겠지. 나는 그 편지를 보아야 했어. 만약 그 편지에 전혀 다른 의미가 숨어 있다면 그것을 알아낼 수 있을 거라고 확신했지. 한 시간 동안 어둠 속에 앉아서 생각에 골몰하고 있는데 얼굴이 눈물범벅이 된 하녀가 등불을 들고 서재로 들어왔네. 그리고 내 친구 트레버가 창백하지만 침착한 얼굴로 이 서류를 들고 뒤따라 들어왔어. 그는 내 앞에 앉아서 등불을 가까이에 끌어다 놓고 짧은 메모가 휘갈겨져 있는 회색 종이를 한 장 내밀었지. '게임은 런던으로 가서 끝났다. 파리 사냥꾼 허드슨이 어쩐지 자꾸만 다 명령을 받아 말했다. 암꿩의 번식은 필사적으로 유지해서 너희 도망쳐라.'

맨 처음 이 편지를 읽었을 때 나도 자네처럼 당황한 표정을 지었을 거야. 어쨌든 나는 편지를 주의 깊게 되풀이해 읽었지. 그것은 분명히 내가 생각한 대로였네. 그 이상한 단어의 조합에 어떤 비밀스러운 의미가 숨어 있음에 틀림없었지. 아니면 '파리 사냥꾼'이나 '암꿩의 번식' 같은 구절에 미리 약속된 어떤 의미가 있는 것일까? 그렇다면 어떤 방법을 쓰건 편지의 의미를 추리해 내는 것은 불가능했네. 하지만 나는 그렇게 생각하고 싶지는 않았어. 게다가 허드슨이라는 이름이 들어 있는 것으로 보아 편지 내용은 내가 추측한 그대로일 것 같았고, 편지를 보낸 사람은 선원이라기보다는 비도스일 것 같았네. 나는 편지를 거꾸로 읽어보았지. 하지만 '도망쳐라 너희'는 별로 고무적이지 않았어. 그래서 한 단어를 건너뛰고 읽어보았지. 하지만 '게임은 가서 파리'나 '런던으로 끝났다 사냥꾼'도 말이 안 되긴 마찬가지였어.

그런데 갑자기 수수께끼를 푸는 열쇠가 보였네. 첫 단어부터 두 단어씩 건너뛰어 읽자 트레버 노인을 절망에 빠뜨렸을 말이 떠올랐어.

그것은 간단명료한 경고였지. 나는 벗에게 편지를 다시 읽어주었네.

'게임은 끝났다. 허드슨이 다 말했다. 필사적으로 도망쳐라.'

빅터 트레버는 떨리는 손으로 얼굴을 감쌌네. '그래, 그게 맞을 거야. 차라리 죽는 게 낫겠군. 이 편지는 어떤 불명예스러운 것을 암시하고 있으니까 말이야. 그런데 파리 사냥꾼이나 암꿩의 번식은 대관절 무슨 뜻이지?'

'그건 편지 내용과는 무관하지만 발신인의 정체를 밝혀낼 수 있는 별다른 방법이 없는 상태에서 많은 것을 의미할 수도 있다네. 자네도 알다시피 그 사람은 먼저 게임은……, 끝났다……, 허드슨

이……라고 썼을 거야. 그리고 나중에 빈칸에 두 단어를 채워 넣어야 했겠지. 그는 당연히 맨 먼저 생각난 단어를 써 넣었을 거야. 사냥에 관한 단어가 많은 걸로 봐서 사냥을 좋아하거나 동물 사육에 관심이 많은 사람이라고 봐도 좋을 것 같군. 자네 비도스에 대해 아는 것 없나?'

'글쎄, 자네 말을 들으니까 생각나는 게 있군.' 친구는 말했네. '비도스 씨는 해마다 가을이 되면 가엾은 아버지에게 자기 영지에 사냥하러 오라는 초대장을 보내오곤 했네.'

'그럼 이 편지는 그 사람이 보낸 게 틀림없군. 이제 남은 문제는 부유한 두 명망가가 선원 허드슨에게 어떤 약점을 잡혔기에 그렇게 협박당했는지 알아내는 것일세.'

'여보게, 홈즈, 그건 아마 부끄럽기 짝이 없는 죄와 상관있을 거야!' 내 친구는 부르짖었네. '하지만 자네에게는 아무것도 감추고 싶지 않네. 자, 이걸 좀 보게. 아버지가 허드슨 때문에 과거의 비밀이 탄로 나리라는 걸 예감하셨을 때 쓰신 글이네. 아버지 말씀대로 일본 문갑에 들어 있더군. 자네가 읽어주게. 나는 그걸 직접 읽을 힘도 용기도 없다네.'

왓슨, 이게 바로 그 친구가 건네준 편지일세. 내가 읽어주겠네. 그날 밤 오래된 서재에서 내 친구한테 이 편지를 읽어주었던 것처럼 말일세. 보다시피 겉봉에는 이렇게 쓰여 있네. '1855년 10월 8일 팰머스에서 출항하여 같은 해 11월 6일, 북위 15도 20분, 서경 25도 14분 지점에서 침몰한 범선 글로리아 스콧호의 항해에 관한 자세한 기록.' 이건 아들한테 보내는 편지 형식으로 돼 있어.

내 사랑하는 아들에게, 인생의 말년을 불명예로 먹칠하게 된 지금, 나는 진실하고 정직한 마음으로 이 글을 쓴다. 지금 내 가슴이 이토록 미어지는 것은 국법(國法)이 두려워서도 아니고, 지역 유지라는 지위를 잃게 되어서도 아니며, 나를 아는 모든 이들이 보는 앞에서 진흙탕으로 추락하게 되어서도 아니다. 그것은 아비를 사랑하고 존경할 줄밖에 모르던 아들이 아비 때문에 고개를 들지 못할 일을 생각해서이다. 그러나 평생 나를 따라다닌 어두운 비밀이 드러나게 될 때, 나는 네가 이 편지를 읽어주길 바란다. 아비가 얼마만큼 잘못을 저질렀는지 직접 말해 주고 싶은 것이니. 하지만 모든 일이 원만히 해결된다면(전능하신 주여, 부디 이를 허락하소서!), 그런데도 이 편지가 파기되지 않고 네 수중에 들어간다면 간절히 부탁하노니, 성스러운 모든 것과 네 엄마의 기억과 우리 부자간의 정리를 생각해서 이걸 불 속에 던져 넣고 그다음에는 아주 잊어버리도록 해라.

그렇지만 네가 이 부분을 읽고 있다면 나는 이미 과거의 죄상이 탄로 나 내 집에서 끌려 나갔거나, 또는 너도 알다시피 약한 심장이 견디지를 못해서 죽음 속에 영원히 입을 봉한 다음이겠구나. 어느 쪽이든 과거사를 덮어둘 시기는 지난 것이고, 내가 하는 모든 이야기는 가감 없는 진실이니 이로써 나는 오로지 용서를 바랄 뿐이다.

사랑하는 아들아, 내 본명은 트레버가 아니다. 젊은 시절에 나는 제임스 아미티지였다. 그러니 너는 몇 주일 전에 너의 대학 친구가 나의 비밀을 알아챈 듯한 말을 했을 때 내가 큰 충격을 받았던 이유를 이제라도 이해할 수 있을 것이다. 아미티지였을 때 나는 어느 런던 은행에 들어갔고, 국법을 어겨 유형을 선고받았다. 애야, 아비에 대해 너무 가혹하게 생각하지는 말아다오. 나는 도박 빚을 지는 바람에 공금을 꺼내서 그 빚을 갚았다. 사실 공금을 유용한 사실이 밝혀지기 전에 그 돈을 메워 넣을 수 있으리라고 자신하고 있었다. 하지만 너무도 끔찍한 불운이 따랐다. 내가 철석같이 믿었던 돈은 들어오지 않았고, 예정보다 빠르게 회계 감사가 진행되어 공금의 결손이 드러났다. 그 일은 좀 더 관대한 처분을 받을 수도 있었지만 30년 전의 법 집행은 지금보다 훨씬 가혹했느니라. 나는 스물세 번째 생일날 쇠고랑을 차고 서른일곱 명의 죄수들과 함께 범선 글로리아 스콧호의 중갑판에 실려 호주로 유형을 가는 신세가 되었다.

때는 1855년이었고 크림 전쟁이 한창이던 때라 기존의 죄수 호송 선들은 주로 흑해에서 수송선으로 이용되고 있었다. 그래서 정부에 서는 크기도 작고 시설도 부적당한 배를 이용해 죄수들을 실어 나를 수밖에 없었다. 글로리아 스콧호는 원래 중국의 차를 운송하던 무역 선이었는데 뱃머리가 무겁고 선폭이 넓은 구식 범선이라 새로 등장한 쾌속 범선에 밀려나게 되었다. 500톤급의 배에는 서른여덟 명의 죄수 외에 승무원 스물여섯, 병사 열여덟, 선장, 항해사 셋, 의사, 목사, 간 수 넷이 타고 있었다. 팰머스를 출항할 때 배에는 거의 100여 명에 달 하는 인원이 타고 있었던 것이다.

감방의 칸막이벽은 보통의 죄수 수송선과는 달리 두꺼운 참나무 가 아니라 얇은 판자로 되어 있었다. 그런데 고물 쪽으로 바로 옆 감 방에는 부두에서부터 유난히 눈에 띈 죄수가 수용돼 있었다. 그는 밝 고 쾌활한 얼굴에 수염이 별로 없는 청년이었는데 살집이 없는 길쭘 한 코에 턱은 호두까기처럼 생겼다. 기세 좋게 고개를 쳐들고 거들먹 거리듯이 걸었는데 무엇보다 인상적인 것은 키였다. 그는 다른 사람보 다 머리 하나는 더 컸다. 못해도 195센티미터는 되었을 것이다. 어둡 고 지친 사람들 가운데 패기와 활력에 넘치는 얼굴을 보니 너무도 이 상한 기분이 들었지. 꼭 눈보라 속에서 모닥불을 본 기분이었어. 나는 그가 내 옆방에 수용된 사실을 알고 기뻐했는데, 한밤중에 그가 칸막 이벽에 구멍을 내고 작은 목소리로 말을 걸어왔을 때는 더욱 기뻤다.

'안녕하신가, 형씨! 이름은 뭐고, 여기는 왜 왔나?'

나는 내 소개를 하고 그렇게 말하는 당신은 누구냐고 물었다.

'나는 잭 프렌더개스트라고 하지. 그리고 당신은 머지않아 나한테 고마워하게 될 거야! 이건 농담이 아니야.'

나는 프렌더개스트 사건에 대해 들은 기억이 있었다. 내가 체포되기 얼마 전에 사건이 터져서 온 나라가 발칵 뒤집힌 적이 있었지. 그는 좋은 집안에서 태어난 재주 많은 청년이었지만 구제불능의 악습에 젖어 기상천외한 사기술로 런던의 내로라하는 상인들로부터 거액을 갈취한 자였다.

'하하! 내 사건을 알고 있구먼!' 그는 자랑스럽게 말했다.

‘물론 잘 아오.’

‘그럼 거기에 뭔가 이상한 점이 있다는 걸 느꼈겠지?’

‘그게 뭔데?’

‘나는 거의 25만 파운드를 해먹었어. 그렇지?’

‘그렇다고 들었소만.’

‘그런데 경찰에서 찾아낸 돈은 한 푼도 없었지. 안 그런가?’

‘그렇다고 들었소.’

‘그럼 그 돈은 어디 있을까?’

‘나야 모르지요.’

‘어디 있긴, 바로 내 손안에 있지.’ 그는 외쳤다. ‘나한테는 형씨 머리털보다 더 많은 지폐가 있어! 정말이야! 그런데 젊은이, 돈 있겠다, 돈 쓰는 법도 알고 있겠다, 대관절 내가 못 할 일이 뭐란 말인가. 이제 당신도 무슨 일이든 할 수 있는 사람이, 쥐새끼와 바퀴벌레가 들끓고 곰팡내가 진동하는 낡아빠진 중국 무역선의 퀴퀴한 화물칸에서 엉덩이가 물러지도록 앉아 있진 않을 거라고 생각할 거야. 천만의 말씀, 그런 사람은 제 몸을 귀중히 여기고 제 친구들을 귀중히 여기지. 내 장담하지! 그 사람을 믿고 따르라고. 그 사람이 당신을 구해 줄 테니까.’

프렌더개스트의 말투는 원래 이랬다. 난 처음에는 아무 뜻도 없는 말인 줄 알았다. 하지만 그는 나를 시험해 보고 온갖 맹세를 받아내고 하더니 한참 뒤에 배를 탈취할 계획이 있다는 사실을 털어놓았다. 열댓 명의 죄수들은 배에 승선하기 전부터 동조자가 되었고 프렌더개스트가 지도자였으며 원동력이 된 건 그의 돈이었다.

‘나한테는 동지가 있거든.’ 그는 말했다. ‘참 좋은 사람이야, 총신에 붙어 있는 개머리판처럼 진실하고 말이지! 돈은 그 사람이 갖고 있어. 그런데 지금 이 순간 그가 어디 있는지 아나? 핫핫, 이 배의 목사님이 바로 그 사람이야, 목사님 말이야! 그 사람은 검정 외투에 나무랄 데 없는 신분증을 갖고 이 배에 탔지. 그가 들고 온 궤짝에는 이 배의 용골에서 돛대까지 일체를 사들일 수 있는 돈이 있어. 선원들은 몽땅 우리 편이지. 그들이 계약서에 서명하기도 전에 선불을 주고 매수했거든. 또 간수 둘과 이등 항해사 에리어도 우리 편이야. 필요하면 선장도 우리 편으로 끌어들일 거야.’

‘그럼 이제 우린 어떻게 할 거요?’ 나는 물었다.

‘형씨는 어떻게 생각하나? 우린 병사들의 옷을 새빨갛게 물들여 줄 생각이지.’

‘하지만 저들은 무장하고 있소.’

‘젊은이, 당연히 우리도 총을 들어야지. 모두에게 총이 돌아갈 거야. 선원들을 몽땅 우리 편으로 만들고도 배를 손에 넣지 못하면 모두들 어린 처녀들이 다니는 기숙 학교에나 보내버려야지. 오늘 밤에는 당신 왼쪽에 있는 사람하고 이야기를 해보고 믿을 만한 사람인지 확인하라고.’

나는 그가 시키는 대로 했고 옆방에 수용된 죄수가 나와 처지가 흡사한 청년이라는 걸 알았다. 그의 죄목은 문서 위조였지. 성은 에번스였는데, 나중에는 나처럼 이름을 바꾸었고 지금은 영국 남부에서 유복하게 살고 있다. 달리 이곳을 벗어날 길이 없었기 때문에 에번스는 기꺼이 음모에 가담하기로 했고, 그래서 비스케이 만을 지날 때쯤 죄수들 중에서 비밀을 모르는 자는 둘뿐이었다. 그중 하나는 마음이 약한 자라 도무지 믿을 수가 없었고, 다른 하나는 황달을 앓고 있어서 우리에게 전혀 쓸모가 없었다.

배를 탈취하는 데 장애가 될 만한 것은 처음부터 아무것도 없었다. 선원들은 모두가 이 일을 위해 선발된 무뢰배였다. 가짜 목사는 선교용 팸플릿이 가득 들어 있는 듯한 검은색 가방을 들고 죄수들을 교화하기 위해 부지런히 감방을 순례했다. 목사가 하도 열심히 돌아다닌 덕분에 셋째 날이 되자 누구나 침상 발치에 줄칼과 권총, 탄약 한 파운드, 산탄 스무 발을 쌓아두게 되었지. 간수 둘은 프렌더개스트의 수족이었고 이등 항해사는 그의 오른팔이었어. 선장, 항해사 둘, 간수 둘, 마틴 대위와 그가 지휘하는 열여덟 명의 병사, 그리고 의사만이 우리에게 적대하는 세력이었다. 하지만 아무리 치밀하게 준비했어도 우리는 최대한 조심하기로 했고, 그래서 야간에 기습 공격을 하기로 했다. 그러나 거사는 예상보다 앞당겨졌는데 그 경위는 이렇다.

출항한 지 3주쯤 지났을 때였다. 의사가 저녁때 몸이 아픈 죄수를 보러 내려왔는데 침상 밑에 손을 넣었다가 권총을 만진 거야. 만약 의사가 그때 가만히 있었더라면 반란 계획을 효과적으로 파탄 낼 수 있었을 것이다. 하지만 그는 소심한 사람이었지. 의사가 깜짝 놀라 외마디 소리를 지르며 하얗게 질리자 죄수는 즉각 사태를 파악하고 그를 붙잡았다. 그리고 소리를 지르기 전에 그의 입에 재갈을 물리고 침대에 묶어놓았다. 죄수는 갑판으로 통하는 문을 열어젖혔고 우리는 한

꺼번에 갑판으로 몰려 나갔지. 그리고 초병 둘을 쏘아 넘어뜨리고 무슨 일이 생겼는지 보려고 달려온 하사를 처치했다. 특등실 문 앞에서도 병사 둘이 지키고 있었지만 그들은 머스킷 총(16세기에 스페인에서 화승총을 대형화해 개발한 견착식 화기. 초기에는 보통 두 명이 함께 사용했고 휴대용 받침대에 올려놓고 발사했다. 19세기에 소총으로 대치되었다 — 옮긴이)에 장전해 놓지 않았던 모양인지 총을 발사하지 못했다. 우리는 두 병사가 총에 착검하느라 꾸물대는 사이에 먼저 권총을 쏘았다. 그다음에 선장실을 향해 달려갔는데 문을 열어젖혔을 때 안에서 총성이 울렸다. 선장은 머리에서 피를 흘리며 탁자 위에 붙여 놓은 대서양 해도 위에 쓰러져 있었고 그 옆에선 목사가 화약 연기가 피어오르는 권총을 겨누고 서 있었다. 항해사는 둘 다 선원들의 손에 붙들렸고 일은 다 끝난 듯했지.

특등실은 선장실 옆에 있었는데 우리는 그곳으로 몰려들어 갔다. 그리고 다시 한번 자유의 몸이 되었다는 생각에 반쯤 미친 상태에서 의자에 주저앉아 와글와글 떠들어댔지. 특등실 안은 사방이 벽장이었는데 가짜 목사 윌슨은 한 벽장에서 셰리주를 열댓 병 끄집어냈다. 우리들이 병뚜껑을 따고 잔에다 술을 따라 단숨에 들이켜고 있을 때 느닷없이 머스킷 총을 발사하는 소리가 귀를 찢었다. 선실 안은 화약 연기로 가득 차 탁자 저쪽이 보이지 않을 정도였어. 연기가 걷히고 보니 그곳은 도살장으로 변해 있었다. 윌슨을 포함해서 여덟 사람이 서로 포개진 채 꿈틀거리고 있었다. 나는 지금도 탁자 위의 피와 갈색 포도주를 생각하면 속이 메스꺼워진다. 우리는 그 광경을 보고 겁에

질렸는데 프렌더개스트가 없었다면 그쯤에서 포기하고 말았을 거다. 프렌더개스트는 황소처럼 울부짖으며 밖으로 뛰쳐나갔고 살아남은 자들 모두가 그 뒤를 따랐다. 밖에 나가보니, 대위와 10여 명의 병사들이 고물에 모여 있었다. 특등실의 탁자 위로 천창 뚜껑이 약간 열려 있었는데 병사들이 그 틈으로 총알 세례를 퍼부었던 거야. 우리는 병사들이 총에 다시 장전하기 전에 덮쳤고 그들은 사내답게 저항했다. 하지만 우리 쪽이 우세했고 5분 뒤 상황은 종료되었다. 어허! 이런 도살장이 또 어디에 있을까! 프렌더개스트는 악귀처럼 미쳐 날뛰며 죽은 자든 산 자든 가리지 않고 병사들을 어린애처럼 번쩍 집어 들어서 갑판 너머로 던져버렸다. 심한 부상을 입은 부사관 하나가 놀랄 만큼 오랫동안 살아서 헤엄쳤으나 누군가 자비를 베풀어 그의 머리를 명중시켰다. 전투가 끝났을 때 적들 가운데 살아남은 사람은 간수 둘과 항해사 둘, 의사뿐이었다.

그들을 처리하는 문제를 놓고 심각한 말다툼이 벌어졌다. 자유를 되찾은 것을 기뻐하며 더 이상 손에 피를 묻히기 원치 않는 사람들도 많았다. 머스킷 총으로 무장한 병사를 상대로 싸우는 것과 사람들을 죽일 때 맨정신으로 그 옆에 서 있는 것은 전혀 다른 문제였다. 기결수 다섯 명과 선원 셋은 더 이상 사람을 죽이는 데 반대했다. 그러나 프렌더개스트와 그를 따르는 사람들은 요지부동이었지. 프렌더개스트는 안전을 보장받는 길은 일을 깨끗이 처리하는 것뿐이라고 하며, 나중에 증언대에서 혀를 놀릴 인간을 남겨두지 않겠노라고 했다. 우리도 자칫하면 포로들과 운명을 같이할 뻔했지만 프렌더개스트는 마지막에 원한다면 보트를 타고 떠나도 좋다고 허락했어. 우리는 냉큼 그 제안을 받아들였는데, 이런 유혈극에 벌써 염증을 느끼고 있었을 뿐 아니라 상황이 악화됐으면 악화됐지 좋아질 기미가 없었기 때문이다. 우린 선원 복장을 한 벌씩 지급받았고 그 밖에 물 한 통, 소금에 절인 고기와 비스킷 한 통씩, 나침반 하나를 받았다. 프렌더개스트는 해도를 던져주며 우리는 위도 15도, 서경 25도에서 선박이 침몰하여 표류 중인 뱃사람인 거라고 하며 밧줄을 끊고 우리를 보내주었다.

아들아, 이제 가장 놀라운 이야기가 남았구나. 폭동이 일어났을 때 선원들은 활대를 잡아당겨 배가 역풍을 받게 만들었지만, 우리가 보트를 타고 떠나자 선원들은 다시 돛을 원래대로 돌려놓았다. 마침 가

벼운 북동풍이 불고 있었기 때문에 범선은 서서히 멀어져가기 시작했다. 우리가 탄 보트는 파도에 실려 오르락내리락했다. 에번스와 나는 떨어져 나온 무리 중에서 가장 교육을 많이 받은 축에 속했기 때문에 둘이서 해도를 펴놓고 현재 위치가 어디이고 어느 해안을 향해 갈 것인지에 대해 숙의했다. 그것은 상당히 까다로운 문제였다. 중부 대서양의 군도(群島) 카보베르데까지는 북쪽으로 800킬로미터 거리였고, 아프리카 해안까지는 동쪽으로 1120킬로미터 거리였다. 그런데 바람의 방향이 전반적으로 북쪽으로 바뀌고 있었으므로, 우린 서아프리카의 시에라리온이 가장 좋을 거라고 생각하고 그쪽으로 방향을 잡았다. 그때 글로리아 스콧호는 우리 배의 우현에 있었는데 어느새 선체는 수평선 너머로 사라지고 돛만 보였다. 그런데 갑자기 그쪽에서 검은 연기가 피어오르는 것이 보였다. 연기구름은 수평선 위로 거대한 나무처럼 솟아났다. 몇 초 후 천둥소리 같은 폭발음이 들렸고, 연기가 엷어졌을 때 글로리아 스콧호는 온데간데없이 사라지고 말았다. 우리는 당장 배의 방향을 다시 바꿨고 수면 위에 떠 있는 연기가 참극의 현장을 나타내고 있는 지점을 향해 필사적으로 노를 저었다.

거기까지 가는 데 시간이 한참 걸렸으므로 처음에 우리는 너무 늦게 도착해서 아무도 구하지 못할 줄 알았다. 배가 침몰한 지점에는 선박의 잔해와 수많은 나무 상자, 부서진 마스트가 파도에 떠서 흔들리고 있었다. 그러나 생존자가 없는 것 같아 포기하고 돌아서려는데 살려달라는 비명 소리가 들려왔다. 저쪽에서 한 사내가 난파선의 잔해에 몸을 싣고 있었다. 우리는 그를 배 위로 끌어 올렸는데 알고 보니

허드슨이라는 젊은 선원이었다. 그는 심한 화상을 입은 데다 탈진한 상태라 다음 날 아침이 돼서야 그사이에 있었던 일에 대해 설명해 줄 수 있었다.

우리가 배를 타고 떠난 뒤, 프렌더개스트와 그 일당은 남은 다섯 명의 포로를 처형하기 시작했다. 간수 둘은 사살한 다음 뱃전 너머로 던져버렸고 삼등 항해사도 이렇게 처치했다. 프렌더개스트는 그다음에 중갑판으로 내려가서 직접 불운한 외과 의사의 목을 찔렀다. 남은 사람은 일등 항해사뿐이었는데 그는 용감하고 민첩한 사나이였지. 그는 결박을 풀기 위해 용을 쓰다가 프렌더개스트가 피 묻은 칼을 들고 다가올 때 마침내 밧줄을 풀어버리고 화물칸으로 뛰어들었다. 열댓 명의 죄수들이 권총을 들고 뒤따라 내려갔다. 일등 항해사는 폭약통 뚜껑을 열어놓고 성냥을 들고 그 옆에 서 있었다. 배에는 그런 폭약통이 100여 개가 실려 있었는데, 그는 자신을 해친다면 배를 몽땅 날려버리겠다고 위협했지. 그리고 다음 순간 폭발이 일어났어. 허드슨은 폭발의 원인이 항해사의 성냥불이 아니라 어느 죄수의 빗나간 총알 때문일 거라고 생각했다. 원인이야 어떻든 간에 글로리아 스콧호와 배를 점령한 폭도들은 그렇게 최후를 마쳤다.

사랑하는 아들아, 말하자면 이것이 내가 겪은 끔찍한 사건의 역사란다. 다음 날 우리는 호주로 가는 쌍돛 범선 핫스퍼호에게 구조받았다. 선장은 우리가 난파한 여객선의 생존자라는 말을 선선히 믿어주었다. 해군성에선 수송선 글로리아 스콧호가 해상에서 실종되었다고 단정 지었고, 이 사건의 진실에 관한 얘기는 그 후 한마디도 새어 나오지 않았다. 핫스퍼호는 순조롭게 항해하여 시드니에 기항했고 에번스와 나는 거기서 성명을 바꾸고 탄광으로 향했다. 온갖 나라에서 숱한 사람들이 흘러드는 탄광에서 과거를 감추는 것은 식은 죽 먹기였다. 나머지 일에 대해선 말할 필요가 없을 것이다. 우리는 큰돈을 모았고, 이곳저곳을 여행하다 부유한 식민지 사람이 되어 영국으로 돌아왔다. 그리고 시골에 영지를 구입하고 20년 이상 평화롭고 보람 있는 인생을 살면서 과거가 영원히 묻혀버리기를 희망했다. 그런데 우리가 바다에서 건져준 바로 그 선원이 찾아왔을 때 내 기분이 어땠겠느냐. 나는 그를 첫눈에 알아보았다. 그는 우리가 사는 곳을 수소문했고 우릴 협박해서 기생하기로 결심했다. 그러니 너는 이제 내가 허드슨과 좋게 지내려고 노력한 까닭을 알 수 있을 것이다. 그리고 허드슨이 위협적인 언사를 내뱉으며 또 다른 먹잇감을 향해 떠난 지금, 내가 느끼고 있는 두려움을 웬만큼은 이해하겠구나.

그 밑에는 떨리는 손으로 쓴 알아보기 힘든 글이 있다네. '비도스가 암호 편지를 보내왔다. 허드슨이 다 말했다는구나. 자비로우신 주여, 저희를 긍휼히 여기소서!'

이것이 그날 밤 내가 친구에게 읽어준 이야기였고, 상황이 상황인지라 그것은 대단히 극적인 얘기였지. 내 친구는 그 일 때문에 큰 충격을 받고 인도 타라이 지방의 차 농장으로 떠났네. 지금은 거기서 잘살고 있다더군. 선원과 비도스에 대해 말하자면, 트레버 노인에게 경고 편지가 날아온 그날 이후에 둘은 종적을 감추었지. 두 사람 다 감쪽같이 사라진 걸세. 경찰에 어떤 신고도 접수된 적이 없는 걸로 봐서는 비도스가 선원의 단순한 협박을 실제 행동으로 착각했던 게 분명하네. 허드슨이 숨어 다니는 걸 목격했다는 사람이 있어서, 경찰에선 선원이 비도스를 살해하고 도주했다는 결론을 내렸어. 하지만 나는 사실은 정반대라고 생각하네. 비도스는 허드슨이 이미 비밀을 폭로했다고 생각하고 자포자기 상태에서 복수를 하고 현금을 있는 대로 긁어모아 국외로 도피했을 가능성이 크네. 왓슨, 이것이 바로 글로리아 스콧호 사건의 진상일세. 자네의 사건 기록부에 이 일을 끼워 넣고 싶거들랑 마음대로 하게."

머즈그레이브 전례문

내 친구 셜록 홈즈의 성격에는 아주 괴팍한 데가 있었다. 그의 사고는 더할 나위 없이 논리 정연했고 옷차림에서도 깔끔을 떨었지만 생활 습관은 지저분하기 짝이 없어서 동거인을 항상 심란하게 만들었다. 사실 그런 점에서 나는 상당히 너그러운 편에 속했다. 타고난 보헤미안 기질에다 아프가니스탄의 난리통을 겪고 나니 나는 의사로서는 어울리지 않게 태만한 인간이 되어버렸다. 하지만 나한테는 한계라는 것이 있었다. 그래서 홈즈가 석탄통에는 시가를, 페르시아 슬리퍼의 앞축에는 담배를 넣어두고, 아직 답장을 보내지 않은 서신을 벽난로 선반 한가운데 잭나이프로 콱 찍어놓은 걸 보면 나 자신이 굉장히 고결한 인간인 듯한 생각이 슬며시 들곤 했다. 나는 또 사격 연습은 반드시 야외 활동이 되어야 한다는 의견을 굽히지 않는 사람이다. 그런데 홈즈가 기분이 안 좋을 때 권총과 실탄 100발을 갖다 놓고 안락의자에 앉아 맞은편 벽을 총탄 자국으로 장식하는 걸 보면 방 안 공기도 집 안 꼴도 좋아지기는 틀렸다는 생각이 절실히 들곤 했다.

우리 집은 항상 화학 약품과 사건의 기념품으로 가득 차 있었는데 그것들은 엉뚱한 곳에서 굴러다니다가 버터 접시나 그보다 훨씬 바람직하지 못한 곳에서 모습을 드러내곤 했다. 하지만 가장 큰 골칫거리는 홈즈의 문서였다. 그는 서류를 파기하는 일을 죽어라 싫어했는데 특히 과거의 사건과 관련된 서류에 대해서는 더했다. 억지로라도 힘을 내서 일람표를 만들고 서류를 정리하는 건 겨우 1년에 한 번 있을까 말까 한 일이었다. 왜냐하면 이 두서없는 회상록의 어딘가에서도 언급한 것처럼, 그는 열정적으로 일에 달려들어 눈부신 성과를 거둔 다음에는 반작용으로 오는 무기력증에 사로잡혀 바이올린과 책을 끼고 누워 지내며 고작 소파에서 식탁까지만 오갈 뿐 거의 움직이지 않기 때문이었다. 이렇게 해서 그의 서류는 다달이 쌓여갔고, 방구석마다 절대로 태워서는 안 되지만 주인이 아니고선 치워버릴 수도 없는 원고 더미가 쌓여갔다. 어느 겨울밤, 홈즈가 난롯가에서 비망록을 정리하는 일을 끝내는 걸 보고 나는 앞으로 두 시간 동안 우리 방을 좀 더 살 만한 공간으로 바꿔보는 게 어떻겠느냐고 제안했다. 내 요구의 정당성을 부정할 수 없었던 그는 구슬픈 얼굴을 하고 자신의 침실로 들어가더니 금세 큰 함석 상자를 끌고 나왔다. 그는 상자를 거실 한가운데 끌어다 놓고 등받이 없는 걸상에 앉아서 뚜껑을 열었다. 그 속에는 빨간 끈으로 묶은 서류

뭉치가 꽉 차 있었는데 나는 이런 상자가 두 개나 더 있다는 걸 알고 있었다.

"왓슨, 여긴 진짜 많은 사건들이 들어 있네."

홈즈는 나를 장난스럽게 쳐다보며 말했다.

"자네가 이 속에 든 사건들에 대해 알고 있다면, 여기에 다른 걸 더 집어넣는 대신에 이 속에서 뭔가를 꺼내달라고 할 걸세."

"그러면 이건 자네의 초기 수사 기록인가 보이. 사실 나는 초기 사건들을 기록하고 싶다는 생각을 자주 했지."

"그렇다네, 이건 모두 나의 전기 작가가 이 몸을 빛내주러 오기 전에 처리한 사건들일세."

홈즈는 애정이 듬뿍 담긴 부드러운 손길로 꾸러미를 하나씩 들어 올렸다.

"왓슨, 이게 다 성공 사례는 아닐세. 하지만 이 중에는 썩 괜찮은 사건들이 있지. 여기에 탈레턴 살인 사건, 포도주 상인 밤베리 사건, 러시아 노파 사건, 기이한 알루미늄 목발 사건의 전말, 그리고 만곡족(彎曲足) 리콜레티와 그 가증스러운 마누라에 대한 완벽한 기록에 이르기까지 다 들어 있다네. 그리고 이거……, 아, 이건 정말이지 사건의 정수라고 할 만한 것이지."

홈즈는 상자 맨 밑에 손을 집어넣고 아이들 장난감처럼 미닫이 뚜껑이 달린 자그마한 나무 상자를 끄집어냈다. 상자 안에서 나온 것은 구겨진 종이와 구식의 청동 열쇠, 실타래가 달려 있는 나무못 하나와 동그랗게 생긴 녹슨 금속 세 개였다.

"여보게, 이걸 보니 어떤 생각이 드나?"

그는 내 표정을 보고 빙그레 웃으며 물었다.

"참 묘한 수집품이로군."

"맞는 말이야. 그런데 이 물건에 얽힌 얘기를 들으면 한층 더 묘하게 느껴질걸."

"그럼 그 기념품에 어떤 역사가 있다는 건가?"

"이게 바로 역사일세."

"그게 무슨 말이지?"

셜록 홈즈는 상자 속의 물건을 하나씩 집어서 탁자 가장자리에 늘어놓았다. 그리고 다시 의자에 앉아서 만족스러운 눈길로 그것을 응시했다.

"내가 머즈그레이브 전례문(典禮文) 사건을 추억하기 위해 남겨 둔 물건은 이게 전부일세."

홈즈는 전에도 몇 차례 그 사건을 언급한 적 있지만 자세한 내막을 말해 주려고 하지는 않았다.

"사건 경위를 얘기해 줄 텐가? 정말 듣고 싶군그래."

나는 말했다.

"저 쓰레기는 그냥 놔두고?"

홈즈는 장난스럽게 외쳤다.

"자네 성격이 워낙 깔끔해서 오래 못 견딜 텐데. 하지만 자네가 이 사건을 연보에 끼워 넣는다면 나도 기쁠 걸세. 왜냐하면 이 사건은 영국뿐 아니라 전 세계의 범죄 기록을 다 뒤져봐도 전무후무한

것이 될 테니까 말이야. 이렇게 독특한 사건이 빠진다면 나의 작은 성취를 모은 사건 기록부도 불완전한 것이 될 걸세.

글로리아 스콧호 사건에서 내가 불운한 트레버 노인과 대화하다가, 취미로 여겨왔던 것을 평생의 직업으로 삼는 문제에 대해 처음으로 관심을 갖게 됐다고 했던 것 기억나지? 자네도 알다시피 나는 지금 이름이 널리 알려져 있고, 일반인뿐 아니라 경찰로부터도 까다로운 사건의 최종심으로 인정받고 있네. 우리가 처음 만났을 때 자네가 『주홍색 연구』를 통해 공표한 사건이 일어났던 당시에도, 나는 이미 상당한 연고를 확보하고 있었지. 물론 그다지 수지맞는 관계는 아니었지만 말이야. 그러니 자네는 처음에 내가 얼마나 어려웠는지, 조금이라도 전진할 수 있기까지 얼마나 오래 기다려야 했는지를 잘 모를 걸세.

처음 런던에 왔을 때 나는 몬태규가에 방을 얻었네. 대영박물관에서 모퉁이를 하나 돌아가면 있는 거리지. 그리고 집에서 사건 의뢰를 기다리면서 지나치게 많은 여가 시간을 과학의 전 분야를 공부하는 것으로 때웠어. 실력을 배양하는 데 도움이 될지도 모르니까 말이야. 사건 의뢰는 아주 가끔씩 들어왔는데, 주로 대학 동창들이 다리를 놓아주었네. 대학 때 학년이 올라가면서 나와 내 방법에 대한 얘기가 교내에서 꽤 많이 알려졌거든. 그때 세 번째로 의뢰받은 사건이 바로 머즈그레이브 전례문 사건이지. 사건 자체가 워낙 기이해서 세인의 관심을 불러일으켰을 뿐 아니라 나중에는 떠들썩한 논쟁을 유발하기까지 했기 때문에, 나는 그 사건을 발판으로 현재의 위치까지 올라올 수 있게 되었다네.

레지널드 머즈그레이브는 나와 같은 대학에 다녔네. 우리가 별로 친한 사이는 아니었지. 그 친구는 학교에서 그리 인기가 좋은 편은 아니었는데, 내 눈에는 남들 눈에 오만하게 비치는 그의 태도가 사실은 극단적으로 수줍음을 타는 천성을 감추려는 노력으로 보였다네. 오뚝한 코에 큰 눈, 나른하지만 기품 있는 태도 등, 외모에선 귀족적인 분위기가 물씬 풍겼지. 머즈그레이브는 영국에서 둘째가라면 서러워할 유서 깊은 가문의 후손이었다네. 비록 그의 집안은 16세기에 북부의 머즈그레이브 본가에서 갈라져 나와 서부 서섹스에 정착한 분파이기는 했지만 말이야. 헐스톤 영주관은 아마 서섹스 지방에서 현재 사용 중인 건물로는 가장 오래된 건물일 걸세. 나는 머즈

그레이브의 창백하고 날카로운 얼굴이나 우아한 몸짓을 볼 때마다
회색 아치와 세로 창살을 댄 창문, 그리고 고색창연한 봉건 시대의
성채가 떠올랐네. 출생지의 어떤 것이 그에게 스며 있는 것 같았어.
우린 한두 번 대화를 나눈 적이 있는데 그는 관찰과 추리라는 나의
방법론에 깊은 관심을 표명했지.

우린 4년 동안 전혀 소식을 모르고 지냈는데 어느 날 아침에 머즈
그레이브가 몬태규가의 내 방으로 찾아왔네. 그는 예전 모습 그대
로였지. 항상 멋쟁이였던 그는 최신 유행의 옷을 빼입고 태도는 전
과 다름없이 조용하고 부드러웠어.

'머즈그레이브, 그동안 어떻게 지냈나?' 반갑게 악수를 나눈 뒤에
내가 물었네.

'자네도 나의 부친께서 별세하셨다는 소식은 들었을 걸세. 아버님은 2년 전에 세상을 떠나셨네. 물론 그다음부터는 내가 헐스톤 영지를 맡아서 관리하게 되었지. 게다가 나는 그 지역의 의원이라 하루하루가 퍽 바빴네. 그런데 홈즈, 자네가 우릴 놀라게 하곤 했던 놀라운 능력을 실용적인 목적에 사용하고 있다던데, 그게 사실인가?'

'맞아. 나는 내가 가진 재주로 빵을 벌고 있다네.'

'그 말을 들으니 정말 기쁘군. 지금 나는 자네의 도움이 절실히 필요한 상태라네. 헐스톤에서 아주 이상한 사건이 벌어졌어. 경찰에서도 사건의 내막을 밝히지 못하고 있네. 사실 어디서도 유례를 찾기 힘들 만큼 기이하고 불가사의한 사건일세.'

왓슨, 내가 얼마나 몸이 달아서 그 친구의 말에 귀 기울였는지 상상할 수 있겠지? 그토록 긴 기다림의 세월 동안 애타게 소원하던 기회가 드디어 찾아온 것 같았네. 나는 내심 다른 사람들이 풀지 못하는 문제도 나라면 해결할 수 있다고 생각하고 있었는데 이제 자신의 능력을 시험해 볼 수 있는 기회가 찾아온 거지.

'어떻게 된 건지 경위를 설명해 주게.' 나는 소리쳤지.

레지널드 머즈그레이브는 내가 밀어준 담배에 불을 붙였네.

'자네도 알다시피 나는 아직 총각이지만 집에 적지 않은 수의 하인을 두어야 한다네. 집이 워낙 크고 오래돼서 사람 손이 많이 가기 때문이지. 게다가 꿩 철이면 집에서 파티를 여는데 일손이 달리는 일이 있어서는 안 되니까 말일세. 헐스톤에는 총 여덟 명의 하녀와 요리사, 집사, 남자 하인 둘, 사환 하나가 있네. 물론 정원과 마구간

식솔은 빼고 말일세.

하인들 중에서 제일 오래된 사람은 집사 브런턴이었네. 전직 교사였는데 젊어서 실직 상태에 있을 때 아버님한테 발탁됐지. 일에 열의를 낼 뿐 아니라 사람됨이 괜찮아서 금세 집 안에서 없어서는 안 될 사람이 되었네. 당당한 체격에 조각 같은 이마의 미남일세. 우리 집에서 20년간 일했지만 나이는 마흔이 채 안 될 걸세. 그 사람의 조건과 재주를 따져보면 그렇게 오랫동안 그런 자리에 만족하고 있었다는 게 놀라울 정도지. 외국어를 몇 개씩 구사하는 데다가 악기라면 거의 못 다루는 게 없으니 말일세. 아마 집사라는 자리가 편안한 데다가 뭔가 변화를 도모할 정력이 부족했던 게지. 헐스톤의 집사는 우리 집을 찾아오는 손님들에게 항상 화제가 되었다네.

하지만 이 모범생에겐 한 가지 결점이 있었네. 약간 바람둥이 기질이 있었던 거지. 그와 같은 사내가 조용한 시골 마을에서 어떤 역할을 했을지 자네도 쉽게 상상할 수 있겠지? 집사가 결혼했을 때는 아무 문제가 없었네. 하지만 그가 상처한 다음부터 끊임없이 문제가 불거져 나왔지. 몇 달 전에는 우리 집 하녀 레이첼 호웰스와 약혼해서 모두들 그가 다시 정착할 거라고 생각했네. 하지만 그다음에 호웰스를 차버리고 사냥터지기의 딸 자넷 트리겔리스와 가까워졌네. 레이첼은 착하긴 해도 웨일스인 특유의 불같은 기질이 있는 여자라네. 그런데 그만 뇌막염을 심하게 앓더니만 퀭한 눈으로 유령처럼 집 안을 돌아다니기 시작했지. 바로 어제까지 그랬다네. 이게 헐스톤의 첫 번째 드라마일세. 하지만 또 다른 사건이 터지는 바람에 그 일은 잊히고 말았네. 그 두 번째 드라마는 브런턴이 수치스러운 짓을 저지르고 해고당하는 것으로 시작되었어.

이제 자초지종을 말해 줌세. 난 집사가 머릿속에 든 게 많은 사람이라고 했는데 그는 바로 그것 때문에 파멸했네. 자신과 조금도 상관없는 일에 대해 억누를 수 없는 호기심을 갖게 된 것은 바로 그 지성 때문인 것 같으니까 말일세. 우연한 기회에 내 눈으로 직접 현장을 목격하기까지 그가 얼마나 오랫동안 그런 짓을 해왔는지 나는 전혀 몰랐네.

난 집이 아주 크다고 했네. 지난주 어느 날, 정확히 말하면 목요일 밤이지, 저녁 식사 후에 나는 바보같이 독한 블랙커피를 한 잔 마셨더니 밤에 잠을 이룰 수가 없었네. 밤 두시까지 잠을 자려고 해봤지만 눈이 말똥말똥해서 그만 포기하고 일어나 촛불을 켰지. 아까 읽던 소설이나 계속 읽을 생각으로 말일세. 하지만 책을 당구실에 놓아두었기 때문에 실내복을 걸치고 책을 가지러 나갔네.

당구실로 가려면 계단을 내려가서 서재와 총기실이 있는 쪽 복도로 가야 하지. 그런데 그쪽 복도로 접어들었을 때 서재의 열린 문틈으로 불빛이 새어 나오고 있었네. 내가 그걸 보고 얼마나 놀랐는지 상상할 수 있겠지? 난 잠자리에 들기 전에 분명히 서재의 불을 끄고 문을 닫아두었으니까 말일세. 당연히 처음에는 도둑이 든 줄 알았네. 그런데 헐스톤의 복도는 주로 전리품으로 빼앗은 옛날 무기들로 장식돼 있거든. 나는 그중에서 전투용 도끼를 골라 잡고 촛불을 내려놓은 다음 살금살금 복도를 내려가 열린 문틈 사이로 방 안을 엿보았네.

　서재에 있는 사람은 브런턴 집사였어. 그는 옷을 갖춰 입고 안락의자에 앉아 무릎 위에 지도처럼 보이는 종이를 한 장 올려놓고 있었지. 그리고 한 손으로 이마를 짚은 채 뭔가를 골똘히 생각하고 있었네. 나는 깜짝 놀라 어둠 속에 서서 그를 멍청히 바라보기만 했다네. 책상 위에선 작은 양초가 희미한 빛을 내고 있어서 집사가 무엇을 입고 있는지 정도는 충분히 구별할 수 있었지. 그런데 갑자기 그가 벌떡 일어서더니 옆의 책상으로 다가가 열쇠로 서랍을 여는 게 보였네. 그는 서랍에서 종이 한 장을 꺼내 들고 도로 자리에 앉더니 그것을 촛불 옆에 펴놓고 자세히 들여다보더군. 집사가 아무렇지도 않게 우리 집안의 문서를 살펴보고 있는 꼴을 보자 나는 화가 치밀어서 한 발짝 앞으로 나섰네. 브런턴은 고개를 들었고 내가 문 앞에 서 있는 걸 보았지. 그는 튕기듯이 일어나서 두려움에 질린 낯빛으로 원래 보고 있던 지도처럼 생긴 종이를 가슴속에 쑤셔 넣었네.

　'주인의 믿음을 그런 식으로 되갚다니! 내일 당장 일을 그만두게.' 나는 이렇게 말했네.

　집사는 벼락 맞은 사람 같은 얼굴로 아무 말도 못 하고 고개를 숙이고 슬금슬금 물러갔네. 책상 위에선 여전히 촛불이 타고 있었는데, 그 불빛을 통해 브런턴이 책상 서랍에서 꺼낸 서류가 무엇인지 볼 수 있었지. 놀랍게도 그건 대대로 이어져 내려온 머즈그레이브 의식이라는 독특한 행사에서 쓰이는 문답 글을 베낀 종이였네. 그건 별 가치 없는 물건이었어. 머즈그레이브 의식은 수백 년간 내려

온 우리 가문의 전통인데, 아들들이 성년이 되었을 때 치르는 의식이지. 개인적으로는 흥미롭고 또 고고학자들에게도 우리 가문의 문장이나 도안처럼 다소 의미가 있는 것이긴 하겠지만 실용적인 용도라곤 전혀 없는 것이지.

'그 얘기는 앞으로 좀 더 해볼 필요가 있겠군.' 나는 말했네.

'자네가 필요하다면 그렇게 하지.' 그는 약간 머뭇거리며 대답했네. '그건 그렇고 하던 얘기를 계속하겠네. 나는 브런턴이 놓아두고 간 열쇠로 다시 서랍을 잠그고 돌아섰다네. 그런데 집사가 어느 틈에 돌아와서 앞에 서 있는 걸 보고 깜짝 놀랐지.'

집사는 감정이 북받쳐 쉰 목소리로 외쳤네. '주인님, 저는 이런 불명예를 견딜 수 없습니다. 보잘것없는 위치에 있어도 항상 긍지를 갖고 살아왔습니다. 그런데 이런 불명예를 당하니 죽고만 싶은 심정입니다. 저에게 조금이라도 희망을 주지 않으신다면 차라리 이 집에서 자결하겠습니다. 정말입니다. 방금 있었던 일 때문에 저를 이 집에 두실 수 없다면, 제발 제가 스스로 그만두는 것처럼 사직서를 낼 수 있도록 한 달간의 여유를 주십시오. 주인님, 전 그렇게는 할 수 있습니다. 하지만 잘 아는 사람들 앞에서 내쫓기는 것만은 견딜 수 없습니다.'

'브런턴, 자네는 크게 배려를 받을 만한 자격이 없는 사람이야.' 나는 대답했지. '자네의 행동은 수치스럽기 짝이 없는 것이었어. 하지만 자네가 이 집에서 오래 있었던 점을 감안해서 공개적인 망신을 주지는 않겠네. 하지만 한 달은 너무 길어. 일주일 안에 짐을 싸 가지고 나가게. 여길 그만두는 이유에 대해서는 남들에게 뭐라고 얘기해도 좋아.'

'겨우 일주일입니까?' 집사는 절망적인 목소리로 외쳤네. '보름만 주십시오. 적어도 보름은 필요합니다!'

'일주일이야.' 나는 반복해서 말했네. '이 정도만 해도 너그러운 처분인 줄 알게.'

집사는 낙담한 사람처럼 고개를 푹 숙이고 소리 없이 방을 나갔지. 나도 불을 끄고 방으로 돌아왔네.

 이 일이 있은 뒤 이틀 동안 브런턴은 열심히 제 할 일을 다했네. 나는 아무 말도 하지 않았지만 집사가 어떤 방법으로 자신의 오점을 감출 것인가를 흥미롭게 주시하고 있었어. 하지만 셋째 날 아침에 그는 여느 때처럼 아침 식사 후에 그날 일에 대한 지시를 받으러 날 찾아오지 않았네. 나는 식당에서 나가는 길에 우연히 하녀 레이첼 호웰스를 만났지. 내가 아까 말했듯이 호웰스는 최근에 뇌막염을 앓았는데 얼굴색이 파리한 게 몰골이 영 말이 아니었네. 나는 호웰스가 일을 시작한 걸 보고 한마디 했지.

 '방에 가서 눕도록 해라. 일은 몸이 더 좋아진 다음에 하도록 하고.'

 호웰스가 너무도 이상한 표정으로 쳐다보기에 나는 혹시 이 여자가 병 때문에 머리가 이상해진 게 아닌가 하고 생각했네.

 '주인님, 저는 아무렇지도 않아요.' 하녀가 말했네.

 '의사를 불러서 물어봐야겠다.' 나는 대답했지. '너는 이제 일은 그만하고 아래층에 내려가서 브런턴에게 내가 보잔다고 전해라.'

 '집사님은 갔어요.'

 '갔다고? 어딜 말이냐?'

 '집사님은 갔어요. 아무도 본 사람이 없답니다. 방에도 없는걸요. 오, 그래요, 집사님은 갔어요. 갔다고요!' 호웰스는 벽에 몸을 기대고 비명 소리 같은 웃음을 터뜨렸네. 하녀가 이렇게 발작하는 걸 보고 나는 덜컥 겁이 나서 얼른 달려가 초인종을 눌러 사람을 불렀지. 하녀는 계속 비명을 지르면서 흐느끼다가 제 방으로 끌려갔고 나는 브런턴이 어디 있는지 찾기 시작했네. 집사가 사라졌다는 건 틀림없는 사실이었어. 그의 침대에는 사람이 들어가서 잠을 잔 흔적이 없었고, 지난밤에 잠자리에 든 다음에는 집사를 본 사람이 아무도 없었지. 하지만 대관절 그가 어떻게 집을 나갔는지는 오리무중이었네. 아침에 일어났을 때 창문과 문은 다 잠겨 있었거든. 집사의 옷, 시계, 심지어 현금까지 다 방에 있었지만 평소에 입고 다니던 검은 정장은 보이지 않았네. 그리고 그의 슬리퍼도 없어졌지만 구두는 남아 있었지. 브런턴 집사는 한밤중에 어디로 갔고, 대체 그에게 무슨 일이 생긴 것일까?

물론 우리는 지하실에서 다락방까지 집 안을 샅샅이 수색했지만 집사의 그림자도 보지 못했네. 자네도 알다시피 우리 집은 미로처럼 복잡한 오래된 저택일세. 특히 지금은 비어 있다시피 한 본관이 그렇지. 하지만 온 방과 지하실을 다 뒤졌어도 실종된 사람의 흔적은 찾지 못했네. 집사가 재산을 전부 놔두고 갔다는 건 도저히 믿기 힘든 사실이었지만 대관절 어디로 간 걸까? 나는 그 지역 경찰서에 수사를 의뢰했지만 이렇다 할 성과가 없었네. 전날 밤에 비가 왔기 때문에 우리는 집 주위의 잔디밭과 길을 자세히 살펴보았지만 헛수고였어. 그런데 이런 상태에서 새로운 사건이 또 터지면서 우리의 관심은 자연스럽게 그쪽으로 옮겨 갔다네.

이틀 동안 레이첼 호웰스는 심하게 앓았지. 어떤 때는 착란 상태에 빠졌다가 어떤 때는 신경질적인 발작을 일으키곤 했네. 그래서 밤에는 환자 옆에 간병인을 붙여놓았지. 브런턴이 실종된 지 사흘

째 되는 날, 간병인은 환자가 곤히 자는 걸 보고 안락의자에 앉은 채로 깜빡 잠이 들었네. 그런데 이른 새벽에 깨어보니 침대는 비어 있고 창문은 열린 채 병자는 온데간데없었어. 나는 당장 보고를 받고 일어나서 남자 하인 둘과 함께 실종된 여자를 찾으러 나갔네. 호웰스가 어느 쪽으로 갔는지 알아내는 건 어렵지 않았지. 그 방 창문 밑에서 발자국이 시작되고 있었으니까. 여자의 발자국은 잔디를 지나 연못 가장자리까지 또렷이 나 있었네. 발자국은 저택 밖으로 나가는 자갈길 근처에서 없어졌지. 연못의 깊이는 2미터 40센티미터인데, 정신 나간 불쌍한 여자의 발자국이 연못가에서 끝난 걸 보고 우리 기분이 어땠는지 자네도 상상할 수 있을 걸세.

물론 우린 당장 그물을 가져다 시신을 건져 올리는 일에 착수했네. 하지만 아무리 뒤져도 시신은 없었어. 물속에서 건져낸 물건은 전혀 예상치 못한 종류였지. 그건 녹슨 고철 덩어리와 칙칙한 색깔의 조약돌인지 유리구슬인지가 들어 있는 자루였네. 연못에서 나온 건 이 이상한 물건뿐이었지. 그리고 어제 우린 온갖 수단을 다 동원해서 조사했지만 레이첼 호웰스와 리처드 브런턴의 행방은 전혀 드러나지 않았어. 시골 경찰은 속수무책이었고, 나는 마지막 수단으로 자네를 찾아온 걸세.'

왓슨, 내가 그 기이한 이야기에 얼마나 열심히 귀 기울였는지 상상할 수 있겠지? 나는 사건의 단편을 이어 붙여서 어떤 공통된 실마리를 찾아내려고 애썼네. '집사가 사라졌다. 하녀가 사라졌다. 하녀는 집사를 사랑했지만 나중에 어떤 이유로 그를 증오하게 되었다.

하녀는 웨일스인의 피를 이어받은 불같은 기질의 소유자였다. 하녀는 집사가 없어진 뒤에 곧 심한 흥분 상태에 빠졌다. 하녀는 어떤 흥미로운 물건을 담고 있는 자루를 연못 속에 집어던졌다.' 이 모든 요소를 다 고려해야 했지만, 그중 어느 것도 문제의 본질을 드러내지는 못했어. 이 사건들의 연쇄에서 시발점은 무엇일까? 아무리 뒤얽힌 실타래라 해도 끝은 있는 법이지.

'머즈그레이브, 그 전례문을 좀 봐야겠네. 집사가 쫓겨날 위험을 무릅쓰면서도 볼만한 가치가 있다고 생각했던 그것 말일세.'

'그런데 그게 좀 우스꽝스러운 글이라네.' 그는 대답했지. '하지만 예스러운 품격은 다소 갖췄다고 할 수 있지. 자네가 보고 싶어 할지 몰라서 여기 베껴 왔네.'

왓슨, 머즈그레이브는 바로 이 종이를 내게 건네주었네. 이건 머즈그레이브 가문의 아들들이 성년이 되었을 때 외워야 하는 문답 형식의 야릇한 글귀라네. 내가 여기 쓰여 있는 대로 질문과 답변을 읽어줌세.

'그것은 뉘 것이었는가?'
'가신 분의 것이로다.'
'그것을 가질 이는 뉘신가?'
'장차 오실 분이로다.'
'태양은 어디 있었느뇨?'
'참나무 위에.'

'그늘은 어디 있었느뇨?'

'느릅나무 아래.'

'얼마나 걸었느뇨?'

'북쪽으로 열 걸음 또 열 걸음, 동쪽으로 다섯 걸음 또 다섯 걸음, 남쪽으로 두 걸음 또 두 걸음, 서쪽으로 한 걸음 또 한 걸음, 그리고 그 아래로다.'

'우리는 그것을 위해 무엇을 바치리?'

'우리가 가진 모든 것을.'

'우리는 왜 그것을 바쳐야 하는가?'

'신의를 지키기 위하여.'

'원본에는 날짜가 적혀 있지 않지만 철자법을 보면 17세기 중반에 작성된 것일세.' 머즈그레이브가 설명했네. '하지만 이번 사건을 해결하는 데 별 도움이 될 것 같지는 않구먼.'

'적어도 이건 또 하나의 문젯거리가 되긴 하지. 그리고 이건 앞서 말한 사건보다 훨씬 흥미로운 문제라네. 전례문의 수수께끼를 풀면 사건이 해결될 수도 있겠어. 머즈그레이브, 내가 보기에 자네 집안의 집사는 대단히 영리한 사람이었던 것 같아. 미안한 얘기지만 자네 가문의 대를 이은 조상 열 분보다 훨씬 뛰어난 통찰력의 소유자일세.'

'무슨 말인지 잘 모르겠군. 내가 보기에 그 전례문은 실용적인 쓰임새는 전혀 없는 것 같은데.'

‘하지만 내 눈에는 엄청난 쓰임새가 있을 것 같거든. 브런턴도 나와 똑같은 생각을 했을 걸세. 집사는 아마 한참 전부터 그 사실을 알고 있었을 거야.’

‘그건 가능성이 높은 얘기로군. 우린 전례문을 깊이 감춰놓지는 않았으니까 말이야.’

‘그날 밤 집사는 자신의 기억을 되살리기 위해 서재에 들어간 게 틀림없네. 자네는 그가 무슨 지도 같은 걸 펴놓고 전례문과 비교해 보다가 자네를 보고 그걸 주머니에 집어넣었다고 하지 않았나.’

‘그렇다네. 하지만 집사가 대대로 내려온 가족의 의식과 무슨 관계가 있단 말인가? 그리고 이 난리법석은 또 뭐고?’

‘그걸 밝혀내는 게 그다지 어려울 것 같지는 않네. 내일 아침에 서섹스행 첫 기차로 같이 가는 게 어떤가. 현장에서 문제를 좀 더 깊이 있게 조사해 보고 싶군.’

다음 날 오후에 우린 헐스톤에 도착했네. 자네도 그 유서 깊은 건물에 대해선 사진이나 글을 통해 많이 봐서 웬만큼 알고 있을 걸세. 그러니 헐스톤 영주관에 대한 설명은 그게 ‘L’ 자 모양이고, 짧은 부분이 원래 있었던 건물이고 긴 부분은 그 이후에 잇대어 지은 비교적 현대적인 건물이라는 정도에서 그치기로 하겠네. 오래된 건물의 중앙에 자리 잡은 낮고 육중한 문에는 1607년이라는 연도가 새겨져 있지만, 전문가들은 들보와 돌벽의 상태를 보고 사실은 그보다 훨씬 오래된 건물일 거라고 진단하고 있지. 가족들은 지난 세기에 본관 건물의 엄청나게 두꺼운 벽체와 자그마한 창문들을 견디지 못하고 신축한 새 건물로 옮겨 갔네. 옛 건물은 지금 기껏해야 창고나 지하 저장실로 쓰이고 있지. 멋진 고목들이 서 있는 집 주변은 화사한 정원으로 꾸며져 있고 내 친구가 말한 연못은 집에서 200미터가량 떨어진 곳의 진입로 가까이에 자리 잡고 있었네.

왓슨, 나는 벌써부터 이 사건에는 서로 무관한 세 개의 수수께끼가 아니라 오직 하나의 문제만이 있다고 확신하고 있었네. 머즈그레이브 전례문을 바르게 해독할 수 있다면 집사 브런턴과 하녀 호웰스 실종 사건을 해결할 수 있는 단서를 손에 넣을 거라고 보았던 거지. 그래서 나는 전례문에 집중하기로 했네. 집사가 오래된 문답 글을 해독하려고 그렇게 고심한 데는 이유가 있었지. 대영지의 주인들은 미처 깨닫지 못했지만 집사는 분명히 전례문 안에 뭔가가 있다는 걸 알았고, 그것이 자신에게 어떤 개인적 이익을 가져다줄 거라고 생각했던 거야. 그렇다면 전례문의 숨겨진 의미는 무엇이고 집사의 운명에 어떤 영향을 미쳤을까?

전례문을 읽으면서 나는 그것이 어떤 장소를 가리키고 있다는 사실을 분명히 깨달았지. 그곳을 찾아낼 수 있다면 머즈그레이브 가문의 옛 조상이 그토록 기상천외한 방식으로 보존하려고 했던 비밀이 무엇인지 알 수 있을 거라 생각했네. 전례문에선 처음부터 두 가지 기준을 정해 놓았네. 참나무와 느릅나무 말일세. 참나무에 관해서라면 의문의 여지가 없었네. 저택 바로 앞에, 진입로 왼쪽으로 참나무 가운데 할아버지뻘 되는 나무가 한 그루 서 있었는데, 그 당당하고 멋진 자태는 어디서도 찾아보기 힘들 정도였지.

‘전례문이 쓰였을 당시에도 저 나무는 저곳에 서 있었겠군.’ 마차를 타고 참나무 옆을 지나갈 때 나는 친구에게 물었네.

‘저 나무는 11세기 노르만 정복 시대에도 저기 있었을 걸세.’ 친구가 대답했지. ‘나무 둘레가 약 7미터라네.’

두 개의 기준점 중의 하나가 확인된 것이지.

‘늙은 느릅나무는 없나?’ 나는 물었어.

‘저쪽에 아주 오래된 느릅나무가 한 그루 있었지만 10년 전에 벼락을 맞아서 그만 베어버리고 말았다네.’

‘그 나무가 있던 자리를 알 수 있나?’

'오, 그럼.'

'다른 느릅나무는 없고?'

'고목은 없어. 하지만 너도밤나무는 많이 있네.'

'그 느릅나무가 서 있던 자리를 보고 싶군.'

우리는 말 한 필이 끄는 마차를 타고 있었는데 집에 들어가지 않고 곧장 느릅나무가 서 있던 곳으로 갔네. 잔디밭에 뚜렷이 흔적이 남아 있더군. 그곳은 아까 그 참나무와 저택 사이의 중간쯤 됐어. 조사 작업은 순조롭게 진행되는 듯했네.

'느릅나무 높이가 얼마였는지는 알 수 없겠지?' 나는 물었네.

'지금 당장에라도 알려줄 수 있지. 19.2미터였네.'

'그걸 어떻게 알았나?' 나는 놀라움을 감추지 못하고 물었어.

'예전에 가정 교사가 나한테 삼각법 연습을 시킬 때 항상 물체의 높이를 알아내라는 식으로 문제를 냈거든. 그래서 난 어렸을 때 영지에 있는 나무와 건물의 높이는 죄다 알고 있었지.'

그건 전혀 예상치 못한 행운이었어. 자료 수집은 예상했던 것보다 훨씬 수월하게 이루어졌지.

'여보게, 혹시 집사가 자네한테 그런 질문을 한 적이 없었나?' 나는 물었어.

레지널드 머즈그레이브는 경악한 얼굴로 나를 바라보았네. '그러고 보니까 생각나는 게 있군그래. 브런턴은 몇 달 전에 마부와 사소한 논쟁을 벌였다고 하면서 베어낸 느릅나무의 높이를 물어 온 적이 있었네.'

왓슨, 그것은 마음에 쏙 드는 정보였네. 내가 방향을 제대로 잡았다는 걸 알았으니까 말일세. 나는 해를 쳐다보았지. 해는 기울기 시작했는데 계산해 보니 한 시간 이내에 늙은 참나무의 제일 높은 가지 끝에 오게 될 것 같더군. 전례문에서 언급한 한 가지 조건이 충족되는 것일세. 그리고 느릅나무 그림자란 그림자의 맨 끝을 의미하는 게 틀림없었어. 그렇지 않다면 기준점으로 그림자가 아니라 나무 둥치를 택했을 테니까 말이야. 그래서 나는 태양이 참나무 바로 위에 왔을 때 느릅나무 그림자의 맨 끝이 어디에 떨어지는지 알아내야 했네."

"여보게 홈즈, 그건 정말 까다로운 과제였을 것 같군. 느릅나무는 더 이상 거기 없으니까 말이야."

"글쎄, 나는 적어도 브런턴이 할 수 있다면 나도 할 수 있을 거라고 생각했지. 게다가 사실은 별로 어렵지도 않았어. 나는 머즈그레이브와 함께 서재로 가서 나무를 깎아 이 꼬챙이를 만들었네. 그리고 꼬챙이에 이 긴 실을 묶고 약 1미터마다 매듭을 지어서 표시해 놓았지. 그리고 1미터 80센티미터짜리 낚싯대 두 개를 가지고 친구와 함께 다시 느릅나무가 서 있던 자리로 돌아갔네. 태양이 막 참나무 꼭대기로 내려오고 있었지. 나는 낚싯대를 세워놓고 그림자의 방향을 표시한 다음 길이를 쟀네. 2미터 70센티미터가 되더군.

물론 이제 계산은 아주 간단한 것이 되었어. 1미터 80센티미터짜리 막대기가 2미터 70센티미터의 그림자를 만든다면, 19.2미터 높이의 나무는 28.8미터의 그림자를 드리울 걸세. 물론 낚싯대와 느릅나무의 그림자의 방향은 일치할 터이고 말일세. 나는 느릅나무가 서 있던 곳에서부터 거리를 쟀는데 저택의 건물 벽 바로 앞까지 오더군. 나는 그 지점에 꼬챙이를 꽂았네. 그런데 그곳에서 겨우 5센티미터가량 떨어진 곳에 동그랗게 팬 자국이 있었네. 왓슨, 자네도 그걸 보고 내가 얼마나 기뻤는지 상상할 수 있을 걸세. 그것은 바로 브런턴이 측량한 지점이었어. 그의 뒤를 제대로 추적하고 있었지.

이것을 기준점으로 삼아 휴대용 나침반으로 기본 방위를 알아낸 다음 나는 걷기 시작했네. 북쪽으로 열 걸음씩은 건물 벽을 따라 나란히 가게 되더군. 거기에 다시 꼬챙이를 꽂아 표시했네. 그리고 조심스럽게 동쪽으로 다섯 걸음씩, 남쪽으로 두 걸음씩 걸었어. 그러자 본관 건물의 낡은 문턱 앞에 이르더군. 거기서 서쪽으로 두 걸음이라는 건 포석을 깐 복도를 두 걸음 간다는 걸 의미했지. 바로 거기가 전례문에서 말하는 곳이었어.

왓슨, 나는 그렇게 실망하기는 처음이었네. 온몸의 맥이 탁 풀리더군. 순간적으로 내 계산에 근본적인 착오가 있을 거라는 생각이 들었어. 뉘엿뉘엿 지는 해가 복도 바닥을 환하게 비추는데, 사람들의 발길에 반질반질하게 닳은 회색 포석이 서로 단단하게 붙어 있는 것이 보였네. 오랜 세월 동안 전혀 움직여본 적이 없는 게 분명했네. 브런턴이 손을 댄 흔적은 아무 데도 없었지. 나는 복도 바닥을 두들겨보았지만 어디서나 똑같은 소리가 났네. 갈라진 틈새는 눈 씻고 찾아봐도 없었지. 하지만 다행스럽게도 내 작업의 의미를 이해하면서 나만큼 흥분한 머즈그레이브가 전례문 사본을 꺼내 들고

내 계산이 맞는지 확인해 보았어.

'그리고 그 아래로다!' 친구는 외쳤네. '자넨 그 아래로다를 빼먹었네.'

나는 그게 땅을 파라는 뜻인 줄 알았는데 물론 내 생각이 틀렸다는 걸 곧 깨닫고 외쳤지. '그럼 이 밑에 지하실이 있다는 건가?'

'그렇다네. 이 집과 역사를 같이한 것이지. 집 안으로 들어가서 밑으로 내려가세.'

우리는 나선형 돌계단을 내려갔네. 친구는 성냥불을 켜서 구석의

통 위에 놓인 커다란 등잔에 불을 붙였지. 우리가 마침내 전례문에서 말한 지점에 왔다는 것, 그리고 우리 말고도 최근에 이곳을 찾아온 사람들이 더 있었다는 것은 쉽게 알 수 있었어.

그곳은 전에 장작을 쌓아두던 창고였네. 하지만 바닥에 흩어져 있던 장작을 누가 가장자리로 치워놓은 것 같더군. 깨끗이 치워진 방 가운데에는 육중한 포석이 놓여 있고, 포석 한가운데에 녹슨 쇠고리가 달려 있었네. 그리고 쇠고리에는 두꺼운 바둑판 무늬의 목도리가 걸려 있었어.

'이럴 수가!' 친구가 소리쳤네. '이건 브런턴의 목도리일세. 브런턴이 두르고 있는 걸 본 적이 있지. 정말일세. 대관절 그 악당이 여기서 무슨 짓을 한 걸까?'

내 요청에 따라 경찰을 불렀고 시골 경찰 둘이 도착한 다음에 나는 석판을 들기 위해 끙끙거리며 목도리를 잡아당겼네. 하지만 혼자 힘으로 석판을 움직이는 건 쉽지 않았어. 그래서 나는 한 경관과 힘을 합쳐 간신히 석판을 한쪽으로 밀어놓을 수 있었지. 발밑으로 검은 구멍이 입을 벌렸네. 우리가 그 속을 들여다보는 동안 머즈그레이브가 한쪽에 무릎을 꿇고 등잔불을 아래로 내렸지.

높이 2미터 10센티미터에 가로세로 1미터 20센티미터의 작은 방이 드러났네. 방 한쪽에 청동 테를 두른 납작한 나무 궤짝이 놓여 있었는데 뚜껑은 위로 젖혀 있고 특이한 모양의 구식 열쇠가 열쇠 구멍에 꽂혀 있었네. 뚜껑 위에는 먼지가 두껍게 내려앉았고, 습기와 벌레가 나무를 좀먹어 들어가고 있었지. 뚜껑 안쪽에는 시퍼런

곰팡이가 피어 있었어. 그리고 이것과 같은, 옛날 동전임이 분명한 동그란 쇳조각 서너 개가 뒹굴고 있을 뿐 궤짝 안은 텅 비어 있었네.

하지만 그 순간에 우린 낡은 궤짝 따윈 안중에 없었네. 우리의 시선은 그 옆에 웅크리고 있는 물체에 고정되었지. 그것은 검은 정장을 입은 사내였어. 그는 쪼그리고 앉아서 이마를 궤짝 가장자리에 올려놓은 채 두 팔을 활짝 벌리고 있었네. 그런 자세 때문에 피가 온통 얼굴로 몰린 탓에, 그 뒤틀린 적갈색 얼굴을 알아볼 수 있는 사람은 아무도 없었네. 하지만 시신을 끌어 올렸을 때 신장과 옷차림, 머리카락을 보고 내 친구는 그가 바로 실종된 집사라는 사실을 알아차렸네. 집사는 죽은 지 며칠 지난 상태였는데, 몸에 멍이나 외상 같은 게 없어서 어떻게 그렇게 끔찍한 최후를 맞게 되었는지 짐작하기 힘들었지. 지하실에서 시신을 끌어낸 뒤에도 우리에겐 조사를 시작했을 때와 별로 다를 바 없는 까다로운 문제가 남아 있었던 거야.

왓슨, 솔직히 말하면 나는 그때 실망을 금치 못했다네. 전례문에서 말한 그곳을 찾아내기만 하면 문제는 곧 해결되리라고 믿고 있었거든. 그런데 지금 그곳을 찾아냈는데도 머즈그레이브 가문의 조상이 그토록 공들여 감춰놓은 것이 무엇인지 도통 알 수가 없었어. 물론 브런턴의 시신을 발견한 것은 사실이지만, 그가 어떻게 그런 최후를 맞게 되었는지, 그리고 실종된 여인이 집사의 죽음에 어느 정도의 역할을 했는지는 이제부터 알아내야 했지. 나는 구석에 있는 작은 통 위에 앉아 사건 전체에 대해 심사숙고했네.

왓슨, 자네도 내가 그런 사건에서 이용하는 방법을 잘 알고 있네. 나는 우선 집사의 지적 능력을 평가한 다음에 그의 입장에 서보았네. 나는 그 같은 상황에서라면 과연 내가 어떻게 했을지 상상해 보려고 했지. 브런턴의 지적 능력은 일급이고, 그래서 천문학자들이 이른바 '개인 오차'라고 부르는 가능성을 상정할 필요는 없었기 때문에 일은 아주 간단해졌다네. 집사는 뭔가 귀중한 것이 숨겨져 있다는 것을 알고 있었지. 그는 그곳의 위치를 알아냈네. 그런데 입구의 석판이 너무 무거워서 혼자 힘으로는 움직이기조차 힘들다는 사실을 깨달았지. 그는 어떻게 했을까? 설령 믿을 만한 사람이 있었더

라도 외부인을 끌어들일 수는 없었네. 문의 빗장을 풀고 하다 보면 발각될 위험이 컸으니까 말이야. 가능하면 집 안에서 도와줄 사람을 찾는 게 나았지. 그럼 그가 누구에게 부탁했을까? 호웰스는 그에게 홀딱 빠져 있었네. 남자들은 자신이 여자에게 아무리 심하게 대했어도, 종내는 여자의 사랑을 잃어버릴 수 있다는 사실을 좀체 깨닫지 못하지. 집사는 아마 호웰스에게 몇 번 친절을 베풀어서 화해하려는 제스처를 했을 거야. 그리고 그 여자를 공범으로 끌어들였겠지. 그리고 밤중에 둘이 함께 지하실로 내려가서 힘을 합쳐 석판을 들어 올렸네. 여기까지 나는 내 눈으로 본 것처럼 두 사람의 행동을 생생하게 그려낼 수 있었네.

하지만 둘 중 한 사람은 여자였어. 그러니 그 돌덩이를 드는 일은 보나 마나 아주 힘든 작업이었을 걸세. 등치 좋은 서섹스의 경찰관과 나한테도 결코 만만한 일은 아니었으니까 말이야. 두 사람은 뭔가 도움이 될 만한 걸 찾지 않았을까? 나라면 그렇게 했을 걸세. 난 일어나서 바닥에 흩어져 있는 장작을 유심히 살펴보았네. 곧 찾던 것이 눈에 띄었어. 길이 90센티미터쯤 되는 장작의 한쪽 끝에 짓눌린 자국이 선명하게 남아 있었네. 그리고 상당한 무게에 눌린 듯 끄트머리가 납작해진 장작들이 서너 개 있었지. 두 사람은 석판을 끌어 올릴 때 사람이 드나들 만해질 때까지 장작을 틈새로 밀어 넣었을 거야. 그리고 석판이 닫히지 않도록 장작을 세워서 받쳐놓았겠지. 그러니 석판의 무게에 눌려 장작의 아래쪽 끝이 이지러진 것도 당연한 거지. 나는 여기까지도 자신 있게 추리할 수 있었네.

이제 문제는 이 한밤의 극적인 사건을 어떻게 재구성할 것인가였어. 구멍 속으로 들어갈 수 있는 사람은 분명히 하나였고, 그건 브런턴이었지. 하녀는 위에서 기다렸을 거야. 브런턴은 밑으로 내려가서 궤짝을 열고 그 속에 든 것을 올려 보냈네. 어쨌든 궤짝이 텅 비어 있었으니까 말일세. 그런데 그다음에 무슨 일이 있었을까?

여자가 자신에게 상처를 준—집사는 아마 우리가 생각하는 것보다 훨씬 심한 짓을 했을 거야.—남자의 운명이 자신의 손아귀에 들었다는 사실을 알았을 때, 정열적인 켈트족 여인의 영혼에서 내연하던 복수심이 갑자기 맹렬하게 타오르지 않았을까? 우연히 장작이 쓰러지면서 석판 뚜껑이 덮여 브런턴을 지하 무덤에 가둬버린 것이었을까? 하녀에게는 브런턴의 운명에 대해 입을 다문 죄밖에는 없을까? 아니면 그 여자가 제 손으로 받침대를 쳐서 석판 뚜껑을 닫아버린 걸까. 그것은 가능성 있는 얘기였고, 내 마음속에는 보물 자루를 움켜쥐고 미친 듯이 나선 계단을 뛰어올라 가는 여자의 모습이 생생하게 떠올랐네. 여자의 귓전에는 신의 없는 애인이 비명을 지르며 자신의 숨통을 막는 석판을 미친 듯이 두들겨대는 소리가 조그맣게 메아리치고 있었을 걸세.

그다음 날 아침에 하녀가 하얗게 질린 얼굴로 신경질적인 웃음을 터뜨리며 발작을 일으킨 것은 바로 그 때문이었네. 하지만 궤짝 속에는 무엇이 들어 있었을까? 여자는 그것으로 무엇을 했을까? 물론, 내 친구가 연못에서 끌어 올린 것은 고철과 자갈임에 틀림없었네. 하녀는 자신이 저지른 범죄의 마지막 흔적을 없앨 기회가 오자

지체 없이 그것을 연못 속에 던져버린 거지.

나는 20분 동안 꼼짝 않고 앉아서 그 문제에 대해 심사숙고했네. 머즈그레이브는 여전히 창백한 얼굴로 등불을 흔들며 구멍 속을 내려다보고 서 있었지.

'이건 찰스 1세의 주화라네.' 머즈그레이브는 궤짝에 남아 있는 동전 서너 개를 들고 말했지. '어때, 우리가 추정한 전례문 작성 연대가 맞는다는 걸 알겠지?'

'우린 찰스 1세에 대해 뭔가 다른 점을 발견할 수도 있겠어.' 나는 소리쳤네. 맨 처음에 나온 두 가지 질문의 의미가 문득 마음속에 떠올랐지. '연못에서 건져 올린 자루 속의 물건을 좀 보여주게.'

우린 같이 서재로 올라갔네. 그는 내 앞에 폐품을 쏟아놓았지. 그걸 보자 나는 그게 별 가치 없는 물건이라고 했던 친구의 말이 이해되었어. 쇳조각은 꺼멓게 변색돼 있었고 자갈돌은 광택이라곤 전혀 없었지. 하지만 나는 그중 하나를 집어 들고 옷소매에 문질렀네. 그러자 잠시 후 그것이 내 손바닥에서 찬란한 빛을 발하더군. 고철 덩어리는 두 겹의 동그라미 모양이었지만 구부러지고 휘어져 제 모습을 잃어버리고 있었어.

'한 가지 주목해야 할 점이 있네.' 나는 말했지. '찰스 1세가 처형된 뒤에도 왕당파는 잉글랜드 지방에서 한참 더 머물러 있었네. 그리고 마침내 프랑스로 도피하게 되자 숱한 보물을 여기 숨겨놓았을걸세. 평화 시에 다시 찾으러 올 생각으로 말일세.'

'우리 조상이신 랠프 머즈그레이브 경은 이름난 기사였고 찰스 2세가 유랑하던 시절 그분의 오른팔 노릇을 했다네.' 내 친구가 말했지.

'아, 그렇군!' 나는 대답했지. '그 말을 듣고 보니 우리가 빠뜨린 마지막 연결 고리가 떠오르네그려. 여보게, 축하하네. 좀 비극적인 우여곡절을 겪기는 했지만, 자네는 그 가치가 엄청나고 역사적 유물로서의 가치는 한층 더 큰 물건을 갖게 되었네.'

'그게 뭔가?' 머즈그레이브는 숨넘어가는 목소리로 물었지.

'그건 바로 영국 왕의 옛 왕관일세.'

'왕관이라고!'

'그렇다네. 전례문에 나오는 말을 생각해 보게. 거기에 뭐라고 쓰여 있었지? 그것은 뉘 것이었는가? 가신 분의 것이로다. 그때는 찰스 왕의 처형 뒤였네. 그다음엔 그것을 가질 이는 뉘신가? 장차 오실 분이로다. 그것은 찰스 2세를 가리키는 것이었네. 그때는 이미 왕정 복귀가 예상되던 상황이었지. 나는 잔뜩 찌그러진 이 형편없는 왕관이 한때는 스튜어트 왕가의 이마를 장식했던 물건임에 틀림없다고 생각하네.'

'그런데 그게 어쩌다 연못 속에 들어간 거지?'

'아, 그 질문에 대답하기 전에 먼저 설명해야 할 것이 있네.' 그리고 나는 친구에게 내 추리의 긴 연쇄와 그것을 뒷받침하는 증거에 대해 간단하게 설명해 주었지. 석양빛이 사라지고 환한 달이 둥실 떠오를 때까지 내 이야기는 계속되었네.

'그런데 찰스 2세가 다시 영국에 돌아왔을 때 왕관을 되찾지 않은 것은 무엇 때문이었을까?' 머즈그레이브는 유물을 다시 자루에 담으며 물었네.

'아, 그건 우리가 절대로 밝혀낼 수 없는 어떤 이유 때문일 걸세. 비밀을 알고 있던 자네 조상은 세상을 뜰 때 전례문의 의미를 후손에게 설명해 주지 않았을 거야. 그건 아마 실수였겠지. 그리고 오늘에 이르기까지, 전례문은 아버지에서 아들에게 대대로 물려지다가 마침내 한 사내의 손아귀에 들어가게 되었네. 그 사내는 전례문의 비밀을 꿰뚫어 보았지만 결국은 그 때문에 목숨을 잃었지.'

왓슨, 이게 바로 머즈그레이브 전례문 사건의 전말일세. 지금 그 왕관은 헐스톤 영주관에 있네. 물론 약간의 법적인 다툼이 있었고, 왕관의 보유 허가를 받기 위해 상당한 금액을 지출하긴 했지. 하지만 자네가 그곳에 가서 내 이름을 슬쩍 비치면 그쪽 사람들은 기꺼이 자네에게 왕관을 보여줄 걸세. 하녀는 그 후로 감감무소식이었네. 아마 자신이 저지른 죄의 기억을 안고 영국을 떠나 바다 건너 다른 나라로 갔겠지."

라이기트의 수수께끼

그것은 내 친구 셜록 홈즈가 1887년 봄철의 초인적인 활동으로 인한 건강 악화에서 완전히 회복되기 전의 일이었다. 네덜란드 - 수마트라 회사의 모든 문제와 모페르튀 남작의 어마어마한 음모 사건은 극히 최근에 있었던 일이라 대중의 기억에 생생하게 남아 있을 뿐만 아니라, 정치 및 경제 문제와 밀접하게 관련되어 있어 이러한 단편 시리즈의 주제로는 적합하지 않다. 그러나 이들 사건은 결과적으로 내 친구를 기이하고 복잡한 문제로 이끌게 되었는데, 그는 이 문제를 해결하는 과정에서 일평생 범죄에 대항하여 싸우며 사용한 수많은 무기들 가운데 새로운 병기의 가치를 보여줄 수 있었다.

메모첩을 들여다보니 홈즈가 라이언스의 듀롱 호텔에서 앓아누워 있다는 전보가 날아온 것은 4월 14일이었다. 나는 24시간 안에 친구의 병실에 도착했는데 그의 증상이 그다지 우려할 만한 것은 아니라는 사실을 알고 안심했다. 하지만 무쇠처럼 단단한 몸도 두 달 이상을 끈 수사의 긴장에는 견디지 못했다. 그의 말에 따르면 긴 수사 기간 동안 그는 매일같이 하루 열다섯 시간 이상씩 일했고, 연속해서 닷새간 일에 매달린 적도 두어 번 된다고 했다. 노력의 성과가 아무리 찬란해도 그토록 힘겨운 활동의 반작용에서 그를 구해 주지는 못했다. 유럽 전역에 홈즈의 이름이 울려 퍼지고, 방에는 각지에서 쇄도한 축하 편지가 발목까지 쌓일 때 그는 지독한 우울증의 포로가 되어 있었다. 3개국의 경찰이 포기한 일을 자신이 해결했다는 것, 그리고 유럽에서 가장 능숙한 사기꾼과 대결해서 고비마다 번번이 승리했다는 걸 아는 것만으로는 신경 쇠약에서 벗어나기 힘들었다.

사흘 뒤 우리는 다시 베이커가로 돌아왔다. 그러나 내 친구에게 변화가 필요하다는 것은 자명했고, 봄철에 시골에서 일주일을 보내는 건 나도 대찬성이었다. 마침 서리의 라이기트 근처에 살고 있는 옛 친구 헤이터 대령이 한번 놀러 오라고 졸라대고 있었다. 그는 아프가니스탄에서 내가 치료해 준 인연으로 알게 된 사람이었다. 지난번에는 내 친구도 오기만 하면 극진하게 대접하겠노라는 말까지 했다. 약간의 외교적 수단이 동원되긴 했지만, 홈즈는 헤이터 대령이 독신이고 그곳에서 완전한 자유를 보장받을 수 있다는 사실을 알게 되자 내 계획에 동의했다. 그래서 라이언스에서 돌아온 지 일주일 만에 우리는 대령의 지붕 밑으로 주거를 옮겼다. 헤이터는 세상 구경을 많이 한 멋쟁이 노병이었는데, 내가 예상했던 대로 홈즈와는 말이 잘 통했다.

홈즈와 함께 그곳에 도착한 날 저녁, 우리는 저녁 식사를 마친 뒤 총기실로 갔다. 홈즈는 소파에 길게 누웠고 나는 대령이 수집해 놓은 동양의 무기를 구경했다.

"그런데 말일세."

대령이 문득 말문을 열었다.

"무슨 일이 생길지도 모르니까 나는 여기 있는 권총 하나를 2층으로 갖고 올라갈 생각이야."

"무슨 일이라뇨?"

나는 말했다.

"응, 요즘 이 근처 사람들이 좀 놀란 일이 있었지. 우리 주의 유지인 액턴네가 지난 월요일에 털렸다네. 그다지 큰 피해는 없었지만 범인들이 아직 안 잡혔지."

"단서는 없습니까?"

홈즈는 대령을 흘끗 쳐다보며 물었다.

"아직은 없소이다. 하지만 시골에서 벌어진 사소한 사건이라 국제적인 대사건을 해결한 홈즈 선생이 관심을 갖기에는 좀 뭐할 거요."

홈즈는 자신을 치켜세우는 말을 듣고 손을 홰홰 내저었지만, 미소 짓는 걸 보니 내심 흐뭇한 모양이었다.

"뭔가 색다른 점은 없었습니까?"

"없었을 거요. 도둑들은 서재를 뒤졌지만 노력에 비해서 소득은 별로 없었던 것 같소. 온 방이 완전히 난장판이었다고 하더구먼. 서랍이란 서랍은 다 열려 있고 책까지 다 뒤졌지만 가져간 건 포프의 『호메로스』 번역본 한 권과 도금 촛대 두 개, 상아 서진(書鎭), 작은 참나무 기압계, 그리고 실 한 뭉치가 전부였다오.”

“참 이상한 걸 다 훔쳐 갔군요!”

나는 소리쳤다.

“오, 놈들은 손에 잡히는 대로 가져간 게 분명하네.”

홈즈는 소파에서 불만스럽게 말했다.

“주 경찰에선 뭔가 조치를 취해야 합니다. 그건 분명히……..”

그러나 나는 경고 표시로 손가락을 들어 올렸다.

“여보게, 자네는 여기에 쉬러 온 걸세. 자네 신경이 그 지경으로 약해져 있는데 제발 새로운 사건에 뛰어들 생각일랑 하지 말게.”

홈즈는 체념한 듯 대령을 쳐다보며 우스꽝스럽게 어깨를 들썩했고, 대화는 좀 덜 위험한 방향으로 흘러갔다.

그러나 의사로서 나의 경고는 무용지물이 될 운명이었다. 다음 날 아침, 도저히 무시해 버릴 수 없는 방식으로 문제가 돌출했고 우리 두 사람의 시골 방문은 아무도 예기치 못했던 방향으로 풀려갔다. 조반을 들고 있는데 집사가 조심성 따위는 완전히 잊어버린 듯 식당으로 뛰어 들어왔다.

“주인님, 소식 들으셨습니까?”

집사는 헐떡거리며 말했다.

“커닝엄 씨 댁에서!”

"도둑이 들었군!"

대령은 커피 잔을 든 채로 소리쳤다.

"살인 사건입니다!"

대령은 휘파람을 불었다.

"맙소사! 죽은 사람은? 치안 판사인가 아니면 아드님인가?"

"두 분 다 아닙니다. 죽은 사람은 마부 윌리엄입니다. 심장에 관통상을 입고 즉사했답니다."

"그럼 총을 쏜 사람은?"

"도둑입니다, 주인님. 놈은 비호같이 달아났답니다. 놈은 집에 침입했다가 부엌 창문 앞에서 윌리엄과 마주쳤습니다. 윌리엄은 주인 댁의 재산을 지키려다가 그만 죽임을 당한 겁니다."

“몇 시에?”

“간밤에 그랬답니다. 열두시 무렵이었다고 들었습니다.”

“아, 그럼 나중에 건너가보기로 하지.”

대령은 침착하게 말하고 식사를 계속했다.

“정말 안된 일이오.”

집사가 물러간 뒤 대령이 말했다.

“커닝엄은 이 일대에서는 지도급 인사에 속한다오. 그리고 사람됨이 아주 점잖지요. 이번 일 때문에 상당히 타격을 받았을 거요. 마부는 오랫동안 부리던 사람인 데다가 정말 충복이었으니 말이오. 액턴네 집에 침입했던 그 악당의 짓거리가 분명하오.”

“희한한 물건들을 훔쳐낸 도둑 말이지요.”

홈즈는 생각에 잠겨서 말했다.

“그렇소.”

“흠! 이 사건은 세상에서 가장 간단한 것일 수도 있지만, 첫인상은 꽤 흥미롭군요. 그렇지 않습니까? 시골 마을을 터는 도둑 떼라면 상식적으로 범행 지역을 자주 바꿔야 합니다. 같은 지역에서 며칠 사이로 두 집을 털지는 않을 거란 말씀이지요. 어젯밤에 대령께서 조심해야겠다는 말씀을 했을 때 나는 이곳에 다시 관심을 둘 만한 도둑은 영국에 없을 거라고 생각했지요. 그러니 난 아직도 배울 게 많다는 겁니다.”

“범인이 혹시 이 지역 사람이 아닌지도 모르겠소.”

대령은 말했다.

"물론 그렇다면 액턴네와 커닝엄네는 가볼 만한 집이지요. 왜냐 하면 이 일대에서는 두 집이 제일 크니까 말씀이오."

"그리고 돈이 제일 많고요?"

"에, 그럴 거요. 하지만 몇 년째 소송 중이니 두 집 다 출혈이 크 긴 했을 거요. 액턴이 커닝엄네 영지 절반에 대해 소유권을 주장하 고 있고, 변호사들은 전력을 다해 그 사건에 매달리고 있는 형편이 라오."

"범인이 이곳 사람이라면 추적하는 데는 별 어려움이 없겠군요."

홈즈는 하품을 하며 말했다.

"좋아, 왓슨, 난 끼어들 생각이 없네."

그때 집사가 문을 열어젖히며 말했다.

"포레스터 경윕니다."

똑똑하고 날카로운 인상의 젊은이가 들어왔다.

"안녕하십니까, 대령님. 방해가 안 되었는지 모르겠군요. 하지만 베이커가의 홈즈 선생께서 여기 와 계시다는 얘기를 듣고 이렇게 찾아왔습니다."

대령이 내 친구를 손으로 가리키자 경위가 고개 숙여 인사했다.

"홈즈 선생님, 한번 사건 현장에 와주실 수 있을까요?"

"왓슨, 운명은 자네 편이 아니로군."

홈즈는 껄껄 웃으며 말했다.

"경위, 우린 마침 그 사건에 대해 얘기하고 있던 참이오. 그럼 자 초지종을 한번 들어볼까요."

홈즈가 특유의 자세로 의자에 몸을 기대는 걸 보고 나는 더 이상 말려봤자 소용없다는 걸 깨달았다.

"액턴 사건에선 단서가 전혀 없었습니다. 하지만 이번 사건에선 단서가 한두 가지가 아니지요. 그리고 두 사건 다 동일범의 소행임에 틀림없습니다. 범인을 목격한 사람이 있습니다."

"아!"

"그렇습니다. 하지만 범인은 가엾은 윌리엄 커원을 쏘아 죽인 뒤 그야말로 사슴처럼 도망쳤지요. 커닝엄 씨는 침실 창문을 통해, 아드님인 알렉 커닝엄 씨는 뒤편 복도에서 범인을 목격했습니다. 총성이 울린 것은 밤 열두시 15분 전이었지요. 커닝엄 씨는 막 잠자리에 든 상태였고, 알렉 씨는 실내복 차림으로 파이프를 피우고 있었습니다. 두 분 다 마부 윌리엄이 도움을 청하는 고함 소리를 들었지요. 알렉 씨는 무슨 일이 생겼는지 보려고 뛰어 내려갔습니다. 계단을 내려가니 뒷문이 열려 있고 두 사내가 밖에서 맞붙어 싸우는 게 보였습니다. 한 사람이 총을 쏘자 다른 사람이 쓰러졌습니다. 그리고 살인범은 정원을 가로질러 관목 울타리를 뛰어넘어 갔지요. 침실 창문으로 밖을 내다보던 커닝엄 씨는 범인이 도로를 달려가는 걸 보았습니다. 하지만 범인은 곧 시야에서 사라졌지요. 알렉 씨는 범인이 울타리를 뛰어넘는 것까지 보고 총 맞은 사람을 구하러 달려갔습니다. 범인은 이렇게 해서 종적을 감췄지요. 그자가 중키에 검은 옷을 입었다는 걸 빼면 더 이상의 단서는 없습니다. 하지만 현재 수사가 활발하게 진행 중이니 범인이 외지 사람이라면 곧 검거될 거라고 사료됩니다."

"그 윌리엄이라는 사람은 거기서 뭘 하고 있었던 거요? 죽기 전에 남긴 말은 없었소?"

"그렇습니다. 마부 윌리엄은 어머니와 함께 오두막에서 살고 있습니다. 원체 충직한 사람이니 별일 없는지 한 바퀴 둘러볼 생각으로 그 집에 올라왔을 게 분명합니다. 이번에 액턴 댁이 털린 사건 때문에 이곳 사람들은 너나없이 다 경계하고 있으니까요. 윌리엄이 왔을 때 도둑은 막 문을 여는 데 성공했던 것 같습니다. 밖에서 문을 억지로 연 흔적이 남아 있었지요."

"윌리엄이 나가기 전에 어머니에게 한 말은 없었소?"

"윌리엄의 모친은 귀머거리 노파입니다. 그래서 쓸 만한 이야기는 전혀 듣지 못했지요. 노파는 지금 충격 때문에 반쯤 넋이 나간 상태지만 평소에도 그리 정신이 밝은 편은 아니었을 겁니다. 하지만 아주 중요한 물증을 하나 확보했습니다. 자, 보십시오!"

경위는 찢어진 공책 한 귀퉁이를 무릎에 펴놓았다.

"죽은 사내가 엄지와 검지로 이 종잇조각을 꼭 붙들고 있었는데 어디서 찢어낸 것 같습니다. 보시다시피 여기 적혀 있는 시간은 가엾은 마부가 죽임을 당한 시간과 정확하게 일치합니다. 마부가 들고 있던 종이를 살인자가 찢어 갔을 수도 있고, 반대로 살인자가 들고 있던 종이를 마부가 이만큼 찢어냈을 수도 있습니다. 그런데 이걸 읽어보면 무슨 약속이 있었던 것 같습니다."

홈즈는 종잇조각을 집어 들었다. 다음은 그것을 복사한 것이다.

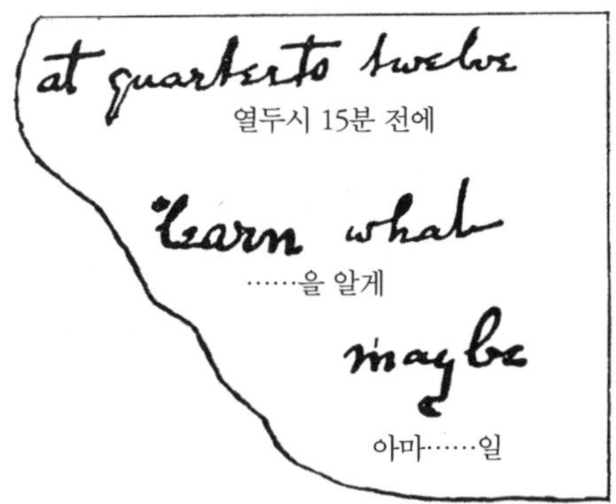

경위가 말했다.

"만일 이게 어떤 약속을 의미한다면 물론 그 윌리엄 커원이라는 마부가 정직한 사람으로 소문나긴 했지만 도둑과 한패였을 가능성도 있다는 걸 의미합니다. 마부는 거기서 공범과 만나기로 했는지도 모릅니다. 어쩌면 밖에서 문을 따는 걸 도와주기까지 했는지도 모르고요. 그러다 둘 사이가 갑자기 틀어진 거지요."

"정말 대단히 흥미로운 쪽지요."

종잇조각을 유심히 관찰하던 홈즈가 말했다.

"이건 예상보다 훨씬 복잡한 사건일 수도 있겠소."

홈즈가 두 손으로 머리를 싸쥐자 경위는 자신의 사건이 유명한 런던의 전문가에게 큰 영향을 미쳤다는 걸 알고 흐뭇한 미소를 지었다. 홈즈가 말했다.

"경위는 방금, 도둑과 마부 사이에 모종의 묵계가 있었을 수도 있고, 이건 한 사람이 다른 사람에게 보낸 약속 편지일 수도 있다고 했는데, 그건 정말 독창적인 설명이오. 그럴 가능성은 분명히 존재하오. 하지만 이 필적을 보면……."

홈즈는 다시 두 손으로 머리를 싸쥐고 골똘히 생각에 잠겼다. 잠시 후 다시 고개를 들었을 때 그의 두 뺨에 홍조가 돌고, 두 눈에선 아프기 전처럼 광채가 나는 걸 보고 나는 깜짝 놀랐다. 홈즈는 예전과 다름없이 기운차게 일어섰다.

"한 가지 말씀드릴 게 있습니다. 사건 현장을 한번 조용히 보고 싶군요. 이 사건에는 대단히 흥미로운 부분이 있습니다. 대령, 허락해 주신다면 경위와 함께 나가서 내가 세운 한두 가지 가설의 진위를 시험해 볼 작정입니다. 왓슨과 함께 여기서 기다려주시면 30분 이내에 다시 돌아오겠습니다."

그러나 한 시간 반이 지난 다음 경위가 혼자 돌아와서 말했다.

"홈즈 선생은 지금 밖에서 왔다 갔다 하고 있습니다. 우리 넷이서 함께 그 집에 가보았으면 한답니다."

"커닝엄 씨 댁에?"

"그렇습니다, 대령님."

"무엇 때문에?"

경위는 어깨를 들썩했다.

"저도 잘 모르겠습니다. 솔직히 말씀드리면, 제가 보기에 홈즈 선생은 아직 병이 다 나은 것 같지 않습니다. 여태껏 아주 묘한 행동을 했는데 굉장히 흥분한 것 같습니다."

"그렇게 염려할 필요는 없을 겁니다."

나는 말했다.

"홈즈의 광기에는 항상 정연한 방법이 있었으니까 말이오."

"어떤 사람은 그분의 정연한 방법에 광기가 있다고 말할지도 모르죠."

경위가 중얼거렸다.

"하지만 홈즈 선생은 한시바삐 출발하고 싶어 하니까 두 분이 준비되시는 대로 얼른 나가는 게 좋겠습니다."

홈즈는 고개를 푹 숙이고 두 손을 바지 주머니에 찌른 채 들판에서 왔다 갔다 하고 있었다.

"일이 점점 흥미로워지는군. 왓슨, 자네의 시골 여행은 대성공이었네. 나는 아침나절을 정말 재미있게 보냈어."

"선생은 범죄 현장에 다녀오신 모양이오."

대령이 말했다.

"그렇습니다. 나는 경위와 함께 약간의 사전 조사를 했습니다."

"성과가 있었소?"

"아주 흥미로운 것들을 보았지요. 걸어가면서 말씀드리도록 하겠습니다. 먼저 우린 그 불운한 사내의 시신을 보았습니다. 그는 아까 들은 것처럼 권총에 맞아서 숨진 게 틀림없더군요."

"그럼 그걸 의심했다는 거요?"

"오, 뭐든 다 확인해 보는 게 좋으니까요. 정밀 조사는 나름대로 성과를 거두었지요. 그리고 우린 커닝엄 씨 부자와 만났습니다. 두 사람은 살인범이 관목 울타리의 어느 곳을 지나서 도주했는지 정확하게 지적해 주었습니다. 대단히 흥미롭더군요."

"그랬겠지요."

"그리고 그 가엾은 친구의 모친을 만나러 갔습니다. 하지만 워낙 늙고 쇠약한 노파라서 아무런 정보도 얻어내지 못했지요."

"그럼 홈즈 선생의 조사 활동의 결과는 무엇이오?"

"이번 사건이 대단히 기묘하다는 걸 확인한 것이지요. 어쩌면 이번 방문이 사건의 성격을 명확히 하는 데 도움이 될지도 모릅니다. 경위, 죽은 사내가 쥐고 있던 찢어진 종잇조각에 그 자신의 사망 시간이 적혀 있는 것이 대단히 의미심장하다는 데는 동의하시겠지?”

“홈즈 선생님, 그게 사건을 푸는 열쇠가 될지도 모르겠습니다.”

“그게 바로 사건을 푸는 열쇠요. 편지를 쓴 사람이 누구든 간에 윌리엄 커원은 그걸 받고 그 시간에 자지 않고 밖으로 나온 거요. 그런데 편지의 나머지는 어디에 있을까?”

“저는 혹시나 해서 집 밖을 자세히 살펴보았습니다.”

경위는 말했다.

“편지는 죽은 자의 손에서 찢겨 나갔소. 한데 그걸 굳이 빼앗아 간 이유가 뭐였겠소? 그건 바로 그 편지가 진범을 드러내기 때문이었소. 그런데 범인은 그걸 어떻게 했을까? 그는 아마 주머니에 편지를 집어넣고 다시 꺼내보지도 않았을 거요. 그래서 편지 귀퉁이가 시신의 손에 남았다는 사실도 눈치채지 못했을 가능성이 커요. 편지의 나머지 부분을 회수할 수만 있다면 우리는 사건 해결에 훨씬 다가서게 될 게 분명하오.”

“옳은 말씀입니다. 하지만 범인을 잡기도 전에 어떻게 그의 주머니를 뒤질 수 있겠습니까?”

“허허, 그건 심사숙고할 만한 가치가 있는 문제요. 그런데 또 한 가지 명백한 점이 있소. 편지를 받은 사람은 윌리엄이었소. 그런데 그걸 쓴 사람이 직접 편지를 전해 주었을 리는 없소이다. 그러느니 차라리 자신의 입으로 직접 용건을 말했을 테니 말이오. 그럼 편지를 전한 것은 누구였을까? 혹시 우편으로 배달된 게 아닐까?”

“전 이미 조사를 해두었지요.”

경위는 말했다.

"윌리엄은 어제 오후에 우편으로 편지를 한 통 받았습니다. 겉봉은 벌써 없애버렸더군요."

"훌륭하오!"

홈즈는 경위의 등을 두드려주며 외쳤다.

"벌써 우체부를 만나봤구먼. 경위와 함께 일하게 돼서 정말 기쁘오. 자, 저기가 그 오두막입니다. 대령께서 동행해 주신다면 제가 범죄 현장으로 안내하도록 하겠습니다."

우리는 살해된 사내가 살고 있던 예쁜 농가를 지나 참나무가 줄지어 서 있는 길을 따라 올라갔다. 퀸앤 양식(18세기 초 영국의 건축 및 가구 양식 ─ 옮긴이)으로 건축된 멋진 집이 나왔다. 현관문 문틀 위에 '1709년'이라는 연도가 새겨져 있었다. 홈즈와 경위는 우릴 옆문으로 안내했다. 정원과 도로 사이에는 관목 울타리가 서 있었다. 그리고 경관 하나가 부엌문 옆에 서 있었다.

"경관, 문을 열어주게."

홈즈가 말했다.

"자, 커닝엄 씨의 아드님은 저쪽 계단 앞에 서서, 지금 우리가 서 있는 이곳에서 두 사내가 격투를 벌이고 있는 걸 보았습니다. 커닝엄 씨는 2층의 왼쪽에서 두 번째 창문을 통해 범인이 저기 있는 덤불 왼쪽으로 도주하는 장면을 목격했지요. 아드님도 같은 걸 보았고요. 두 분 다 저 덤불 때문에 범인의 도주로를 분명하게 기억하고 있습니다. 그리고 아드님은 밖으로 쫓아 나가서 총상을 입은 사람

곁에 무릎을 꿇고 앉았습니다. 보시다시피 바닥이 단단하게 다져져 있는 관계로 발자국 같은 건 전혀 남아 있지 않습니다."

홈즈가 말하는 동안 두 사람이 집 모퉁이를 돌아서 이쪽으로 다가왔다. 한 사람은 근심스러운 눈매에 주름이 깊게 팬 강렬한 인상의 장년 사내였고, 다른 한 사람은 팔팔한 청년이었는데, 청년의 생글거리는 얼굴과 화사한 옷차림은 이 집에서 일어난 끔찍한 사건과 묘한 대조를 이루었다.

"아직도 조사 중입니까?"

청년이 홈즈에게 말했다.

"난 런던 사람들은 완벽한 줄 알았는데 알고 보니 그다지 민첩한 것 같진 않군요."

"아, 시간이 좀 필요하지요."

홈즈는 상냥하게 말을 받았다.

"하긴 시간이 좀 필요할 거요."

알렉 커닝엄은 말했다.

"단서라고는 당최 없어 보이니까 말입니다."

"하나 있습니다."

경위가 대답했다.

"만약에 우리가……, 아니, 홈즈 선생! 이게 웬일입니까?"

가엾은 내 친구의 얼굴이 돌연히 끔찍한 형상으로 일그러지더니 두 눈엔 흰자위만 남았다. 그는 고통스럽게 사지를 뒤틀며 악문 이 사이로 신음을 흘리다가 앞으로 푹 고꾸라지고 말았다. 갑작스러운

심한 발작에 소스라치게 놀란 우리는 그를 부엌으로 옮겨다 눕혔다. 홈즈는 커다란 의자에 몸을 기댄 채 몇 분 동안 거칠게 호흡했다. 그러다가 잠시 후 부끄러운 얼굴로 일어나 앉아 자신의 허약함을 사과했다.

"왓슨 박사는 잘 알고 있지만 저는 심한 병에서 회복된 지 얼마 안 됐습니다. 이렇게 갑자기 신경 발작을 일으키는 일이 많지요."

"내 마차로 댁까지 모셔다 드리리까?"

아버지 커닝엄이 제안했다.

"아닙니다. 이왕 여기 왔으니까 한 가지 확인해 보고 싶은 점이 있습니다. 그걸 확증하는 건 별로 어렵지 않을 겁니다."

"그게 뭐요?"

"에, 제가 보기에 가엾은 윌리엄이 여기 도착하기 전에 도둑이 집 안에 침입했을 가능성이 아주 없었다고는 볼 수 없을 것 같습니다. 외부에서 강제로 문을 연 흔적이 남아 있는데도 모두들 도둑이 집 안으로 침입하지 않았다고 생각하시는 것 같군요."

"그 점에 대해선 명백하다고 생각하오."

커닝엄 씨가 무겁게 말했다.

"내 아들 알렉은 그 시간에 아직 잠자리에 들지 않았기 때문에 누가 집 안에 들어와서 돌아다녔다면 몰랐을 리가 없소이다."

"방에 앉아 계셨습니까?"

"난 옷방에서 담배를 피우고 있었습니다."

"침실은 어느 쪽에 있지요?"

"왼쪽으로 맨 끝에 있는 방입니다. 아버지 옆방이지요."

"물론 두 분 다 불을 켜놓고 계셨겠군요?"

"물론입니다."

"이 사건엔 아주 묘한 점들이 몇 가지 있습니다."

홈즈는 씩 웃으며 말했다.

"도둑이, 그것도 경험 있는 도둑이 가족들이 아직 불도 끄지 않은 시간을 택해서 집에 침입한다는 게 좀 이상하지 않습니까?"

"뻔뻔한 놈이었나 보지요."

"물론 그렇게 이상한 사건이 아니라면 선생한테 달려가서 도움을 요청할 일도 없었을 거요."

아들 커닝엄이 말했다.

"하지만 놈이 윌리엄과 맞붙기 전에 집 안에서 물건을 훔쳐냈다는 건 아주 터무니없는 생각인 것 같군요. 그러면 당연히 집 안이 어질러져 있고 뭔가 없어졌어야 하는 게 아닌가요?"

"그건 그자가 어떤 물건을 훔쳐 갔느냐에 따라 다릅니다."

홈즈는 말했다.

"지금 우리가 상대하고 있는 도둑은 나름대로의 원칙에 따라 움직이는 아주 기묘한 녀석이라는 걸 아셔야 합니다. 예를 들면, 그자가 액턴 씨 댁에서 가져간 괴상한 물건들을 좀 생각해 보십시오. 그게 뭐였더라? 실 한 뭉치, 서진, 그 밖에 잡동사니는 생각이 잘 안 나는군요."

"홈즈 선생, 아무튼 이번 일은 선생에게 일임하겠소."

아버지 커닝엄이 말했다.

"선생이나 경위가 요청하는 건 뭐든지 다 들어드리리다."

"우선 커닝엄 씨께서 현상금을 내거는 게 좋겠다는 생각이 드는군요. 경찰에서는 금액에 대해 합의하자면 시간이 좀 걸릴 테니까 말입니다. 이 일은 서두를수록 좋습니다. 내가 여기 초안을 적어 왔습니다. 괜찮으시다면 그 밑에 서명해 주시지요. 50파운드면 충분할 거라고 생각됩니다."

"나는 500이라도 기꺼이 내놓겠소."

치안 판사는 홈즈가 건네준 종이와 연필을 받아 들며 말했다.

"어디 보자, 이건 내용이 정확하지 않군."

커닝엄 씨는 초안을 훑어보며 말했다.

"제가 좀 급하게 썼습니다."

"자, 선생이 쓴 초안은 이렇게 시작되오. '화요일 새벽 한시 15분 전에 총격 사건이 발생하여' 등등. 그런데 사실은 열두시 15분 전이었거든."

나는 홈즈가 그런 실수에 얼마나 예민하게 반응할 것인지를 잘 알고 있었기 때문에 속으로 애가 탔다. 사실에 대한 정확성이야말로 그의 장기인데 최근에 앓은 병의 후유증이 컸던 모양이다. 이렇게 사소한 일 하나만 봐도 그가 아직 정상적인 상태를 회복하지 못했다는 것이 분명했다. 홈즈는 순간적으로 몹시 당황했다. 경위는 눈을 동그랗게 떴고 알렉 커닝엄은 웃음을 터뜨렸다. 하지만 아버지 쪽은 틀린 데를 고쳐서 홈즈에게 돌려주었다.

"되도록 빨리 인쇄하도록 하시오."

커닝엄은 말했다.

"선생의 생각은 훌륭한 것 같소."

홈즈는 종이를 지갑 속에 소중히 간수했다.

"자, 이제부터 같이 집을 둘러보면서 그 엉뚱한 도둑이 뭘 가져갔는지 확인해 보는 게 좋겠습니다."

집 안으로 들어가기 전에 홈즈는 문을 자세히 살펴보았다. 누군가 끌이나 튼튼한 칼을 문틈으로 쑤셔 넣고 억지로 문을 연 것임에 틀림없었다. 뭔가를 강제로 밀어 넣은 흔적이 나무 위에 고스란히 남아 있었다.

"그런데 빗장은 사용하지 않으십니까?"

홈즈는 물었다.

"그럴 필요성을 못 느꼈소."

"집에 개는 없습니까?"

"집 앞쪽에 묶어놓았소이다."

"하인들이 잠자리에 드는 시간은 몇 십니까?"

"열시쯤 될 거요."

"그럼 윌리엄도 보통 그 시간에는 잠자리에 들었겠군요."

"그렇겠지요."

"하필이면 그날 밤에 늦게까지 자지 않고 있었다니 그것도 참 묘한 일입니다그려. 커닝엄 씨, 이제 집 안을 보여주신다면 정말 기쁘겠습니다."

돌을 깐 통로를 따라 부엌을 지나 나무 계단을 오르니 1층이 나왔다. 중앙 홀에서 장식이 좀 더 풍부한 계단을 하나 더 오르니 2층 층계참이었다. 이곳은 응접실과 몇 개의 침실로 통했는데 커닝엄 씨 부자의 침실도 이곳에 있었다. 홈즈는 집 구조를 유심히 살피며 천천히 걸었다. 나는 그의 표정을 보고 그가 확실한 단서를 잡았다는 사실을 알았지만 어떤 방향으로 추리하고 있는지는 도저히 가늠할 수 없었다.

"이보시오, 선생."

커닝엄 씨가 다소 성급한 어조로 말했다.

"꼭 이럴 필요는 없잖소. 저기 계단 끝에 있는 게 내 방이고, 그 옆에 있는 게 우리 아들 방이오. 도둑이 우리한테 들키지 않고 여기까지 올라오는 게 가능한지는 선생의 판단에 맡겨두겠소."

"다른 쪽으로 알아보셔야 할 것 같군요."

아들이 심술궂은 미소를 띠고 말했다.

"그래도 조금만 더 참아주시길 부탁드립니다. 예를 들면 내가 알고 싶은 건, 침실 창문에서 앞뜰이 얼마만큼 보이는지 하는 겁니다. 여기가 아드님 방이겠군요."

홈즈는 방문을 밀치고 안으로 들어갔다.

"그리고 비명 소리가 났을 때 아드님이 앉아서 담배를 피우던 방이 바로 여기고요. 그런데 이 방 창문에선 어디가 보이지요?"

홈즈는 침실을 지나 방문을 열고 그 옆방을 둘러보았다.

"이제는 만족하시오?"

커닝엄 씨는 언짢은 얼굴로 말했다.

"감사합니다. 보고 싶은 건 다 본 것 같습니다."

"그럼 정말 필요하다면 내 방으로 가봅시다."

"너무 폐를 끼쳐드리는 게 아닌지 모르겠습니다."

치안 판사는 어깨를 들썩하더니 앞장서서 자신의 방으로 들어갔다. 간소하게 꾸며진 평범한 방이었다. 일행이 창문 쪽으로 가고 있는데 홈즈가 뒤로 처져서 우리 둘이 맨 꼴찌가 됐다. 침대 발치의 탁자에는 오렌지 접시와 유리 물병이 놓여 있었다. 그런데 그 앞을 지나는데 내 옆에 붙어 선 홈즈가 손을 내밀더니 일부러 탁자를 넘

어뜨리는 게 아닌가. 물병은 산산조각이 났고 오렌지는 사방으로 데굴데굴 굴렀다.

"왓슨, 조심했어야지."

홈즈가 태연하게 말했다.

"카펫을 아주 엉망으로 만들어놓았군."

나는 약간 당황해서 과일을 주워 모으기 시작했다. 내 친구가 나에게 잘못을 덮어씌우려고 하는 데는 어떤 이유가 있다는 걸 잘 알고 있었다. 다른 사람들도 함께 과일을 줍고 탁자를 바로 세워놓았다. 경위가 소리쳤다.

"어럽쇼! 홈즈 선생이 어딜 가셨지?"

홈즈가 없어진 것이다.

"잠깐 여기서 기다려주십시오."

아들 커닝엄이 말했다.

"내가 보기엔 그 사람 제정신이 아니에요. 아버지, 저랑 같이 갑시다. 대관절 어디 갔는지 찾아봐야겠어요!"

부자는 방을 뛰쳐나갔고 경위와 대령과 나, 이렇게 세 사람은 서로 얼굴을 멀뚱멀뚱 쳐다보았다.

"솔직히 말하면 저도 알렉 도련님과 같은 생각이 듭니다."

경위가 말했다.

"병의 후유증이겠지요. 하지만 제가 보기엔……."

난데없는 비명 소리에 경위의 말은 중단되었다.

"사람 살려! 사람 살려! 살인이야!"

나는 그것이 내 친구의 목소리라는 사실을 깨닫고 소름이 쫙 끼쳤다. 나는 미친 듯이 방을 뛰쳐나가 층계참으로 달려갔다. 비명 소리는 이제 알아듣기 힘든 목쉰 고함 소리로 변해 있었는데 그것은 우리가 맨 처음에 들어갔던 방에서 흘러나오고 있었다. 나는 그곳으로 달려가 옷방으로 뛰어들었다. 셜록 홈즈는 바닥에 쓰러져 있었고 그 옆에는 커닝엄 부자가 있었다. 아들은 두 손으로 홈즈의 목을 감고 아버지는 그의 손목을 비틀고 있는 듯했다. 우리 셋은 당장 달려들어 부자를 홈즈에게서 떼어놓았다. 홈즈는 비틀거리며 일어섰다. 얼굴은 몹시 창백했고 지칠 대로 지친 것이 분명했다.

"경위, 이 두 사람을 체포하시오."

홈즈는 숨을 몰아쉬며 말했다.

"죄목은?"

"마부 윌리엄 커원을 살해한 죄."

경위는 당황해서 어쩔 줄 모르며 홈즈를 바라보았다.

"홈즈 선생님, 고정하십시오."

경위는 마침내 말문을 열었다.

"그게 물론 진담은 아니……."

"쯧쯧, 여보, 저 사람들의 얼굴을 좀 보시오!"

홈즈가 퉁명스럽게 소리쳤다.

나는 그렇게 분명하게 죄가 드러나 있는 얼굴은 본 적이 없었다. 아버지 쪽은 멍한 듯했고 선이 굵은 얼굴에는 음울한 표정이 떠올라 있었다. 반면 아들은 여태까지의 경쾌하고 당당한 태도가 싹 달라져 있었다. 검은 눈은 위험한 야생 동물 같은 흉포함으로 반짝거렸고, 잘생긴 얼굴은 험하게 일그러져 있었다. 경위는 말없이 문밖으로 나가 휘파람을 불었다. 그러자 경관 둘이 득달같이 달려왔다.

"커닝엄 씨, 어쩔 수가 없군요."

경위는 말했다.

"저는 이 모두가 터무니없는 착오라는 사실이 밝혀지리라고 믿습니다. 하지만 지금으로선……, 뭐야? 내려놓지 못해!"

경위가 팔을 휘두르자 아들의 손에서 권총이 떨어져 바닥에 굴렀다. 청년은 막 권총의 공이치기를 잡아당기던 중이었다.

"이거 잘 간수하시오."

홈즈는 권총에 조용히 발을 올려놓으며 말했다.

"법정에서 유용하게 쓰일 테니까 말이오. 하지만 정말 필요한 건 이거요."

그는 구겨진 종이 한 장을 들어 올렸다.

"편지의 나머지 부분!"

경위가 외쳤다.

"맞았소."

"대관절 그게 어디 있었지요?"

"내가 예상했던 곳에 있었소. 이제 사건의 진상을 알려드리겠소. 그리고 대령님은 왓슨과 함께 지금 돌아가시는 게 낫겠습니다. 나는 늦어도 한 시간 안에는 갈 겁니다. 용의자들과 얘기를 좀 나눠야겠습니다. 하지만 점심때까지는 꼭 가겠습니다."

셜록 홈즈는 약속을 지켰고, 한시쯤에 우리는 대령의 흡연실에서 다시 모였다. 홈즈는 액턴이라는 초로의 신사와 같이 왔다. 맨 처음에 집을 털린 바로 그 사람이었다.

"두 분께 이번 사건에 대해 설명해 드리는 자리에 액턴 씨도 동석해 주셨으면 했지요."

홈즈가 말했다.

"왜냐하면 액턴 씨도 당연히 이번 사건에 관심이 많을 테니까요. 그런데 대령님, 집 안에 나 같은 말썽꾼을 들인 걸 후회하고 계시지나 않은지 모르겠습니다."

"천부당만부당한 말씀이오."

대령은 따뜻한 목소리로 대답했다.

"나는 선생의 수사 방식을 연구할 기회를 갖게 된 걸 무한한 영광으로 생각하는 바요. 솔직히 말해서 선생은 내 예상을 훨씬 뛰어넘는 능력을 보여주었소. 나는 어떻게 그런 결과가 나왔는지 전혀 모르겠소. 단서가 뭐였는지도 아직 모르고 있으니 말이오."

"설명을 듣고 나면 별것 아니라고 생각할 겁니다. 그래도 나는 친구 왓슨을 비롯해서 내 방법에 대해 진지한 관심을 갖고 있는 이들에게는 아무것도 숨기지 않는 것을 원칙으로 삼아왔습니다. 그런데 먼저 브랜디라도 한 모금 마셔야겠군요. 아까 그 옷방에서 나뒹굴었더니 아직도 정신이 멍합니다. 사실 최근 들어 개인적인 시련이 좀 많았지요.”

“이제 더 이상의 신경 발작은 없겠지요.”

셜록 홈즈는 배꼽을 잡고 웃어댔다.

“그 일에 대해서는 이따가 얘기가 나올 겁니다. 사건을 순서대로 설명하면서 제 판단에 영향을 미쳤던 여러 요소에 대해 말씀드리도록 하지요. 제 말에서 이해가 잘 안 가는 부분이 있다면 서슴지 말고 질문하십시오.

수사 기술에서 최고로 중요한 것은, 많은 사실 중에서 어느 것이 부차적인 것이고 어느 것이 핵심적인 것인지 가려낼 줄 아는 능력입니다. 이게 되지 않는다면 수사관의 주의력과 에너지는 분산되고 말 겁니다. 이 사건에서 나는 처음부터 죽은 자의 손에서 발견된 편지 조각이 사건 해결의 열쇠라는 것을 굳게 믿었습니다.

이 부분에 깊이 들어가기 전에, 여러분이 주목해야 할 사실이 하나 있습니다. 알렉 커닝엄의 진술이 옳다면, 즉 범인이 윌리엄 커원을 저격한 뒤 곧장 달아난 것이 사실이라면, 죽은 자의 손에서 편지를 빼앗은 것은 범인이 아니라는 것입니다. 그렇다면 그것은 알렉 커닝엄 자신이었을 것입니다. 왜냐하면 그 아버지가 내려왔을 때는 이미 서너 명의 하인이 사건 현장에 나와 있었으니까요. 사실은 단순한 것이었지만 경위는 그것을 간과했습니다. 애당초 이 지역의

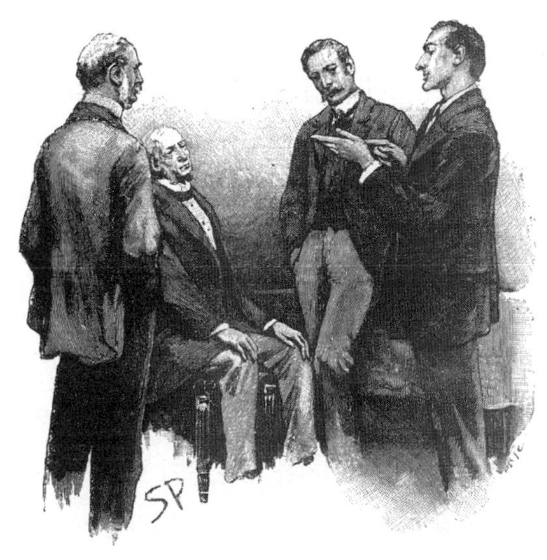

유지는 사건과 무관하다는 전제를 갖고 출발했기 때문이지요. 하지만 나의 원칙은 어떤 선입견도 갖지 않는다는 것, 그리고 무조건 사실이 이끄는 방향으로 간다는 것입니다. 그래서 나는 수사 초기 단계부터 알렉 커닝엄의 역할에 대해 의혹을 품었습니다.

나는 경위가 보여준 찢어진 편지 조각을 면밀히 관찰했습니다. 그것이 아주 기이한 문서의 일부라는 것은 처음부터 명백했지요. 이걸 좀 보십시오. 아주 묘한 점이 눈에 띄지 않습니까?"

"글씨가 일관성이 없어 보이는구려."

대령이 말했다.

"훌륭하십니다."

홈즈가 외쳤다.

"이것은 두 사람이 한 단어씩 번갈아 쓴 편지임에 틀림없습니다. 먼저 'at'과 'to'에서 힘찬 필체로 쓰인 't'를 좀 보십시오. 그다음에 이걸 'quarter'와 'twelve'의 힘없는 't'와 비교해 보세요. 이 네 단어를 잠깐만 분석해 봐도 'learn'과 'maybe'는 힘찬 필체로, 그리고 'what'은 훨씬 약한 필체로 쓰여 있다는 것을 뚜렷이 알아볼 수 있습니다."

"이럴 수가, 정말 대낮처럼 환하게 보이는구려!"

대령이 외쳤다.

"두 사람이 이런 식으로 편지를 쓴 이유가 대체 뭐요?"

"일이 커질 게 분명했는데 둘 중 하나는 상대방의 결심을 믿지 못했습니다. 그래서 무슨 일을 벌이든, 두 사람 다 똑같이 책임을 지도록 수를 쓴 거지요. 그런데 둘 중에서 주범은 'at'과 'to'를 쓴 자임에 틀림없습니다."

"그걸 어떻게 알았소?"

"우린 두 가지 필체를 비교해 보면서 필체의 특징만으로도 주범과 종범을 구별해 낼 수 있습니다. 하지만 단순한 가정이 아닌 좀 더 확실한 근거가 있지요. 찢어진 편지를 자세히 관찰해 보면 힘 있는 글씨체를 가진 사람이 단어를 먼저 써놓고, 다른 사람이 그 사이의 빈칸을 메웠다는 걸 알 수 있습니다. 그런데 빈칸이 항상 여유 있는 것은 아니어서, 나중에 쓴 사람은 이미 쓰여 있는 'at'과 'to' 사이에 'quarter'를 억지로 밀어 넣어야 했지요. 단어를 먼저 써놓은 사람이 주범임에 틀림없습니다."

"훌륭해요!"

액턴 씨가 외쳤다.

"그러나 그것만으로는 부족합니다. 하지만 이제 아주 중요한 대목에 이르렀습니다. 여러분은 전문가들이 필체를 보고 대략적인 나이를 상당히 정확하게 추정해 낼 수 있다는 걸 잘 모르실지도 모르겠습니다. 이것은 정상적인 경우라면 상당히 신뢰도가 높은 기술이지요. 나는 정상적인 경우라고 말했는데, 병이 있거나 몸이 약한 사람일 경우에는 설령 젊다고 해도 글씨체가 노년의 특징을 나타내기 때문입니다. 이 편지에서는 한쪽은 글씨가 굵고 필체에 힘이 있지만, 다른 쪽은 약간 휘청거리는 것처럼 보입니다. 그런데 약한 쪽 글씨는 't'에서 횡선이 빠지긴 했어도 아직 읽을 수는 있습니다. 우리는 이걸 쓴 사람이 젊은이도, 기력이 아주 쇠한 노인도 아닌 중장년이라는 걸 알 수 있지요."

"훌륭해요!"

액턴 씨가 다시 외쳤다.

"하지만 주목해야 할 요소가 더 있습니다. 그것은 한층 미묘한 것이기 때문에 좀 더 세심하게 살펴봐야 하는 것이지요. 두 글씨체 사이에는 어떤 공통점이 있습니다. 이것은 혈연관계에 있는 사람들의 필체입니다. 가장 뚜렷한 특징은 'e'를 그리스 문자 'ε'로 쓴 점인데, 제 눈에는 그것 말고도 사소한 특징들이 수없이 많이 보입니다. 나는 이 두 가지 필적에서 어떤 가족적인 유사성을 추출해 낼 수 있다고 확신합니다. 물론 지금은 찢어진 편지에 대한 조사 과정에서 나온 중요한 결과만 말씀드리고 있는 것입니다. 사실은 여러분보다는 전문가들에게 좀 더 흥미로울 법한 추리가 스물세 가지가 더 있었지요. 그것들은 모두 커닝엄 부자가 이 편지를 썼다는 인상을 강하게 해주었지요.

여기까지 오자, 다음 단계의 일은 물론 범죄 현장을 조사하는 것이었습니다. 나는 경위와 함께 그 집으로 가서 볼 수 있는 것을 다 보았습니다. 나는 죽은 이의 몸에 난 상처를 보고 그것이 4미터 이상의 거리에서 권총으로 쏘아 맞힌 상처라는 것을 확신했습니다. 옷에 화약으로 탄 자국이 남아 있지 않았거든요. 따라서, 두 남자가 맞붙어 싸우다가 한쪽이 총을 쏘았다는 알렉 커닝엄의 얘기는 거짓말이 되는 겁니다. 또 부자는 범인의 도주로에 대해 일치된 증언을 했습니다. 그러나 우연찮게도 관목 울타리 너머에 넓은 도랑이 있었습니다. 도랑 바닥은 젖어 있었지만 거기에 발자국 따위는 없었지요. 나는 커닝엄 부자가 다시 거짓말을 했다는 것뿐 아니라 범죄 현장에 제3의 인물은 없었다는 걸 알 수 있었습니다.

이제 이 기묘한 범죄의 동기를 따져보기로 하겠습니다. 범행 동기를 밝히기 위해선 먼저 액턴 씨 댁에 도둑이 침입한 이유를 알아내야 했습니다. 나는 여기 계신 대령을 통해 액턴 씨와 커닝엄네 사이에 소송이 진행 중이라는 사실을 알게 되었지요. 물론 액턴 씨 서재에 침입한 도둑은 다름 아닌 커닝엄 부자일 거라는 생각이 금방 떠올랐습니다. 목적은 어떤 중요한 서류를 손에 넣는 것이었겠지요."

"정말 그렇소."

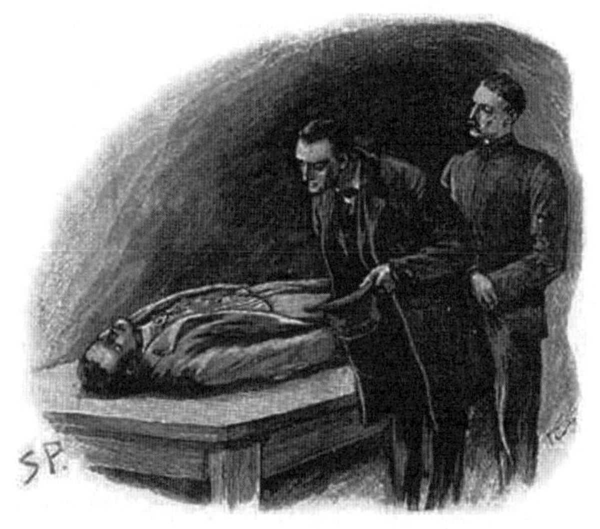

액턴 씨가 말했다.

"그들의 의도는 뻔한 것이오. 나는 커닝엄네 영지의 절반에 대해 명백한 권리를 갖고 있소이다. 그런데 마침 그때 그들이 어떤 서류 한 장을 찾아냈더라면 우리는 패소하고 말았을 게 틀림없소. 다행히도 그 서류는 내 변호사 사무실의 철제 금고에 들어 있었긴 하지만 말이오."

"그렇군요."

홈즈는 빙그레 웃으며 말했다.

"그 위험천만하고 대담 무쌍한 시도에서 젊은 알렉의 영향력이 느껴지는 듯합니다. 부자는 원하는 것을 찾지 못하자 의심을 사지 않으려고 평범한 절도 사건으로 위장하려 했습니다. 그들이 아무거나 손에 잡히는 대로 들고 나간 것은 바로 그 때문이었지요. 여기까지는 모든 것이 명약관화합니다. 하지만 아직도 밝혀지지 않은 사실이 많았습니다. 무엇보다 급한 것은 편지의 나머지 부분을 되찾는 일이었지요. 나는 알렉이 죽은 자의 손에서 편지를 빼앗은 뒤 그것을 실내복 주머니에 넣어두었을 거라고 확신하고 있었습니다. 거기가 아니라면 달리 어디에 넣었겠습니까? 유일한 문제는 편지가 아직 거기 남아 있느냐였지요. 그것은 찾아볼 만한 가치가 있었고, 우리 모두가 그 집에 올라간 것은 바로 그 때문이었습니다.

아시다시피 커닝엄 부자는 부엌문 앞에서 우리와 합류했습니다. 물론 가장 중요한 것은 이 찢어진 편지의 존재를 비밀에 부치는 것이었지요. 찢어진 조각이 있다는 걸 알게 되면 지체 없이 남은 편지를 없애려고 할 테니까요. 그런데 경위가 부자 앞에서 그 얘기를 꺼내려 했고 그때 천만다행으로 제가 발작을 일으켜서 쓰러졌습니다. 그래서 화제가 바뀌었지요."

"이럴 수가!"

대령은 껄껄 웃으며 소리쳤다.

"진짜인 줄 알고 걱정했는데 그 발작이 속임수였다는 거요?"

"의사인 내가 봐도 정말 완벽한 연기였네."

나는 새로운 재주로 끊임없이 나를 홀리는 이 사내를 경탄 어린 눈으로 쳐다보았다.

"자주 요긴하게 쓰이는 기술이지요. 나는 정신을 차린 뒤에, 또 하나의 독창적인 수단으로 커닝엄 씨가 직접 '열두시(twelve)'라는 단어를 쓰도록 만들었습니다. 찢어진 편지의 '열두시'와 비교해 보려고 했던 거지요."

"세상에 나 같은 바보 천치가 다 있을까!"

나는 소리쳤다.

"내가 실수하자 자네가 안절부절못하는 것이 역력히 보이더군."

홈즈는 껄껄 웃으며 말했다.

"자네가 마음 아프게 생각할 거라는 걸 잘 알고 있었기 때문에 무척 미안했지. 그다음에 우린 같이 2층으로 올라갔습니다. 방에 들어가보니 실내복이 옷방에 걸려 있더군요. 나는 탁자를 엎어서 사람들의 주의를 끌고 살그머니 방을 빠져나와 실내복 주머니를 조사하러 갔습니다. 편지는 예상대로 실내복 주머니에 들어 있었지요. 그런데 그걸 막 손에 넣는 순간 커닝엄 부자가 달려들었습니다. 그때 세 분이 얼른 달려와서 도와주지 않았다면 나는 그 자리에서 살해당했을 겁니다. 정말입니다. 사실 아직도 목에서 그 청년의 손길이 느껴지고 있으니까요. 그 아버지는 편지를 빼앗으려고 내 손목을 비틀었지요. 부자는 내가 진상을 다 파악했다는 것을 깨달았습니다. 마음을 푹 놓고 있던 부자는 갑자기 절망의 나락으로 떨어졌고 그러자 완전히 자포자기 상태가 된 것이었지요.

저는 나중에 커닝엄 씨와 범행 동기에 대해 잠깐 이야기를 나누었습니다. 아버지 쪽은 유순했지만, 아들은 악마와 다를 바 없더군요. 권총을 손에 넣기만 하면 자신의 머리든 남의 머리든 단숨에 날려버릴 것 같았습니다. 커닝엄은 혐의 사실을 입증하는 증거가 충분하다는 걸 알자 풀이 죽어서 순순히 사실을 털어놓았습니다. 커닝엄 부자는 액턴 씨 댁에 침입한 그날 밤에 마부 윌리엄에게 뒤를 밟힌 것 같더군요. 주인의 약점을 잡은 마부는 사실을 폭로하겠다고 협박했답니다. 하지만 알렉은 그런 종류의 게임을 하기엔 위험한 상대였습니다. 알렉 쪽에서 보면, 시골 마을을 뒤흔들어놓은 도둑 사건에서 두려운 상대를 그럴듯하게 제거할 수 있는 기회를 포착한 것은 가히 천재적인 착상이었지요. 윌리엄은 알렉이 던진 미끼를 덥석 물었고 살해당했습니다. 만약에 부자가 편지 전체를 회수하고 정황 설명을 좀 더 치밀하게 했더라면 결코 의심을 사지 않았을지도 모릅니다.”

“그런데 그 편지는?”

나는 물었다.

셜록 홈즈는 편지의 나머지 부분을 꺼내놓았다.

> If you will only come round at quarter to twelve to the east gate you will learn what will very much surprise you and maybe be of the greatest service to you and also to Annie Morrison. But say nothing to anyone upon the matter

열두시 15분 전에 동쪽 문으로 오면

아주 놀라운 일을 **알게** 될 것이다.

그것은 **아마** 너와 애니 모리슨에게도 대단히 좋은 일일 것이다.

그러나 이 일에 대해서는 아무한테도 말하지 마라.

"내가 예상했던 그대로입니다."

홈즈는 말했다.

"물론 우리는 알렉 커닝엄과 윌리엄 커원, 그리고 애니 모리슨의 관계가 어떤 것이었는지는 아직 모릅니다. 결과적으로 알렉은 교묘한 덫을 놓은 것이지요. 이 편지에서 'p'와 'g'의 꼬리 모양에 혈연적 유사성이 드러나 있는 걸 보고 여러분도 기뻐하시리라 생각합니다. 아버지가 쓴 글씨에서 'i'의 점이 빠져 있는 것 또한 대단히 특징적입니다. 여보게 왓슨, 시골에서의 조용한 휴식은 대성공이었네. 내일은 한결 기운을 차리고 베이커가로 돌아갈 수 있을 것 같군."

꼽추 사내

결혼한 지 몇 달 뒤였다. 어느 여름밤, 나는 난롯가에서 소설을 펼쳐 들고 앉아 마지막 파이프를 피우며 졸고 있었다. 몹시 힘든 하루였다. 아내는 벌써 2층으로 올라갔고, 아까 현관문을 잠그는 소리가 난 것으로 보아 하인들도 각자 방으로 물러간 듯했다. 자리에서 일어나 파이프의 재를 털고 있는데 느닷없이 초인종 소리가 들렸다.

시계를 쳐다보았다. 열한시 45분이었다. 이렇게 늦은 시간에 손님이 올 리는 없었다. 환자임에 틀림없는 것이다. 밤을 꼬박 새워야 할지도 모른다. 나는 얼굴을 찌푸리고 홀로 나가서 문을 열었다. 놀랍게도 우리 집 계단에 서 있는 사람은 셜록 홈즈였다.

"아, 왓슨, 내가 너무 늦게 온 건 아닌지 모르겠군."

"여보게 친구, 어서 들어오게."

"놀랐나 보군. 당연히 그랬겠지! 그리고 안심한 것 같아! 흠! 자

넨 아직도 총각 시절의 그 아카디아를 피우고 있군! 틀림없어. 자네
웃옷에 솜털 같은 재가 떨어져 있네. 왓슨, 자네가 군복에 몸이 익은
사람이라는 건 척 보면 알 수 있네. 소매 안에 손수건을 넣고 다니
는 습관을 고치지 않는 이상, 자네는 절대로 순수 민간인처럼 보이
지 않을 걸세. 하룻밤 재워줄 수 있나?”

“그럼.”

“자네 독신자 손님을 위해 방을 마련해 놓았다고 했지? 그런데
지금 신사 손님은 없군그래. 모자걸이를 보니 그 정도는 알겠어.”

“자네가 묵어간다면 나야 기쁘지.”

“고맙네. 그럼 내가 빈 모자걸이를 채우도록 하지. 쯧쯧, 오늘 이 집에 영국의 일꾼이 다녀갔군. 형편없는 자로군. 설마 하수관이 문제를 일으킨 건 아니겠지?”

“응, 가스였어.”

“아! 불빛이 반사된 리놀륨 바닥에 그자가 구둣발로 징 자국 두 개를 남겨놓은 게 보이는군. 고맙지만 저녁은 됐네. 난 워털루에서 간단하게 요기를 하고 왔어. 하지만 파이프라면 자네랑 같이 피워 볼 생각이 있지.”

나는 홈즈에게 담배 주머니를 건네주었다. 그는 나와 마주 앉아 잠시 동안 말없이 담배를 피웠다. 나는 그가 중요한 볼일이 없다면 이런 시간에 찾아오지는 않았을 거라는 사실을 잘 알고 있었으므로 말을 꺼낼 때까지 끈기 있게 기다렸다.

“자네, 요즘 일이 좀 바쁜군그래.”

홈즈는 내게 날카로운 시선을 던지며 말했다.

“응. 오늘은 좀 바빴어.”

나는 대답하고 이렇게 덧붙였다.

“그런데 자네 눈엔 바보스러울 만큼 뻔해 보일지 몰라도, 어떻게 그걸 추리해 냈는지 잘 모르겠군.”

홈즈는 쿡쿡 웃었다.

“여보게 왓슨, 자네의 습관을 잘 알고 있는 것이 내게는 유리한 점이지. 자네는 왕진 다닐 때 거리가 짧으면 걷고 길면 이륜마차를 타네. 그런데 자네 구두를 보니까 신고 다닌 것이 분명한데도 더러워진 곳은 전혀 없어. 그러니 자네가 지금은 거리와 상관없이 무조건 마차를 탈 만큼 무척 바쁘다는 걸 알 수 있는 거지."

"훌륭하네!"

나는 외쳤다.

"기본적인 거지. 이건 추론자가 제삼자에게는 놀라워 보이는 효과를 낼 수 있는 경우들 중에 하나인데, 그건 그 제삼자가 추론의 근거가 되는 작은 요소 하나를 놓쳤기 때문이야. 실은 자네가 발표하는 요란한 사건 기록에 대해서도 같은 말을 할 수 있지. 그것의 효과는 문제의 몇 가지 요소를 독자들에게는 밝히지 않고 자네 혼자서만 쥐고 있는 데 달려 있네. 그런데 지금 나는 자네 독자들과 똑같은 위치에 있다네. 나는 여태까지 인간의 두뇌를 혼란으로 몰아넣은 사건들 중에서 가장 기이한 사건의 실마리를 몇 가지 손에 넣었네. 하지만 가설을 완성하는 데 필요한 한두 가지 요소가 아직 없어. 왓슨, 하지만 그걸 반드시 찾아내고야 말 테야!"

홈즈의 두 눈에는 광채가 돌았고 여윈 뺨은 살짝 홍조로 물들었다. 순간적으로 베일이 벗겨지면서 날카롭고 강렬한 그의 본성이 드러났지만 그것은 오로지 찰나에 불과했다. 그에게 다시 시선을 던졌을 때 그의 얼굴은 인디언 같은 무표정함을 회복하고 있었다. 사람들이 그를 인간이라기보다 기계로 여기는 것은 그 표정 때문이었다.

"이번 사건에는 흥미로운 특징이 있다네. 어쩌면 예외적인 특징이라고 해야 할지도 모르겠군. 난 이미 사건 조사에 착수했는데 문제 해결이 멀지 않은 것 같기도 하네. 그런데 자네가 마지막 단계에 동행해 줄 수 있다면 큰 도움이 될 것 같아."

"나야 좋지."

"내일 올더숏까지 갈 수 있겠나?"

"잭슨이 환자를 대신 봐줄 거야. 틀림없어."

"잘됐군. 워털루 역에서 열한시 10분 기차로 출발하면 좋겠는데."

"시간은 넉넉하군."

"그럼' 자네가 졸리지 않다면 그동안 있었던 일과 앞으로 할 일에 대해 간단하게 얘기해 줌세."

"사실 자네가 오기 전에 졸고 있었거든. 그런데 지금은 잠이 싹 달아났네."

"중요한 부분을 누락하지 않는 선에서 최대한 이야기를 압축해서 하겠네. 혹시 자네도 신문에서 봤을지 모르겠군. 지금 내가 수사하고 있는 사건은 올더숏 로열 먼스터 연대의 바클레이 대령 피살 사건이라네."

"처음 들어보는데."

"아직 전국적인 화젯거리가 되지는 못했지. 사건이 발생한 지도 이틀밖에 안 되고 말일세. 간단하게 말하면 이렇다네.

자네도 알다시피 로열 먼스터 연대는 영국 육군 소속의 유명한 아일랜드 연대일세. 크림 전쟁과 인도의 세포이 항쟁 때 혁혁한 전과를 올렸고, 그다음부터 기회 있을 때마다 용맹을 떨친 부대지. 월요일 밤까지 그 부대를 지휘한 사람은 역전의 용사 제임스 바클레이였네. 바클레이 대령은 일개 사병으로 출발했지만 세포이 항쟁 때 용맹함을 인정받아 장교로 승진했지. 그러다가 자신이 과거에 머스킷 총을 잡았던 연대에서 지휘관으로 승진한 걸세.

바클레이 대령은 부사관이던 당시에 같은 부대의 군기호위 상사를 지낸 사람의 딸과 결혼했네. 부인의 처녀 적 이름은 낸시 드보이일세. 자네도 상상할 수 있겠지만 바클레이가 장교로 승진했을 때 젊은 부부는(두 사람은 그때 아직 젊었으니까.) 사교 생활에서 약간의 어려움을 겪었어. 하지만 두 사람은 빠른 속도로 새로운 환경에 적응했던 것 같아. 바클레이 대령도 동료 장교들과 좋은 관계를 유지했지만 부인 또한 연대의 장교 부인들 사이에서 항상 인기가 높았다네. 한 가지 더 보태자면 부인은 보기 드문 미인일세. 결혼한 지 30년 이상 되는 지금도 여전히 여왕처럼 매혹적인 용모를 간직하고 있지.

바클레이 대령 부부는 한결같이 행복한 가정생활을 누렸던 것 같아. 나에게 이야기를 들려준 머피 소령의 말에 따르면 부부 사이에 어떤 갈등이 있다는 얘기는 들어본 적이 없다고 했네. 그리고 전체적으로, 아내보다는 남편 쪽이 훨씬 더 상대에게 헌신적이었던 것 같다고 하더군. 바클레이 대령은 아내와 하루라도 떨어져 있으면 몹시 불안해했다네. 부인은 헌신적이고 충실한 아내이긴 했지만 유난스럽게 애정을 과시하는 편은 아니었다더군. 하지만 두 사람은 연대에서는 중년 부부의 모범으로 인정받았네. 부부의 관계에서 그 이후에 찾아온 비극을 예감하게 할 만한 요소는 전혀 없었던 거지.

바클레이 대령은 특이한 성격의 소유자였던 것 같아. 평소에는 당당하고 쾌활한 군인이었지만, 상당히 폭력적이고 집요한 면모가 가끔씩 엿보였다네. 하지만 이러한 기질이 부인을 상대로 나타난 일은 전혀 없었던 것 같더군. 머피 소령은 또 바클레이 대령이 이따금 기묘한 우울증 같은 것에 빠졌던 일을 인상 깊게 기억하고 있네. 내가 만나본 장교 다섯 명 중에서 세 사람이 같은 얘기를 했지. 머피 소령의 말에 따르면, 대령은 식당에서 다른 사람들과 어울려 떠들썩하게 농담하다가도 얼굴에서 웃음기가 싹 걷히는 일이 많았다네. 보이지 않는 손이 웃음을 걷어 간 것처럼 말일세. 우울증이 며칠씩 계속될 때면 깊은 나락으로 빠져들곤 했지. 동료 장교들이 생각하는 대령의 특이한 성격에는 이것 말고는 다소 미신적인 기질이 있다는 것뿐일세. 대령은 혼자 있는 걸 꺼렸는데 특히 해가 진 다음에는 더했네. 그런데 유난히 남자다운 성격의 소유자가 이런 어린애 같은 기질을 드러냈기 때문에 자주 사람들의 입에 오르내렸다고 하더군.

로열 먼스터 연대 제1대대(구 117대대일세.)는 몇 년째 올더숏에 주둔하고 있네. 기혼 장교들은 부대 밖에서 생활하는데 대령은 그동안 북쪽 병영에서 800미터쯤 떨어진 '라신'이라는 관사에서 살았네. 그 집은 대지는 꽤 넓지만 집 서쪽 면이 도로와 인접해 있어. 도로와 집 사이의 거리가 30미터밖에 안 되지. 하인으로는 마부와 하녀 둘이 있네. 라신에는 이들 하인과 주인 부부만 살았지. 바클레이 부부한테는 자녀가 없었고, 또 오래 묵어가는 손님들도 거의 없었으니까.

이제부터 지난 월요일 저녁 아홉시에서 열시 사이에 일어난 사건에 대해 말해 주지.

바클레이 부인은 가톨릭 신자였던 것 같아. 그리고 세인트조지 조합의 활동에 관심이 많았는데 이 단체는 가난한 이들에게 헌옷을 나눠줄 목적으로 설립된 와트가 교회 관련 단체라네. 그날 저녁 여덟시에 조합 모임이 있었고, 바클레이 부인은 그 모임에 가려고 서둘러 저녁 식사를 했네. 마부는 부인이 집을 나가면서 남편과 이야기하는 걸 들었는데 특별한 얘기는 없었고 모임이 오래 걸리지 않을 거라고 했다네. 그리고 부인은 옆집으로 가서 모리슨 양을 만나 같이 모임에 갔지. 모임은 40분 만에 끝났고, 바클레이 부인은 모리슨 양과 함께 아홉시 15분에 집에 돌아왔네.

라신에는 주로 낮에만 거실로 사용하는 방이 있네. 이 방은 도로와 마주 보고 있고 커다란 접이식 유리 창문이 있네. 창문 너머로 잔디밭을 30미터 지나면 낮은 담이 나오고 그 밖은 도로이지. 담 위는 철제 난간으로 되어 있네. 바클레이 부인이 집에 오자마자 들어간 방이 바로 이 거실이었어. 저녁때는 그 방을 쓰는 법이 거의 없었기 때문에 아직 커튼은 내리지 않은 상태였지. 하지만 바클레이 부인은 방에 손수 불을 켜고 초인종을 눌러서 하녀 제인 스튜어트에게 차를 한 잔 갖다달라고 했네. 그것은 평소와는 전혀 다른 행동이었어. 대령은 식당에 앉아 있다가 부인이 돌아오는 소릴 듣고 부인이 있는 방으로 향했지. 마부는 대령이 홀을 지나 거실로 들어가는 모습을 보았네. 살아 있는 대령을 본 것은 이것이 마지막이었어.

하녀는 10분 뒤에 부인이 주문한 차를 가지고 갔네. 하지만 방문 앞으로 다가갔을 때 주인 부부가 언성을 높여서 심하게 다투는 소리가 흘러나와 깜짝 놀랐지. 하녀는 문을 두드렸지만 아무 대답이 없었어. 손잡이를 돌려보기까지 했지만 안에서 잠겨 있었지. 그러자 스튜어트는 요리사에게 달려가고 마부까지 불렀네. 셋이 홀로 나가니 아직도 부부가 심하게 말다툼하는 소리가 들렸네. 세 사람은 이 구동성으로 이때 다른 사람의 목소리는 듣지 못했다고 말하고 있네. 바클레이는 낮은 목소리로 가끔씩 말했기 때문에 무슨 말을 하는지 전혀 알아들을 수 없었네. 하지만 부인은 신랄한 말투로 언성을 높여서 말했기 때문에 또렷하게 들렸어. '이 비겁자!' 부인은 이 말을 자꾸만 되풀이했네. '이제 어떻게 해? 이제 어떻게 해? 내 인생을 돌려줘. 난 다시는 당신과 같은 공기를 마시고 살 수 없어! 이 비겁자! 이 비겁자!' 이런 말들이 띄엄띄엄 흘러나오더니 갑자기 남자의 무서운 고함 소리, 쿵 하는 소리, 여자의 찢어지는 비명 소리가 흘러나왔네. 마부는 심상치 않은 일이 벌어졌음을 직감하고 달려들어 문을 열려고 했지. 그동안 방에서는 끊임없이 비명 소리가 흘러나왔어. 하지만 아무리 해도 문은 열리지 않았고 하녀들은 공포에 질려서 마부에게 아무 도움도 주지 못했네. 하지만 마부는 문득 다른 방법을 생각해 냈네. 그는 얼른 밖으로 뛰어나가 잔디밭을 돌아갔지. 때가 여름인지라 거실 창문이 활짝 열려 있었기 때문에 방 안으로 들어가는 건 쉬웠어. 여주인은 비명을 그치고 의식 불명 상태

로 긴 의자에 쓰러져 있었지. 불운한 주인은 다리는 안락의자 팔걸이에 걸치고, 머리는 난로망 모서리 근처에 누인 채 숨져 있었네. 바닥에는 유혈이 낭자했고.

주인이 이미 숨이 끊어져 있는 걸 보고 마부는 우선 방문을 열어야겠다고 생각했네. 하지만 여기서 전혀 예상치 못한 난관에 부딪혔지. 열쇠가 방문에 꽂혀 있지 않았을 뿐 아니라 방 안을 아무리 둘러봐도 열쇠를 찾을 수 없었네. 마부는 할 수 없이 다시 창문으로 나가서 경찰과 의사를 불러왔지. 당연히 부인이 가장 유력한 용의자로 떠올랐지만 여전히 의식 불명 상태였네. 경찰은 부인을 다른 방으로 옮기고 대령의 시신을 소파 위로 옮겨놓은 다음 비극이 벌어진 현장을 철저하게 조사했네. 불운한 용사는 후두부가 5센티미터가량 찢어져 있었는데, 상처 모양이 불규칙한 것으로 보아 둔기로 심하게 얻어맞은 것이 분명했지. 흉기가 어떤 것이었는지 짐작하는 것은 어렵지 않았네. 시신 가까이에 뼈 손잡이가 달린 특이한 모양의 나무 곤봉이 떨어져 있었으니까. 그것은 단단한 나무에 조각을 새긴 곤봉이었어. 해외 전투에 참전한 경험이 많은 대령은 여러 나라의 무기를 소장하고 있었는데, 경찰은 그 곤봉이 대령의 수집품 중의 하나라고 추정하고 있네. 하인들은 집 안에서 그런 무기를 본 적이 없다고 했지만, 수많은 골동품 속에 묻혀 있었을 수도 있지. 경찰은 그것 말고는 방 안에서 별다른 물건을 찾아내지 못했네. 그런데 한 가지 설명되지 않는 사실이 있어. 바클레이 부인이나 시신, 그리고 방 어디에서도 없어진 열쇠가 나오지 않은 것일세. 그래서 방문을 열기 위해 결국 올더숏의 열쇠장이를 불러야 했지.

왓슨, 지금까지 얘기한 것이 내가 머피 소령의 요청으로 경찰 수사를 지원하기 위해 올더숏에 내려갔을 때의 상황이었네. 그게 화요일 오전이었지. 자네도 벌써 이 사건에 흥미를 느끼고 있을 걸세. 하지만 나는 사건 조사에 착수하자 이번 일이 보기보다 훨씬 기이하다는 걸 곧 깨달았네.

거실을 조사하기 전에 하인들을 한 사람씩 만나보았네. 하지만 이미 알고 있는 것 외에 새로운 얘기는 듣지 못했어. 한 가지, 하녀

제인 스튜어트가 기억해 낸 흥미로운 사실이 있지. 자네도 하녀가 차를 들고 거실로 갔다가 싸우는 소릴 듣고 다른 하인들에게 달려갔다는 얘기를 기억할 걸세. 그런데 처음에 스튜어트가 거기 갔을 때는 주인 부부가 나직하게 이야기하고 있었기 때문에 무슨 말인지 거의 안 들렸네. 그때 하녀는 부부의 말보다는 말투 때문에 둘이 싸우고 있다고 판단했지. 그런데 내가 자꾸 채근하자 스튜어트는 부인이 데이비드라는 이름을 두 번 말한 걸 기억해 냈네. 그것은 부부가 갑자기 다툰 이유를 추측하는 데 대단히 중요한 단서가 되지. 자네도 알겠지만 대령의 이름은 제임스 아닌가.

이번 사건에서 하인들과 경찰 양자에게 지울 수 없는 인상을 남긴 점이 하나 있네. 그것은 대령의 일그러진 얼굴이었어. 사람들의 설명에 따르면, 그것은 두려움과 공포가 뒤섞인 무서운 얼굴이었는데 인간이 어떻게 저런 표정을 지을 수 있을까 싶을 정도였다네. 그 얼굴을 본 것만으로도 기절해 넘어진 사람이 한둘이 아니었으니 얼마나 끔찍했는지 알겠지. 대령은 자신의 운명을 예감했던 것이 분명하네. 그 때문에 무한한 공포심을 느낀 것이겠지. 물론 이것은 경찰에서 세운 가설과도 부합한다네. 대령은 아내가 자신을 죽이러 달려드는 걸 보았을 수도 있으니까. 또 그가 아내의 공격을 피하기 위해 돌아섰을 수도 있으니 후두부의 상처가 경찰의 가설과 치명적으로 모순되는 것도 아니지. 부인에게선 어떤 얘기도 들을 수 없었네. 부인은 지금 급성 뇌막염 때문에 일시적인 착란 상태에 빠져 있지.

그날 저녁에 바클레이 부인과 함께 외출한 모리슨 양은 부인의 기분이 갑자기 언짢아진 것에 대해 전혀 아는 바가 없다고 진술했네. 이것은 경찰을 통해 전해 들은 얘기지.

왓슨, 나는 이런 사실을 수집한 뒤에 파이프를 피우면서 핵심적인 사실과 우연한 사실을 나눠보았네. 이 사건에서 가장 의미심장한 대목이 바로 방문 열쇠가 없어진 일이라는 데는 의문의 여지가 없었지. 방 안을 샅샅이 뒤져봤지만 열쇠는 나오지 않았어. 그러니 누군가 방에서 열쇠를 가지고 나간 게 틀림없지. 하지만 대령도 대령의 아내도 열쇠를 갖고 나갈 수는 없었네. 그것은 뻔한 사실이었지. 따라서 제3의 인물이 방에 들어왔었다는 결론을 내릴 수밖에 없는 것일세. 그런데 그 제3의 인물이 들어올 수 있는 길은 창문뿐이었어. 내 느낌엔 방 안과 잔디밭을 철저하게 조사하면 수수께끼의 인물이 남겨놓은 흔적을 찾아낼 수 있을 것 같았지. 왓슨, 자네도 내 방법 알고 있지? 나는 그 조사에서 내가 알고 있는 방법을 전부 동원했네. 결국 발자국을 발견했어. 하지만 그것은 내 예상과는 전혀 다른 것이었지. 한 사내가 도로에 있다가 잔디밭을 가로질러 방에 들어왔어. 나는 아주 선명한 발자국 다섯 개를 채취할 수 있었네. 하나는 도로에서 발견했는데 낮은 담을 타고 넘어온 바로 그 지점이었고, 두 개는 잔디밭, 그리고 아주 희미한 두 개의 발자국은 창가의 더러운 널빤지 위에서 찾아냈지. 앞부분이 발뒤꿈치보다 훨씬 깊이 들어간 것으로 봐서 잔디 위를 뛰어갔던 게 분명하네. 하지만 내가 놀란 것은 그 사내 때문이 아니었네. 그의 동행 때문이었어."

"동행이라고!"

홈즈는 주머니에서 큰 박엽지(博葉紙) 한 장을 꺼내더니 무릎에 조심스럽게 펼쳐놓았다.

"자넨 이것에 대해 어떻게 생각하나?"

종이 위엔 작은 짐승의 발자국이 찍혀 있었다. 발가락은 다섯 개로 선명하게 갈라져 있었고 발톱은 긴 듯했다. 발의 크기는 거의 디저트 숟가락만 했다.

"개로군."

"자네, 개가 커튼을 기어오른다는 얘기 들어봤나? 난 이 짐승이 커튼을 기어오른 흔적을 똑똑히 봤네."

"그럼 원숭인가?"

"하지만 이건 원숭이 발자국이 아닐세."

"그럼 뭐지?"

"개도 고양이도 원숭이도 아닐세. 아무튼 우리가 잘 아는 동물은 아냐. 난 발자국을 근거로 이 짐승을 재구성했네. 이 짐승이 가만히 서 있을 때의 발자국이 바로 이걸세. 보다시피 앞발에서 뒷발까지의 길이가 38센티미터 정도밖에 안 되네. 여기에 목과 머리의 길이를 더하면 몸길이 60센티미터 정도의 짐승이 나오지. 물론 꼬리가 있다면 좀 더 길어지겠지. 하지만 다른 게 더 있네. 우리는 이 짐승의 걸음걸이에서 보폭을 알 수 있네. 그런데 앞발, 뒷발이 움직이는 폭이 겨우 7.5센티미터밖에 안 되거든. 그렇다면 긴 몸통에 극히 짧은 다리가 달려 있는 짐승이 나오네. 털은 찾지 못했어. 만약 털을 남겨놓고 갔다면 별로 신중하지 못한 짓이 되었겠지. 하지만 전체적인 모습은 내가 말한 대로일 걸세. 그리고 이 짐승은 커튼을 기어오를 수 있고, 또 육식성일세."

"그건 어떻게 추리해 냈나?"

"왜냐하면 녀석이 커튼을 기어올랐으니까. 창가에 카나리아의 조롱이 매달려 있었네. 녀석은 새를 노렸던 것 같아."

"대체 어떤 짐승이었기에?"

"아, 그걸 알 수만 있다면 사건 해결이 한결 쉬워질 걸세. 대충 위즐이나 어민(위즐, 어민은 족제빗과에 속하는 작은 육식 동물 ― 옮긴이)에 속하는 짐승이었을 거야. 하지만 그런 종류보다는 훨씬 큰 편일세."

"하지만 그게 살인 사건과 무슨 상관이 있다는 건가?"

"그것도 아직은 분명하지 않네. 하지만 우리는 많은 것을 알게 되었어. 한 남자가 길에 서서 바클레이 부부가 싸우는 광경을 보고 있었네. 커튼은 젖혀져 있었고 방에는 불이 켜져 있었으니까 말일세. 그는 이상한 짐승을 데리고 잔디 위를 달려가 방 안으로 들어갔네. 그 사내가 대령의 머리를 내리쳤을 수도 있고, 아니면 대령이 그를 보고 공포에 질려 쓰러지면서 난로망 모서리에 머리를 베었을 수도 있지. 그런데 희한한 사실은 침입자가 방문 열쇠를 갖고 갔다는 점일세.”

“자네가 새롭게 발견한 것 때문에 사건이 훨씬 복잡해진 것 같은데.” 나는 말했다.

“옳은 말이야. 처음에 추측했던 것보다 훨씬 난해한 사건이라는 것이 드러난 거지. 나는 심사숙고 끝에 다른 측면에서 사건에 접근해야 한다는 결론을 내리게 됐네. 하지만 자네가 잘 시간이 훨씬 지난 것 같은데 나머지 얘기는 내일 올더숏에 가는 길에 하는 게 낫지 않을까.”

“날 생각해 주는 건 고맙지만 이제 와서 그만두기엔 너무 많이 온 것 같은데.”

“바클레이 부인이 일곱시 반에 집을 나설 때 남편과 사이가 좋았던 것은 틀림없는 사실일세. 아까 내가 말한 것처럼 부인은 평소에 드러나게 애정 표시를 하는 성격은 아니었네. 하지만 마부는 부인이 집을 나서기 전에 대령과 다정하게 이야기를 나누는 걸 들었지. 자, 그런데 부인이 외출에서 돌아오자마자 남편이 없을 만한 방으로 직행한 것도 역시 사실일세. 그리고 부인은 흥분한 여자들이 으레 그러듯 차를 찾았고, 마지막으로 남편이 방에 들어오자 격렬하게 부딪쳤어. 일곱시 반에서 아홉시 사이에 남편에 대한 부인의 감정을 완전히 바꿔놓을 만한 일이 생겼던 게 분명해. 그런데 모리슨 양은 그 한 시간 반 동안 꼬박 부인과 같이 있었네. 그러니 모리슨 양이 아무리 발뺌한다 해도 뭔가를 알고 있는 게 틀림없었지.

처음에 나는 이 처녀와 대령이 불륜의 관계를 맺었는데 모리슨 양이 그 사실을 부인에게 고백했는지도 모른다고 추측했네. 그렇다면 부인이 화가 나서 소리 지른 것이나 아가씨가 아무 일도 없었다고 극구 부정했던 것이 다 설명되거든. 또 하인들이 들은 말도 그런 맥락에서 대부분 이해될 수 있고 말일세. 하지만 데이비드에 대한 얘기나, 대령이 애처가로 유명한 것은 그와 전혀 다른 사실을 가리키고 있었지. 게다가 제3의 인물이 침입했다는 명백한 증거가 있었네. 물론 그 남자가 침입한 다음에는 앞서와 전혀 다른 상황이 전개되었을 걸세. 판단을 내리는 건 쉽지 않았지만 나는 대령과 모리슨 양 사이에 뭔가가 있었다는 생각을 버리기로 했네. 하지만 바클레이 부인이 남편에게 증오심을 품게 된 이유를 모리슨 양은 알고 있을 거라는 확신은 더욱 강해졌어. 그래서 정공법을 취하기로 하고 모리슨 양을 찾아가서 당신이 진실을 감추고 있다는 걸 잘 알고 있다면서, 만약 사실이 밝혀지지 않는다면 당신의 친구 바클레이 부인은 살인죄로 법정에 서게 될지도 모른다고 단도직입적으로 말했네.

모리슨 양은 금발 머리에 겁 많은 눈동자의 호리호리한 아가씨였어. 하지만 상식과 분별이 부족한 여성은 아니었지. 아가씨는 내 말

을 듣고 잠시 생각에 잠기더니 결심한 듯 단호한 태도로 나를 바라
보았네. 그리고 대단히 흥미로운 이야기를 털어놓았지.

'저는 그 일에 대해 입을 다물겠다고 부인과 약속했답니다. 그리
고 약속은 약속이니까요.' 모리슨 양은 말했네.

'하지만 제 친구는 그렇게 무서운 혐의를 받고 있으면서도 가엾
게도 병 때문에 아무 말도 하지 못하고 있어요. 그러니 아무리 약속
을 했더라도 제가 나서서 돕는 것이 도리겠지요. 월요일 저녁때 있
었던 일에 대해 다 말씀드리겠어요.

우리는 여덟시 45분경에 모임에서 돌아오고 있었습니다. 우린 허
드슨가를 지나야 했는데 그곳은 아주 한적한 도로랍니다. 길에는
왼쪽으로 가로등이 하나뿐이지요. 그런데 우리가 그 가로등을 향해
걷고 있는데 등이 잔뜩 굽은 남자가 이쪽으로 오고 있었습니다. 그
남자는 무슨 상자 같은 걸 어깨에 메고 있었지요. 고개를 숙인 모습
이나 걸을 때 무릎이 구부러지는 것으로 보아 꼭 불구자처럼 보였
습니다. 옆을 지날 때 그 남자는 고개를 들고 우릴 쳐다보았습니다.
우린 때마침 가로등 불빛 속을 지나가고 있었지요. 그런데 그 남자
가 갑자기 걸음을 멈추더니 무서운 목소리로 비명을 지르다시피 했
어요. '이게 누구야, 낸시 아나!' 바클레이 부인은 죽은 사람처럼 하
얗게 질렸고 그 끔찍한 몰골의 남자가 잡아주지 않았으면 쓰러지고
말았을 거예요. 저는 경찰을 부르려고 했지만 놀랍게도 부인은 그
사람한테 아주 정중하게 대답해 주었어요.

'헨리, 난 지난 30년간 당신이 죽은 줄 알고 있었어요.' 부인은 떨

리는 목소리로 말했지요.

'죽은 거나 다름없었소.' 그 남자는 가슴을 후벼내는 듯한 말투로 대답했습니다. 저는 그 무섭기 짝이 없는 시커먼 얼굴과 번득이는 눈빛을 꿈에서 자주 본답니다. 그의 머리카락과 구레나룻은 반백이었고 얼굴은 시든 사과처럼 쭈글쭈글하게 주름져 있었어요.

'얘, 저 앞에서 기다려주겠니.' 바클레이 부인이 말했어요. '난 이 분과 할 얘기가 있단다. 걱정할 건 없어.' 부인은 씩씩하게 말하려고 했지만 입술이 떨려서 말이 잘 안 나왔고 얼굴은 아직도 죽은 사람처럼 창백했습니다.

저는 부인의 말대로 했습니다. 두 사람은 몇 분 동안 이야기를 나

눴지요. 그리고 부인은 번쩍거리는 눈을 하고 이쪽으로 왔습니다. 저는 그 불구자가 가로등 옆에 서서 꼭 미친 사람처럼 주먹을 불끈 쥐고 흔들어대는 모습을 보았어요. 부인은 우리 집 앞에 올 때까지 한마디도 하지 않았지요. 그러더니 제 손을 꼭 붙잡고 좀 전에 있었던 일에 대해 아무에게도 말하지 말라고 부탁했습니다.

'옛날에 알던 사람인데 이제 보니 형편없는 신세가 되었구나.' 부인은 그렇게 말했지요. 제가 아무에게도 말하지 않겠다고 약속하자 부인은 제게 키스해 주었어요. 부인을 본 건 그게 마지막이었습니다. 저는 지금 알고 있는 사실을 전부 다 털어놓았어요. 경찰에 그 얘기를 하지 않은 건 그때는 사랑하는 친구가 어떤 위험에 처해 있는지 깨닫지 못했기 때문이었습니다. 하지만 이제는 모든 사실을 다 밝히는 것이 부인을 위하는 길이라는 걸 알겠어요.'

왓슨, 모리슨 양이 들려준 이야기는 이와 같았네. 그 얘기를 듣자 캄캄한 밤에 한 점 불빛을 본 심정이었지. 자네도 내 마음을 이해할 수 있을 걸세. 혼란스럽기만 하던 것들이 곧 제자리를 찾기 시작했고, 사건의 전체적인 맥락이 어렴풋이 이해되었네. 다음 단계는 바클레이 부인에게 그렇게 큰 충격을 준 인물을 찾아내는 것이었지. 그가 만약 아직도 올더숏에 있다면 그건 별로 어려운 일이 아니었네. 민간인이 별로 많지 않은 곳에서 더구나 불구자라면 사람들의 이목을 끌 테니까 말일세. 나는 꼬박 하루를 찾아다니다가 저녁때, 바로 오늘 저녁이지, 드디어 그를 찾아냈다네. 사내의 이름은 헨리 우드, 숙녀들과 마주친 바로 그 거리의 하숙집에서 살고 있지. 그곳

에 온 지는 닷새밖에 안 됐어. 나는 등기소 직원으로 가장하고 하숙
집에 찾아가 여주인과 흥미로운 대화를 나누었다네. 그 사람은 직
업이 마술사 겸 곡예사일세. 밤마다 영내 매점을 돌아다니며 간단
한 공연을 하지. 그는 이상한 동물을 상자에 넣어가지고 다니는데
하숙집 여주인은 생전 처음 보는 짐승이라 상당히 무서워하는 것
같더군. 그 짐승을 데리고 무슨 마술인가를 한다네. 하숙집 주인이
알고 있는 것은 이 정도였어. 그 밖에 몸이 얼마나 휘었는지를 보면
그렇게 사는 것이 용하다는 둥, 가끔 이상한 외국어를 쓴다는 둥, 그
리고 지난 이틀 동안 밤마다 방에서 신음 소리와 흐느낌 소리가 새
어 나왔다는 둥, 얘기가 더 있었어. 또 셈은 분명하지만 방세로 지불
한 돈 중에 이상하게 생긴 플로린 은화가 섞여 있었다는 얘기도 하더
군. 부인은 그 돈을 보여주었다네. 여보게, 그건 인도의 루피화였어.

　그러니 이제 자네도 우리가 어떤 상황에 있고 내가 왜 자네를 찾
아왔는지 알겠지? 그 사내는 숙녀들과 헤어진 다음에 몰래 뒤를 따
라간 것임에 틀림없네. 그는 창문을 통해 부부가 싸우는 걸 보고 방
안으로 뛰어들었을 거야. 그때 상자 속에서 짐승이 빠져나왔겠지.
여기까지는 명명백백하네. 하지만 그 방에서 어떤 일이 있었는지
정확하게 말해 줄 수 있는 사람은 이 세상에서 오직 그뿐일세.”

　“그럼 그 사람한테 직접 물어보려고?”

　“아무렴. 하지만 증인이 있어야 해.”

　“그럼 내가 증인인가?”

　“자네가 동행해 준다면. 만약 그가 사실을 다 털어놓는다면 만사

걱정 없지. 하지만 거절한다면 영장을 발부받는 수밖에 다른 도리가 없네."

"그 사람이 거길 떠나고 없으면 어떻게 하지?"

"염려 말게. 미리 조치를 취해 놓았네. 베이커가의 아이 하나를 그리로 보내서 그 사람이 어딜 가든 바짝 붙어 다니라고 했지. 왓슨, 우린 내일 허드슨가에서 그를 만날 수 있을 걸세. 그나저나 더 이상 자네를 재우지 않으면 내가 범죄자가 될 것 같네그려."

우리가 비극의 현장에 도착한 것은 다음 날 정오 무렵이었다. 홈즈는 곧 허드슨가로 나를 안내했다. 벗은 자신의 감정을 숨길 줄 아는 사람이었지만, 그래도 그가 흥분 상태에 있다는 건 쉽게 알 수 있었다. 홈즈의 조사에 참여할 때마다 항상 그랬던 것처럼 짜릿한 쾌감이 느껴졌다. 그것은 반은 모험이고, 반은 지적인 활동에서 느껴지는 기쁨이었다.

"여기가 바로 허드슨가라네."

단조로운 2층 벽돌 주택이 들어선 짧은 거리로 접어들면서 홈즈가 말했다.

"아, 여기 심슨이 보고하러 왔군."

"홈즈 선생님, 그 사람은 집 안에 있습니다."

작은 거리의 아이가 우릴 보고 달려와서 소리쳤다.

"잘했다, 심슨!"

홈즈는 소년의 머리를 쓰다듬어주며 말했다.

"왓슨, 들어가세. 여기가 바로 그 집이라네."

그는 중요한 용무가 있어서 왔다는 전언과 함께 명함을 올려 보냈다. 잠시 후 우리는 문제의 사내를 만났다. 날이 따뜻한데도 그는 난롯불을 쬐고 있었다. 좁은 방이 꼭 화덕 속처럼 후끈거렸다. 의자에 앉아 있는 사내는 몸이 형편없이 뒤틀리고 쪼그라들어서 장애 상태가 형언할 수 없을 정도라는 인상을 주었다. 그러나 우리가 바라본 얼굴은 비록 여위고 검게 타긴 했지만 한때는 뛰어난 미남이었음에 틀림없어 보였다. 그는 황달기가 있는 노란 눈으로 우릴 미심쩍은 듯 건너다보았다. 그리고 말하지도 일어서지도 않고 의자 두 개를 가리켰다.

"헨리 우드 씨, 최근까지 인도에 계셨군요."

홈즈는 상냥하게 말했다.

"제가 이렇게 온 것은 바클레이 대령 사망 사건 때문입니다."

"내가 그 사건에 대해서 무얼 알겠소?"

"제가 확인해 보고 싶은 점이 바로 그겁니다. 아시겠지만, 진상이 밝혀지지 않는다면 우드 씨의 오랜 친구 되시는 바클레이 부인께서 살인 혐의로 재판을 받게 될 가능성이 매우 높습니다."

사내는 대경실색했다.

"당신이 누군지는 모르겠소. 또 당신이 그 일을 어떻게 알게 되었는지도 모르겠소. 하지만 당신이 한 말이 진실이라고 맹세할 수 있소이까?"

"그렇습니다. 경찰은 부인을 체포하기 위해 부인이 의식을 회복하기만을 기다리고 있습니다."

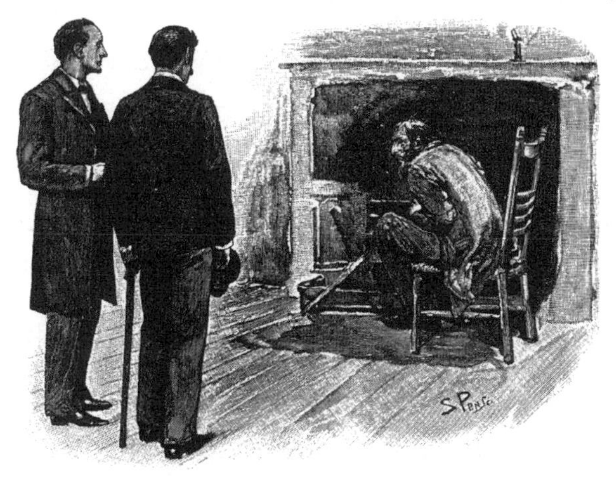

“맙소사! 그럼 당신이 경찰이오?”

“아닙니다.”

“그럼 그 일이 당신과 무슨 상관이란 말이오?”

“정의를 실현하는 것은 모든 사람의 할 일입니다.”

“그 사람한테는 아무 죄가 없소. 정말이오.”

“그러면 우드 씨가 범인이로군요.”

“절대로 그렇지 않소.”

“그럼 제임스 바클레이 대령을 죽인 사람이 누굽니까?”

“그를 죽인 것은 신의 섭리였소. 하지만 내 말을 명심하시오. 설령 내가 하고 싶었던 대로 그의 머리통을 부숴버렸다 해도, 그는 마땅히 내게 치러야 하는 걸 치렀을 뿐일 거요. 그가 양심의 가책 때문에 죽어 넘어지지 않았다면 십중팔구 내가 그의 피를 뒤집어썼을 거외다. 나한테 진실을 듣고 싶다고 했소? 좋소이다. 굳이 감춰야 할 까닭도 없소. 내가 부끄러워할 일은 전혀 없었으니 말이오.

사실은 이렇소. 보시다시피 지금 내 등은 낙타처럼 굽고 갈비뼈는 완전히 뒤틀렸지만, 이 헨리 우드 상사가 제117 보병 대대에서 최고의 미남자였던 시절이 있었소. 그때 우리는 인도에 있었는데 부르티라고 하는 곳에 주둔하고 있었소. 일전에 죽은 바클레이는 나와 같은 부대의 상사였소이다. 그런데 연대 최고의 미녀이자 생명의 호흡을 머금은, 뭇 여인 가운데 가장 아름다운 여성은 바로 군기호위 상사의 따님 낸시 드보이였소. 그녀를 연모하는 남자는 둘이었는데, 낸시는 그중 한 남자를 사랑했소. 두 분은 난로 앞에 웅크리고 있는 이 형편없는 인간이, 그녀가 날 사랑했던 것은 준수한 용모 때문이었다고 한다면 필경 웃으실 테지.

그녀의 마음을 사로잡은 건 나였지만 아버지는 딸을 바클레이와 결혼시키려고 했소. 나는 혈기방장하고 무모한 젊은이였지만 바클레이는 교육받은 사람이었고 이미 부대에서 능력을 인정받고 있었으니까 말이오. 하지만 낸시의 마음에는 나뿐이었고, 그래서 세포이 항쟁이 일어나 온 나라가 생지옥이 되었을 무렵에 나는 그녀를 내 사람으로 만들 수 있을 것 같았소.

부르티는 포위되었소. 그곳에는 우리 연대 외에 포병 중대 절반과 시크교도 보병 중대, 그리고 다수의 민간인과 부녀자 들이 있었소. 1만 명의 폭도가 우릴 둘러싸고 있었는데 마치 사냥개 무리가 우리에 갇힌 쥐를 노리고 있는 형국이었다오. 2주일이 지나자 식수가 바닥났고, 내륙으로 진격 중인 닐 장군의 부대와 연락을 취할 수 있는지 여부가 문제로 떠올랐소. 사실 살길은 그것뿐이었지. 그 많은 여자와 아이 들을 데리고 포위망을 뚫는다는 것은 애당초 희망이 없는 일이었으니까 말이오. 그래서 나는 부르티를 빠져나가 닐 장군에게 우리의 급한 처지를 알리겠다고 자진해서 나섰소. 나의 청은 받아들여졌고, 나는 어느 누구보다 그곳 지리에 밝다고 소문난 바클레이 상사와 그 문제를 의논했소. 그는 내게 포위망을 뚫을 수 있는 길을 그려주었소. 그날 밤 열시에 나는 길을 떠났소. 구해야 할 인명은 1000여 명이나 되었지만, 그날 밤 장벽 너머로 내려설 때 내 마음속에 있던 이는 오직 한 사람뿐이었소.

나는 바싹 말라버린 수로 바닥을 따라가기로 돼 있었소. 그렇게 하면 적의 감시망을 피할 수 있을 거라고 생각했던 거요. 그런데 바닥에 엎드려서 모퉁이를 돌자마자 나는 적의 손아귀에 떨어져버렸소. 여섯 놈이 매복한 채 어둠 속에서 나를 기다리고 있었소이다. 나는 기습적으로 머리를 얻어맞아 기절했고 손발을 결박당했소. 하지만 진짜 상처를 입은 것은 내 머리가 아니라 마음이었소. 나는 놈들의 말을 이해하게 되면서, 동지가 나를 배신했다는 걸 알았소이다. 내게 탈출 경로를 그려준 바로 그자가 현지인 하인을 적군 속에 들여보내 정보를 누설했던 거요.

그 얘기를 오래 할 필요는 없을 거요. 두 분은 이제 제임스 바클레이가 어떤 짓을 했는지 알고 있으니 말이오. 다음 날 닐 장군은 부르티의 포위망을 풀었소. 하지만 반도들은 나를 데리고 퇴각했고,

내가 백인을 다시 만나게 된 건 그로부터 긴 세월이 지난 뒤였소. 나는 고문당했고 도망치다가 잡혀서 다시 고문당했소. 그리고 보다시피 이런 꼴이 되었지요. 그러다 반도의 일부가 네팔로 달아나면서 나를 끌고 갔고, 우린 나중에 다르질링 위까지 올라갔소. 그런데 반도들은 그곳의 고산 부족에게 살해당하고 나는 그들의 노예가 되었지만 결국에는 그곳을 탈출했소다. 하지만 나는 남쪽이 아닌 북쪽으로 가야 했고 마침내 아프가니스탄까지 흘러들었소. 거기서 여러 해를 떠돌아다니다가 마침내 펀자브(파키스탄 동부에 있는 주. 그러나 영국 식민지 시대에는 행정적으로 인도에 속해 있었다 — 옮긴이)로 돌아가게 됐고, 거기서 원주민들 틈에 끼어 살면서 예전에 배워둔 마술 묘기로 생계를 이어나갔소. 비참한 불구자가 영국으로 돌아간

들, 또 옛 동료들을 찾아가본들 무슨 소용이겠소? 복수심조차도 나를 그들 앞에 나서게 하지는 못했소. 살아서 침팬지처럼 막대를 짚고 기어 다니는 모습을 보여주느니, 차라리 낸시와 옛 동료들이 헨리 우드가 곧은 등으로 죽었다고 생각하는 편이 낫겠다는 생각이 들었소. 그들은 내가 죽었다는 사실을 추호도 의심하지 않았고, 나한테는 오히려 그편이 좋았소. 바클레이가 낸시와 결혼했다는 소식이며 그가 연대에서 승승장구하고 있다는 소식이 들려왔지만, 그래도 나는 입을 열고 싶지 않았소.

하지만 나이가 들수록 고향이 그리워지는 건 인지상정이오. 나는 오랫동안 고향의 밝은 녹색 들판이며 관목 울타리를 꿈에 그려왔소. 그러다 결국 죽기 전에 다시 한번 고향을 봐야겠다고 결심하고 여비를 모아 영국으로 건너온 거요. 내가 군부대 근처로 온 것은, 군인들의 습성뿐 아니라 그들을 웃기는 법까지 잘 알아서 벌어먹기가 수월했기 때문이오."

"정말 흥미로운 얘기로군요."

셜록 홈즈는 말했다.

"저는 우드 씨와 바클레이 부인이 만난 얘기를 벌써 들었습니다. 두 분 다 서로를 알아봤다고 하더군요. 그럼 당신은 제가 짐작한 대로 부인의 집까지 따라갔고, 창문 너머로 부부가 다투는 광경을 보셨군요. 부인은 그때 틀림없이 남편의 행동을 비난하고 있었겠지요. 그걸 보고 당신은 감정에 못 이겨 방 안으로 뛰어들었고요."

"그랬소. 그런데 바클레이는 나를 보더니 인간의 얼굴에서 한 번

도 본 적이 없는 표정을 하고 쓰러지면서 난로망에 머리를 부딪쳤
소. 하지만 그는 쓰러지기 전에 이미 죽었소이다. 나는 벽난로 위에
걸린 성구(聖句)를 읽듯이 그의 얼굴에서 똑똑히 죽음을 읽어냈더
랬소. 그가 나를 쳐다보았을 때 총알 하나가 죄책감으로 가득 찬 심
장을 관통한 거였소."

"그다음에는?"

"그러자 낸시는 기절했소. 나는 문을 열고 도움을 청할 생각으로
낸시의 손에서 방문 열쇠를 빼냈소. 하지만 문득 그냥 놔두고 달아
나는 게 좋겠다는 생각이 들었소이다. 사태가 나한테 극히 불리할
것 같았고, 어쨌든 붙잡히면 내 비밀이 드러날 테니까 말이오. 그래
서 서두르다가 열쇠를 주머니에 집어넣었고 커튼 위로 올라간 테디
란 녀석을 뒤쫓다가 지팡이를 떨어뜨렸소. 나는 녀석을 잡아서 도
로 상자에 집어넣고 최대한 빨리 도망쳤소."

"테디가 누구지요?"

홈즈가 물었다.

사내는 구석에 놓인 짐승 우리의 문을 열었다. 순식간에 아름다
운 적갈색 짐승 하나가 튀어나왔다. 날렵하고 유연한 몸에 족제비
같이 생긴 다리, 길고 뾰족한 코, 빨간 눈은 내가 본 그 어느 짐승의
눈보다 더 아름다웠다.

"이건 몽구스로군(몽구스란 사향고양잇과에 속하는 소형 육식 동물.
활동적이고 대담한 포식자로서 독사를 공격하거나 죽이는 것으로 유명하
다─옮긴이)."

나는 외쳤다.

"그렇소. 어떤 사람은 그렇게 부르고, 또 어떤 사람은 이집트몽구스라고 하오. 나는 이 녀석들을 땅꾼이라고 부르오. 우리 테디가 코브라를 덮치는 걸 보면 얼마나 빠른지 모른다오. 나는 독니를 뺀 코브라를 한 마리 가져왔는데 테디는 밤마다 그 녀석을 덮쳐서 영내 매점의 사병들을 즐겁게 해주고 있소. 그 밖에 다른 할 말은?"

"만약에 바클레이 부인이 나중에 곤란한 처지가 되면 우린 우드 씨에게 다시 연락할 수밖에 없습니다."

"물론이오. 그런 일이 생긴다면 내가 나서겠소."

"하지만 그렇지 않다면, 대령이 과거에 흉악한 짓을 저지르긴 했지만 그것을 낱낱이 들춰낼 필요는 없을 겁니다. 그래도 고인이 지난 30년 동안 지독한 양심의 가책에 시달려왔다는 걸 알게 됐으니 그것으로나마 위로를 삼으셔야겠군요. 아, 저기 길 건너편에 머피 소령이 지나가는군. 우드 씨, 그럼 안녕히. 그사이에 무슨 일이 없었는지 알아봐야겠습니다."

우리는 소령이 길모퉁이를 돌아가기 전에 따라잡았다.

"아, 홈즈!"

소령은 말했다.

"그동안 헛수고를 한 셈이 됐다는 얘길 들으셨겠지?"

"그게 무슨 말이오?"

"심리가 방금 끝났소. 부검의의 증언에 따르면 대령의 사인은 뇌졸중이라고 하오. 알고 보니 아주 단순한 사건이었지 뭐요."

"오, 정말 아무것도 아니었군요."

홈즈는 빙그레 웃으며 말했다.

"가세, 왓슨. 우리가 더 이상 올더숏에 있을 필요가 없겠어."

"그런데 한 가지 문제가 남아 있네."

역을 향해 걷는 동안 나는 말했다.

"대령의 이름은 제임스였고, 밖에서 침입한 남자는 헨리였네. 그렇다면 데이비드에 대한 얘기는 뭐지?"

"여보게, 자네가 즐겨 묘사하듯이 내게 그렇게 완벽한 추리 능력이 있다면 나는 데이비드라는 이름을 듣자마자 사건 전체를 꿰뚫어 봤을 거야. 그것은 분명히 비난의 말이었네."

"비난의 말?"

"응. 자네도 알다시피 데이비드(데이비드는 다윗의 영어식 이름이다—옮긴이)는 가끔 잘못을 저질렀네. 그리고 한번은 제임스 바클레이와 똑같은 죄를 지었지. 자네도 우리아와 밧세바의 일 기억하지? 내 성경 지식이 약간 녹슬기는 했지만 아마 『사무엘 전서』나 『후서』를 찾아보면 그 얘기가 나올 걸세(다윗은 우리아의 아내 밧세바를 보고 한눈에 반하여 통정한다. 그리고 우리아가 그 사실을 알지 못하도록 음모를 꾸며 그를 적진으로 내보낸다. 우리아가 적의 돌에 맞아 죽자 다윗은 밧세바를 아내로 취한다—옮긴이)."

장기 입원 환자

내 친구 셜록 홈즈의 특수한 정신세계를 그리기 위해 펴낸 다소 두서없는 회상록 시리즈를 보면서, 나는 목적에 온전히 부합하는 사례를 고르는 일이 쉽지 않다는 걸 절감했다. 홈즈가 신기에 가까운 분석적 추리 능력을 발휘하거나 자신만의 독특한 조사 방법의 가치를 보여준 사건들의 경우, 사건 그 자체는 대중 앞에 내놓는 것이 민망할 정도로 흔하거나 변변찮은 일인 경우가 많았다. 하지만 이와 반대로 그가 대단히 독특하고 극적인 사건에 뛰어들었으나 답을 도출하는 데 기여한 몫이 전기 작가인 내가 바라는 바에 훨씬 못 미쳤던 일들도 많았다. 내가 '주홍색 연구'라는 제목으로 펴낸 작은 사건과, 그보다 나중에 펴낸 '글로리아 스콧호' 실종 사건은 역사 기록자를 끊임없이 괴롭히는 '스킬라와 카리브디스'의 예가 될 것이다(스킬라와 카리브디스는 그리스 신화에 나오는 초자연적인 불멸의

괴물. 영웅 오뒤세우스는 좁은 바다를 지날 때 양쪽 기슭에 사는 이들에게 공격당했다 — 옮긴이). 이제부터 소개하려는 사례에서도 내 친구의 역할은 별로 두드러지지 않지만 사건 자체가 하도 독특해서 이 시리즈에서 아예 빼버릴 수는 없었다.

10월 어느 날이었다. 날은 후텁지근했고 주룩주룩 비가 내리고 있었다. 홈즈는 커튼을 반만 걷어놓은 채 소파에 누워 아침에 배달된 편지 한 통을 읽고 또 읽었다. 나로 말할 것 같으면 인도에서 복무하는 동안 추위보다는 더위에 익숙해졌기 때문에 32도 정도의 기온은 아무렇지도 않았다. 하지만 신문은 재미없었다. 의회는 폐회했다. 사람들이 빠져나간 도시는 텅 비었고, 나는 뉴포리스트의 숲 속 빈터나 사우스시의 자갈 해안이 그리웠다. 하지만 난 은행 잔고가 바닥나 휴가를 미룰 수밖에 없었지만 내 친구는 전원이든 바다든 아예 추호도 미련이 없었다. 그는 500만의 인구 한가운데 자리 잡고 앉아서 사람들 가운데 촉수를 뻗어놓고 온갖 뜬소문과 범죄 의혹을 탐지해 내는 일을 사랑했다. 그에게는 하고많은 재주가 있었지만 자연을 감상하는 재주는 없었고, 기분 전환이 되는 일이라곤 단 하나, 도시의 악당에게서 관심을 돌려 시골 악당을 추적하는 일이었다.

홈즈가 편지에 정신을 쏟느라 얘기할 상황이 아닌 걸 보고 나는 재미없는 신문을 던져놓고 의자에 앉아서 백일몽에 잠겼다. 불현듯 벗의 목소리가 내 머릿속으로 비집고 들어왔다.

"왓슨, 자네 생각이 옳아. 분쟁을 해결하는 방식치고 그건 참으로 어리석은 것이지."

"그렇고말고!"

나는 이렇게 소리치고 나서야 비로소 그가 내 심중에 있는 생각을 입 밖에 냈다는 사실을 깨달았다. 나는 자세를 바로 하고 아연히 그를 응시했다.

"홈즈, 어떻게 된 건가?"

나는 외쳤다.

"내 머리로는 도저히 짐작이 안 가는군."

그는 내가 당황하는 걸 보고 배꼽을 쥐고 웃어댔다.

"자네도 기억하고 있을 걸세. 얼마 전 내가 에드거 앨런 포의 단편에서 뒤팽이 치밀한 추리로 친구의 생각을 알아맞히는 대목을 낭독했을 때, 자넨 그걸 단순히 작가의 놀라운 상상력 정도로 치부했어. 나부터도 자네가 믿지 못하는 그런 일을 하는 습관이 있다고 했는데도 말일세(여기서 홈즈가 말하는 것은 에드거 앨런 포의 단편『모르그가 살인』에 나오는 한 장면이다 — 옮긴이)."

"오, 그건 아닐세!"

"여보게, 자네가 말은 그렇게 안 했는지 몰라도 눈을 동그랗게 떴거든. 그래서 나는 방금 자네가 신문을 내던지고 생각에 잠기는 걸 보고, 자네 생각을 읽어낼 수 있는 절호의 기회를 잡은 것이 몹시 기뻤네. 그리고 우리는 결국 통한다는 사실이 증명됐지."

하지만 나는 아직 성에 차지 않았다.

"자네가 읽어준 소설에서 뒤팽은 주인공의 행동을 보고 결론을 내렸네. 내 기억이 맞는다면 주인공은 돌무더기에 걸려 비틀거리고 하늘의 별을 쳐다보는 등의 행동을 했지. 하지만 나는 조용히 의자에 앉아 있기만 해서 자네한테 어떤 실마리도 주지 않았을 텐데?"

"자넨 자신의 표정을 평가 절하하고 있군. 인간에게 얼굴은 감정을 표현하는 수단이지. 그런데 자네 얼굴은 극히 감정에 충실하거든."

"그건 내 얼굴에서 생각을 읽어냈다는 뜻인가?"

"자네 얼굴, 특히 눈에서. 자넨 어떻게 몽상이 시작됐는지 기억나지 않는 모양이군?"

"응, 전혀."

"그럼 말해 줌세. 맨 처음 눈에 띈 것은 자네가 신문을 내던지는 행동이었네. 그다음엔 30초가량 멍한 표정으로 앉아 있더니 새로 액자에 넣은 고든 장군(Charles G. Gorden, 19세기 중엽 아프리카 수단에서 총독을 지낸 영국의 유명한 장군 ─ 옮긴이)의 초상화를 응시하더군. 나는 자네의 표정이 바뀌는 걸 보고 어떤 생각을 시작했다는 걸 알았지. 하지만 그것은 오래가지 않았네. 자네는 책 더미 위에 올려놓은 헨리 워드 비처(Henry Ward Beecher, 19세기 탁월하고 호소력 있는 설교와 사회 문제에 대한 여론 환기로 유명한 미국의 개신교 목사 ─ 옮긴이)의 초상화로 시선을 옮겼어. 그다음에 벽을 흘끗 바라보았는데 물론 그 의미는 명확했지. 비처 목사의 초상화를 액자에 넣어서 걸어놓는다면 벽에 장식도 되고, 저 위에 걸려 있는 고든 장군의 초상화와도 잘 어울릴 거라고 생각했던 거야."

"내 생각을 놀랍게 꿰뚫었군!"

나는 큰 소리로 말했다.

"여기까지는 틀림없을 걸세. 그런데 여기서 자네의 생각은 다시 비처에게 돌아갔지. 자네는 용모의 특징을 연구하는 사람처럼 눈을 가늘게 뜨고 그의 사진을 유심히 쳐다보았네. 그러다가 눈에서 힘을 빼긴 했지만 비처의 초상화에서 아주 시선을 뗀 건 아니었어. 그 다음에는 생각에 잠긴 표정이었지. 자네는 비처가 겪은 여러 가지 사건을 회상하고 있었어. 나는 자네가 이 대목에서, 비처가 남북 전쟁 시기에 북부를 대표해서 떠맡은 임무를 생각하지 않을 수 없다는 걸 잘 알고 있었지. 왜냐하면 나는 그에 대한 영국의 일부 과격 분자들의 언행에 대해 자네가 몹시 분개하던 일을 기억하고 있으니까 말일세. 자네는 그때 몹시 흥분했기 때문에, 비처 생각을 하면 자연히 그 일이 떠오르리라는 걸 나는 알고 있었네. 잠시 후 자네가 그의 사진에서 눈을 떼는 걸 보고, 혹시 생각이 남북 전쟁 쪽으로 흘러간 게 아닌가 의심했는데 아니나 다를까, 자네는 표정이 굳어지더니 두 눈을 번득이면서 주먹을 불끈 쥐더군. 나는 자네가 그 필사적인 전투에서 남북 양편이 보여준 용맹함을 생각하고 있다고 확신했네. 하지만 자네는 점점 슬픈 얼굴이 되더니 고개를 설레설레 저었어. 그때의 슬픔과 공포, 그리고 헛되이 스러져 간 생명이 생각났던 거지. 그러다가 쓴웃음을 지으며 옛날에 부상당했던 자리로 슬그머니 손을 가져갔네. 그것은 국제적인 분쟁을 해결하는 전쟁이라는 방식의 어리석음에 생각이 미쳤다는 걸 드러내주었지. 바로 그때 나는 동의의 표시로 그건 정말 어리석은 거라고 말했고, 기쁘

게도 내 모든 추리가 정확하다는 사실을 알았네.”

　“정확하고말고! 자네 설명을 들었지만 솔직히 말해서 아직도 놀라울 뿐이라네.”

　“여보게 왓슨, 분명히 말해 두지만 이런 건 아주 유치한 짓일세. 자네가 지난번에 내 말을 못 믿겠다는 태도를 보이지만 않았어도 굳이 이런 얘기를 꺼내지는 않았을 거야. 그런데 저녁때가 되니 좀 선선해지는군. 우리 시내로 산책이나 하러 갈까?”

　나는 비좁은 거실에 틀어박혀 있는 게 지겨웠으므로 기꺼운 마음으로 홈즈를 따라나섰다. 우린 세 시간 동안 한가롭게 거닐며 플릿 가와 스트랜드가를 흘러다니는 변화무쌍한 삶의 만화경을 관찰했다. 홈즈의 예리한 관찰력과 섬세한 추리력 덕분에 그와 산책하는 일은 즐겁고 흥겨웠다. 베이커가로 돌아온 것은 열시 무렵이었다. 브루엄 마차가 문밖에서 대기하고 있었다.

"흠! 의사가 타고 온 마차로군. 일반의일세."

홈즈는 말했다.

"개업한 지 그리 오래되진 않았어. 하지만 퍽 바쁜 사람이군. 우리한테 상담하러 왔나 보이! 우리가 때맞춰 돌아왔으니 다행일세!"

나는 홈즈의 추리 과정을 따라갈 수 있을 만큼 그의 방법을 잘 알고 있었다. 과연 마차 안쪽에 걸려 있는 고리버들 바구니가 불빛에 드러나 있었다. 그 속에 든 갖가지 의료 기구의 상태가 신속한 추리의 근거가 된 모양이었다. 2층의 우리 방에서 불빛이 흘러나오는 걸 보니 밤늦게 온 손님이 바로 우릴 찾아왔다는 걸 알 수 있었다. 나는 이런 시간에 나와 동종 업종의 사람이 무슨 이유로 여길 찾아왔는지 궁금해하며 홈즈를 따라 방으로 들어갔다.

방에 들어서자 뾰족한 턱에 노란 턱수염을 기른 창백한 남자가 난롯가에 앉아 있다 벌떡 일어섰다. 나이는 서른서넛 정도로 보였지만, 수척한 얼굴에 나쁜 안색이 힘과 젊음을 갉아먹는 고단한 삶을 짐작게 했다. 몹시 예민한 신사인 듯 불안한 태도에 수줍음을 탔는데, 자리에서 일어나면서 벽난로 선반을 짚은 희고 여윈 손은 외과 의사라기보다는 차라리 예술가의 손에 가까워 보였다. 옷차림은 점잖고 수수했는데 검정 프록코트에 어두운 색깔의 바지, 색깔이 들어간 것은 넥타이뿐이었다. 홈즈가 쾌활하게 말했다.

"안녕하십니까, 의사 선생. 오래 기다리지 않으셨으니 정말 다행입니다."

"그럼 제 마부한테 이야기를 듣고 오셨군요."

"아닙니다. 탁자 위의 촛불을 보고 알았습니다. 어서 자리에 앉으시고 내가 어떻게 도와드리면 좋겠는지 말씀해 주시기 바랍니다."

"저는 퍼시 트리벨리언이라는 의삽니다."

손님이 말했다.

"브룩가 403번지에 살고 있지요."

"혹시 원인 불명의 신경 질환에 관한 논문을 발표하신 분 아닙니까?"

나는 물었다.

내가 자신의 작품을 알고 있다는 얘기에 손님의 창백한 볼은 기쁨으로 달아올랐다.

"그 논문에 대한 얘기를 별로 들은 적이 없어서 그게 영영 잊힌 줄 알았습니다. 출판사 얘기로는 논문의 판매 실적이 아주 저조하다고 하더군요. 혹시 의사이십니까?"

"퇴역 군의관입니다."

"제 관심 분야는 항상 신경 질환이었습니다. 그걸 전공으로 삼고는 싶었지만 그럴 만한 처지가 안 됐지요. 하지만 셜록 홈즈 선생님, 그건 논외의 문제이고, 나는 선생이 얼마나 바쁜 분인지 잘 알고 있습니다. 사실은 브룩가에 있는 우리 집에서 최근에 아주 기이한 일들이 있었는데, 오늘 밤에 생긴 일은 하도 이상해서 선생에게 도움을 청하는 일을 더 이상 미뤄서는 안 되겠다는 생각이 들었습니다.”

셜록 홈즈는 의자에 앉아서 파이프에 불을 붙였다.

“기꺼이 돕겠습니다. 우선 어떤 상황 때문에 고통을 겪으셨는지 자세히 설명해 주시기 바랍니다.”

“그중 한두 가지 일은 아주 사소한 것입니다.”

트리벨리언 선생은 말했다.

“사실은 말하기도 부끄러울 지경이지요. 하지만 정말 이해할 수 없는 일인 데다가 최근에는 아주 교묘해지기까지 했으니 전부 털어놓기로 하겠습니다. 뭐가 중요하고 그렇지 않은 것인지는 홈즈 선생께서 판단해 주시기 바랍니다.

우선 제 대학 시절 얘기부터 해야 할 것 같습니다. 저는 런던 대학교 출신입니다. 자기 자랑 같지만, 사실 제 학부 성적을 보고 교수님들은 큰 기대를 걸었습니다. 저는 졸업한 다음에 킹스 칼리지 병원의 말단 의사로 들어가서 연구를 계속했지요. 다행히도 강직증(强直症)의 병리에 대한 연구로 꽤 주목을 받았고, 나중에는 방금 친구분께서 언급하신 신경 질환에 대한 논문으로 브루스 핀커튼 상을 수상하게 되었습니다. 당시에 사람들의 눈에 저는 꽤 전도유망한 의사로 비쳤던 것 같습니다.

하지만 한 가지 큰 장애물이 앞을 가로막고 있었는데, 그것은 제게 자본이 부족하다는 것이었습니다. 아시겠지만 전문의로 성공하려면 캐번디시 광장 지구에서 개업해야 하는데, 그 일대의 열댓 개거리는 건물 임대료와 인테리어 비용이 엄청난 곳이지요. 이런 초기 투자비 외에 몇년간의 생활비, 그리고 그럴듯한 말과 마차를 임대하는 비용도 필요합니다. 하지만 그것은 완전히 제 능력 밖이라서 저는 10년 뒤를 기약하고 부지런히 저축하는 수밖에 없었습니다. 그런데 갑자기 전혀 예상치 못한 일이 생기면서 제게는 완전히 새로운 가능성이 열렸지요.

일이 비롯된 것은 블레싱턴이라는 생전 처음 보는 신사가 방문하면서였습니다. 그는 어느 날 아침에 저를 찾아와서 다짜고짜 사업 얘기부터 꺼냈지요.

'댁이 놀라운 경력을 쌓고 최근에는 큰 상까지 받은 그 퍼시 트리벨리언이오?'

저는 고개를 숙여 보였습니다.

'솔직히 대답해 주시오. 그렇게 하는 게 이득일 테니 말이오. 댁은 머리가 비상하니까 의사로 성공할 가능성은 충분하오. 그런데 요령은 좀 있으신가?'

저는 느닷없는 질문에 웃을 수밖에 없었습니다.

'남들만큼은 있을 겁니다.' 저는 대답했지요.

'나쁜 버릇은? 음주 습관은 없으시고?'

'당치않은 말씀을!' 저는 소리쳤지요.

'좋소! 좋아! 그래도 물을 건 물어야겠소. 갖출 건 다 갖췄는데도 개업을 안 한 이유는 뭐요?'

저는 어깨를 들썩했습니다.

'됐소! 됐어!' 그는 호들갑스럽게 말했습니다. '뻔한 얘기요. 머리에는 든 게 많은데 주머니는 비었다 이거지. 안 그렇소? 댁이 브룩가에서 개업할 수 있게 해주겠소. 어떻소?'

저는 깜짝 놀라 그를 멍하니 쳐다보았습니다.

'오, 그건 댁을 위해서가 아니라 날 위해서요.' 그는 외쳤지요. '내 탁 까놓고 말하겠소. 댁에게 좋은 일은 나한테도 좋은 거요. 내 수중에 몇천 파운드가 있는데 지금 투자처를 찾고 있소이다. 그런데 그 돈을 댁에게 투자할까 하오.'

'왜 나한테?' 저는 숨 막히는 목소리로 물었지요.

'허허, 그건 다른 투자하고 별반 다르지 않소. 게다가 훨씬 안전하거든.'

'그럼 내가 어떻게 해야 하지요?'

'말하자면 이렇소. 내가 집을 얻고 가구를 들여놓고 하녀들을 고용하겠소. 운영비는 내가 다 댈 거요. 댁이 할 일은 그저 진료실에 앉아 있는 거요. 댁의 용돈을 비롯해서 필요한 건 다 대주겠소. 대신에 댁은 진료 수입의 4분의 3을 나한테 넘기시오.'

홈즈 선생님, 블레싱턴이라는 사람은 저한테 접근해서 아주 야릇한 제안을 한 겁니다. 협상 과정에 대한 얘기를 미주알고주알 늘어놓아서 선생을 지루하게 해드리진 않겠습니다. 저는 결국 성모영보 대축일(3월 25일 — 옮긴이) 다음 날 블레싱턴이 얻어놓은 집으로 이사 가서 개업했습니다. 조건은 그가 제시한 그대로였지요. 그는 장기 입원 환자의 신분으로 같은 집에서 살기로 했습니다. 그 사람은 심장이 약해서 의사의 지속적인 관찰이 필요한 것 같았지요. 그는 2층의 제일 좋은 방 두 개를 차지하고 거실과 침실로 썼습니다. 그런데 성격이 괴팍한 탓인지 남과 어울리지 않고 좀체 외출하는 일도 없었지요. 생활은 불규칙했지만 철두철미하게 규칙적인 부분도 있었습니다. 말하자면 저녁마다 같은 시간에 진료실로 들어와서 장부를 검사하고, 진료 수입에서 기니당 5실링 3펜스를 뺀 나머지를 몽땅 가져갔지요. 돈은 자기 방의 금고에 보관했습니다.

저는 블레싱턴이 자신의 투자를 한 번도 후회해 본 적이 없을 거라고 확신합니다. 몇몇 환자를 치료한 사례와 킹스 칼리지 병원에서 얻은 명성 덕분에 진료 실적은 빠르게 늘었고, 지난 몇 년 사이에 저는 그를 부자로 만들어주었습니다.

홈즈 선생님, 저의 과거와 블레싱턴 씨와의 관계에 대해서는 이 정도로 그치겠습니다. 이제부터는 오늘 밤에 있었던 일에 대해 말씀드리지요.

몇 주일 전, 블레싱턴 씨가 어쩔 줄 모르는 얼굴을 하고 저를 찾아왔습니다. 그는 웨스트엔드에서 무슨 강도 사건이 일어났다면서, 우리 집 창문과 문에 당장 튼튼한 빗장을 설치해야겠다고 했지요. 그런데 제가 보기엔 별것 아닌 일을 가지고 지나치게 흥분하는 것 같았습니다. 그는 일주일 동안 이상할 정도로 불안해하면서 끊임없이 창밖을 엿보는가 하면, 저녁 식사 전에 하던 짧은 산책도 그만두고 말았습니다. 그의 태도를 보니 뭔가를, 또는 누군가를 죽도록 두려워하고 있다는 생각이 들더군요. 하지만 그 부분에 대해서 묻자 몹시 불쾌한 태도를 취하는 바람에 더 이상 말을 할 수가 없었습니다. 시간이 흐르자 그의 두려움은 점차 사그라지는 것 같았고, 그는 예전의 생활로 돌아갔습니다. 하지만 무슨 일이 터지면서 그는 다시 가련할 정도로 벌벌 떨게 되었지요.

사건 경위는 이렇습니다. 이틀 전, 저는 한 통의 편지를 받았습니다. 주소도 날짜도 없는 편지였지요. 제가 한번 읽어보겠습니다.

현재 영국에 거주하고 있는 어느 러시아 귀족이 퍼시 트리벨리언 선생의 치료를 받고자 합니다. 이분은 몇 년째 강직증을 앓고 있는데,

선생이 이 질환의 권위자라는 소문을 들었습니다. 내일 저녁 여섯시 15분경에 진료실을 방문코자 하오니, 선생께서는 가능한 한 댁에 계시기 바랍니다.

저는 이 편지를 받고 내심 기대가 컸습니다. 왜냐하면 강직증 연구에서 가장 큰 어려움은 이 질환이 희귀하다는 데 있으니까요. 그래서 저는 그 시간에 사환이 환자를 데리고 왔을 때 당연히 진료실에 앉아 있었습니다.

러시아 귀족은 점잖아 보이는 깡마르고 평범한 노인이었습니다. 어느 보로 보나 전형적인 러시아 귀족의 모습과는 거리가 멀었지요. 오히려 인상적인 것은 노인의 보호자 쪽이었습니다. 그는 키가 훤칠한 젊은이였는데 보기 드문 미남자였습니다. 가무잡잡한 피부에 사나운 얼굴, 팔다리와 가슴은 헤라클레스를 연상시켰지요. 청년은 노인을 부축하고 들어와 생김새와는 딴판으로 아주 부드럽게 의자에 앉혀주더군요.

'실례합니다.' 젊은이는 외국어 억양이 섞인 영어로 말했습니다. '이분은 저의 아버님이십니다. 저는 아버님의 건강 상태가 너무도 걱정돼서 이렇게 진료실까지 따라 들어왔습니다.'

저는 극진한 효심에 감동하여 말했습니다. '그럼 진찰하는 것도 보고 싶으시겠군요.'

'그건 절대 아닙니다.' 청년은 기겁을 하며 외쳤습니다. '그건 저한테는 말할 수 없이 괴로운 일입니다. 아버지가 다시 무서운 발작을 일으키는 모습을 보게 되면 살지 못할 것 같습니다. 저 자신부터가 신경이 유달리 예민한 사람이니까요. 허락해 주신다면 선생님께서 아버님을 진찰하시는 동안 대기실에 가 있겠습니다.'

물론 저는 청년에게 그러라고 했고 그는 진찰실을 나갔습니다. 저는 환자에게 병력을 물었고, 환자의 말을 남김없이 기록했습니다. 노인은 이해력이 뛰어난 것 같지는 않았고 대답도 여기저기서 불분명했습니다. 하지만 저는 그게 다 영어 실력이 짧은 탓이라고 생각했지요. 그런데 기록을 계속하고 있는데 노인이 갑자기 대답을 그쳤습니다. 고개를 들어보니 노인이 뻣뻣한 자세로 앉아서 경직된 얼굴로 저를 멍하니 응시하고 있더군요. 노인은 다시 불가사의한 질환의 포로가 된 것이었습니다.

저는 반사적으로 연민과 공포를 느꼈습니다. 그다음에는 어떤 직업적인 만족감이 느껴졌던 것 같습니다. 저는 환자의 맥박과 체온을 측정하고 근육의 강직도를 검사한 다음 반사를 확인했지요. 환자의 상태는 대체로 정상이었는데, 그것은 저의 임상 경험과도 일치했습니다. 저는 이런 환자에게 아밀 아질산염을 흡입시켜서 효과를 본 적이 있었는데 이번에 약효를 시험해 보면 좋을 것 같았습니다. 약병은 아래층 실험실에 있었기 때문에 환자를 그대로 놓아두고 그걸 가지러 달려갔습니다. 약병을 찾느라 시간이 약간 지체되었지요. 한 5분 정도. 그런데 돌아와보니 방은 텅 비고 환자는 온데간데없었습니다. 그때 제가 얼마나 놀랐는지 상상할 수 있으시겠지요.

물론, 저는 당장 대기실로 달려갔습니다. 아들도 없더군요. 현관문은 닫혀 있었지만 잠겨 있지는 않았습니다. 환자를 안내하는 사환은 새로 들어온 소년인데 그다지 똘똘한 편은 못 됩니다. 그 애는 아래층에서 대기하다가 제가 진료실에서 종을 울리면 뛰어 올라와 환자를 밖으로 안내해 가지요. 그런데 사환은 아무 소리도 못 들었다고 했고, 그래서 그 일은 어찌 된 건지 도대체 영문을 알 수 없게 되었습니다. 얼마 후에 블레싱턴 씨가 산책을 끝내고 돌아왔지만 저는 아무 말도 하지 않았습니다. 솔직히 말하면 요즘 들어 그 사람과 대화하는 걸 가급적 피하고 있었지요.

저는 그 러시아인 부자를 다시 보게 될 줄은 꿈에도 몰랐습니다. 그러니 오늘 저녁에 부자가 어제와 같은 시간에, 똑같은 모습으로 진료실로 들어오는 걸 보고 제가 얼마나 놀랐는지 상상하실 수 있을 겁니다.

'선생, 어제 말도 없이 가버려서 정말 미안하게 되었소이다.' 노인이 말했습니다.

'솔직히 말씀드리면 저는 깜짝 놀랐습니다.'

'사실은 이렇다오. 난 그놈의 신경 발작에서 깨어나면 머릿속이 흐리멍덩해서 그 전에 있었던 일을 당최 기억 못 한다오. 그런데 어제 정신을 차려보니 와본 적이 없는 데라, 선생이 없을 때 약간 멍한 상태에서 밖으로 나간 거외다.'

그러자 아들이 말했습니다. '그리고 저는 아버님이 대기실 문 앞을 지나가는 걸 보고 당연히 진료가 끝난 줄 알았습니다. 제가 사태를 파악한 것은 집에 간 다음이었지요.'

'그렇군요.' 저는 껄껄 웃으며 말했습니다. '두 분 때문에 제가 몹시 당황했다는 점을 빼면 전혀 해로운 일은 없었습니다. 아드님께서 대기실에 가 계신다면 어제 중단된 진료를 계속하도록 하겠습니다.'

저는 30분쯤 노인과 증세에 대해 이야기를 나눈 다음 처방을 내렸습니다. 그리고 아들의 팔에 매달려 가는 환자를 배웅했습니다.

아까도 말씀드렸지만 블레싱턴 씨는 보통 그 시간에 운동을 합니다. 그는 부자가 떠난 직후에 돌아와서 2층으로 올라갔습니다. 그런데 잠시 후, 방에서 뛰어 내려와 잔뜩 겁에 질린 얼굴로 진료실로 뛰어들었습니다.

'누가 내 방에 들어왔소?' 그가 소리쳤습니다.

'아무도.' 저는 말했습니다.

'거짓말!' 그는 고래고래 악을 썼습니다. '올라와서 직접 보시오!'

블레싱턴은 두려움 때문에 제정신이 아닌 것 같았기 때문에 저는 그 무례한 말투를 그냥 넘겨버렸습니다. 2층으로 올라가자 그는 연한 색깔의 양탄자 위에 찍힌 발자국 서너 개를 가리켰지요.

'저게 내 발자국이라는 거요?' 그는 소리쳤습니다.

그 발자국은 블레싱턴의 것이라고 보기에는 분명히 너무 컸습니다. 그리고 발자국이 찍힌 지 얼마 안 됐다는 것도 확실했고요. 아시다시피 오늘 오후에는 폭우가 쏟아졌기 때문에 환자라곤 방금 다녀간 그 부자뿐이었습니다. 그렇다면 무슨 이유 때문인지는 몰라도 대기실에 있던 청년이 노인을 진찰하는 사이에 입원 환자의 방으로 올라갔던 게 분명했습니다. 방 안에는 누가 건드린 흔적도, 없어진

물건도 없었지만 양탄자 위의 발자국은 분명히 누군가 여기 들어왔다는 사실을 증명하고 있었지요.

물론 누구든 그런 일을 당하면 화가 나겠지만, 아무리 그래도 블레싱턴 씨는 도를 넘게 흥분한 것 같았습니다. 그는 안락의자에 주저앉아 울다시피 했고 옆에서 무슨 말을 시켜도 계속 횡설수설할 뿐이었습니다. 그런데 그가 선생을 불러야 한다고 주장했고, 저는 그의 말에 일리가 있다고 생각했지요. 물론 그 사람이 사건을 지나치게 확대 해석하는 건 사실이지만, 이번 일 자체가 대단히 기이한 것임에는 틀림없으니까요. 선생님께서 제 마차를 타고 같이 가주시기만 해도 그에게는 큰 위로가 될 겁니다. 물론 이 이상한 사건의 전말을 밝혀내긴 힘들겠지만 말입니다."

셜록 홈즈는 긴 이야기에 골똘히 귀 기울였는데, 보아하니 몹시 흥미가 동한 듯했다. 얼굴은 평소와 다름없이 무표정했지만 두 눈을 유난히 꽉 감고 있었다. 그리고 의사의 이야기가 흥미로운 대목에 이를 때마다, 파이프 연기는 그것을 강조라도 하려는 것처럼 몽실몽실 짙게 피어올랐다. 손님이 말을 마치자 홈즈는 일언반구도 없이 벌떡 일어나 내 모자를 집어주고 탁자에서 자신의 모자도 집어 들더니 트리벨리언 선생을 따라 문으로 향했다. 우리는 15분 만에 브룩가의 의원 앞에 도착했다. 그것은 웨스트엔드의 다른 의원과 비슷하게 별다른 장식이 없는 수수한 건물이었다. 작은 사환이 우릴 맞으러 나왔고, 우린 곧 카펫이 깔려 있는 넓은 계단을 오르기 시작했다.

그러나 돌발 사태가 벌어지는 바람에 우리는 걸음을 멈추었다. 갑자기 2층의 불이 꺼지더니 어둠 속에서 가늘고 높은 목소리가 들려왔다.

"나는 지금 권총을 들고 있다."

떨리는 목소리가 부르짖었다.

"경고하는데 더 이상 다가오면 쏘겠다."

"블레싱턴 씨, 정말 갈수록 태산이군요."

트리벨리언 선생이 외쳤다.

"오, 선생이구려."

어둠 속의 상대는 안심한 목소리로 말했다.

"하지만 그 신사들은, 정말 그 사람들이 맞소?"

어둠 속에서 우릴 오래 관찰하는 시선이 느껴졌다.

"이젠 됐소."

사내는 마침내 말했다.

"올라와도 좋소. 내가 조심하느라고 한 것 때문에 기분이 상하셨다면 용서하시구려."

그는 말하면서 계단의 가스등을 다시 켰다. 기이한 사내가 눈앞에 나타났다. 그의 목소리뿐 아니라 외모에서도 신경 쇠약이 느껴졌다. 매우 비대한 사내였는데, 전에는 훨씬 더 살이 쪘던 듯 얼굴의 살가죽이 블러드하운드의 볼처럼 축 늘어져 있었다. 얼굴은 병색을 띠고 있었고, 숱이 적은 엷은 갈색 머리는 격렬한 감정 때문인지 뻣뻣이 곤두서 있었다. 우리가 올라가자 그는 들고 있던 권총을 주머

니에 쑤셔 넣었다.

"안녕하시오, 홈즈 선생."

사내는 말했다.

"이렇게 와주셔서 얼마나 고마운지 모르겠소. 나는 세상의 누구보다 간절히 선생의 조언을 기다리고 있소이다. 누가 내 방을 무단으로 침입했다는 얘긴 의사 선생한테 들으셨을 거요."

"그렇습니다. 블레싱턴 씨, 그 두 사람은 대체 누구이고 왜 당신을 괴롭히려고 하는 겁니까?"

"됐소이다, 됐어."

입원 환자는 신경질적으로 말했다.

"물론 그건 말하기 어렵소. 홈즈 선생, 내가 그 질문에 대답할 거라고 생각하쇼?"

"그건 모른다는 뜻입니까?"

"이쪽으로들 오시오. 이리로 들어와보시구려."

사내는 우리를 자신의 침실로 안내했다. 그것은 안락하게 꾸며진 큼직한 방이었다.

"이걸 좀 보시오."

그는 침대 발치에 놓여 있는 커다란 검은색 금고를 가리켰다.

"홈즈 선생, 난 한 번도 부자로 살아본 적이 없소. 트리벨리언 선생한테 들었겠지만 내 평생 이것 말고 다른 투자라곤 해본 적도 없고 말이오. 하지만 난 은행을 믿지 않소이다. 절대로 은행 같은 건 믿지 않을 거요. 선생 앞에서니까 하는 말이지만, 난 얼마 안 되는 재산을 몽땅 저 금고에 넣어두었소. 그러니 모르는 사람들이 내 방에 침입했을 때 내 심정이 어땠는지 이해할 수 있을 거요."

홈즈는 묻는 듯한 눈으로 블레싱턴을 바라보며 고개를 가로젓고 이렇게 말했다.

"당신이 사실을 감추려고 하는데 내가 어떻게 도울 수 있겠습니까?"

"하지만 나는 아는 건 전부 다 말했소."

홈즈는 역겹다는 몸짓과 함께 돌아섰다.

"트리벨리언 선생, 안녕히 계십시오."

"나를 도와주진 않고?"

블레싱턴이 갈라진 목소리로 외쳤다.

"도움을 받고 싶거든 사실을 털어놓으시오."

우리는 거리로 나와 집을 향해 걸었다. 옥스퍼드가를 지나 할리가를 반쯤 내려갈 때까지 내 친구는 입을 떼지 않으려 했다. 그러다 마침내 입을 열었다.

"왓슨, 쓸데없이 다리품을 팔게 해서 정말 미안하이. 그래도 본래는 흥미로운 사건일세."

"난 뭐가 뭔지 잘 모르겠네그려."

나는 솔직히 고백했다.

"음, 무엇 때문인지는 모르겠지만 그 블레싱턴이라는 친구한테 해코지를 하려는 사람들이 둘 있는 게 분명하네. 그 이상일지도 모르겠지만 적어도 둘은 되지. 나는 그 청년이 어제도 블레싱턴의 방에 침입했을 거라고 확신하네. 그 짝패가 기상천외한 수법으로 의사를 붙들고 있는 동안 말일세."

"그럼 강직증은?"

"왓슨, 그건 교묘한 사기술일세. 우리 전문의 선생한테는 차마 그 얘기를 못 했지만 말이야. 그런 증상을 흉내 내는 건 식은 죽 먹기거든. 나도 해본 적이 있지."

"그리고?"

"청년이 방에 들어갔을 때 블레싱턴은 천우신조로 두 번 다 방에 없었네. 두 사람은 대기실에 다른 환자가 없을 만한 시간을 골라서 진찰받으러 갔을 거야. 그런데 때마침 그 시간은 블레싱턴의 운동 시간과 겹쳤네. 블레싱턴의 하루 일과에 대해서 잘 몰랐던 모양일세. 물론 그들이 어떤 귀중품을 노렸다면 최소한 그걸 찾기 위한

시도라도 했을 걸세. 그런데 블레싱턴의 눈을 보면 지금 신변에 위협을 느끼고 있다는 걸 알 수 있네. 블레싱턴이 둘씩이나 되는 이들한테 그렇게 깊은 원한을 샀는데도 그걸 모른다는 건 말이 안 되지. 그래서 나는 블레싱턴이 두 사람의 정체를 알고 있으면서도 어떤 이유 때문에 그 사실을 감추고 있다고 확신하는 거야. 하지만 하룻밤 자고 나면 생각이 바뀌어서 속사정을 털어놓을지도 몰라."

"혹시 이런 건 아닐까."

나는 의견을 말했다.

"좀 터무니없는 얘기 같지만 전혀 불가능한 건 아니라고 생각하네. 러시아인 강직증 환자나 그 아들 얘기가 전부 트리벨리언 선생이 날조해 낸 얘기는 아닐까? 물론 블레싱턴의 방에 들어간 사람은 트리벨리언이었고."

가스등 불빛 아래서 나의 기상천외한 발상에 홈즈는 미소를 감추지 못했다.

"이 사람아, 처음 내 머릿속에 떠오른 가설 중의 하나가 바로 그거였네. 하지만 나는 의사의 진술이 사실이라는 증거를 금방 찾아낼 수 있었지. 그 청년은 계단 카펫 위에도 발자국을 남겨서 굳이 방에 있는 걸 보자고 할 필요가 없었네. 그런데 블레싱턴의 구두코는 뾰족했지만 카펫 위의 구두코는 각이 져 있었고, 길이는 의사의 구두보다 3.3센티미터 더 길었어. 그러니 제3의 인물이 있었다는 건 틀림없는 사실일세. 하지만 그 문제에 대해선 이만하기로 하지. 내일 아침에 틀림없이 브룩가에서 소식이 올 테니까 말이야."

셜록 홈즈의 예언은 곧 극적인 형태로 실현되었다. 다음 날 아침 일곱시 반쯤, 눈을 떠보니 희붐한 새벽빛 속에서 홈즈가 실내복 차림으로 머리맡에 서 있었다.

"왓슨, 밖에 브루엄이 대기하고 있네."

그는 말했다.

"무슨 일인가?"

"브룩가 사건."

"무슨 새로운 소식이라도?"

"뭔지 모르겠지만 안 좋은 일이야."

그는 커튼을 걷으며 말했다.

"이것 좀 보게. 공책에서 뜯어낸 종이일세. 흘려 쓴 연필 글씨로 '어서 와주십시오, P. T..'라고 쓰여 있네. 친애하는 퍼시 트리벨리언 선생은 사실을 적기도 힘들었던 걸세. 어서 가보세나. 급한 호출이니까."

15분쯤 뒤에 우리는 다시 그 집 앞에 와 있었다. 의사가 겁에 질린 얼굴로 뛰어나왔다.

"오, 세상에 이런 일이!"

그는 두 손으로 관자놀이를 감싸며 외쳤다.

"어떻게 된 겁니까?"

"블레싱턴이 자살했습니다!"

홈즈는 휘파람을 불었다.

"예, 간밤에 목을 매달았지요."

우린 집 안으로 들어갔다. 의사는 앞장서서 환자 대기실처럼 보이는 곳으로 들어갔다.

"정말 어쩌야 좋을지 모르겠습니다."

그는 소리쳤다.

"경찰에서 나와 벌써 2층에 올라가 있습니다. 너무 끔찍한 일을 겪다 보니 저는 지금 제정신이 아닙니다."

"시신을 발견한 건 언젭니까?"

"블레싱턴은 이른 아침에 차를 한잔하는 습관이 있습니다. 하녀가 일곱시경에 찻잔을 들고 들어가보니 그 가엾은 사람이 방 한가운데 매달려 있더랍니다. 그는 무거운 등잔을 달아놓던 천장 고리에 끈을 묶었습니다. 그리고 어제 우리한테 보여준 바로 그 금고에서 뛰어내린 겁니다."

홈즈는 묵묵히 서서 깊은 생각에 잠겼다. 그리고 마침내 입을 열었다.

"허락해 주신다면 2층으로 올라가서 사건을 조사해 보고 싶군요."

우리는 계단을 올라갔고 의사가 뒤를 따랐다.

침실 문턱을 넘자 무시무시한 광경이 눈앞에 펼쳐졌다. 나는 이 블레싱턴이라는 사내의 피부가 축 늘어진 느낌을 준다는 얘길 앞서 했다. 그런데 줄에 대롱대롱 매달리자 그런 느낌이 한층 더 강해졌고 보기만 해도 무서울 정도였다. 털 뽑힌 닭처럼 목이 길게 늘어난 바람에 몸의 나머지 부분은 그와 대비되어 한층 비대하고 부자연스럽게 보였다. 옷이라곤 긴 잠옷을 걸쳤을 뿐인데, 부어오른 발목과

보기 흉한 발이 잠옷 밑으로 뻣뻣하게 삐져나와 있었다. 날카로운 얼굴의 경위가 옆에 서서 수첩에 뭔가를 적어 넣고 있었다.

"아, 홈즈 선생님."

내 친구가 들어서자 경위는 반갑게 말했다.

"이렇게 뵙게 되니 기쁘군요."

"안녕하시오, 래너. 나를 불청객으로 생각하진 않으리라 믿소. 그 전에 있었던 일에 대해선 얘기를 들으셨나?"

"예. 조금 들었습니다."

"무슨 의견이라도?"

"제가 보기에 이 사람은 공포에 질려 이성을 잃어버린 것 같습니다. 보시다시피 침대에 들어가서 잠잔 흔적이 남아 있거든요. 자, 저기 침대가 쑥 들어가 있는 게 보입니다. 사람들이 제일 많이 자살하는 시간은 새벽 다섯시경입니다. 블레싱턴이 자살한 시간이 바로 그쯤 되지요. 아마 계획적으로 자살한 것 같습니다."

"근육의 강직 정도를 보니 사망한 지 세 시간쯤 지난 것 같군."

나는 말했다.

"방 안에서 뭔가 색다른 점은 보지 못했소?"

홈즈가 물었다.

"세면대 위에서 스크루 드라이버와 나사못 몇 개를 발견했습니다. 그리고 밤중에도 담배를 많이 피운 것 같더군요. 벽난로에서 담배꽁초 네 개를 주웠습니다."

"흠! 고인의 물부리는 찾았소?"

"아니, 아직 못 찾았습니다."

"그럼 담뱃갑은?"

"찾았습니다. 외투 주머니에 있더
군요."

홈즈는 담뱃갑을 열고 하나 남은
시가의 냄새를 맡아보았다.

"오, 이건 하바나군. 그런데 꽁초
는 네덜란드에서 수입한 동인도산
담배란 말이오. 알고 있겠지만 그쪽
담배는 밀짚으로 포장하는 데다가
다른 제품에 비해서 가늘거든."

그는 담배꽁초 네 개를 집어 들고
확대경으로 검사했다.

"여기서 두 개는 물부리에 끼워서 피웠고 두 개는 그냥 피웠소.
두 개는 날이 무딘 칼로 잘라냈고 두 개는 대단히 튼튼한 이로 물어
뜯었소. 경위, 이건 자살이 아니오. 이것은 아주 치밀하게 계획된 살
인 사건이오."

"그럴 리가 없습니다!"

경위가 외쳤다.

"아니 왜?"

"뭐하러 힘들게 목을 매달아서 죽인단 말입니까?"

"그 이유를 알아내야 하오."

"그리고 범인은 대체 어디로 들어왔지요?"

"현관으로."

"아침에 현관문은 잠겨 있었습니다."

"범인들이 나간 다음에 잠갔겠지."

"그걸 어떻게 아십니까?"

"나는 발자국을 봤소. 잠깐 실례하겠소. 어떻게 된 건지 좀 더 자세하게 알려줄 수도 있으니까."

홈즈는 문으로 다가가 손잡이를 돌려보며 꼼꼼하게 조사했다. 그런 다음 안에 꽂혀 있던 열쇠를 빼내더니 그것도 자세하게 살펴보았다. 그리고 침대, 카펫, 의자, 벽난로 선반, 시신, 밧줄 등을 차례로 조사한 다음에야 이제 됐다고 말했다. 우리 셋은 힘을 합쳐서 줄을 끊고 형편없는 몰골의 시신을 내린 다음 시트로 엄숙하게 덮어놓았다.

"이 밧줄은 어디서 난 겁니까?"

홈즈는 물었다.

"여기서 잘라낸 거지요."

트리벨리언 선생이 침대 밑에서 둘둘 만 밧줄을 꺼냈다.

"블레싱턴은 불이 날까 봐 무서워했습니다. 그래서 항상 이걸 비치해 두었지요. 계단에 불이 붙으면 창문으로 도망칠 수 있도록 말입니다."

"범인들에겐 상당히 편리했겠군요."

홈즈는 생각에 잠겨 말했다.

"그렇습니다. 일이 어떻게 된 건지 뻔히 보이는군요. 오늘 오후까지는 무슨 일이 있어도 범행 동기를 밝혀내도록 하지요. 여기 벽난로 선반 위에 있는 블레싱턴의 사진을 가져가도록 하겠습니다. 사건 조사에 도움이 될지 모르니까요."

"그런데 아무 말씀도 해주시지 않고!"

의사가 소리쳤다.

"오, 사건 경위에는 의문의 여지가 없습니다. 방에 들어온 건 세 사람입니다. 젊은이, 늙은이, 그리고 신원을 알 수 없는 제3의 인물 하나. 앞의 두 사람은 말할 필요 없이 러시아의 백작 부자로 변장하고 나타났던 바로 그들입니다. 그러니 우리는 둘에 대해서는 완벽하게 설명할 수 있습니다. 집 안의 누군가가 이들에게 문을 열어주었지요. 경위, 내가 충고 한마디 하겠소. 최근에 이 댁에 들어온 사환 아이를 체포하시오."

"그 도깨비 같은 녀석은 보이지 않습니다."

트리벨리언 선생이 말했다.

"그래서 하녀와 요리사가 지금 그 녀석을 찾고 있지요."

홈즈는 어깨를 들썩했다.

"그 녀석은 이번 사건에서 상당히 비중 있는 역할을 했습니다. 세 사람은 발뒤꿈치를 들고 줄지어 계단을 올라갔습니다. 노인이 앞장섰고 그다음에 젊은이, 맨 끝에 정체불명의 사나이가……."

"여보게, 홈즈!"

나는 불쑥 입을 열었다.

"오, 발자국이 겹쳐 있는 모양을 보면 그건 틀림없는 사실일세.

게다가 나는 간밤에 어느 발자국이 누구 건지 벌써 봐놨으니까. 아무튼 세 사람은 블레싱턴 씨의 방으로 올라왔는데 문이 잠겨 있었습니다. 하지만 철사를 갖고 열쇠를 돌릴 수 있었지요. 육안으로도 이 열쇠의 홈이 긁혀 있는 게 보입니다. 철사에 눌린 자국이지요.

그들은 방에 들어가자마자 블레싱턴 씨의 입에 재갈부터 물렸을 것입니다. 고인은 자고 있었을 수도 있고, 아니면 겁에 질려 소리도 못 지를 만큼 몸이 마비되었을 수도 있습니다. 그리고 벽이 원체 두꺼워서 소리를 질렀다고 해도 들리지 않았을 가능성도 있고요.

그다음에는 모종의 회의 같은 게 열렸던 게 분명합니다. 어쩌면 무슨 재판 같은 것이었는지도 모르지요. 담배들을 피워댄 게 바로 이때였는데, 회의가 상당히 오래 끌었다는 걸 알 수 있습니다. 노인은 고리버들 의자에 앉아 있었습니다. 시가를 물부리에 끼워서 피웠지요. 젊은이는 저쪽에 앉아 있었습니다. 담뱃재를 서랍장 안에 털었습니다. 제3의 인물은 방 안을 왔다 갔다 했지요. 블레싱턴은 침대 위에 앉아 있었던 것 같지만 확실하진 않습니다.

음, 마지막으로 그들은 블레싱턴을 끌어다 목을 매달았습니다. 일은 사전에 계획된 것이었기 때문에 그들은 교수대로 쓸 수 있도록 무슨 활차(滑車)나 도르래 같은 걸 갖고 왔을 겁니다. 저 스크루 드라이버하고 나사못은 그걸 고정하려고 가져온 것이고요. 하지만 천장에 고리가 박혀 있는 걸 보고 굳이 그런 수고를 할 필요가 없었지요. 일당은 일을 끝내고 유유히 떠났습니다. 문을 잠근 것은 내부의 공모자였습니다."

우리는 홈즈가 그토록 미묘하고 사소한 증거를 토대로 추리해 낸 간밤의 사건에 대한 설명에 흥미롭게 귀 기울였다. 하지만 그가 직접 가리켜 보여주었음에도, 우리는 그의 추론 과정을 따라가기가 힘들었다. 경위가 당장 사환에 대한 조사에 착수하는 걸 보고 홈즈와 나는 조반을 들기 위해 베이커가로 돌아왔다.

"세시까지 돌아오겠네."

식사를 마친 뒤 홈즈가 말했다.

"경위와 트리벨리언 선생도 세시까지 여기로 올 걸세. 그때까지는 사건의 전후 과정을 낱낱이 밝혀낼 수 있을 거야."

손님들은 시간 맞춰 도착했지만 내 친구가 돌아온 것은 세시 45분이었다. 하지만 홈즈가 방에 들어섰을 때, 그의 표정을 보고 일이 잘 풀렸다는 걸 알 수 있었다.

"경위, 무슨 소식이라도?"

"사환을 찾았습니다."

"잘했소. 나도 일당을 찾았소이다."

"일당을 찾았다고!"

우리 셋이 이구동성으로 외쳤다.

"음, 적어도 그들의 정체는 알아냈지요. 자칭 블레싱턴이라는 자는 예상대로 유명한 인물이었습니다. 그를 살해한 일당도 마찬가지였고요. 세 사람의 이름은 비들, 헤이워드, 모펏입니다."

"워딩던 은행 강도 사건의!"

경위가 외쳤다.

"그렇소."

홈즈가 말했다.

"그렇다면 블레싱턴은 서턴이란 자임에 틀림없군요."

"맞았소."

"어떻게 된 건지 이제 알겠습니다."

그러나 트리벨리언과 나는 서로의 얼굴을 쳐다보며 눈만 껌뻑거렸다.

"여러분께선 영국을 떠들썩하게 만든 워딩던 은행 강도 사건을 기억하고 계실 겁니다."

홈즈가 말했다.

"범인은 다섯이었지요. 앞서 말한 네 사람과 카트라이트라는 자까지 합쳐서 말입니다. 당시에 은행 경비를 맡았던 토빈은 피살됐고 강도들은 7000파운드를 갖고 달아났습니다. 그게 1875년의 일이었지요. 다섯 명의 일당은 모두 체포됐지만 결정적인 증거가 없었습니다. 그런데 일당 중에서 가장 악질이었던 블레싱턴, 아니 서턴은 동료들을 배신하고 밀고자로 변신했습니다. 그의 증언으로 카트라이트는 교수형을 당하고 나머지 셋은 각각 15년 형을 선고받았지요. 이들은 최근에 만기를 몇 년 앞두고 출소했는데, 여러분이 짐작하시는 대로 배신자를 추적해서 죽은 동지의 원수를 갚기로 결의했습니다. 이들은 블레싱턴의 방을 두 번 덮쳤지만 두 번 다 실패했지요. 하지만 세 번째는 아시다시피 성공을 거두었습니다. 트리벨리언 선생, 더 궁금한 부분이 있습니까?"

"설명을 들으니 모든 일이 다 이해되는군요. 지난번에 블레싱턴이 그렇게 안절부절못한 것은 신문에서 옛 동료들의 석방 기사를 봤기 때문이었나 봅니다."

"그렇습니다. 도둑이 어쩌고 하는 얘기는 순전히 핑계였지요."

"그런데 왜 사실을 털어놓지 않았을까요?"

"아, 그는 옛 동지들이 얼마나 복수심이 강한지 알고 있었기 때문에 웬만하면 아무에게도 자신의 정체를 알리지 않으려고 했습니다. 또 별로 자랑스럽지 못한 과거라 다른 사람에게 털어놓기도 어려웠지요. 하지만 아무리 형편없는 인간이라도 그는 영국 법의 보호를 받고 있었습니다. 경위, 내 말을 명심하시오. 영국 법은 그를 보호하는 데 실패했는지 몰라도 정의의 칼은 여전히 복수의 그날을 기다리고 있을 거요."

이것이 브룩가 의사의 장기 입원 환자와 관련된 기이한 사건의 전말이다. 그날 밤 이후에 세 살인범은 한 번도 경찰의 수사망에 걸린 적이 없었다. 런던 경찰국에서는 이 셋이 몇 년 전, 포르투갈 해안에서 오포르토 북쪽으로 수 킬로미터 떨어진 곳에서, 승무원 전원과 함께 실종된 불운한 증기선 노라 크레이너호에 여객으로 승선했다고 추정하고 있다. 사환은 증거 불충분으로 방면되었고 이른바 브룩가 사건은 지금까지 어떤 매체에도 그 전모가 발표된 적이 없다.

그리스어 통역관

나는 셜록 홈즈와 오랫동안 가깝게 사귀었지만, 그가 일가친척이나 어린 시절 얘기를 꺼내는 걸 본 적이 없었다. 그렇지 않아도 그는 다소 비인간적인 사람으로 비쳤는데, 자신에 대한 지나친 과묵함으로 인해 나는 이따금씩 그를 고립된 현상, 마음 없는 두뇌, 지적으로 탁월하긴 하지만 인간적인 동정심이 결여된 존재로까지 생각하게 되었다. 여성을 혐오하고 사람들과 어울리기를 꺼리는 모습이 냉정한 성격을 드러냈지만, 자신의 가족에 대해 일절 언급하지 않는 것은 훨씬 더 비인간적으로 비쳤다. 나는 그가 천애 고아로 자랐다고 믿게끔 되었다. 그런데 어느 날 기절초풍할 일이 생겼다. 홈즈가 형 얘기를 꺼낸 것이다.

어느 여름 저녁, 차를 마신 다음이었다. 우리의 대화는 두서없이 산만하게 이어져 골프채에서 황도 경사(황도는 태양이 움직이는 천

구상의 운동 경로. 천구의 적도면과 황도면은 23.5도 기울어져 나타나는 데 황도 경사란 이것을 의미함 — 옮긴이)의 변화 원인을 거쳐, 종내는 격세유전과 유전적 소질의 문제에까지 이르렀다. 우리는 개인의 특수한 재능에서 어디까지가 물려받은 것이고, 또 어디까지가 교육에 의한 것인지에 대해 토론했다. 내가 말했다.

"지금까지 자네가 한 얘기를 종합해 보면 말일세. 자네의 관찰 능력과 탁월한 추리력은 순전히 체계적인 훈련을 쌓은 덕분이겠군."

"어느 정도는 그렇지."

홈즈는 생각에 잠겨 대답했다.

"우리 집은 시골의 지주 집안인데, 지주 계급이 원래 그렇듯이 대대로 큰 변화가 없는 생활을 영위해 왔다네. 하지만 그래도 나는 그런 소질을 타고난 셈이지. 우리 할머니가 다름 아닌 프랑스의 궁정 화가 베르네의 동생이거든. 핏속에 흐르는 예술적 기질은 가장 이상한 형태로 발현되는 경향이 있다네."

"하지만 자넨 그런 소질이 유전이라는 걸 어떻게 알지?"

"왜냐하면 마이크로프트 형은 나보다 훨씬 더 풍부한 소질을 타고났으니까."

그것은 정말이지 빅뉴스였다. 그런데 영국에 그렇게 독특한 능력을 가진 사람이 하나 더 있는데, 경찰과 일반 대중이 그에 대해 모르고 있다는 게 말이나 되는가? 나는 홈즈에게 혹시 겸양의 마음 때문에 형이 더 낫다고 한 게 아니냐는 식으로 물었다. 그는 내 말을 듣고 웃음을 터뜨렸다.

"여보게, 나는 여러 가지 덕성 중에서 겸손함을 우위에 놓는 사람들의 의견에 동의하지 않는다네. 논리적인 훈련을 쌓은 사람은 매사를 있는 모습 그대로 정확하게 관찰해야 하지. 자신의 능력을 과소평가하는 것은 과대평가하는 것과 마찬가지로 진실과는 거리가 먼 행동일세. 그러니 자네는 마이크로프트 형이 나보다 관찰력이 뛰어나다는 말을 한 치도 틀림없는 사실이라고 생각해도 되네."

"자네보다 몇 살 많은데?"

"일곱 살."

"그런데 어떻게 해서 이름이 안 난 거지?"

"오, 형은 지인들 사이에선 아주 유명하다네."

"지인들이라면?"

"음, 예를 들면 디오게네스 클럽 같은 곳에 있는 사람들이지."

그런 클럽은 금시초문이었다. 내 표정에 그런 심정이 드러났는지 셜록 홈즈는 주머니에서 시계를 끄집어냈다.

"디오게네스 클럽은 런던에서 가장 기묘한 클럽이고, 형은 가장 묘한 사람들 중의 하날세. 형은 매일 네시 45분에서 일곱시 40분까지 그곳에 가 있지. 지금 여섯시로군. 자네가 이 아름다운 저녁에 잠시 거닐 생각이 있다면 내 기꺼이 자네를 그 희한한 클럽의 희한한 사람에게 안내해 줌세."

5분 뒤 우리는 거리로 나가 리젠트 광장을 향해 걷고 있었다.

"자넨 마이크로프트 형이 왜 자신의 능력을 범죄 수사에 활용하지 않는지 궁금할 걸세."

친구가 말했다.

"형한테는 그런 능력이 없거든."

"하지만 자네는 형님께서……."

"난 형의 관찰력과 추리력이 나보다 낫다고 말했지. 만약 탐정의 일이라는 게 안락의자에 앉아 머리를 굴리는 게 전부라면, 형은 역사상 가장 위대한 수사관이 되었을 걸세. 하지만 마이크로프트 형한테는 야심도 의지도 없거든. 형은 구태여 자신의 답이 옳은지 검증하려 들지도 않는다네. 애써 자신이 옳다는 걸 증명하느니 차라리 틀렸다는 얘기를 듣고 말 걸세. 나는 형한테 수차례 문제를 들고 갔는데 형의 설명은 한 번도 틀린 적이 없었어. 하지만 형은 법정에서 자신의 이론을 증명하기 위해 증거를 수집하는 따위의 능력이

전혀 없지."

"그럼 형은 직업적인 탐정이 아니로군?"

"물론이지. 내가 생활의 방편으로 삼고 있는 일이 형한테는 호사가의 단순한 취미 활동일 뿐이라네. 형은 숫자에 대한 능력이 탁월해서, 지금 정부 여러 부처의 회계 장부를 감사하는 일을 하고 있네. 펠멜가에 살고 있고 매일 아침 모퉁이 하나를 돌아서 화이트홀(런던에서 관공서들이 밀집해 있는 구역 — 옮긴이)로 출근했다가 저녁때면 다시 집으로 돌아온다네. 1년 내내 운동이라곤 전혀 안 하고 아무 데도 안 가고 그저 하숙집 맞은편에 있는 디오게네스 클럽에 출입할 뿐일세."

"그런 클럽은 처음 들어보는군."

"그럴 걸세. 런던에는 수많은 사람이 살고 있는데 그중에는 수줍음 때문에, 또는 인간에 대한 혐오 때문에 타인과 교제하는 걸 원치 않는 사람들이 있네. 그런데 아무리 그렇다 해도 푹신한 의자에 앉아서 방금 나온 신문이나 잡지를 들추는 것까지 싫어하는 사람은 없거든. 디오게네스 클럽은 원래 그런 사람들을 위해 발족된 모임이지. 그래서 지금 거기엔 사교성 없기로는 런던에서 둘째가라면 서러워할 사람들이 다 모여 있네. 그곳 회원들은 서로에게 절대로 관심을 가져서는 안 되네. 거기에선 내빈실만 빼고 일체의 대화가 금지되어 있지. 이 규정을 세 번 이상 어기면 제명될 수도 있어. 우리 형은 그 클럽의 발기인 중 하나인데 사실 나도 거기 가면 마음이 아주 편해진다네."

우리는 세인트제임스가를 거쳐 펠멜가에 도착했다. 셜록 홈즈는 칼튼 클럽(영국 보수당의 본부 — 옮긴이)에서 약간 떨어진 곳에 있는 어느 집 앞에서 걸음을 멈추더니, 내게 말하지 말라고 주의를 준 다음 앞장서서 안으로 들어갔다. 유리문을 통해 크고 호사스러운 방의 내부가 들여다보였다. 꽤 많은 사람들이 저마다 외따로 앉아 신문을 들추고 있었다. 홈즈는 나를 펠멜가 쪽으로 창문이 나 있는 작은 방에 데려다 놓고, 잠시 후 형으로 짐작되는 사람과 함께 나타났다.

마이크로프트 홈즈는 셜록보다 훨씬 키가 크고 체격도 좋았다. 살이 찐 데다가 얼굴도 큼직했지만 표정은 동생과 마찬가지로 날카로운 데가 있었다. 옅은 회색의 물기 어린 두 눈에는 항상 꿈꾸는 듯 내향적인 느낌이 있었는데, 그것은 셜록 홈즈가 자신의 능력을 최대로 발휘할 때나 볼 수 있는 그런 눈, 그런 표정이었다.

"반갑소."

그는 물개의 앞다리처럼 크고 두툼한 손을 내밀며 말했다.

"선생이 아우의 역사 기록자 역할을 하고 나서부터 어딜 가나 아우 얘기를 듣게 되었소이다. 그런데 셜록, 난 지난주에 네가 그 영주관 사건에 대해 상담하러 달려올 줄 알았다. 그 사건이 너한테는 좀 벅찰 거라고 생각했지."

"아니, 난 해결했는데."

내 친구는 싱긋 웃으며 말했다.

"물론 범인은 애덤스다."

"그래, 애덤스였어."

"난 처음부터 그렇게 생각했지."

두 형제는 클럽의 내리닫이 창 앞에 앉아 있었다.

"인류에 관해 연구하고 싶은 사람에게는 이 자리가 안성맞춤이지."

마이크로프트는 말했다.

"저 멋진 전형들을 보라고! 예를 들면 이쪽으로 오는 저 두 사내를 좀 봐라."

"당구 기록 계산원하고 그 옆의 사람 말이지?"

"맞았다. 그런데 넌 그 옆 사람에 대해서 어떻게 생각하지?"

두 사내는 창문 앞에서 걸음을 멈췄다. 둘 중에서 당구와 관계있음 직해 보이는 것은 한 사람의 조끼 주머니에 그려진 분필 자국뿐이었다. 다른 사람은 작달막하고 얼굴이 검게 탄 사내였는데, 모자를 젖혀 쓰고 꾸러미 몇 개를 겨드랑이에 끼고 있었다.

"군인 출신이군."

셜록이 말했다.

"그런데 아주 최근에 제대했다."

형이 말했다.

"인도에서 복무했군."

"부사관 출신이지."

"포병이었을 것 같아."

셜록이 말했다.

"그런데 홀아비로구나."

"하지만 애가 하나 있어."

"아우야, 애가 아니라 애들이다, 애들."

나는 웃음을 터뜨리며 말했다.

"아니, 이거 너무들 하시는군요."

"저런 동작과 딱딱한 표정, 햇볕에 그을린 피부를 보고 저 사람이 군인 출신이고 계급은 사병 이상이었으며 또 인도에서 귀국한 지 얼마 안 됐다는 걸 아는 건 쉬운 일일세."

홈즈는 대답했다.

"그리고 아직도 군화를 신고 있는 걸 보면 군에서 제대한 지 얼마 안 된 것도 분명하오."

마이크로프트가 말했다.

"걸음걸이를 보면 기병대 출신은 아닌 것 같아. 이마 한쪽이 하얀 걸 보니 전에 군모를 비껴 쓰고 다녔던 게 분명하지만 말이야. 그런데 체격을 보면 공병대였을 리는 없고 포병 출신임에 틀림없어."

"그리고 비탄에 잠겨 있는 모습을 보면 아주 가까운 사람이 죽은 게 분명하오. 손수 장을 본 걸 보면 아내가 죽었다는 걸 알 수 있소. 보시다시피 어린이 용품을 샀소. 딸랑이를 들고 있는 걸 보면 아주 어린 아이가 있는 게 분명하오. 아내가 해산하다 죽은 모양이오. 그림책을 옆구리에 끼고 있는 걸 보면 돌봐야 할 아이가 하나 더 있다는 걸 알 수 있소.”

형이 자신보다 훨씬 뛰어난 능력의 소유자라는 홈즈의 말뜻이 비로소 이해되기 시작했다. 홈즈는 나를 흘끗 쳐다보고 씩 웃었다. 마이크로프트는 거북의 등껍질로 만든 담뱃갑을 꺼내 힘껏 냄새 맡고 웃옷 앞섶에 떨어진 담배 가루를 큼직한 붉은 비단 손수건으로 털어냈다.

“셜록, 그런데 말이다.”

형은 말했다.

“네 취향에 꼭 맞을 만한 사건이 하나 있다. 아주 독특한 사건이지. 그런데 나한테는 그 사건을 완전한 형태로 해결할 의지가 없거든. 물론 그게 아주 즐거운 사색의 주제가 되긴 했다만. 혹시 무슨 사건인지 들어보고 싶은 생각이 있다면…….”

“형, 물론 나야 좋지.”

마이크로프트는 수첩 한 장을 찢어내 뭐라고 끼적거리더니 급사를 불러 건네주었다.

“멜라스 씨한테 좀 건너오시라고 했다.”

그가 말했다.

“위층 사람인데 나랑 안면이 좀 있지. 그래서 곤란한 일이 생기자 나한테 달려온 거다. 내가 알기로 멜라스 씨는 그리스인이고 외국어에 능통하단다. 법정에서 통역을 하면서, 노섬버랜드가의 호텔에 체류하는 부유한 동양인들의 안내인 노릇을 하는 걸로 생계를 꾸려가고 있지. 그 사람이 겪은 기이한 경험은 본인한테 직접 듣는 게 나을 게다."

잠시 후 키가 작고 뚱뚱한 사내가 방 안으로 들어섰다. 황갈색 피부에 까만 머리가 남방계라는 것을 한눈에 알게 해주었지만, 말투는 교육받은 영국인의 것이었다. 그는 셜록 홈즈와 반갑게 악수를 나누었다. 유명한 전문가가 자신의 이야기를 듣고 싶어 한다는 사실을 알고 사내의 검은 눈이 기쁨으로 빛났다.

"경찰에선 내 말을 믿지 않을 겁니다. 분명합니다."

그는 한탄 조로 말했다.

"처음 듣는 얘기니까 그런 일이 있을 리가 없다고 생각하는 거지요. 하지만 나는 얼굴에 반창고를 붙인 그 가엾은 사내가 어찌 됐는지 알기 전까지는 마음이 편해지지 않을 겁니다."

"저는 경청하고 있습니다."

셜록 홈즈가 말했다.

"오늘은 수요일 저녁입니다."

멜라스 씨는 말했다.

"에, 그게 이틀 전이었으니까, 사건이 일어난 건 월요일 밤이었죠. 여기 계신 우리 이웃한테 얘기를 들으셨겠지만 나는 통역관입니다. 모든, 아니 거의 모든 언어를 다 통역하지요. 하지만 원래 그리스 태생인 데다 이름도 그리스식이라 주로 그리스어 의뢰가 많이 들어옵니다. 나는 오랫동안 런던에서 최고의 그리스어 통역관으로 일해왔고 호텔업계에서도 많이 알아주는 편입니다.

곤란한 상황에 처한 외국인이나 영국에 온 지 얼마 안 되는 여행자들이, 야심한 시간에 내 도움을 받으려고 사람을 보내오는 것은 드문 일이 아닙니다. 그래서 월요일 밤에 래티머 씨라는 멋쟁이 청년이 하숙집으로 찾아와 밖에 마차를 대기시켜 놨으니 가자고 했을 때도 예사롭게 생각했습니다. 그 청년은, 어느 그리스 친구가 사업차 런던에 왔는데 영어를 전혀 못해서 통역관의 도움이 꼭 필요하다고 했습니다. 청년은 자기 집이 켄싱턴이라 좀 멀다고 하면서 굉장히 바쁜 듯 밖으로 나가자마자 나를 영업용 마차 속으로 밀어 넣었지요.

난 영업용 마차라고 했는데, 곧 그게 자가용 마차일지도 모르겠다는 생각이 들었습니다. 런던 시내의 흉물인 영업용 사륜마차에 비하면 내부가 훨씬 넓었고 설비도 좀 낡기는 했지만 아주 호화로웠으니까요. 래티머 씨는 맞은편에 앉았고 마차는 채링 크로스를 지나 섀프츠베리가로 올라갔습니다. 마차가 옥스퍼드가로 접어들었을 때, 나는 용기를 내서 켄싱턴으로 간다면서 왜 이렇게 돌아가느냐고 물었습니다. 하지만 청년의 이상한 행동을 보고 입을 다물고 말았지요.

그는 주머니에서 납을 채운 무시무시한 몽둥이를 꺼내더니 무게와 강도를 시험하는 것처럼 몇 차례 휘둘렀습니다. 그리고 말 한마디 없이 그걸 옆자리에 내려놓았지요. 그러고 나서 마차의 양쪽 창문을 올렸는데, 놀랍게도 창문에 종이를 발라놔서 밖을 내다볼 수 없게 해놓았더군요.

'멜라스 씨, 밖을 못 보게 해서 미안하오.' 청년은 말했지요. '솔직히 말해서 나는 당신한테 목적지가 어딘지 알려주고 싶은 생각이 없수다. 당신이 나중에 거기로 찾아온다면 재미가 없을 테니 말이오.'

내가 그런 말을 듣고 얼마나 놀랐는지 상상할 수 있겠지요? 어깨가 떡 벌어진 게 힘깨나 쓸 것 같아서 그 몽둥이가 없다 해도 내가 덤벼봤자 승산은 없을 것 같았습니다.

'래티머 씨, 세상에 이런 법이 어디 있소.' 나는 더듬거리며 말했지요. '당신은 지금 불법 행위를 하고 있다는 걸 알아야 하오.'

'이게 좀 지나친 행동이라는 건 인정하오.' 청년은 말했습니다. '하지만 보상은 섭섭지 않게 해드리겠소. 그런데 멜라스 씨, 이거 하나는 명심하쇼. 당신이 오늘 밤에 소리를 지르거나 섣부른 행동을 하면 쓴맛을 톡톡히 보게 될 거요. 당신이 어디 있는지 아무도 모른다는 걸 기억해 두쇼. 당신이 이 마차에 타고 있건, 내 집에 와 있건 간에 당신은 내 손아귀에 들어 있는 거요. 아시겠소?'

청년의 목소리는 나지막했지만 이를 악물고 말하는 걸 보니 섬뜩했습니다. 나는 묵묵히 앉아서 이렇게 기이한 방법으로 납치해 가는 이유가 대관절 무엇인지 생각해 보았습니다. 하지만 이유가 뭐든 간에 저항해 봤자 소용없다는 것, 그리고 어떤 일이 생길지 기다려볼 수밖에 없다는 것은 분명했지요.

우리는 거의 두 시간을 달렸지만 어디로 가는지 짐작조차 할 수 없었습니다. 마차가 덜컹거리면 돌로 포장한 길을 가나 보다 했고, 조용히 부드럽게 달리면 아스팔트 길을 가나 보다 했습니다. 하지

만 마차 소리를 빼면 행선지를 짐작해 볼 수 있을 만한 단서는 전혀 없었지요. 창문에는 불투명한 종이를 발라놓았고 앞쪽의 유리창에는 푸른 커튼을 쳐놓았습니다. 펠멜가를 떠난 게 일곱시 15분이었는데 마차가 겨우 멈춰 섰을 때 시계를 보니 여덟시 50분이더군요. 청년이 창문을 내리자 나지막한 아치형 현관 위에 등불이 켜져 있는 게 언뜻 보였습니다. 나는 마차에서 내리자마자 집 안으로 끌려 들어 갔지요. 그래서 집 안에 들어가는 동안 양옆으로 잔디밭과 숲이 스쳐 갔지만 그것이 그 집 정원이었는지, 아니면 시골 풍경이었는지는 전혀 알 수가 없었습니다.

집 안에는 색깔 있는 가스등을 켜놓았는데 그나마 불꽃을 줄여놓

아서 홀이 꽤 넓다는 것과 그림이 몇 점 걸려 있다는 정도밖엔 알
수가 없었습니다. 희미한 불빛 속에서 현관문을 열어준 사람이 보
였지요. 그는 키가 작고 어깨가 둥글고 비열하게 생긴 중년 사내였
습니다. 이쪽을 쳐다볼 때 불빛이 반사되는 걸 보고, 나는 그가 안경
을 끼고 있다는 걸 알았습니다.

'해럴드, 멜라스 씨인가?' 중년 사내가 물었습니다.

'예.'

'잘했구먼! 멜라스 씨, 뭐 나쁜 뜻이 있는 건 아니니까 염려 마시
오. 하지만 통역이 필요해서 이렇게 불렀소. 내가 시키는 대로만 한
다면 섭섭지 않게 해주리다. 하지만 무슨 장난을 치려고 한다면 가
만두지 않겠소!' 사내는 신경질적인 웃음을 섞어서 말했는데 나한
테는 그게 몹시 무섭게 느껴졌습니다.

'대체 저한테 원하는 게 뭡니까?' 나는 물었지요.

'우리 집에 와 있는 그리스 신사한테 몇 가지 물어봐주시오. 하
지만 우리가 하는 말만 옮겨야지 쓸데없이 다른 말을 시켰다가
는……,' 사내는 여기서 다시 신경질적으로 킬킬거렸습니다. '목숨
을 부지하지 못할 거요.'

사내는 말하면서 어느 방문을 열었습니다. 아주 사치스럽게 꾸며
진 듯한 방이 나왔습니다. 하지만 조명이라곤 불꽃을 줄여놓은 등
잔불 달랑 하나뿐이었지요. 방은 꽤 컸는데, 발밑에서 느껴지는 푹
신한 카펫의 감촉이 그 방의 호사스러움을 말해 주었지요. 벨벳 의
자와 높다란 하얀 대리석 벽난로 선반이 보였고, 그 옆에는 일본 갑

옷이 한 벌 걸려 있는 것 같았습니다. 등잔불 밑에는 의자가 하나 놓여 있었는데 중년의 사내가 거기에 앉으라고 손짓했습니다. 청년은 방을 나갔지만, 곧 헐렁한 가운 같은 걸 걸친 신사를 데리고 다른 문으로 들어왔습니다. 신사는 걸음이 몹시 느렸는데 희미한 불빛이 그의 얼굴을 비쳤을 때 나는 대경실색했습니다. 그는 죽은 사람처럼 창백한 데다 피골이 상접할 정도로 말랐습니다. 하지만 퀭한 눈에는 광채가 있어서 강한 정신력을 드러내고 있었지요. 그러나 무엇보다 충격적인 것은 기괴하게 얼굴에 십자로 붙어 있는 반창고였습니다. 그의 입도 커다란 반창고로 봉해져 있었습니다.

'해럴드, 석판은 가져왔니?' 중년의 사내가 소리쳤고 이상한 신사는 의자 위로 쓰러지다시피 털썩 주저앉았죠. '팔은 풀어줬지? 자, 그럼 연필을 갖다줘라. 멜라스 씨, 이제부터 당신이 질문을 하면 저 사람이 대답을 석판에 쓸 거요. 먼저 서류에 서명할 준비가 됐는지부터 물어봐주시오.'

그 신사의 눈에서 불꽃이 일었습니다.

'아니!' 그는 석판 위에 그리스어로 썼습니다.

'무슨 조건이 있나?' 나는 폭군의 요구에 따라 물었습니다.

'내가 보는 앞에서, 내가 아는 그리스인 사제의 집전으로 결혼식을 올릴 것.'

사내는 섬뜩하게 킬킬거렸습니다.

'네가 어떻게 될지 모르나 보지?'

'나는 아무래도 좋다.'

반은 말로, 반은 글로 쓰는 이상한 문답은 이런 식으로 이어졌습니다. 나는 그리스인 신사에게 다 포기하고 서류에 서명할 생각이 없는지 재차 묻고 또 물어야 했지요. 하지만 곧 좋은 생각이 떠올랐습니다. 나는 질문 맨 끝에 짧은 문장을 덧붙이기 시작했습니다. 혹시 두 영국인이 눈치챌지도 몰라서 처음에는 별로 중요하지 않은 질문을 덧붙였는데, 두 사람은 내가 위험한 게임을 하는 걸 전혀 모르는 것 같았습니다. 우리의 대화는 이런 식으로 진행됐지요.

'그렇게 고집부려 봤자 너만 손해다. **당신 누구요?**'

'난 상관하지 않는다. **난 이곳 사람이 아니오.**'

‘네 손으로 무덤을 파는구나. 여기 온 지 얼마나 됐소?’

‘난 관심 없다. 3주.’

‘재산은 절대로 너한테 넘어가지 않을 거다. 어쩌다 그 지경이 됐소?’

‘악당의 손에 넘어가지도 않을 거다. 저들은 나를 굶기고 있소.’

‘서명하면 풀어주마. 이 집의 위치는?’

‘죽어도 그럴 순 없다. 모르오.’

‘그건 여자를 위하는 길이 아니다. 당신 이름은?’

‘그 애를 데려와서 내 앞에서 직접 말하라고 해라. 크라티데스.’

‘서명하면 만나게 해주지. 어디서 왔소?’

‘그럼 만나지 않겠다. 아테네.’

홈즈 선생, 시간이 5분만 더 있었어도 나는 그들의 코앞에서 자초지종을 다 캐냈을 겁니다. 그런데 하나만 더 물으면 사건의 진상을 완전히 밝혀냈을 바로 그 순간에, 방문이 열리더니 한 여성이 들어왔지요. 키가 크고 우아한 검은 머리 여성이었습니다. 그녀는 헐렁한 하얀 가운 비슷한 걸 입고 있었지요.

그녀는 외국어 억양이 섞인 영어로 말했습니다. ‘해럴드, 더 이상 혼자 못 있겠어요. 2층에서 혼자 있으려니 너무 적적……, 오, 맙소사, 파울!’

마지막 말은 그리스어였고 바로 그 순간 그리스 신사는 안간힘을 다해 입에서 반창고를 떼어냈습니다. 그리고 ‘소피! 소피!’라고 외치며 달려가 여자를 억세게 포옹했지요. 하지만 두 사람의 포옹은 극히 짧았습니다. 청년은 여자를 떼어내 밖으로 밀어냈고, 중년

의 사내는 말라비틀어진 포로를 쉽사리 제압해서 다른 문으로 질질 끌고 나갔으니까요. 순식간에 방에 혼자 남은 나는 벌떡 일어섰습니다. 이 집의 위치에 대한 단서를 포착해 낼 수 있을지도 모른다는 생각이 들었지요. 하지만 다행히 걸음을 떼기 전에, 중년의 사내가 문 앞에 서서 나를 뚫어지게 바라보고 있는 게 눈에 들어왔습니다.

'멜라스 씨, 이제 됐소.' 사내는 말했습니다. '알다시피 당신은 지극히 사적인 비밀을 알게 되었소. 협상을 맨 처음 시작했던 그리스 친구가 제 나라로 돌아가지만 않았어도 굳이 당신한테 폐를 끼칠 필요는 없었을 거요. 그 친구를 대신할 사람이 필요했는데 다행스럽게도 당신에 대한 소문을 들었소.'

나는 고개를 숙였습니다.

'여기 금화로 5파운드 지불하겠소.' 그는 내게 다가오며 말했습니다. '이 정도면 충분한 사례가 될 거요. 하지만 이것만은 명심하시오.' 그는 내 가슴을 툭툭 치며 킬킬거렸습니다. '혹시 누구한테 이 일을 발설했다가는, 흥, 살아남지 못할 줄 아시오!'

그 비열한 얼굴의 사내가 얼마나 무섭고 혐오스러웠는지는 이루 표현하기 힘들 정도입니다. 그가 불빛 아래 왔을 때 나는 그의 모습을 한층 자세히 관찰할 수 있었지요. 사내의 야윈 얼굴은 누렇게 떴고 뾰족한 턱수염은 가늘고 푸석해 보였습니다. 말을 하는 동안에 얼굴을 쑥 내밀고 있었는데, 입술과 눈꺼풀은 무도병을 앓는 사람처럼 쉬지 않고 씰룩거렸습니다. 나는 토막토막 끊어지는 그의 야릇한 웃음소리가 어떤 신경 질환의 증세라고 생각할 수밖에 없었지요. 하지만 그의 얼굴에서 가장 무서운 부분은 냉혹하게 빛나는 청회색 눈이었습니다. 그 눈 속에는 가없는 잔인함이 깃들어 있었지요.

'당신이 이 일을 발설하면 그 길로 우리 귀에 들어올 거요.' 사내는 말했지요. '우리한테는 나름대로 정보통이 있으니 말이오. 밖에 마차가 대기하고 있소. 우리 친구가 당신을 바래다줄 거요.'

나는 다시 홀을 지나 마차에 탔고, 다시 나무와 정원이 옆을 스쳐 갔습니다. 래티머 씨는 내 뒤를 바짝 따라와 말 한마디 없이 맞은편에 앉았습니다. 그리고 다시 창문을 올리고 묵묵히 끝없는 길을 달렸지요. 마차가 멈춘 것은 자정이 좀 넘어서였습니다.

'멜라스 씨, 여기서 내리쇼.' 청년은 말했습니다. '댁에서 좀 먼 데

라 미안하긴 하지만 어쩔 수 없는 노릇이고. 혹여 마차를 따라오려고 했다가는 큰코다칠 줄 아쇼.'

청년은 말하면서 마차 문을 열어주었습니다. 내가 뛰어내리자마자 마부는 말을 채찍질했고 마차는 쏜살같이 달아났습니다. 나는 어안이 벙벙해서 주위를 둘러보았지요. 나는 히스로 뒤덮인 공유지 비슷한 데 서 있었습니다. 드문드문 시커먼 가시금작화 덤불이 깔려 있었지요. 멀리 집들이 길게 늘어서 있는 게 보였는데, 2층 창문에서 간간이 불빛이 흘러나오고 있었습니다. 반대쪽을 보니 철도의 붉은 신호등이 보였지요.

나를 태우고 온 마차는 이미 시야에서 사라졌습니다. 대체 거기가 어딘지 몰라서 사방을 두리번거리고 있는데 어둠 속에서 누군가 이쪽으로 다가오는 게 보였습니다. 가까이 왔을 때 보니 그는 기차역에서 일하는 짐꾼이었습니다.

'혹시 여기가 어딘지 아시오?'

'완즈워스 공유지입니다.'

'지금 런던으로 가는 기차를 탈 수 있겠소?'

'클래펌 역으로 1.5킬로미터 정도 가면 빅토리아행 마지막 기차를 탈 수 있을 겁니다.'

홈즈 선생, 내 모험은 그렇게 해서 끝났습니다. 앞서 말한 것 말고는 그 집의 위치나 그 사람들의 정체에 대해서 아무것도 모릅니다. 하지만 나는 흉한 일이 벌어지고 있다는 걸 알고 있고 힘닿는 대로 그 불운한 그리스인을 돕고 싶습니다. 그래서 다음 날 아침에 마이

크로프트 홈즈 씨께 자초지종을 털어놓았고, 그다음에 경찰에도 신고했습니다."

기이한 이야기가 끝난 다음 잠시 침묵이 흘렀다. 셜록은 형을 쳐다보고 물었다.

"그래서 어떻게 했어?"

마이크로프트는 작은 탁자 위에서 《데일리 뉴스》를 집어 들었다.

아테네 출신이고, 영어를 전혀 못하는 파울 크라티데스라는 신사

의 행방을 아시는 분은 연락 바람. 후사하겠음. 소피라는 그리스 여성
에 대해 알려주시는 분에게도 사례하겠음. X 2473.

"이 광고를 일간지에 다 실었는데 연락이 없구나."

"그리스 대사관엔?"

"연락해 봤지. 아무것도 모르더라."

"아테네 경찰 본부에도 전보를 치고?"

마이크로프트는 나를 돌아보며 말했다.

"우리 집안의 에너지는 전부 셜록한테 가 있다오. 그래, 네가 꼭
이 사건을 맡아서 조사해 보고 성과가 있으면 알려다오."

"알았어."

내 친구는 자리에서 일어서며 대답했다.

"형한테 꼭 알려주지. 멜라스 씨도 마찬가지고요. 그런데 멜라스
씨, 저라면 각별히 몸조심을 하겠습니다. 저쪽에서 이 광고를 보면
멜라스 씨가 비밀을 누설했다는 걸 알 테니까요."

집으로 가는 길에 홈즈는 전신국에 들러서 전보를 몇 통 쳤다.

"왓슨, 오늘 저녁때 우린 대어를 낚은 거야. 나는 형을 통해 아주
흥미로운 사건 몇 가지를 이런 식으로 의뢰받았지. 이 사건을 설명할
수 있는 방법은 단 하나뿐이지만 그래도 상당히 독특한 데가 있네."

"어때, 사건을 해결할 수 있는 희망이 있나?"

"음, 이만큼 알고 있으면서 나머지를 밝혀내지 못한다면 그거야
말로 정말 이상한 일이 될 거야. 자네도 이 사건을 설명할 수 있는

가설을 세워봤겠지?"

"응, 대충은."

"자넨 어떻게 생각했나?"

"내가 보기엔 분명히 그리스 아가씨가 해럴드 래티머라는 영국 청년한테 납치된 것 같아."

"어디서?"

"글쎄, 아테네가 아닐까."

셜록 홈즈는 고개를 가로저었다.

"그 청년은 그리스어를 한마디도 못하네. 그런데 아가씨는 영어를 꽤 잘하거든. 따라서 아가씨는 영국에서 상당 기간 체류했지만 청년은 그리스에 가본 적이 없는 게 분명하네."

"음, 그렇다면 여자가 영국을 방문했다가 그 해럴드라는 청년을 만나 꼬드김에 빠졌다고 추측할 수 있겠군."

"그럴 가능성이 더 높아."

"그리고 그 오빠 —— 두 사람의 관계는 분명히 그런 것 같으니까 말이야. ——는 동생을 말리려고 그리스에서 달려왔을 거야. 그런데 잘못해서 그 청년과 중늙은이가 쳐놓은 그물에 걸렸겠지. 두 영국인은 오빠를 붙잡아놓고 동생의 재산을 자기들에게 넘기는 문서에 서명하라고 으름장을 놓았어. 물론 이 경우에 동생의 재산은 오빠가 맡아서 관리하고 있겠지. 하지만 오빠는 거절했어. 그러자 그와 협상하기 위해 통역이 필요했고 멜라스 씨가 걸려든 걸세. 그 전에는 물론 다른 통역관을 썼겠지. 여자는 오빠가 왔다는 걸 까맣게 모르고 있다가 그때 아주 우연히 알게 되었어.”

“왓슨, 정말 훌륭하이!”

홈즈가 소리쳤다.

“자네 얘기가 거의 사실에 근접한 것 같군. 패는 우리 손에 다 들어왔고, 저쪽에서 갑자기 폭력을 행사하는 일만 없으면 되네. 저들이 시간을 좀 준다면 사건을 해결할 수 있을 텐데.”

“하지만 그 집의 위치를 어떻게 알아내지?”

“음, 만약에 우리의 추측이 옳고 그 여성의 이름이 소피 크라티데스가 맞는다면 그녀를 추적하는 데는 별 어려움이 없을 걸세. 사실 그것만이 유일한 희망이지. 왜냐하면 런던에서 그 오빠를 아는 사람은 아무도 없을 테니까. 해럴드라는 자가 여자와 그런 관계를 맺은 건 한참 된 게 분명하네. 그리스에 있는 오빠가 그 소식을 듣고 달려온 시간을 따져보면 적어도 몇 주는 됐을 거야. 그런데 그들이 그동안 계속 같은 곳에서 살았다면, 마이크로프트 형이 낸 광고에 어떤 응답이 있을 가능성이 크네.”

우리는 이런 얘기를 나누면서 베이커가의 집에 도착했다. 홈즈가 앞장서 계단을 올라가 방문을 열더니 깜짝 놀라 소리쳤다. 그의 어깨 너머로 방을 들여다보고 나 역시 놀랄 수밖에 없었다. 마이크로프트가 안락의자에 앉아 담배를 피우고 있었던 것이다.

“들어와, 셜록! 들어오시오, 박사.”

그는 우리의 놀란 얼굴을 보고 빙긋이 웃으며 부드럽게 말했다.

“나한테 이런 에너지가 있을 줄은 몰랐겠지, 셜록? 하지만 이 사

건에는 유난히 마음이 끌린단 말이야."

"여긴 어떻게 온 거야?"

"이륜마차를 타고 왔지."

"뭐 새로운 일이라도 있었어?"

"광고를 보고 누가 답신을 보냈지."

"아!"

"응. 네가 떠난 뒤 몇 분 만에 도착했다."

"내용은?"

마이크로프트 홈즈는 편지 한 장을 꺼냈다.

"바로 이거다. 몸이 약한 중년 남자가 미황색 최고급 종이에 J펜으로 쓴 거지."

오늘 자 신문 광고를 보았습니다. 저는 문제의 그 여성을 아주 잘 알고 있습니다. 저를 찾으시면 그 여성의 마음 아픈 사연에 대해 자세히 알려드리겠습니다. 그 여성은 현재 베케넘의 머틀스 저택에 있습니다.

—J. 대븐포트 드림

"이 사람은 로워 브릭스턴에서 살고 있어."
마이크로프트 홈즈는 말했다.
"셜록, 당장 거기로 달려가서 자세한 사연을 들어볼까?"
"형, 지금은 동생의 사연보다는 오빠의 생명이 더 급해. 내 생각엔 런던 경찰국에 가서 그렉슨 경위를 만난 다음에 곧장 베케넘으로 가야 할 것 같은데. 한 사람이 죽을지도 모르는 판국이니 한시가 급해."
"멜라스 씨를 데리고 가는 게 어떨까."
나는 의견을 내놓았다.
"통역이 필요할 것 같은데."
"좋은 생각일세."
셜록 홈즈가 말했다.
"사환을 보내서 사륜마차를 불러야겠어. 마차가 오는 대로 곧 출발하세."

그는 말하면서 서랍을 열고 권총을 꺼내 주머니에 슬쩍 집어넣었다. 내가 쳐다보자 홈즈는 말했다.

"그래, 이제까지 들은 얘기를 종합해 보면 우리가 아주 위험한 패거리를 상대하고 있는 것 같아."

펠멜가에 도착하니 날이 어두워지고 있었다. 멜라스 씨는 하숙집에 없었다. 한 신사가 그를 부르러 왔다는 것이다.

"어디로 갔는지 아시오?"

마이크로프트 홈즈가 물었다.

"모르겠는데요."

문을 열어준 여인이 대답했다.

"제가 아는 건 그 신사와 같이 마차를 타고 가셨다는 것뿐이지요."

"그 신사가 이름을 밝히던가요?"

"아니요."

"키가 크고 잘생기고 가무잡잡한 청년 아니었소?"

"오, 아니에요. 키가 작고 안경 끼고 얼굴이 홀쭉한 신사분이었어요. 하지만 아주 기분이 좋은 것 같았지요. 말하면서 계속 웃었으니까요."

"가자고!"

셜록 홈즈가 불쑥 소리쳤다.

"일이 점점 심각해지는군."

런던 경찰국으로 가는 동안 그가 말했다.

"그자들이 다시 멜라스 씨를 붙들어 갔어. 그는 담력이라곤 약에

쏠래도 없는 사람이고 그자들도 간밤의 경험으로 그걸 잘 알고 있지. 멜라스 씨는 그 악당을 보자 완전히 얼었을 거야. 그자들은 분명히 통역할 사람이 필요했겠지만 그를 이용한 다음에는 자신들을 배신한 데 대해 보복하려고 하겠지.”

우린 기차를 타면 마차와 비슷하거나 더 빨리 베케넘에 도착할 수 있을 거라고 예상했다. 하지만 런던 경찰국에 가서 수색 영장을 받고 그렉슨 경위를 데리고 나오는 데 한 시간 이상이 걸렸다. 런던 다리에 도착한 것은 아홉시 45분이었고, 베케넘 역에 내린 것은 열시 반이었다. 우리는 800미터쯤 달려 머틀스 저택에 도착했다. 그것은 도로에서 약간 들어간 곳의 넓은 대지 위에 세워진 크고 어두운 집이었다. 우리는 집 앞에서 마차를 보내고 진입로를 걸어 올라갔다.

“불 켜진 창문이 하나도 없소이다.”

경위가 말했다.

“꼭 빈집 같군.”

“새는 날아가고 둥지는 비었군요.”

홈즈가 말했다.

“그게 무슨 말이오?”

“짐을 잔뜩 실은 마차가 좀 전에 밖으로 나갔습니다.”

경위는 껄껄 웃었다.

“난 정문의 불빛으로 바큇자국을 보았소. 하지만 짐을 싣고 나간 흔적은 어디 있소?”

"당신은 아마 똑같은 바큇자국이 다른 방향으로 나 있는 것도 보았을 겁니다. 그런데 밖으로 나가는 바큇자국이 훨씬 깊이 팼어요. 그러니 마차에 짐을 꽤 많이 실었다는 게 확실한 겁니다."

"그 점에 대해선 선생의 생각이 좀 앞섰구려."

경위는 어깨를 들썩하며 말했다.

"이건 억지로 열 수 있는 문이 아니오. 하지만 안에서 대답이 없으면 한번 해보는 수밖에."

그렉슨은 노커로 문을 쾅쾅 두드리고 초인종 줄을 잡아당겼지만 아무 대답이 없었다. 홈즈는 살그머니 자리를 빠져나가더니 잠시 후에 돌아와 말했다.

"창문을 열어놓았습니다."

"홈즈 선생, 선생이 우리 편이라는 게 얼마나 다행인지 모르겠소."

경위는 내 친구가 안쪽의 걸쇠를 교묘하게 밀어낸 솜씨를 보고 한마디 했다.

"상황이 상황이니만큼 지금은 무단으로 들어갈 수밖에 없겠소."

우리는 차례로 커다란 방 안으로 들어갔는데 그것은 멜라스 씨가 말했던 그 방이 분명했다. 경위가 각등에 불을 밝히자 통역관이 말한 대로 두 개의 문, 커튼, 등잔, 일본 갑옷 한 벌이 불빛에 드러났다. 탁자 위에는 잔 두 개, 빈 브랜디 병, 먹다 남은 음식이 놓여 있었다.

"저게 무슨 소리지?"

갑자기 홈즈가 말했다.

우리 모두는 꼼짝 않고 서서 귀 기울였다. 나지막한 신음 소리가 머리 위 어딘가에서 흘러나오고 있었다. 홈즈는 문밖으로 뛰쳐나갔다. 홀로 나가자 무시무시한 신음 소리가 2층에서 들려왔다. 홈즈는 계단을 뛰어올라 갔고 그렉슨 경위와 내가 그 뒤를 바짝 따랐다. 홈즈의 형 마이크로프트는 육중한 체구가 허락하는 한도 내에서 재빨리 따라왔다.

2층으로 올라가자 세 개의 방문이 나왔는데 불길한 소리는 가운데에서 들려왔다. 그 소리는 분명치 않은 웅얼거림으로 가라앉았다가 다시 날카로운 신음 소리로 높아지곤 했다. 방문은 잠겨 있었지만 열쇠가 그대로 꽂혀 있었다. 홈즈는 방문을 열어젖히고 방 안으로 뛰어들었지만 곧 목덜미를 움켜쥐고 밖으로 뛰쳐나왔다.

"숯불이오!"

그는 외쳤다.

"잠깐 기다려요. 곧 맑아질 테니."

방 안을 들여다보니 불 꺼진 방 한가운데 작은 놋쇠 삼발이가 하나 놓여 있고, 그 속에서 푸른 불꽃이 넘실거리고 있었다. 숯불은 괴이한 반원형의 빛을 던지고 있었는데, 그 너머의 어둠 속에서 희미한 사람 그림자 둘이 벽 앞에 쪼그리고 있는 모습이 보였다. 문을 통해 끔찍한 독가스가 흘러나오자 사람들은 저마다 숨이 막히는 듯 기침을 터뜨렸다. 홈즈는 계단 앞으로 달려가 신선한 공기를 들이쉬고 다시 방으로 뛰어들었다. 그리고 창문을 열어젖히고 놋쇠 삼발이를 정원으로 내던졌다.

“1분 뒤에 들어갑시다.”

그는 숨을 몰아쉬며 다시 방을 뛰쳐나왔다.

“초가 어디 있지? 저런 공기 속에서 성냥불을 켤 수 있을 것 같지 않은데. 형! 방문 앞에서 불을 밝혀줘. 그럼 우리가 사람들을 꺼내 올 테니까. 자!”

우리는 방 안으로 뛰어들어 가스에 중독된 사람들을 밖으로 끌어 냈다. 두 사람 다 의식을 잃고 있었는데 새파란 입술에 얼굴은 퉁퉁 붓고 두 눈이 튀어나와 있었다. 정말이지 두 사람의 얼굴은 너무 일 그러져 있어서, 검은 턱수염과 퉁퉁한 몸집만 아니었다면 그중 한 사람이 겨우 몇 시간 전에 디오게네스 클럽에서 만났던 그리스어 통역관이라는 걸 못 알아볼 뻔했다. 그는 손발이 꽁꽁 묶여 있었고, 한쪽 눈두덩에는 세게 얻어맞은 자국이 있었다. 옆 사람은 비슷하게 결박당했는데 키는 컸지만 무섭게 말랐고 얼굴에는 반창고를 이리저리 붙여놓아 기괴한 느낌을 주었다. 우리가 그를 바닥에 눕혔을 때 그는 신음 소리를 그쳤다. 나는 그의 모습을 일별하고 적어도 이 사람에게는 구조의 손길이 너무 늦었다는 사실을 깨달았다. 하지만 멜라스 씨는 숨이 붙어 있었고 암모니아와 브랜디의 도움으로 한 시간이 못 돼서 깨어났다. 나는 그가 눈을 뜨는 것을 만족스러운 심정으로 지켜보면서, 내가 그를 생사가 엇갈리는 어둠의 골짜기에서 끌어냈다는 사실을 알았다.

멜라스 씨가 들려준 이야기는 간단했고 우리의 추리를 확증해 주지는 못했다. 그를 찾아온 손님은 방에 들어오자마자 소매에서 호신용 지팡이를 꺼냈다. 그리고 당장 죽일 것처럼 위협해서 두 번째로 납치해 갔다. 사실 불운한 통역관은 무슨 최면에라도 걸린 사람처럼 그 킬킬거리는 악당 애기만 나오면 손을 떨고 얼굴이 하얗게 질리곤 했다. 그는 마차 편으로 베케넘으로 끌려가서 다시 통역관 노릇을 했는데 이번 만남은 지난번보다 훨씬 극적이었다. 두 영국인은 요구를 들어주지 않으면 당장 죽이겠다고 그리스인 포로를 위협했다. 그러나 어떤 협박도 먹히지 않는다는 사실을 깨닫자 포로를 다시 감옥에 처넣었다. 그리고 신문 광고를 보고 멜라스가 비밀을 누설한 사실을 알아차린 듯 온갖 욕설을 퍼붓더니 지팡이를 휘

둘러서 그를 단번에 기절시켰다. 멜라스는 그다음 일에 대해서는
전혀 기억하지 못했다. 깨어나보니 우리가 자신을 내려다보고 있더
라고 했다.

이것이 그리스어 통역관이 겪은 기이한 사건인데, 그 전말은 아
직 완전히 밝혀지지 않았다. 우리는 광고를 보고 연락해 온 신사를
통해 불운한 처녀가 부유한 그리스 집안 출신이라는 사실을 알게
되었다. 그녀는 친구들을 만나러 영국에 왔다가 해럴드 래티머라
는 청년을 만났는데, 래티머는 처녀를 꼬드겨 같이 살자고까지 하
게 되었다. 친구들은 그걸 보고 깜짝 놀라 아테네의 오빠한테 연락
했지만 그 정도에서 만족하고 더 이상 그 일에 관여하지 않았다. 오
빠는 영국에 오자마자 래티머와 윌슨 켐프라는 흉악한 짝패가 쳐놓
은 그물에 걸리고 말았다. 두 사람은 처녀의 오빠가 영어를 한마디
도 못하는 무력한 신세라는 걸 알고 그를 감금했다. 그리고 폭력을
행사하고 굶기면서 오누이의 재산을 양도하는 문서에 서명하라고
강요했다. 이들은 그리스 신사를 집 안에 가둬놓았고 동생이 오빠
를 보더라도 얼굴을 알아보지 못하도록 얼굴에 반창고를 붙여놓았
다. 그러나 통역관이 왔던 그날, 처녀는 오빠를 처음 보았지만 여자
다운 직감으로 반창고를 붙여놓은 얼굴을 즉각 알아보았다. 그러나
가엾은 처녀 또한 포로에 불과했고, 그 집에는 마부 노릇을 하는 사
내와 그 아내뿐이었는데, 이들 부부 또한 두 악당의 끄나풀에 지나
지 않았다. 두 악당은 자신들의 비밀이 새어 나갔고 포로를 굴복시
킬 수 없다는 걸 알고, 몇 시간 만에 처녀를 데리고 셋집을 빠져나

갔다. 그들은 집을 떠나기 전에 자신들에게 반항한 사내와 비밀을 누설한 사내에게 앙갚음하는 걸 잊지 않았다.

몇 달 뒤 부다페스트에서 묘한 신문 기사 스크랩이 날아왔다. 그것은 두 영국인이 한 여성과 함께 여행하다가 비극적인 최후를 맞았다는 내용의 기사였다. 두 영국인은 모두 칼에 찔린 채로 발견되었는데, 헝가리 경찰은 이들이 싸움을 벌이다가 서로에게 치명상을 입혔다는 결론을 내렸다. 그러나 홈즈의 생각은 좀 다른데, 그는 아직도 그 그리스 처녀를 만나면 오누이의 원수를 어떻게 갚았는지에 관한 얘기를 듣게 될 거라고 생각하는 것 같다.

해군 조약문

내가 결혼한 그해 7월에는 잊지 못할 세 건의 흥미로운 사건이 있었으니, 그러한 사건을 통해 나는 셜록 홈즈와 교우하고 그의 방법에 대해 연구하는 특권을 누렸다. 지금도 내 노트에는 '두 번째 얼룩', '해군 조약문', '피로한 선장'이라는 제목의 세 가지 사건 기록이 남아 있다. 하지만 그중 첫 번째 사건은 엄청난 이해관계가 걸려 있을 뿐 아니라 영국의 명문 거족이 허다하게 관련된 사안이므로 앞으로 오랫동안 공개하는 것이 불가능할 것이다. 하지만 홈즈가 관계한 사건 중에서, 그의 분석 방법의 가치를 그토록 명료하게 드러내고 그를 아는 사람들에게 그토록 깊은 인상을 남긴 사건은 없었다. 나는 아직도 그가 파리 경찰국의 무슈 뒤뷔그와 단치히의 유명한 탐정 프리츠 폰 발트바움에게 설명해 준 사건의 진상을 거의 그대로 기록한 노트를 간직하고 있다. 두 사람은 그때 사건의 곁가지를 붙잡고 씨름하느라 힘을 낭비했다. 하지만 마음 놓고 그 이야기를 발표하려면 다음 세기나 되어야 할 것이다. 다음에 두 번째로 목록에 오른 사건에 관해 말하자면, 그것도 한때는 국가적 중대사가 될 뻔했고 또 매우 특이한 사건이기도 하다.

학창 시절에 나는 퍼시 펠프스라는 친구와 가깝게 지냈는데, 그는 나와 동갑이었지만 학년은 두 학년 위였다. 퍼시는 비상한 두뇌를 타고나서 학교에서 주는 상은 모조리 휩쓸더니 결국 장학금을 받고 케임브리지에 입학하여 계속 승승장구했다. 내 기억으로는 집안도 아주 좋아서 코흘리개 시절부터 우리는 그의 외삼촌이 유명한 보수당 정치가 홀더스트 경이라는 사실을 알고 있었다. 하지만 아무리 든든한 배경도 학교에서는 거의 무용지물이었다. 오히려 그것 때문에 우리는 놀이터에서 그를 괴롭히고 나무 막대로 정강이를 때리면서 짜릿한 기쁨을 느꼈던 것 같다. 하지만 그가 사회로 나갔을 때 그것은 완전히 다른 문제가 되었다. 나는 그가 뛰어난 능력과 후광 덕분에 외무부의 좋은 자리에 발탁되었다는 소문을 언뜻 들었지만, 다음 편지를 받기 전까지 그의 존재는 내 기억 속에서 까맣게 지워져 있었다.

워킹의 브라이어브레이 저택에서

친애하는 왓슨에게,

자네가 3학년일 때 5학년이던 '올챙이' 펠프스를 잊지는 않았겠지?

혹시 내가 영향력 있는 외삼촌 덕분에, 외무부의 유망한 자리에 발탁됐다는 소문을 들었을지도 모르겠군. 나는 끔찍한 불운이 닥쳐오기 전까지는 신망을 한 몸에 받았지만 이제는 파멸을 코앞에 두고 있네.

그 끔찍한 사건의 전말을 여기다 소상히 적고 싶은 생각은 없네. 자네가 내 부탁을 들어준다면 그때 가서 얘기하기로 하지. 나는 9주일 동안 뇌염을 앓다가 간신히 회복됐다네. 그래서 아직도 몹시 허약한 상태에 있지. 자네 친구 홈즈 선생과 같이 나한테 와줄 수 있겠나? 경찰에서는 더 이상 어떻게 해볼 도리가 없다고 하지만 나는 이 사건에 대한 홈즈 선생의 견해를 듣고 싶네. 가능한 한 빨리 와줬으면 해. 너무도 신경이 곤두선 탓에 1분이 꼭 한 시간처럼 길게 느껴지고 있네. 홈즈 선생에게, 내가 진작에 선생의 도움을 청하지 않은 것은 그분의 능력을 몰랐기 때문이 아니라 너무도 큰 충격 때문에 제정신이 아니었기 때문이라고 전해 주게. 이제 정신이 들긴 했지만 병이 재발할까 봐 그 일에 대해 깊이 생각할 엄두도 못 내고 있네. 나는 지금 편지를 쓸 힘도 없어서 남에게 대필시키고 있어. 홈즈 선생을 꼭 모셔 와주게.

— 옛 동창, 퍼시 펠프스

이 편지를 읽다 보니 코끝이 시큰해졌다. 홈즈를 데려오라는 얘기를 몇 번씩 되풀이한 걸 보니 가엾은 마음이 치솟았다. 퍼시가 그보다 어려운 일을 부탁했어도 들어주었을 텐데 하물며 홈즈가 좋아하는 일에서랴. 도움을 주는 홈즈는 항상 도움을 받는 의뢰인만큼이나 열성적이었다. 아내 역시 이 일을 지체 없이 홈즈에게 알려야 한다는 생각이었고, 그래서 나는 아침 시간에 득달같이 베이커가의 옛집으로 달려갔다.

홈즈는 실내복 차림으로 보조 탁자 앞에 자리 잡고 앉아 화학 실험에 여념이 없었다. 분젠 가스버너가 파란 불꽃을 피워 올리는 가운데 구부러진 커다란 증류기가 펄펄 끓어올랐다. 증류된 액체는 2리터짜리 용기에 고이고 있었다. 내가 들어갔는데도 친구는 나를 쳐다보는 둥 마는 둥 했고, 보아하니 몹시 중요한 조사를 하는 중인 것 같아 안락의자에 앉아 기다리기로 했다. 홈즈는 이 병, 저 병에서 피펫으로 액체를 몇 방울 빨아올렸다. 그리고 마침내 액체가 담긴 시험관을 식탁에 올려놓았다. 그는 오른손에 리트머스 시험지를 한 장 들고 있었다.

"왓슨, 마침 아주 중요한 순간에 왔군."

그는 말했다.

"이 시험지가 푸른색 그대로면 만사형통이고 빨간색으로 변하면 한 남자의 인생이 끝장나게 되네."

그가 시험관에 리트머스 시험지를 담그자 그것은 곧 탁한 진홍색으로 바뀌었다.

"흠! 내 이럴 줄 알았지!"

그는 소리쳤다.

"왓슨, 잠깐 기다려주게. 슬리퍼 속을 뒤져보면 담배가 있을 걸세."

그는 책상 앞으로 다가가 전보용지에 몇 줄 끼적거리더니 사환을

불러 그것을 넘겨주었다. 그리고 맞은편 의자에 털썩 주저앉아 무릎을 끌어 올리고 두 팔로 길고 여윈 다리를 감쌌다.

"아주 평범한 살인 사건이지. 그런데 자넨 좀 더 그럴듯한 사건을 가져온 것 같군. 왓슨, 자네는 사건을 물어다 주는 바다제비일세. 이번엔 뭔가?"

나는 편지를 건네주었고 그는 집중해서 편지를 읽었다.

"별 얘기는 없군. 안 그런가?"

그는 내게 편지를 돌려주며 말했다.

"그런 셈이지."

"하지만 필체가 흥미롭군."

"이건 그 친구의 글씨가 아니라네."

“맞아. 그건 여자가 쓴 글씨일세.”

“무슨 소리, 남자가 쓴 게 분명하네.”

나는 소리쳤다.

“아냐. 이건 여자 글씨야. 게다가 대단히 드문 성격의 소유자로군. 사건 조사를 시작하는 마당에, 의뢰인이 좋든 나쁘든 흔치 않은 성격을 가진 사람과 가깝게 지낸다는 걸 알아낸 것도 나름대로 의미 있는 일이지. 벌써 구미가 동하는구먼. 자네만 괜찮다면 당장 워킹으로 출발하세. 불행한 사건에 말려든 외무부 관리와 그가 구술한 편지를 받아 쓴 여성을 만나봐야겠어.”

다행히 우리는 워털루 역에서 금방 기차를 잡아탔고 한 시간이 채 안 돼서 워킹의 전나무 숲과 히스 덤불 사이에 발을 들여놓을 수 있었다. 브라이어브레이는 역에서 도보로 몇 분 거리에 있는 널따란 대지에 홀로 서 있는 큰 저택이었다. 명함을 들여보내자 우아하게 꾸며진 응접실로 곧장 안내받았고 잠시 후 약간 뚱뚱한 사나이가 나타나 반갑게 우릴 맞았다. 그는 나이는 마흔에 가까워 보였지만 붉은 두 뺨과 명랑한 눈빛이 아직도 토실토실한 장난꾸러기 소년 같은 분위기를 풍겼다.

“이렇게 와주셔서 얼마나 기쁜지 모르겠습니다.”

그는 호들갑스럽게 악수하며 말했다.

“퍼시는 아침 내내 두 분이 왔느냐고 묻고 있습니다. 아, 가엾은 친구. 그 친구는 지금 지푸라기라도 붙잡고 싶은 심정이지요! 퍼시의 부모님께서는 그 일에 대해서는 생각만 해도 못 견디게 괴로우시다고, 저더러 두 분을 대신 만나라고 부탁하셨습니다.”

“우린 아직 아는 게 전혀 없습니다만…….”

홈즈는 찬찬히 말했다.

“지금 말씀하시는 분은 가족은 아닌 모양입니다.”

사내는 깜짝 놀라는 듯하더니 아래를 흘끗 내려다보고 웃음을 터뜨렸다.

“물론 이 로켓에 새겨진 ‘J H’라는 모노그램을 보셨겠군요. 나는 선생이 무슨 교묘한 수단이라도 쓰신 줄 알았습니다. 조셉 해리슨이라고 합니다. 퍼시는 내 동생 애니와 결혼할 예정이니 앞으로 내게는 매제가 되겠지요. 퍼시의 방에 가면 내 동생을 만날 수 있을 겁니다. 동생은 지난 두 달 동안 약혼자를 지극정성으로 간병했지요. 어서 가보는 게 좋겠군요. 지금 눈이 빠지게 기다리고 있으니까요.”

우리는 응접실과 같은 층에 있는 방으로 안내받았다. 방은 거실 겸 침실로 꾸며져 있었고, 우아한 꽃다발이 구석마다 놓여 있었다. 몹시 여위고 창백한 청년이 창문 옆의 소파에 누워 있었다. 활짝 열린 창문을 통해 정원의 풍성한 향기와 상쾌한 여름 공기가 흘러들었다. 한 여성이 옆에 앉아 있다가 우리가 들어서자 자리에서 일어나 물었다.

“퍼시, 나 나갈까?”

청년은 여자를 붙들기 위해 손을 잡았다.

“왓슨, 잘 있었나?”

그가 부드럽게 말했다.

"그렇게 콧수염을 길러놓으니 영 못 알아보겠군. 자네도 날 쉽게 알아보진 못했을걸. 같이 오신 분이 자네의 유명한 친구 셜록 홈즈 선생이시군?"

나는 두 사람을 간단하게 인사시켰고 우리는 자리에 앉았다. 뚱뚱한 사나이는 방을 나갔지만 그의 여동생은 병자에게 손을 맡긴 채 방에 남았다. 그녀는 화려한 용모의 소유자였다. 비교적 키가 작고 통통한 편이었지만 아름다운 황갈색 피부와 이탈리아인 특유의 크고 검은 눈, 숱 많은 검은 머리는 내 친구의 희고 수척한 얼굴과 현격한 대조를 이루었다.

"바쁘신 분인 줄 잘 알고 있습니다."

퍼시는 소파에 일어나 앉으며 말했다.

"당장 본론으로 들어가도록 하지요. 홈즈 선생, 나는 사회적으로 성공한 행복한 사나이였습니다. 그런데 결혼을 코앞에 두고 갑자기 끔찍한 불행이 닥쳐서 완전히 파멸할 지경에 부딪혔습니다.

왓슨한테 들으셨는지도 모르겠지만 나는 외무부에 있습니다. 외삼촌이신 홀더스트 경의 후광으로 승진이 빨랐지요. 외삼촌은 이번 행정부에서 외무부 장관으로 취임하시고 저한테 몇 가지 임무를 맡겼는데, 저는 항상 성공적으로 일을 마무리했습니다. 그러자 외삼촌은 저의 능력을 깊이 신뢰하게 되었지요.

거의 10주 전이었습니다. 정확히 말하면 5월 23일이었지요. 외삼촌께서 저를 집무실로 부르시더니 그동안 일을 잘했다고 칭찬해 주셨습니다. 그러더니 새로운 임무가 있다고 하시더군요.

'자, 봐라.' 외삼촌은 책상에서 회색 두루마리를 하나 꺼내며 말씀하셨지요. '이건 영국과 이탈리아가 체결한 비밀 조약의 원본이다. 유감스럽게도 벌써 이 조약에 관한 이야기가 언론에 일부 새어 나갔다. 하지만 더 이상 내용이 유출되었다가는 중대한 문제가 야기될 거야. 프랑스와 러시아 대사관에선 어떤 비용을 치르고라도 이 비밀 조약의 내용을 입수하려고 할 것이다. 반드시 사본을 만들 필요가 있기에 망정이지, 그렇지 않으면 이 문서는 절대로 내 책상을 떠나서는 안 되는 것이다. 사무실에 네 책상 있지?'

'예, 장관님.'

'그럼 이걸 가지고 가서 책상 서랍에 넣고 자물쇠를 채워둬라. 내가 너만 남고 다른 사람들은 퇴근하도록 일을 지시하마. 그럼 너는 아무한테도 들킬 염려 없이 여유 있게 사본을 만들 수 있을 것이다. 일이 끝나면 원본과 사본을 책상 서랍에 넣고 다시 자물쇠를 채워라. 그리고 내일 아침에 네가 직접 그걸 들고 오너라.'

나는 기밀문서를 받아 들고⋯⋯."

"잠깐만."

홈즈가 말했다.

"두 분이 대화를 나누는 동안 방에 다른 사람은 없었습니까?"

"물론입니다."

"집무실의 크기는?"

"가로세로 9미터."

"방 한가운데서 말씀하셨습니까?"

"예. 그런 셈이지요."

"그리고 작은 목소리로?"

"외삼촌은 항상 목소리를 낮춰서 말씀하십니다. 나는 거의 말을 안 했고요."

"감사합니다. 계속하시지요."

홈즈는 눈을 감으며 말했다.

"나는 장관님의 지시대로 하고 다른 직원들이 퇴근하기를 기다렸습니다. 그런데 같은 방을 쓰는 찰스 고로가 밀린 일을 하기에 잠깐 나가서 저녁 식사를 했습니다. 사무실에 돌아와보니 퇴근했더군요. 나는 조셉, 즉 두 분이 방금 만난 해리슨 씨가 런던에 와 있고 밤 열

한시 기차로 워킹에 내려간다는 사실을 알고 있었습니다. 가능하면 조셉과 같이 내려가고 싶었기 때문에 일을 서둘렀지요.

조약문을 살펴보자 그게 얼마나 중요한 문서인지 곧 알 수 있었습니다. 외삼촌의 말씀은 조금도 과장이 아니었지요. 자세한 내용은 말할 수 없지만 그것은 삼국동맹(독일, 오스트리아 - 헝가리 제국, 이탈리아 사이의 비밀 협정. 1882년에 체결되어 제1차 세계 대전까지 주기적으로 갱신되었다 ―옮긴이)에 대한 대영제국의 입장을 밝히고, 프랑스 함대가 지중해에서 이탈리아 함대에 대해 완전히 우위를 점하게 될 경우에 우리 나라가 택할 정책 방향을 예시하는 문서라고 할 수 있습니다. 그 조약은 순전히 해군의 문제를 다루고 있었습니다.

맨 끝에는 고위 인사들의 서명이 있었지요. 나는 조약문을 대충 훑어보고 그걸 베끼는 작업에 착수했습니다.

그것은 불어로 쓰인 장문의 문서였습니다. 조문은 스물여섯 개 항목에 달했지요. 나는 빨리 하노라고 노력은 했지만 아홉시가 됐을 때 베껴 쓴 건 아홉 항목에 불과했습니다. 열한시 기차를 타는 건 영 가망 없는 일로 보였지요. 그런데 식곤증에다 온종일 일한 피로가 쌓여 졸음이 쏟아지기 시작했습니다. 커피 한 잔만 마시면 머리가 맑아질 것 같았지요. 그런데 아래층 계단 밑의 작은 수위실에선 수위가 밤샘 근무를 하면서 야근을 하는 관리들에게 알코올램프로 커피를 끓여주곤 했습니다. 그래서 나는 수위를 부르려고 초인종 줄을 잡아당겼지요.

놀랍게도 호출을 받고 나타난 사람은 앞치마를 두른 늙수그레한 여인이었습니다. 몸집이 크고 못생긴 여자였는데 자긴 수위의 아내라며 여기서 잡부로 일하고 있다고 하더군요. 나는 커피를 주문했습니다.

두 항목을 더 베끼고 나니 아까보다 더 졸렸습니다. 나는 다리를 펴기 위해 일어나서 방 안을 오락가락했지요. 커피는 아직 오지 않았고, 나는 왜 이렇게 늦어지는지 궁금했습니다. 그래서 어떻게 된 건지 알아보려고 사무실을 나와 복도로 내려갔지요. 사무실의 출입문은 하나뿐인데 그것은 불빛이 희미한 일직선의 복도로 이어져 있습니다. 복도 끝에는 완만하게 구부러진 계단이 나오고 계단 밑의 통로에 수위실이 있지요. 그런데 이 계단을 반쯤 내려가다 보면 작은 층계참이 나오는데, 여기서 또 다른 복도와 직각으로 연결됩니다. 그리고 이 복도는 또 다른 계단으로 이어지고, 그 계단을 내려가면 건물 옆문이 나옵니다. 이 문은 하인들뿐 아니라 찰스가에서 오는 직원들이 지름길로 이용하는 출입문이지요. 여기 대략 약도를 그려놓았습니다.”

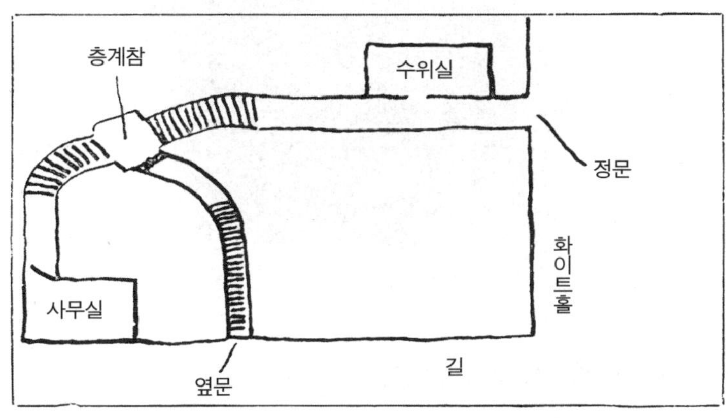

“감사합니다. 무슨 말인지 충분히 이해가 되는군요.”
셜록 홈즈가 말했다.
“이제부터는 아주 중요한 부분이니 잘 들으셔야 합니다. 나는 계단을 내려가서 홀로 나갔습니다. 수위는 수위실 안에서 곯아떨어져 있더군요. 알코올램프는 켜져 있었고 주전자 물은 펄펄 끓고 있었습니다. 나는 주전자를 내려놓고 불을 껐습니다. 물이 바닥으로 끓어넘치고 있었으니까요. 그리고 정신없이 자는 수위를 흔들어 깨우려고 손을 내미는데 머리 위에서 시끄러운 종소리가 났습니다. 그

러자 수위가 화들짝 놀라며 일어나더군요.

'펠프스 씨!' 수위는 당황한 얼굴로 나를 쳐다보며 말했습니다.

'커피가 다 됐는지 보려고 왔네.'

'주전자에 물을 끓이다가 그만 잠이 들었습죠.' 수위는 나를 쳐다보고 아직도 울려대는 초인종을 올려다보더니 더욱 놀란 얼굴이 되었습니다.

'대체 저 종은 누가 울린 겁니까요?' 수위는 물었습니다.

'종이라고?' 나는 외쳤습니다. '저게 무슨 종인데?'

'저건 펠프스 씨의 사무실과 연결된 종인데요.'

오싹 소름이 끼쳤습니다. 그렇다면 누군가가, 귀중한 기밀문서가 책상 위에 놓여 있는 내 방에 들어갔다는 것입니다. 나는 미친 듯이 계단을 뛰어올랐습니다. 홈즈 선생, 내 방으로 통하는 복도에는 아무도 없었습니다. 방에도 아무도 없었지요. 모든 것은 아까 그대로였습니다. 내게 맡겨진 문서가 책상 위에서 감쪽같이 사라졌다는 사실을 빼면 말입니다. 사본은 남아 있었지만 원본은 없어졌습니다."

홈즈는 몸을 바로 하고 두 손을 마주 비볐다. 나는 이 사건이 그의 마음에 꼭 들었다는 걸 알 수 있었다.

"그래서 어떻게 하셨습니까?"

그는 중얼거렸다.

"나는 도둑이 옆문을 통해 계단을 올라왔다는 것을 직감했습니다. 그자가 정문으로 들어왔다면 반드시 마주쳤을 테니까요."

"혹시 그동안 도둑이 방이나 복도에 숨어 있던 건 아닐까요? 방금 복도의 불빛이 희미하다고 말씀하지 않으셨습니까?"

"그런 일은 애당초 불가능합니다. 사무실 안이건 복도건 쥐새끼 한 마리 숨을 수 없습니다. 은폐물이 없으니까요."

"감사합니다. 계속 말씀해 주십시오."

"내가 하얗게 질리는 걸 보고 좋지 않은 일이 생겼다는 걸 눈치챈 수위는 뒤따라 2층으로 올라왔습니다. 우리는 사무실을 뛰쳐나가 찰스가로 나가는 가파른 계단을 뛰어내려 갔지요. 계단 밑의 출입문은 닫히긴 했지만 잠겨 있진 않았습니다. 우린 그 문을 열고 밖으로 뛰어나갔지요. 나는 그때 이웃 건물의 시계에서 종소리가 세 번 울렸던 걸 똑똑히 기억하고 있습니다. 아홉시 45분이었습니다."

"대단히 중요한 사실이군요."

홈즈는 셔츠 소매에 메모를 하며 말했다.

"그날 밤은 칠흑같이 어두웠고 미지근한 가랑비가 뿌리고 있었습니다. 찰스가에는 아무도 없었지만, 화이트홀 쪽은 항상 그렇듯이 통행량이 아주 많았지요. 우리는 비를 맞으며 포장도로를 달려가다가 길모퉁이에서 경관 한 사람을 만났습니다.

'절도 사건이오.' 나는 헐떡거리며 말했지요. '외무부에서 중요한 기밀 서류를 도난당했소. 혹시 여기로 지나간 사람이 없었소?'

'저는 15분간 여기 서 있었습니다.' 경관은 말했습니다. '그동안 지나간 사람은 딱 한 명뿐입니다. 몸집이 큰 나이 지긋한 여자였는데 페이즐리 숄을 두르고 있었지요.'

'아, 그건 우리 마누랍니다요.' 수위가 외쳤습니다. '다른 사람은 없었고요?'

'없었소.'

'그렇다면 도둑은 저쪽으로 간 게 틀림없습니다.' 수위는 내 옷소매를 잡아당기며 소리쳤습니다.

그렇지 않아도 뭔가 미심쩍었는데 수위가 나를 자꾸 딴 곳으로 끌고 가려고 하자 더럭 의심이 치밀었습니다.

'그 여자가 어느 쪽으로 갔소?' 나는 외쳤습니다.

'모르겠습니다. 앞으로 지나가는 걸 보긴 했지만, 그 아주머니한 테 관심을 가질 만한 특별한 이유가 없었으니까요. 아주 바쁘게 지 나가더군요.'

'그게 언제였소?'

'오, 얼마 안 됐습니다.'

'5분 안쪽이오?'

'예, 5분 이상은 안 됐을 겁니다.'

'여기서 시간 낭비하시면 안 됩니다. 지금은 1분 1초가 중요한 때 아닙니까요.' 수위는 외쳤지요. '제 말을 믿어주십시오. 제 마누라는 그 일과 아무 상관 없으니까 저쪽으로 가보셔야 합니다. 좋습니다요, 그럼 저라도.' 그 말과 함께 수위는 화이트홀 쪽으로 달려갔습니다.

하지만 나는 당장 따라가서 그의 소매를 붙들었지요.

'자네 주소가 어딘가?' 나는 물었습니다.

'브릭스턴, 아이비 길 16번지입니다요.' 수위는 대답했지요. '하지만 펠프스 씨, 엉뚱한 일에 시간 낭비하지 마시고요. 저쪽으로 가서 목격자를 찾아보셔야 합니다요.'

그렇게 해서 나쁠 건 없었습니다. 우린 경찰관과 함께 화이트홀 쪽으로 달려갔지만 그쪽 길은 오가는 마차로 가득했고, 행인들도 아주 많았습니다. 하지만 비가 오는 밤이라 모두들 비를 피할 곳을 찾아가느라 종종걸음을 치고 있었지요. 그곳을 지나간 사람이 있었는지 말해 줄 만큼 한가한 사람은 없었습니다.

그래서 우리는 다시 사무실로 돌아와 계단과 통로를 샅샅이 뒤졌지만 아무 소용없었습니다. 사무실로 통하는 복도에는 미황색 리놀륨 비슷한 게 깔려 있어서 자국이 아주 쉽게 남습니다. 우린 바닥을 자세히 조사했지만 발자국 같은 건 없었습니다."

"저녁내 비가 내렸습니까?"

"일곱시경부터."

"그러면 아홉시경에 방에 들어온 여자도 흙 묻은 발자국을 전혀 남겨놓지 않았다는 겁니까?"

"중요한 지적을 해주셨습니다. 그 당시에 저도 그 생각을 했습니다. 그런데 잡역부로 일하는 여자들은 원래 수위실에 신발을 벗어놓고 슬리퍼로 갈아신는다고 하더군요."

"그렇군요. 어쨌든 비가 오는 밤이었는데도 발자국이 전혀 없었다는 거지요? 참으로 흥미로운 사건임에 틀림없습니다. 그다음에 어떻게 하셨습니까?"

"우린 사무실 내부도 조사했습니다. 거기에 무슨 비밀 출입구 같은 게 있을 리는 만무하고, 게다가 창문은 지면에서 9미터 높이에 있는 데다가 모두 안에서 잠긴 상태였지요. 카펫이 깔려 있으니 바닥에 무슨 뚜껑문 같은 게 있을 리도 없고, 천장은 회칠한 보통의 천장입니다. 기밀문서를 훔쳐 간 자가 문을 통해 들어온 것은 분명합니다."

"벽난로는?"

"사무실엔 벽난로가 없습니다. 그냥 난로뿐이지요. 초인종 줄은 내 책상 오른쪽에 매달려 있습니다. 종을 울린 사람이 누구든 줄을 잡아당기려면 내 책상 앞으로 와야 합니다. 그런데 어떤 도둑이 일부러 종을 울리겠습니까? 그건 도저히 이해할 수 없는 일입니다."

"흔치 않은 사건임에는 틀림없습니다. 그다음에 어떻게 하셨습니까? 침입자가 어떤 흔적을 남겨놓지 않았는지 살펴보셨겠군요. 무슨 담배꽁초나 장갑, 머리핀 같은 사소한 물건을 떨어뜨리고 가지 않았는지 말입니다."

"하지만 그런 건 전혀 없었습니다."

"냄새도?"

"음, 그건 미처 생각을 못 했군요."

"아, 그런 조사에서 담배 냄새를 맡았다면 그것만 해도 큰 수확이었을 겁니다."

"나는 담배를 피우지 않습니다. 그러니 그때 담배 냄새가 남아 있었다면 그걸 몰랐을 리는 없습니다. 거기엔 어떤 단서도 없었습니다. 유일하게 확인된 사실은 수위의 아내―탠지 부인이라고 합디다.―가 바삐 건물을 빠져나갔다는 것입니다. 수위는 아내가 항상 그 시간에 집에 간다는 설명밖에는 하지 못했습니다. 경찰관과 나는 여자가 기밀문서를 가져갔다고 단정하고, 그걸 없애기 전에 여자를 붙잡는 게 상책이라는 결론을 내렸습니다.

그때는 이미 경찰 본부에 신고가 들어간 뒤였는데, 포브스 씨라는 수사관이 즉시 출동해서 정력적으로 사건에 덤벼들었습니다. 우린 이륜마차를 잡아타고 반 시간 뒤에 수위가 말해 준 주소에 도착했습니다. 젊은 여자가 나와서 문을 열어주었는데 알고 보니 수위의 맏딸이더군요. 딸은 엄마가 아직 안 왔다고 하면서 우릴 거실로 안내했습니다.

10분쯤 뒤에 문 두드리는 소리가 났습니다. 그런데 우리는 여기서 한 가지 큰 실수를 범했는데 나중에 얼마나 후회했는지 모릅니다. 우리가 직접 나가지 않고 딸한테 문을 열어주도록 했던 겁니다. 딸의 말소리가 들리더군요. '엄마, 두 남자가 안에서 엄마를 기다리고 있어요.' 다음 순간 통로를 뛰어가는 소리가 들렸습니다. 포브스와 나는 거실 문을 박차고 나가, 뒷방인가 부엌인가로 달려갔지요. 그런데 여자가 우리보다 먼저 거기 가 있었습니다. 그녀는 화난 얼굴로 우릴 노려보다가 문득 내 얼굴을 알아보고는 깜짝 놀랐습니다.

'아니, 사무실의 펠프스 씨 아니세요!' 여자는 소리쳤습니다.

'이봐요, 그럼 여기로 도망칠 때는 우리가 누군 줄 알았다는 거요?' 포브스 씨가 물었습니다.

'돈 받으러 온 사람들인 줄 알았지요. 어떤 장사꾼하고 안 좋은 일이 좀 있어서요.'

'그건 별로 좋은 핑계가 아니오.' 포브스가 대꾸했습니다. '우린 아주머니가 외무부 사무실에서 중요한 문서를 가져갔고, 그걸 숨기러 여기로 달려왔다고 믿을 만한 근거를 갖고 있어요. 같이 경찰국으로 갑시다. 아주머니는 조사를 좀 받아야 해요.'

여자는 소리 지르고 반항했지만 소용없었습니다. 우린 사륜마차를 불러서 여자를 데리고 경찰국으로 갔습니다. 마차에 타기 전에 부엌을 조사했지요. 특히 부엌의 화로를 자세히 살펴보았습니다. 혹시 우리가 오기 전에 서류를 없애려고 했는지도 모르니까요. 하지만 재나 종잇조각 같은 건 전혀 없었습니다. 우린 경찰국에 도착해서 수위의 아내를 곧장 여자 조사관에게 넘겼습니다. 결과가 나오

기를 기다리는 동안 나는 피가 마르는 심정이었습니다. 결국 문서
는 나오지 않았습니다.

그제야 그 끔찍한 상황이 실감 나기 시작하더군요. 그때까지 나
는 계속 행동하고 있었고, 그러는 동안에는 아무 생각도 떠오르지
않았습니다. 곧 조약문을 되찾을 거라고 확신하고 있었기 때문에,
그렇지 못할 경우 어떤 결과가 빚어질 것인가에 대해서는 생각조차
하지 않았습니다. 하지만 이제 더 이상 어떻게 손써 볼 수 없는 상
태가 되자, 내가 어떤 처지에 놓였는지 생각할 수 있는 여유가 생긴
겁니다. 그것은 생각만 해도 무서운 일이었습니다. 여기 있는 왓슨
한테 들으셨는지 모르겠지만 나는 학교 다닐 때도 예민하고 불안한
아이였습니다. 본디 그런 성격을 타고났지요. 외삼촌과 내각의 다른

각료들에 대해 생각해 보았습니다. 나는 외삼촌과 나 자신, 나와 관계된 모든 이들에게 치욕을 안겨준 겁니다. 내가 기이한 사고의 희생양이었다고 말해 본들 무슨 소용이겠습니까? 국익이 걸려 있는 문제에서 사고란 참작해 줄 수 없는 것이지요. 나는 치욕적으로 파멸한 것입니다. 이제는 아무 희망도 없었습니다. 어째야 좋을지를 몰랐지요. 나는 그때 소란을 피웠던 것 같습니다. 경찰관들이 나를 빙 둘러싸고 위로해 주려고 하던 일이 어렴풋이 기억납니다. 그중 한 사람이 나를 워털루 역으로 데려가서 워킹행 열차에 태워주었습니다. 이 근처에 사는 페리어 선생이 마침 같은 기차에 타지 않았다면 그 경찰은 여기까지 동행했을 겁니다. 페리어 선생은 친절하게도 나를 집에 데려다주는 책임을 떠맡았는데 그건 참으로 다행한 일이었습니다. 나는 기차역에서 발작을 일으켰으니까요. 집에 다 왔을 무렵엔 마구 헛소리를 해대는 미치광이가 되어 있었습니다.

의사가 초인종을 울려서 집 안 식구들을 깨웠을 때, 식구들이 내 상태를 보고 얼마나 놀랐는지 상상하실 수 있겠지요. 여기 있는 가없은 애니와 어머니는 몹시 마음 아파했습니다. 페리어 선생은 기차역에서 형사한테 들은 얘기가 있어서 사건의 전말을 대충 짐작하고 있었지요. 하지만 문제를 아는 것만으로는 아무 소용 없었습니다. 내가 장기간 앓아누우리라는 것은 불 보듯 뻔했지요. 그래서 조셉은 이 침대에서 기분 좋게 자다가 갑자기 쫓겨났고 이 방은 내 병실이 되고 말았습니다. 홈즈 선생, 나는 여기서 9주일 동안 열에 들떠 헛소리를 하며 무의식 상태로 누워 있었습니다. 여기 있는 해리슨 양과 의사 선생이 돌봐주지 않았다면 아직도 병석에서 일어나지 못했을 겁니다. 낮에는 이 사람이 옆을 지켰고 밤에는 간호사가 간호했습니다. 나는 발광 상태에 있었기 때문에 무슨 짓을 저지를지 몰랐으니까요. 서서히 정신이 들었는데, 기억이 완전히 회복된 것은 겨우 사흘 전의 일이었습니다. 가끔 아예 기억이 돌아오지 않았으면 하고 바랄 때도 있습니다. 나는 맨 먼저 사건 수사를 책임지고 있는 포브스 씨한테 전보를 쳤습니다. 포브스 씨는 여기 와서 최선을 다했지만 어떤 단서도 확보하지 못했다고 했습니다. 수위 부부에 대해선 철저하게 조사했지만 전혀 성과가 없었다고 하더군요. 경찰에선 그날 밤 연장 근무를 했던 고로에게 혐의를 두고 있습니다. 고로를 의심하는 근거라곤 그가 늦게 퇴근했다는 것과 프랑스 성(姓)을 갖고 있다는 단 두 가지 사실뿐이지요. 하지만 내가 일을 시작한 건 그가 퇴근한 다음이었습니다. 그리고 그가 프랑스의 신교도 집안 출신이긴 하지만 우리들과 똑같은 정서와 전통을 물려받은 영국인입니다. 그가 어떤 식으로든 사건에 연루됐다는 증거는 없었기 때문에 문제는 그 선에서 일단락되었지요. 홈즈 선생, 선생은 내게 마지막 희망입니다. 선생이 사건 해결에 실패한다면 나는 직위와 명예를 영영 되찾지 못할 겁니다."

병자는 긴 이야기 끝에 몹시 피로한 듯 쿠션에 등을 기댔다. 숙녀는 각성제를 잔에 따라주었다. 홈즈는 고개를 젖히고 눈을 지그시 감은 채 묵묵히 앉아 있었다. 모르는 사람들에게 그런 모습은 무관심한 태도로 보였을 테지만, 나는 그것이 가장 깊은 집중을 의미한다는 걸 잘 알고 있었다.

"설명이 아주 명쾌하십니다."

홈즈는 마침내 입을 열었다.

"그래서 별로 질문할 것도 없군요. 하지만 아주 중요한 문제가 하나 있습니다. 그렇게 특별한 임무를 맡았다는 얘기를 다른 사람한테 한 적이 있습니까?"

"아니요."

"예를 들면 여기 계신 해리슨 양에게도요?"

"그렇습니다. 임무를 부여받은 뒤에 여길 다녀간 적이 없으니까요."

"혹시 가족들 중에 누군가가 마침 그때 펠프스 씨를 찾아간 것은 아닐까요?"

"그런 일은 없었습니다."

"가족들 중에서 사무실 내부를 잘 아는 분은 안 계십니까?"

"오, 다들 거길 구경했지요."

"하지만 펠프스 씨가 비밀 조약에 대한 얘기를 아무한테도 안 한 게 사실이라면 이런 조사는 무의미한 것이지요."

"난 아무한테도 말하지 않았습니다."

"수위가 어떤 사람인지는 좀 알고 계십니까?"

"군 출신이라는 것밖에는 모릅니다."

"어느 연대에서 복무했다고 하던가요?"

"글쎄요, 콜드스트림 근위 연대라고 들었던 것 같은데요."

"감사합니다. 자세한 얘기는 포브스한테 듣기로 하지요. 경찰은 사실을 수집하는 능력은 탁월하니까요. 물론 그것을 항상 효과적으로 활용하는 것은 아니지만 말입니다. 참 예쁜 장미로군!"

홈즈는 활짝 열린 창가로 다가가 장미의 휘어진 줄기를 집어 들고 진홍색과 녹색이 화사하게 조화된 꽃을 내려다보았다. 나는 홈즈에게 그런 면이 있을 줄은 몰랐는데, 그가 자연의 대상물에 관심을 나타낸 적은 한 번도 없었기 때문이다.

"세상에서 종교만큼 추론을 필요로 하는 분야는 없습니다."

그는 창틀에 등을 기대며 말했다.

"논리적 훈련을 쌓은 사람은 종교를 정밀과학으로 변화시킬 수 있지요. 나는 신의 자비에 대한 가장 강력한 증거가 꽃이라고 생각합니다. 다른 모든 것들, 예를 들면 힘이나 욕망, 음식 따위는 일차적으로 인간 존재를 위해 필수불가결한 요소지요. 하지만 이 장미는 잉여물입니다. 이 향기와 색채는 삶의 조건이 아니라 장식이지요. 신이 잉여물을 내려주는 것은 자비심 때문이고, 그래서 나는 우리가 꽃을 보고 희망을 가져야 한다고 말하는 겁니다."

퍼시 펠프스와 약혼녀는 홈즈가 이런 논리를 펼치는 동안 놀람과 실망이 역력한 얼굴로 그를 쳐다보았다. 홈즈는 장미를 든 채 몽상에 잠겼다. 이렇게 몇 분간 시간이 흐르자 숙녀가 참지 못하고 말했다.

"홈즈 선생님, 이 사건의 해결 가능성이 있다고 보십니까?"

그녀는 가시 돋친 목소리로 물었다.

"오, 사건!"

홈즈는 화들짝 놀라며 현실로 돌아왔다.

"에, 이 사건이 대단히 복잡하고 난해하다는 걸 부정하는 건 어리석은 짓이 될 겁니다. 하지만 자세히 조사해 보고 무슨 결과가 있을 경우엔 알려드리마고 약속드리지요."

"무슨 단서라도?"

"펠프스 씨는 일곱 가지 단서를 제공해 주셨습니다. 하지만 물론, 확인해 보기 전엔 그러한 단서의 가치를 말하기는 어렵습니다."

"의심 가는 사람은 있습니까?"

"나 자신이 의심스럽습니다."

"뭐라고요?"

"지나치게 빨리 결론을 내린 게 아닌가 해서."

"그럼 런던으로 가서 그 결론이 옳은지 확인해 보세요."

"해리슨 양, 참 좋은 생각입니다."

홈즈는 자리에서 일어서며 말했다.

"왓슨, 그러는 게 제일 좋을 것 같군. 펠프스 씨, 지나친 기대는 금물입니다. 이 사건은 아주 복잡하니까요."

“벌써부터 다시 만날 날이 기다려집니다.”

내 친구가 소리쳤다.

“그럼 내일 같은 시간에 오겠습니다. 하지만 별다른 결과는 없을 것 같습니다.”

“다시 오겠다고 약속해 주시니 정말 감사할 따름입니다.”

퍼시 펠프스가 외쳤다.

“뭔가 일이 진행될 거라는 생각만 해도 새로운 힘이 솟구칩니다. 그런데 홀더스트 경한테서 편지가 왔었습니다.”

“허! 뭐라고 하시던가요?”

“나를 나무라기는 하셨지만 그렇게 가혹한 말씀은 없으셨지요. 아마 내가 몹시 아프다는 걸 참작해서 말을 삼가셨을 겁니다. 그러면서 사안이 대단히 중대하다는 걸 몇 번 강조하시고, 내가 건강을 회복하기 전까지는 나의 거취 문제에 대한 결정을 유예할 거라고 하셨습니다. 물론 나를 해직하는 문제를 말씀하시는 거지요. 어쨌든 나는 불운을 만회할 시간을 벌게 되었습니다.”

“흠, 참으로 합리적이고 사려 깊은 조처로군요.”

홈즈는 말했다.

“가세, 왓슨. 런던에 가서 할 일이 많으니까 말이야.”

조셉 해리슨이 마차로 우릴 역까지 바래다주었고, 우린 곧 기차에 올라탔다. 홈즈는 클래펌 역을 지날 때까지 말 한마디 없이 깊은 사색에 잠겨 있었다.

“이렇게 고속으로 달리는 기차를 타고 저런 집들을 내려다보면서 런던으로 들어가는 건 정말 기분 좋은 일일세."

나는 차창 밖 풍경이 칙칙했기 때문에 홈즈가 농담하는 줄 알았다. 그러나 그는 곧장 설명을 달았다.

"슬레이트 지붕 위로 외롭게 솟아 있는 저 큰 건물들을 보게. 회색 바다 위에 뜬 벽돌 섬 같지 않은가."

"기숙 학교들일세."

"여보게, 저건 등대일세! 미래의 길잡이이지! 저 학교들은 수백 개의 빛나는 씨앗을 품은 꼬투리일세. 저기서 더 나은, 더 현명한 미래의 영국이 튀어나올 거야. 그런데 펠프스라는 사람 술은 안 마시겠지?"

"그럴 거라고 생각하네."

"나도. 하지만 우린 모든 가능성을 다 고려해 봐야 하지. 그 가엾은 친구가 깊은 수렁에 빠진 건 틀림없는 사실이지만, 우리가 그를 무사히 구해 낼 수 있을지는 의문이로군. 자넨 해리슨 양에 대해서 어떻게 생각하나?"

"대찬 여성이지."

"그래. 하지만 분명히 나쁜 쪽은 아니야. 그 오누이는 노섬버랜드 부근의 어느 철기 제조업자의 자녀라네. 다른 형제는 없지. 펠프스는 지난겨울 여행 중에 해리슨 양을 만나 약혼했는데, 이번에 약혼녀를 가족들에게 인사시키려고 집에 데려갔네. 오빠는 보호자로 따라갔지. 그런데 갑자기 사건이 터지는 바람에 해리슨 양이 그 집에 계속 머물면서 약혼자를 간호했고, 오빠 조셉도 그 집이 편하다는

걸 알고 같이 남은 거라네. 자네도 알다시피 나는 독자적으로 몇 가지 조사 활동을 벌이고 있었지. 하지만 오늘은 정말 조사로 하루를 다 보내겠군.”

“병원은……..”

나는 말을 시작했다.

“그래, 자네 환자들이 내 사건보다 더 흥미롭다면……..”

홈즈는 퉁명스럽게 말했다.

“나는 하루 이틀 정도는 자릴 비워도 괜찮을 거라고 말하려고 했네. 요즘은 연중 제일 한산한 때니까 말이야.”

“거참 잘됐군.”

그는 다시 명랑한 목소리로 말했다.

"그럼 같이 이 사건을 조사하기로 하세. 우선 포브스를 먼저 만나야 할 것 같군. 그 사람이 필요한 정보는 다 제공해 줄 테니까, 설명을 듣고 나면 어떤 측면에서 사건에 접근해야 할지 알게 될 걸세."

"자네 단서는 있다고 하지 않았나?"

"음, 몇 가지 있지만 앞으로 조사를 통해 그 가치를 확인해 볼 수밖에 없네. 사실 가장 해결하기 힘든 범죄는 아무 목적 없이 저질러진 것이지. 그런데 이번 사건은 목적 없는 범죄는 아니거든. 여기서 이득을 챙기게 될 인물이 누굴까? 프랑스 대사가 있고, 러시아 대사가 있네. 그리고 어느 한쪽에 기밀 서류를 팔아넘기는 자가 있고, 홀더스트 경이 있지."

"홀더스트 경이라고!"

"음, 정치적으로 그런 서류가 파기되는 것을 섭섭지 않게 생각할 만한 위치에 있을지도 모르지."

"설마 홀더스트 경처럼 존경받는 정치가가?"

"하지만 가능성이 있는데 그냥 무시해 버릴 수는 없네. 오늘 경을 만날 예정이니 무슨 말을 하는지 들어보기로 하세. 나는 벌써 행동을 개시했다네."

"벌써?"

"응, 워킹 역에서 런던의 모든 석간신문사에 전보를 보냈지. 모든 일간지에 이런 광고가 실릴 걸세."

홈즈는 수첩에서 찢어낸 종이 한 장을 내밀었다. 연필로 다음과 같은 글씨가 흘려 쓰여 있었다.

사례금 10파운드. 지난 5월 23일 저녁 9시 45분에 찰스가의 외무부 앞에 승객을 내려준 마차 번호를 아시는 분. 베이커가 221B번지로 연락 바람.

"범인이 마차를 타고 온 게 확실한가?"

"어쨌든 광고를 내서 손해 볼 일은 없으니까. 하지만 사무실이나 복도에 숨을 곳이 전혀 없다는 펠프스 씨 얘기가 사실이라면, 범인은 외부에서 침입한 것임에 틀림없네. 그런데 그렇게 비가 내리는 밤에 외부에서 들어왔는데도 리놀륨 바닥에 젖은 발자국을 남기지 않았다면 마차를 타고 온 게 분명하지. 그래, 그 점에 대해서는 의문의 여지가 없을 걸세."

"그럴듯한 얘기로군."

"그게 내가 말한 단서의 하나일세. 그뿐만이 아닐세. 초인종을 울린 일도 있지. 그것은 이 사건에서 가장 눈에 띄는 대목일세. 대관절 왜 종을 울렸을까? 도둑이 그렇게 한 것은 무슨 허세 때문이었을까? 아니면 옆에 있던 누군가가 범행을 막으려고 종을 울린 걸까? 아니면 우발적인 사고였을까? 아니면……?"

홈즈는 입을 다물고 도로 깊은 생각에 빠져들었다. 그의 기분 변화에 익숙한 내 눈에는 그에게 갑자기 어떤 새로운 생각이 떠오른 것으로 보였다.

우리가 종착역에 도착한 것은 오후 세시 20분이었다. 우린 간이식당에서 간단하게 점심 식사를 들고 곧장 런던 경찰국으로 밀고

들어갔다. 홈즈가 이미 전보를 쳐놓은 덕분에 포브스는 우릴 기다
리고 있었다. 그는 약삭빠르게 생긴 작은 사내였다. 인상은 날카로
웠고 온화한 구석이라곤 눈을 씻고 봐도 없었다. 그는 몹시 싸늘한
태도를 취했는데 홈즈가 용건을 말하자 더 차가워졌다.

"홈즈 선생, 난 선생의 방식에 대해서는 잘 알고 있습니다."

그는 신랄하게 말했다.

"선생은 경찰에서 제공하는 모든 정보를 이용해서 독자적으로 사
건을 해결하고 경찰한테는 불명예를 안겨주는 분이지요."

"오히려 그 반대요. 지금껏 쉰세 건의 사건 가운데 내 이름이 발
표된 사건은 단 네 건뿐이오. 당신이 사실을 잘 모른다고 해서 비난
하진 않겠소. 당신은 아직 젊고 경험이 없으니까 말이오. 하지만 새

로운 임무를 원만하게 해결하고 싶은 생각이 있다면 나와 대립하는 게 아니라 협력하는 게 좋을 거요."

"한두 가지 힌트를 주신다면 물론 기쁠 겁니다."

형사는 태도를 바꿔서 말했다.

"여태까지 수사의 성과는 미미하니까요."

"어떤 조처를 취하셨소?"

"수위 탠지한테 미행을 붙였습니다. 그는 좋은 성적으로 근위 연대를 제대했습니다. 의심스러운 점은 전혀 찾아내지 못했지요. 하지만 그 마누라는 형편없는 여자입니다. 제가 보기에 그 여자는 이번 일에 대해 뭔가를 알고 있을 것 같습니다."

"그 여자한테도 미행을 붙였소?"

"여자 하나를 붙여놓았지요. 탠지의 마누라는 술꾼인데, 그 여자가 만취했을 때 우리 쪽 여자가 두 번이나 접근했답니다. 하지만 쓸 만한 얘기를 뽑아내는 데는 실패했지요."

"그 집에 빚쟁이들이 찾아온다고 들었는데?"

"그렇습니다. 하지만 빚은 갚았답니다."

"돈이 어디서 났기에?"

"수상한 점은 없었습니다. 탠지의 연금이 나왔으니까요. 돈을 갖고 있는 것 같진 않았습니다."

"펠프스 씨가 커피를 주문하려고 종을 울렸을 때 탠지 부인이 대신 올라온 것에 대해선 뭐라고 설명하던가요?"

"그 여자 얘기로는 남편이 아주 피곤해하기에 좀 쉬게 해주고 싶었답니다."

"음, 그건 그다음에 수위가 잠이 든 채로 발견된 사실과도 일치하는군. 탠지 부인의 성격 말고는 이상한 점이 전혀 없다 이거지. 그런데 그날 밤에 왜 그렇게 서둘러 나갔는지는 물어보았소? 경관은 탠지 부인이 몹시 서둘렀다고 했잖소."

"평소보다 늦어서 빨리 집에 가고 싶었답니다."

"그럼 당신과 펠프스 씨가 최소한 20분 이상 늦게 출발했는데도 탠지 부인보다 먼저 집에 도착한 부분은 지적했소?"

"그 여자는 합승마차와 이륜마차의 차이로 설명하더군요."

"그럼 집에 오자마자 부엌으로 달려간 것에 대해서도 해명했고?"

"빚쟁이들에게 줄 돈을 부엌에 놔뒀기 때문이라고 했습니다."

"적어도 모든 질문에 대답은 다 했군. 혹시 외무부 건물을 나올 때 만난 사람은 없는지, 찰스가에서 어슬렁거리는 사람은 없었는지 물어봤소?"

"경찰밖에는 못 봤다고 했습니다."

"흠, 심문은 철저히 한 것 같소이다. 그 밖에 어떤 일을 하셨소?"

"9주 내내 그 고로라는 직원한테 미행을 붙였지만 별다른 성과는 없었습니다. 의심 가는 점이 전혀 없었지요."

"그 밖에는?"

"더 이상 할 일이 없었습니다. 증거가 전혀 없으니까요."

"종이 울린 부분에 대한 견해는?"

"에, 솔직히 말해서 그건 도저히 납득이 안 갑니다. 그렇게 종을 누른 걸 보니 어떤 놈인지 몰라도 아주 대담한 자였을 겁니다."

"그렇소, 그건 정말 기묘한 행동이었소. 질문에 대답해 줘서 정말 감사하오. 범인을 잡게 되면 제일 먼저 연락해 주리다. 왓슨, 가세."

나는 사무실을 나서며 물었다.

"이제는 어디로 갈 건가?"

"현직 장관이자 미래의 영국 수상인 홀더스트 경을 면담할 걸세."

다행히 홀더스트 경은 아직 다우닝가의 집무실에 있었다. 홈즈가 명함을 올려 보내자 우린 곧장 안으로 안내받았다. 정치가는 특유의 구식 예법으로 우릴 맞아들여 벽난로 양쪽의 호화로운 소파에 한 사람씩 앉히고, 자신은 그 사이의 융단 위에 섰다. 그는 키가 훌쩍 크고 호리호리했으며 날카로운 용모, 사색적인 얼굴과 희끗거리는 고수머리가 범상치 않은 느낌을 주었는데, 진정한 의미에서의 귀족처럼 보였다.

"홈즈 선생, 선생의 이름은 익히 알고 있소이다."

장관은 미소를 지으며 말했다.

"물론 선생이 방문한 목적을 모르는 척할 수는 없겠소. 외무부에서 선생이 관심을 가질 만한 사건은 단 하나뿐이니 말이오. 그런데 누구의 의뢰를 받고 오셨는지 물어봐도 되겠소?"

"퍼시 펠프스 씨의 의뢰를 받았습니다."

홈즈가 대답했다.

"아, 가엾은 내 조카! 선생도 짐작하시겠지만 우리가 혈연관계에 있기 때문에 그 애를 감싸주는 것이 더욱 어렵다오. 이번 사건은 그

애의 장래에 극히 불리할 것 같소."

"하지만 조약문을 되찾는다면?"

"아, 물론 그렇다면 문제가 달라질 거요."

"장관님, 한두 가지 질문 드리고 싶은 게 있습니다."

"힘닿는 한 기쁜 마음으로 협조하겠소."

"장관님께서는 문서의 복사 지시를 이 방에서 하셨습니까?"

"그렇소."

"그럼 누가 엿들었을 가능성은 거의 없겠군요?"

"그건 불가능한 일이오."

"조약의 사본을 만들 거라는 얘기를 누구한테 하신 적이 있습니까?"

"없소."

"확실합니까?"

"확실하오."

"장관님께서도 그런 말씀을 하신 적이 없고, 펠프스 씨도 그런 말을 한 적이 없고, 그리고 그 문제에 대해 아무도 몰랐다면 방에 도둑이 든 것은 순전히 우연이었군요. 도둑은 우연하게 비밀 조약문을 발견하고 가져간 것입니다."

장관은 빙그레 웃었다.

"그건 내 분야가 아니오."

홈즈는 잠시 생각에 잠겼다가 말했다.

"또 한 가지 아주 중요한 문제를 의논드리고 싶습니다. 제가 들은 바에 따르면, 장관님께선 이 조약문의 내용이 외부에 알려지면 중대한 결과가 초래될 거라고 걱정하셨다는데요."

정치가의 표정이 풍부한 얼굴에 언뜻 그늘이 스쳤다.

"그렇소. 중대한 문제가 생길 거요."

"그런데 그런 문제가 생겼습니까?"

"아직은 아니오."

"만약에 조약문이 프랑스나 러시아 외무부로 흘러들었다면 장관님은 그걸 곧 알게 될 거라고 생각하시는지요?"

"필경 그럴 거요."

홀더스트 경은 얼굴을 찌푸리고 말했다.

"그런데 거의 10주가 지났는데도 아무 소식이 없다면, 무슨 까닭인지 몰라도 조약문이 아직 그곳에 전달되지 않은 게 분명합니다."

홀더스트 경은 어깨를 들썩했다.

"하지만 홈즈 선생, 도둑이 조약문을 액자에 넣어서 걸어놓으려고 훔쳐 갔다고 볼 수는 없잖소."

"더 좋은 값을 받으려고 기다리고 있는 모양이지요."

"하지만 그자가 더 시간을 끈다면 전혀 대가를 못 받게 될 거요. 몇 달 뒤엔 조약이 공개될 예정이니 말이오."

"아주 중요한 지적이십니다."

홈즈가 말했다.

"물론 도둑이 갑자기 병에 걸렸다고 가정할 수도 있겠지만……."

"예를 들어 급성 뇌염으로 쓰러졌다?"

장관은 홈즈를 흘끗 쳐다보며 말했다.

"전 그렇게 말하지 않았습니다."

홈즈는 침착하게 말했다.

"장관님, 바쁘실 텐데 저희가 너무 오래 지체한 것 같습니다. 그럼 안녕히 계십시오."

"범인이 누가 됐든 꼭 사건을 해결해 주기 바라오."

귀족은 문 앞에서 인사하며 말했다.

"정말 훌륭한 분이야."

홈즈는 화이트홀로 나와서 말했다.

"하지만 장관은 현상을 유지하는 것만도 벅찬 상황에 있네. 결코 부자는 아닌데 돈 쓸 곳은 많거든. 물론 자네도 그분의 구두를 봤을 걸세. 구두창을 갈았더군. 자, 왓슨, 더 이상 자네를 붙잡아두지 않을 테니 본래의 직업으로 돌아가게. 오늘은 신문 광고에 대한 응답을 기다리는 것 말고는 더 이상 할 일이 없네. 하지만 내일, 어제와 같은 기차 편으로 워킹에 갈 때 동행해 준다면 정말 고맙겠어.”

다음 날 아침에 우리는 약속한 시간에 만나 함께 워킹으로 내려 갔다. 홈즈는 광고를 보고 연락한 사람은 아무도 없었고, 수사는 전혀 진전이 없었다고 말했다. 그는 언제든지 마음만 먹으면 인디언처럼 무표정한 표정을 지었는데, 그래서 겉모습만 보고 그가 수사의 진행 상황에 만족하는지 여부를 판단하는 것은 불가능했다. 내 기억에 따르면 그는 주로 베르티용 감식법에 대해 말했고 이 프랑스의 범죄 감식 학자에게 열렬한 찬사를 늘어놓았다.

브라이어브레이 저택에 도착했을 때, 의뢰인은 여전히 헌신적인 간호를 받고 있었지만 몸 상태는 훨씬 나아 보였다. 우리가 방에 들어서자 그는 힘들이지 않고 소파에서 일어나 앉아 인사했다.

“무슨 소식이라도?”

퍼시는 다급하게 물었다.

“예상했던 대로 별다른 성과는 없었습니다.”

홈즈는 말했다.

“포브스와 외삼촌이신 홀더스트 경을 만나고 왔습니다. 그리고 어떤 의미 있는 결과를 낼 수도 있는 조사를 한두 가지 진행하고 있지요.”

“그러면 아주 포기한 것은 아니로군요?”

“물론입니다.”

“하느님 감사합니다!”

해리슨 양이 부르짖었다.

“우리가 용기와 인내심을 잃지 않는다면 진실은 밝혀지고야 말 거예요.”

“그러면 제 쪽에서 오히려 할 말이 많게 되었군요.”

펠프스는 다시 소파에 앉으며 말했다.

“무슨 소식이 있기를 기대했습니다.”

“예, 우린 간밤에 이상한 일을 겪었습니다. 그런데 그게 좀 심각한 일인지도 모르겠습니다.”

펠프스가 말하는 동안 그의 얼굴은 점점 어두워졌고 두 눈에는 공포심에 가까운 감정이 떠올랐다.

"나도 모르는 새에 어떤 거대한 음모에 휩쓸려, 내 명예는 물론 생명마저 위협받고 있는 게 아닌가 하는 생각이 듭니다."

"아!"

홈즈가 외쳤다.

"물론 그런 일은 있을 수 없다는 생각이 들기도 하지요. 왜냐하면 내가 아는 범위에서 남한테 원한을 산 적은 없으니까요. 하지만 간밤의 경험으로 봐서는 도저히 그런 생각밖에 안 드는군요."

"무슨 일인지 말씀해 주십시오."

"지난밤에 나는 처음으로 간호사 없이 혼자 잤습니다. 상태가 훨씬 좋아져서 간호사가 없어도 되겠다고 생각했지요. 하지만 불은 끄지 않았습니다. 그런데 밤 두시경이었습니다. 어렴풋이 잠이 들었는데 갑자기 작은 소리 때문에 잠이 깼습니다. 꼭 쥐가 판자를 갉아먹는 듯한 소리였지요. 나는 그런 소리라고 생각하면서 한참 동안 가만히 누워서 듣고만 있었습니다. 그런데 소리가 점점 커지더니 갑자기 창문에서 찰칵하고 날카로운 금속성이 들렸습니다. 나는 깜짝 놀라 일어나 앉았지요. 그 소리가 어디서 나는지는 분명했습니다. 맨 처음에 난 소리는 창틀 사이에 어떤 도구를 억지로 밀어 넣는 소리였고, 두 번째로 난 소리는 문고리를 뒤로 젖히는 소리였습니다.

그러더니 한 10분가량 잠잠하더군요. 마치 그 소리 때문에 내가 잠을 깼는지 알아보려고 기다리는 듯했습니다. 그러더니 아주 나지막하게 삐걱거리는 소리가 들렸습니다. 아주 천천히, 창문이 열렸어요. 나는 신경이 예전 같지가 않아서 더 이상 참을 수가 없었습니다. 그래서 침대에서 뛰어내려 덧문을 활짝 열어젖혔지요. 그랬더니 웬 사내가 창가에 웅크리고 있더군요. 비호같이 달아났기 때문에 얼굴은 거의 보지 못했습니다. 그자는 무슨 망토 같은 것을 두르고 있다가 그것으로 얼굴을 반쯤 가렸습니다. 한 가지 확실한 것은 손에 무슨 무기를 들고 있었다는 겁니다. 그것은 꼭 긴 칼처럼 보였습니다. 그자가 몸을 돌려 달아날 때 칼날이 번뜩이는 것이 똑똑히 보였지요.”

“거참 흥미로운 얘기군요.”

홈즈는 말했다.

“그래서 어떻게 하셨습니까?”

“내가 좀 더 건강한 상태였다면 창밖으로 뛰어나가 그자의 뒤를 쫓았을 겁니다. 하지만 나는 종을 울려서 집 안 식구를 깨웠지요. 종소리는 주방에서 울리는데 하인들은 모두 2층에서 자기 때문에 시간이 걸렸습니다. 나는 소리를 질렀고, 그러자 조셉이 내려와서 다른 사람들을 깨웠습니다. 조셉과 마부는 창밖의 화단에서 발자국을 발견했지만, 최근에 몹시 가물었던 탓에 잔디밭의 발자국을 추적하는 것은 불가능했지요. 하지만 도로와 인접한 나무 울타리에서 어떤 흔적을 찾아냈습니다. 누군가가 울타리를 타고 넘은 것처럼 맨 위의 판자가 부러졌다고 하더군요. 아직 이곳 경찰에는 연락하지 않았습니다. 선생의 견해를 먼저 듣는 게 낫겠다고 생각했지요.”

셜록 홈즈는 이 이야기를 듣고 큰 충격을 받은 듯했다. 그는 자리에서 일어나 흥분을 누르지 못하고 방 안을 오락가락했다.

"불행은 결코 혼자 오지 않는다고 했습니다."

펠프스는 그 일 때문에 상당히 놀란 것 같았지만 애써 미소를 지으며 말했다.

"불행은 그만하면 충분합니다. 같이 집을 돌아보고 싶은데 괜찮으시겠습니까?"

"좋습니다. 저도 햇볕을 좀 쬐고 싶군요. 조셉한테도 같이 가자고 하지요."

"저도요."

해리슨 양이 말했다.

"그건 안 될 것 같은데요."

홈즈는 고개를 저으며 말했다.

"해리슨 양은 그 자리에 계속 앉아 계셔야 할 것 같습니다."

숙녀는 화난 기색으로 다시 자리에 앉았다. 하지만 그녀의 오빠는 우리와 합세했고 넷은 함께 밖으로 나갔다. 우린 잔디밭을 돌아 젊은 외교관의 침실 창문 앞으로 향했다. 그가 말한 대로 화단엔 발자국이 있었지만 실망스럽게도 아주 희미했다. 홈즈는 허리를 굽히고 잠시 발자국을 내려다보더니 일어나서 어깨를 들썩했다.

"여기서 많은 걸 알아내기는 힘들겠군요. 집을 돌아보면서 도둑이 하필 이 방을 택한 이유가 뭔지 알아봅시다. 도둑의 입장에선 응접실과 식당의 큰 창문들이 훨씬 매력적이었을 텐데 말입니다."

"그것들은 길에서 훨씬 잘 보이지요."

조셉 해리슨이 의견을 내놓았다.

"아, 예, 물론 그렇지요. 이건 무슨 문이지요? 도둑이 이 문으로 들어왔을지도 모르겠군요."

"그건 장사꾼이 드나드는 옆문입니다. 물론 밤에는 잠가놓지요."

"전에도 도둑이 든 적이 있었습니까?"

"아니요."

펠프스가 말했다.

"집 안에 금괴나 도둑이 탐낼 만한 물건을 보관하고 계십니까?"

"값나가는 물건은 전혀."

홈즈는 두 손을 호주머니에 찌른 채 예전과 달리 무관심한 태도로 집 주위를 슬슬 거닐었다.

"그런데 말씀입니다."

홈즈가 조셉 해리슨에게 말을 걸었다.

"도둑이 담을 넘어온 곳을 발견했다고 들었습니다만. 한번 볼 수 있을까요?"

살이 피둥피둥한 청년은 울타리 꼭대기의 나무판자가 부러져 나간 지점으로 우릴 데리고 갔다. 작은 판자 조각이 매달려 있었다. 홈즈는 그것을 잡아 뜯어서 의심쩍은 눈으로 살펴보았다.

"이게 간밤에 부러진 거라고 보십니까? 좀 오래된 것 같은데요. 안 그렇습니까?"

"글쎄요, 그럴 수도 있겠군요."

"게다가 저쪽으로 누가 뛰어내린 자국도 없습니다. 아, 이건 큰 도움이 안 될 것 같군요. 다시 방으로 가서 그 문제를 의논해 보기로 하지요."

퍼시 펠프스는 처남 될 사람의 팔을 붙들고 아주 천천히 걸었다. 그사이에 홈즈는 잔걸음으로 잔디밭을 지나 두 사람보다 훨씬 빨리 침실 창가에 도착했다.

홈즈는 열린 창문을 통해 아주 진지한 태도로 말했다.

"해리슨 양, 하루 종일 이 방을 지키고 계셔야 합니다. 무슨 일이 있어도 방을 비우지 마십시오. 이건 아주 중요한 부탁입니다.”

“홈즈 선생님, 원하신다면 물론 그렇게 하겠어요.”

숙녀는 놀란 얼굴로 말했다.

“밤에 자러 갈 때는 밖에서 문을 잠그고 열쇠를 잘 간수하십시오. 꼭 그렇게 해주십시오.”

“하지만 퍼시는?”

“우리와 같이 런던에 갈 겁니다.”

“그럼 저만 여기 남게 되나요?”

“다 펠프스 씨를 위해서입니다. 해리슨 양이 그렇게 해주신다면 그분에게 큰 도움이 될 겁니다. 어서! 약속해 주십시오!”

두 사람이 다가오는 동안 해리슨 양은 동의의 표시로 얼른 고개를 끄덕였다.

“애니! 왜 그 음침한 곳에서 앉아 있니?”

숙녀의 오빠가 소리쳤다.

“나와서 햇볕을 쬐려무나!”

“아니, 고맙지만 됐어, 오빠. 나는 약간 두통이 나서 시원하고 쾌적한 이 방이 좋아.”

“홈즈 선생, 이제는 어떻게 하시겠습니까?”

의뢰인이 물었다.

“아, 이렇게 부수적으로 끼어든 일을 조사하면서도 본래의 사건을 잊어서는 안 되지요. 펠프스 씨가 런던에 같이 가주신다면 큰 도움이 되겠습니다만.”

"지금 당장?"

"크게 폐가 되지 않는다면 서두를수록 좋습니다. 말하자면 한 시간 내로."

"조금이라도 도움이 될 수 있다니 힘이 납니다."

"아주 큰 도움이 될 겁니다."

"오늘 밤에 거기서 자야겠지요?"

"마침 그 얘기를 하려던 참입니다."

"그렇다면 밤손님이 다시 와도 방이 텅 비어 있겠군요. 홈즈 선생, 우리는 선생의 뜻에 따르겠습니다. 원하는 게 있으면 분명하게 말씀하셔야 합니다. 조셉이 따라가서 나를 돌봐주는 게 좋겠지요?"

"오, 아닙니다. 아시다시피 왓슨은 의사니까 펠프스 씨를 돌봐줄 수 있을 겁니다. 괜찮으시다면 여기서 점심을 먹고 셋이 같이 런던으로 출발하지요."

모든 일이 홈즈의 생각대로 이루어졌고, 해리슨 양은 그의 말대로 약혼자의 방을 떠나는 일을 극구 사양했다. 나는 홈즈가 그런 계획을 세운 이유를 도통 이해할 수 없었다. 유일한 목적은 숙녀를 약혼자에게서 떼어놓는 것처럼 보였다. 그녀는 펠프스가 건강을 회복하고 수사가 활기를 띠는 걸 보고 기쁨을 감추지 못하며 우리와 함께 점심 식사를 했다. 하지만 우리가 무엇보다 놀란 것은, 홈즈가 역에 도착해서 우릴 객차에 태운 뒤, 자신은 워킹을 떠날 생각이 없노라고 태연자약하게 말했을 때였다.

"런던에 가기 전에 밝혀내야 할 사소한 문제들이 한두 가지 있습니다그려."

홈즈는 말했다.

"펠프스 씨가 안 계시는 편이 나을 것 같았지요. 왓슨, 런던에 도착하면 친구분과 같이 곧장 베이커가로 가서 날 기다려주면 고맙겠네. 마침 두 사람이 학교 동창이라 참으로 다행스럽군. 서로 할 얘기가 많을 테니 말이야. 오늘 밤에 펠프스 씨는 빈 침실을 쓰면 되겠고, 나는 내일 아침때에 맞춰 가겠네. 여덟시까지 워털루에 도착하는 기차가 있으니 말이야."

"하지만 런던에서 수사하기로 한 건 어떻게 하시고?"

펠프스가 슬픈 얼굴로 물었다.

"내일 하면 됩니다. 지금 당장은 여기서 할 일이 더 많은 것 같으니까요."

기차가 움직이기 시작했을 때 펠프스가 소리쳤다.

"우리 집에 가면 내일 밤까지는 갈 거라고 전해 주십시오."

"난 다시 거기로 돌아갈 생각은 없습니다."

홈즈는 이렇게 대답하고, 기차가 쏜살같이 역 구내를 빠져나가는 동안 쾌활하게 손을 흔들었다.

펠프스와 나는 기차 칸에서 그 문제에 관해 토론했지만, 사태가 이렇듯 새로운 국면으로 발전한 이유에 대해서는 그럴듯한 설명을 찾아내지 못했다.

"홈즈가 간밤에 도둑이 든 사건에 대해 어떤 단서를 찾아내려는 게 아닐까. 그게 정말 도둑이었다면 말이지. 하지만 내가 보기에 그

자는 보통 도둑이 아닐세.”

“그럼 뭐라고 생각하는데?”

“자네는 내 신경이 예민해진 탓으로 돌릴지도 모르겠지만, 나는 어떤 중대한 정치적 음모에 휘말린 것 같아. 그리고 이유가 뭔지는 몰라도 음모를 꾸민 자들은 내 목숨을 노리고 있네. 내 말이 터무니없는 얘기로 들릴지도 모르겠지만 사실을 생각해 보게! 훔쳐 갈 것도 없는데 내 방에 침입하려고 했던 이유가 뭐겠나? 또 긴 칼을 들고 온 건 무엇 때문이고?”

“혹시 그게 지렛대 같은 것 아니었나?”

“오, 아닐세. 그건 칼이었어. 나는 칼날이 번쩍 빛나는 걸 똑똑히 봤다네.”

“하지만 그렇게 집요하게 자네를 괴롭히는 이유가 대체 뭔가?”

“글쎄, 그 점이 의문일세.”

“음, 만약 홈즈의 생각이 자네와 같다면 그의 행동이 설명되는군. 그렇지 않은가? 자네의 가설이 옳다고 했을 때, 간밤에 자네 방으로 침입하려던 자를 찾아내면 해군 조약문을 훔쳐 간 범인을 밝혀내는 데 결정적으로 유리한 고지를 확보하는 걸세. 자네에게 적이 둘이나 있어서, 기밀 서류를 훔쳐 간 자와 자네의 목숨을 노린 자가 서로 다르다고 생각할 순 없으니까.”

“하지만 홈즈는 우리 집에 안 갈 거라고 했잖나.”

“난 홈즈와 꽤 오랫동안 교우했네. 하지만 그 친구가 타당한 이유 없이 무슨 일을 하는 건 아직 한 번도 본 적이 없어.”

그 말과 함께 우리의 대화는 다른 방향으로 흘러갔다.

하지만 내게는 퍽 힘든 날이었다. 펠프스는 오랫동안 병을 앓은 뒤끝이라 아직 허약했고, 또 이런저런 불행을 겪다 보니 날카롭고 신경질적으로 변해 있었다. 나는 아프가니스탄, 인도, 사회적 문제 등을 화제에 올려서 그의 관심을 다른 방향으로 돌리려고 애썼다. 하지만 그는 항상 도난당한 조약문 얘기로 돌아갔고, 홈즈의 행동과 홀더스트 경이 취할 조처에 대해, 그리고 다음 날 아침에 어떤 소식을 듣게 될 것인가에 대해 한없이 걱정하고 추측하고 의심했다. 저녁이 다가오자 그의 흥분 상태는 고통스러울 정도가 되었다.

"자넨 홈즈를 완전히 믿지?"

퍼시가 질문했다.

"난 그 친구가 놀라운 일을 해내는 걸 직접 목격했네."

"하지만 이렇게 까다로운 사건을 해결한 적은 없지?"

"오, 그렇지 않네. 난 그 친구가 이보다 단서가 적은 사건을 해결하는 것도 몇 번 봤어."

"하지만 이런 국가적인 중대사는 아니었겠지?"

"글쎄. 내가 알기로 그 친구는 유럽 세 왕실의 의뢰를 받아서 지극히 중대한 사건을 해결한 적도 있지."

"하지만 왓슨, 자네는 홈즈를 잘 알고 있네. 나에게 그는 너무나 불가해한 인물이라 그를 어떻게 생각해야 할지 잘 모르겠어. 어떤가, 자네가 보기에 그가 아직 희망을 품고 있는 것 같은가? 사건 해결 가능성이 있다고 보는 것 같아?"

"홈즈는 아무 말도 하지 않았네."

"그건 안 좋은 징조로군."

"정반대일세. 홈즈는 단서를 놓쳤을 때는 보통 그렇다고 솔직히 말하지. 하지만 단서를 손에 넣었지만 그게 확실한지 여부가 불분명할 때는 대개 침묵한다네. 자, 여보게, 그 문제를 갖고 안달해 봤자 소용없으니까 그만 가서 자는 게 어떤가. 그래야 내일 아침에 상쾌한 기분으로 소식을 들을 수 있지 않겠나."

나는 친구를 설득해서 겨우 침실로 보냈지만, 그의 흥분 상태로 보아 밤에 잠자기는 이미 글렀다는 걸 알고 있었다. 나도 그의 기분에 전염됐는지 밤늦도록 뒤척이며 이 이상한 사건을 곱씹었다. 가설을 한 백 가지는 세워보았지만 점점 말이 안 되는 생각만 떠오를 뿐이었다. 홈즈는 왜 워킹에 남은 것일까? 해리슨 양에게 온종일 병실을 떠나지 말라고 부탁한 것은 무엇 때문일까? 자신이 그 근처에 남아 있을 생각이라는 걸 그 집 사람들에게 알리지 않으려고 조심한 것은 왜일까? 나는 이 모든 사실을 설명할 수 있는 가설을 찾아내려고 고심하다가 겨우 잠이 들었다.

잠에서 깬 것은 아침 일곱시였다. 얼른 펠프스의 방으로 달려가보니 그는 잠을 못 이룬 듯 해쓱한 얼굴이었다. 그는 나를 보자 홈즈가 왔는지부터 물었다.

"반드시 약속한 시간에 올 걸세."

나는 말했다.

"그보다 더 빠르지도 더 늦지도 않게 말이야."

내 말은 꼭 들어맞았다. 여덟시를 막 지나서 이륜마차 한 대가 쏜살같이 달려와 문 앞에 멈추더니 내 친구가 내렸다. 창가에 서 있던 우리는, 홈즈가 왼쪽 손에 붕대를 감고 창백한 얼굴에 험악한 표정을 하고 있는 걸 보았다. 그는 집 안으로 들어왔지만 곧장 2층으로 올라오지 않고 잠시 지체했다.

"일이 잘 안 풀린 모양일세."

펠프스가 외쳤다.

나는 그의 말이 옳다는 걸 인정할 수밖에 없었다.

"결국 사건의 단서는 여기 런던에 있는 모양이군."

펠프스는 신음했다.

"어떻게 된 건지 모르겠군. 나는 속으로 잔뜩 기대하고 있었네. 그런데 어제는 손에 저 모양으로 붕대를 감고 있지 않았어. 대체 무슨 일이 있었던 걸까?"

"홈즈, 자네 다친 거 아닌가?"

친구가 들어오자 나는 다짜고짜 물었다.

"쳇, 내가 부주의해서 조금 긁힌 것뿐일세."

홈즈는 아침 인사로 우리에게 고개를 까딱하며 말했다.

"펠프스 씨, 이렇게 까다로운 사건은 처음인 것 같습니다."

"홈즈 선생의 힘으로도 안 될지 모르겠다고 걱정했지요."

"정말 특이한 경험을 했습니다."

"손에 붕대를 감은 걸 보니 무슨 일이 있었구먼."

나는 말했다.

"무슨 일이 있었는지 얘기해 주지 않겠나?"

"여보게, 그 얘기는 조반을 든 다음에 하기로 하지. 생각해 보게. 나는 오늘 아침에 서리에서 50킬로미터를 달려왔네. 마부를 찾는 광고에는 아무 연락이 없었지? 좋아좋아, 항상 성공할 수만은 없지."

식사 준비를 끝내고 종을 울리려고 하는데 허드슨 부인이 차와 커피를 날라 왔다. 그리고 잠시 후 뚜껑을 덮은 3인분의 음식을 가져다 놓았고 우린 식탁에 앉았다. 홈즈는 허기진 듯했고, 나는 호기심에 가득 차 있었고, 펠프스는 몹시 침울했다.

"허드슨 부인이 기지를 발휘했군."

홈즈가 말하며 접시 뚜껑을 열었다. 닭고기 카레 요리가 나왔다.

"식단이 풍부하진 않지만 스코틀랜드 여자답게 아침 식사는 잘 차려준단 말이야. 왓슨, 자네는 뭔가?"

"햄하고 달걀일세."

나는 대답했다.

"좋군! 펠프스 씨, 닭고기 카레하고 달걀 중에서 어떤 걸 드시겠습니까? 아니면 앞에 있는 걸 그냥 드시겠습니까?"

"감사합니다만 아무것도 먹고 싶은 생각이 없군요."

펠프스가 말했다.

"어허, 왜 그러실까! 앞에 있는 걸 드십시오."

"감사합니다. 하지만 정말 생각 없습니다."

"좋습니다. 그렇다면……."

홈즈는 장난꾸러기처럼 눈을 빛내며 말했다.

"제가 먹는 건 반대하지 않으시겠지요?"

펠프스는 뚜껑을 열었다. 그러더니 외마디 소리를 질렀고, 앞에 놓여 있는 접시처럼 얼굴이 하얗게 질렸다. 접시에는 청회색 두루마리가 놓여 있었다. 그는 그것을 움켜쥐고 정신없이 쳐다보다가 가슴에 꼭 끌어안고는 기쁨의 함성을 올리며 미친 사람처럼 방 안을 펄쩍펄쩍 뛰어다녔다. 그러다가 자신의 감정을 주체하지 못하고 안락의자에 털썩 주저앉더니 축 늘어졌다. 우리는 그가 정신을 잃지 않도록 입에 브랜디를 흘려 넣어주어야 했다.

"이봐요! 이봐요!"

홈즈는 펠프스의 어깨를 두드리며 달래듯이 말했다.

"이렇게 놀라게 해서 정말 미안합니다. 하지만 여기 왓슨에게 물어보면 알겠지만 내가 원체 연극적인 걸 좋아한답니다."

펠프스는 홈즈의 손을 움켜잡고 입을 맞추었다.

"신께서 축복하시길!"

그는 부르짖었다.

"당신 덕분에 나는 불명예를 면했습니다."

"아, 하마터면 나도 위신이 깎일 뻔했지요."

홈즈는 말했다.

"펠프스 씨가 임무 수행 중에 실수하는 걸 싫어하는 것처럼, 나도 사건 해결에 실패하는 걸 싫어합니다."

펠프스는 기밀문서를 웃옷 안주머니에 소중히 간수했다.

"식사를 더 이상 방해할 생각은 없습니다만, 그래도 선생께서 어디서, 어떻게 이걸 찾아냈는지 알고 싶어 죽을 지경입니다."

셜록 홈즈는 커피 한 잔을 꿀꺽꿀꺽 마시고 햄과 달걀을 뚫어지게 쳐다보았다. 그러더니 자리에서 일어나 파이프에 불을 붙이고 다시 자리에 앉았다.

"먼저 내가 어떤 일을 했는지에 대해, 그다음에는 어떻게 그런 일을 하게 됐는지에 관해 말씀드리겠습니다. 기차역에서 두 분을 전송한 뒤에 나는 서리의 아름다운 풍경을 감상하면서 리플리라는 예쁘장한 마을을 향해 기분 좋게 걸어갔습니다. 그리고 그곳의 여관에서 차를 마신 다음, 보온병에 물을 채우고 주머니에 샌드위치를 챙겨 넣었지요. 거기서 저녁때까지 있다가 다시 워킹을 향해 출발했습니다. 브라이어브레이 저택 앞의 도로에 도착한 것은 막 해가 진 다음이었지요.

나는 도로에 인적이 끊길 때까지 기다렸습니다. 뭐 낮에도 그렇게 행인이 많은 길 같진 않았지만 말입니다. 난 울타리를 타 넘고 마당으로 들어갔습니다."

"대문이 열려 있었을 텐데!"

펠프스가 불쑥 끼어들었다.

"그렇습니다. 하지만 이런 문제에 대해서는 제 취향이 좀 독특하지요. 난 전나무 세 그루가 앞을 가로막아 집 안에서는 아무도 이쪽을 볼 수 없는 지점을 택했습니다. 그리고 가까운 곳에 있는 관목 뒤에 숨었다가 다른 관목을 향해 기어가는 식으로 해서, 마침내 펠프스 씨의 침실 바로 앞에 있는 진달래 관목 앞까지 갔습니다. 이 바지 무릎이 얼마나 형편없는 꼴이 됐는지 좀 보세요. 나는 그 뒤에 쪼그리고 앉아서 기다렸습니다.

아직 커튼을 내리지 않았기 때문에 해리슨 양이 책상 앞에서 책을 읽고 있는 모습을 볼 수 있었습니다. 해리슨 양은 열시 15분에 책을 덮고 덧문을 내린 다음 방을 나갔지요.

나는 숙녀께서 방문을 닫고 열쇠를 돌려 문을 잠그는 소리를 확실히 들었습니다."

"열쇠로 문을!"

펠프스가 불쑥 소리쳤다.

"그렇습니다. 나는 해리슨 양에게 자러 갈 땐 밖에서 방문을 잠그고 열쇠를 잘 간수하라고 당부해 놓았지요. 숙녀는 내 지시를 한 치도 틀림없이 이행했습니다. 만약 해리슨 양의 협조가 없었다면 그 서류는 되찾지 못했을지도 모릅니다. 해리슨 양은 그곳을 떠났고 불은 꺼졌습니다. 그리고 나는 진달래 관목 뒤에 계속 쪼그리고 앉아 있었고요.

훈훈한 밤이었지만 불침번을 서는 것은 여전히 괴로운 일이었습니다. 물론 그런 일에는 사냥꾼이 강가에 엎드려서 큰 사냥감이 걸려들기를 기다릴 때의 흥분도 있지만 말입니다. 참으로 긴 밤이었습니다. 왓슨, 우리 둘이서 '얼룩 띠' 사건을 조사하러 갔을 때의 그 죽도록 지루한 밤처럼 그렇게 긴 밤이었네. 워킹의 어느 교회 시계가 15분마다 종을 쳤는데, 시계가 멈췄나 보다는 생각이 든 적도 두어 번 있었지요. 하지만 마침내 새벽 두시쯤에 걸쇠가 밀리면서 열쇠 돌아가는 소리가 조그맣게 들려왔습니다. 잠시 후 하인 출입문이 열리더니 조셉 해리슨 씨가 달빛 속으로 나왔지요.”

“조셉이!”

펠프스가 부르짖었다.

“그는 모자는 쓰지 않았지만 검은 망토를 어깨에 두르고, 여차하면 망토로 얼굴을 가릴 수 있는 태세를 갖추고 있었습니다. 그는 담벼락의 그늘 속에 숨어서, 발꿈치를 든 채 살금살금 창문 앞으로 걸어왔지요. 그리고 긴 칼을 창틀 사이에 밀어 넣고 문고리를 뒤로 밀었습니다. 그리고 창문을 열더니 덧문 틈새에 칼을 집어넣고 빗장을 밀어 올린 다음, 덧문도 활짝 열어젖혔지요.

진달래 덤불 뒤에서 나는 방 안 풍경과 그의 일거수일투족을 똑똑히 볼 수 있었습니다. 그는 먼저 벽난로 선반 위의 초 두 개에 불을 붙이고 방문 근처로 가더니 카펫이 기둥이를 눌눌 말더군요. 그리고 배관공이 가스 파이프의 연결 부위에 접근할 수 있게 설치해 놓은 네모난 마루 뚜껑을 들어 올렸습니다. 알고 보니 그 뚜껑은 주방으로 가는 가스 파이프와 연결되는 T 자형 배관을 덮고 있더군요. 그는 그 속에서 조그마한 두루마리를 꺼낸 다음, 마루 뚜껑을 도로 내려놓고 카펫을 원래대로 해놓은 다음 촛불을 껐습니다. 그리고 창밖에서 대기하고 있던 내 품속으로 곧장 뛰어들었지요.

조셉 도령은 예상했던 것보다 훨씬 악랄하게 나오더군요. 칼을 휘두르는 바람에 두 번이나 팔을 붙잡아야 했습니다. 그러다가 손

등을 벴지요. 그리고 나한테 얻어맞고 완전히 제압당한 뒤에는, 보이는 쪽 눈으로 나를 잡아먹을 듯이 노려보았습니다. 하지만 내가 설득하자 순순히 서류를 내놓더군요. 나는 그다음에 그를 놓아주었습니다. 하지만 오늘 아침에 포브스에게 자세한 내용을 전보로 알려주었지요. 포브스 형사가 신속하게 범인을 검거한다면 그건 좋은 일입니다. 하지만 내가 예상했던 대로, 한발 늦게 소굴을 덮친다면 정부 측 입장에서는 오히려 잘된 일일 겁니다. 홀더스트 경이나 퍼시 펠프스 씨는 그 사건을 법정에서 다투고 싶은 생각이 추호도 없을 테니까요."

"이럴 수가!"

의뢰인은 헐떡거리며 말했다.

"이렇게 길고 고통스러운 10주 동안 도난당한 조약문이 바로 내 방에 있었다는 말씀입니까?"

"그렇습니다."

"그리고 조셉이! 그 악당! 도둑놈!"

"흠! 조셉은 외모에서 풍기는 인상과 달리 음흉하고 위험한 성격의 소유자인 것 같습니다. 오늘 새벽에 털어놓은 얘기에 따르면 주식에 손을 댔다가 큰돈을 날렸다고 합니다. 그래서 돈을 벌기 위해서라면 물불을 가리지 않게 된 것이지요. 그는 제 한 몸밖에 모르는 이기적인 인간입니다. 그런 자가 기회가 생기자 누이동생의 행복이나 당신의 평판 따위는 상관하지 않고 일을 저지른 것이지요."

퍼시 펠프스는 의자에 등을 기댔다.

"머리가 빙빙 도는군요. 그 말을 듣고 보니 멍한 기분이 듭니다."

홈즈는 특유의 설교 조로 말했다.

"이 사건에서 가장 어려웠던 부분은, 증거가 지나치게 많다는 점이었습니다. 핵심적인 사실이 별 관계 없는 잡다한 사실에 가려 있었지요. 우리는 그 모든 사실 중에서 핵심적인 것으로 여겨지는 사실들을 골라 순서대로 배열해야 했습니다. 그렇게 해서 이 기이한 사건의 연쇄를 재구성할 수 있었지요. 펠프스 씨가 그날 밤에 조셉과 함께 집에 갈 생각이었다는 얘기를 했을 때, 나는 조셉에게 의심을 품었습니다. 외무부 건물을 잘 아는 그가 도중에 당신 사무실에 들를 가능성이 컸기 때문이었지요. 그리고 누군가 당신 방에 침입하려고 했다는 사실을 알게 됐을 때 나의 의심은 확신으로 변했습니다. 그 방에 무엇인가를 감출 수 있는 사람은 조셉뿐이었으니까요. 왜 그날 밤에 당신이 의사와 함께 집에 갔을 때, 조셉이 자다 말고 딴 방으로 쫓겨났다고 하지 않았습니까? 더구나 누군가 당신 방에 침입하려고 했던 것은, 당신이 처음으로 혼자 자게 된 날 밤이었습니다. 그것은 침입자가 집 안 사정을 훤히 알고 있다는 사실을 드러내는 것이지요.”

“정말 나는 눈뜬장님이었습니다!”

“내가 알아낸 바에 따르면 사실은 이렇습니다. 외무부 건물의 내부 구조를 잘 알고 있던 이 조셉 해리슨이라는 작자는, 당신이 수위실로 내려간 직후에 찰스가 쪽 문을 통해 사무실로 들어갔습니다. 그런데 방에 사람이 없는 걸 보고 얼른 초인종 줄을 잡아당겼는데 그 순간 책상 위에 놓여 있던 서류를 보게 됐지요. 그리고 그것이 막대한 가치를 지닌 국가 기밀 서류라는 걸 한눈에 알아챘습니다. 그는 기회를 놓치지 않고 재빨리 서류를 주머니에 쑤셔 넣고 나갔지요. 펠프스 씨도 기억하시겠지만, 자다 일어난 수위가 종소리에 주목하기까지 몇 분이 흘렀고, 그것은 도둑이 도망치기에 충분한 시간이었던 것입니다.

조셉 해리슨은 그 길로 역으로 달려가 기차를 잡아타고 워킹으로 향했습니다. 그리고 장물을 살펴보고 그것이 정말 엄청난 가치를 가진 서류라는 걸 확인했지요. 그는 그것을 자신이 가장 안전하다고 생각하는 곳에 숨겨놓았습니다. 하루 이틀 뒤에 그것을 빼내서 프랑스 대사관이나, 아니면 제일 높은 대가를 지불할 만한 곳으로 들고 갈 생각이었지요. 그런데 갑자기 당신이 돌아온 것입니다. 그는 곤히 자다가 갑자기 방에서 쫓겨났고, 그때부터 방에는 항상 두 사람 이상이 있었기 때문에 보물을 꺼내는 것은 불가능했습니다. 그로서는 정말 미칠 노릇이었겠지요. 그러다가 마침내 기회를 잡게 되었습니다. 그는 방에 몰래 들어가려고 했지만 펠프스 씨가 깨는 바람에 실패했지요. 혹시 그날 밤에 늘 드시던 약을 빼먹지 않으셨습니까?"

"그랬습니다."

"조셉 해리슨은 아마 그 약이 톡톡히 효과를 발휘하도록 미리 손을 써놨을 겁니다. 그리고 당신이 혼수상태에 빠져 있을 거라고 생각하고 안심했겠지요. 물론 나는 그가 기회가 있을 때마다 방에 침입하려는 시도를 되풀이할 거라는 걸 알았습니다. 당신이 집을 떠난 것은 그에게 절호의 기회가 되어주었지요. 나는 해리슨 양에게 하루 종일 방을 지켜달라고 했습니다. 조셉이 나 없는 사이에 선수 치는 걸 막기 위해서였지요. 그리고 난 그에게 장애물이 없다는 인식을 심어주고, 앞서 말한 대로 방 앞에서 지켰습니다. 서류가 방 안에 있을 거라고 짐작하고는 있었지만 그것을 찾겠다고 널과 마루를 죄다 뜯어내고 싶지는 않았지요. 그래서 쓸데없이 고생하지 않으려고 그가 감춰놓은 서류를 제 손으로 꺼내게 했던 겁니다. 그 밖에 더 궁금한 건?"

"대관절 조셉이 창문을 통해 들어가려고 한 까닭이 뭐였을까? 방문을 놔두고 말일세."

내가 질문했다.

"방문 앞까지 가려면 일곱 개의 침실을 지나야 하네. 게다가 쉽게 밖으로 도망칠 수 있으니까. 또 다른 건?"

이번엔 펠프스가 물었다.

"설마 조셉에게 살의는 없었겠지요? 그 칼은 단순한 연장일 뿐이었습니다."

"그럴지도 모르지요."

홈즈는 어깨를 들썩하며 대답했다.

"확실한 건 나는 조셉 해리슨 씨가 인정머리 있는 신사라는 걸 절대로 믿지 않는다는 겁니다."

마지막 사건

마지막 사건

　나는 무거운 마음으로 내 친구 셜록 홈즈의 유다른 재능에 대한 마지막 기록을 남기기 위해 펜을 든다. 우리가 처음 인연을 맺은 '주홍색 연구'의 시기에서 그가 '해군 조약문' 사건에 간섭했던 (그것은 말할 필요도 없이 심각한 국제적 분쟁을 막아준 간섭이었다.) 일에 이르기까지 그와 함께한 기이한 경험들을 설명하려고 애써왔지만, 지금 사무치게 느끼고 있듯이 그것은 두서없고 불완전한 노력이었다. 원래 나는 '해군 조약문' 사건의 기록을 마지막으로 내 인생에 구멍을 낸 그 사건에 대해서는 일절 침묵하려고 했다. 그 일이 있고 2년이라는 세월이 흘렀지만 내 삶의 공허는 메워지지 않았다. 하지만 최근 제임스 모리어티 대령이 죽은 형을 옹호하는 서한을 발표한 걸 보고, 사실을 있는 그대로 대중 앞에 공표하는 수밖에 다른 도리가 없게 되었다. 사건의 전모를 알고 있는 사람은 오직 나뿐인데 내가 입을 다물고 있는 것이 전혀 도움이 되지 않는 때가 분명코 온 것이다. 내가 아는 한 이 사건에 관한 기사가 신문에 난 것은 세 번이었다. 1891년 5월 6일 자 스위스의 일간지 《주르날 드 주네브》의 기사, 5월 7일 자 로이터 통신발로 영국의 각 일간지에 보도된 기사, 마지막으로 앞서 말한 제임스 모리어티 대령이 발표한 최근의 서한. 이 중에서 첫 번째와 두 번째 것은 간단한 요약 기사인 반면 마지막 것은 이제부터 말하겠지만 사실에 대한 완전한 왜곡이다. 모리어티 교수와 셜록 홈즈 사이에서 실제로 있었던 일에 대해 처음으로 이야기하는 것은 순전히 내 몫의 일이다.

내가 결혼하고 뒤이어 개업을 하면서, 홈즈와 나 사이의 아주 밀접했던 관계는 어느 정도 달라졌다고 할 수 있다. 홈즈는 여전히 수사 과정에서 동료가 필요할 때는 이따금씩 나를 찾았지만 그런 일은 점점 드물어졌다. 그래서 1890년의 내 공책에는 단 세 가지 사건만이 기록될 지경에 이르렀다. 그해 겨울과 1891년 초봄에, 나는 신문을 통해 그가 프랑스 정부의 의뢰로 대단히 중요한 사건을 맡게 되었다는 사실을 알았다. 그리고 그에게서 두 통의 편지가 날아왔는데 발신지가 각각 나르본과 님으로 되어 있어서 그의 프랑스 체류가 길어지리라고 추측했다. 그래서 4월 24일 저녁에 그가 진료실로 들어오는 걸 보았을 때 나는 좀 놀랐다. 그는 여느 때보다 더 창백하고 수척해 보였다.

"응, 그동안 좀 과하게 활동했지."

내가 입을 열기도 전에 그는 내 표정을 보고 대답했다.

"요즘 좀 바빴거든. 덧문을 닫아도 되겠나?"

방 안에 조명이라곤 책을 읽으려고 책상 위에 올려놓은 등잔불뿐이었다. 홈즈는 벽에 바짝 붙어서 살그머니 몸을 움직이더니 재빨리 덧문을 닫고 단단히 잠갔다.

"무슨 걱정되는 거라도 있나?"

나는 물었다.

"응."

"어떤 건데?"

"공기총."

"여보게, 그게 무슨 말인가?"

"왓슨, 자네는 나를 잘 아니까, 내가 결단코 소심한 사내가 아니라는 것도 알고 있겠지. 하지만 신변에 위험이 닥쳤는데도 그걸 인정하지 않으려 드는 건 용기가 아니라 어리석음이거든. 성냥 좀 빌려주겠나?"

홈즈는 담배 연기의 진정 효과가 기분 좋게 느껴지는 듯 연기를 깊이 빨아들였다.

"이렇게 늦게 찾아와서 미안하네. 그런데 이상한 얘기로 들릴지 모르지만 하나 더 양해를 구할 것이 있네. 조금 이따가 갈 때 자네 집 뒤로 해서 담을 넘어가야겠네."

"대관절 무엇 때문에 그러는 건가?"

나는 물었다.

그러자 그가 손을 내밀었다. 등잔불 아래 손등의 관절 두 군데가

터져서 피가 나는 것이 보였다.

"보다시피 이건 지나친 상상력의 소산이 아니라네."

그는 빙긋이 웃으며 말했다.

"반대로, 한 사내의 손을 터뜨릴 만큼 구체적인 것이지. 부인은 집에 계신가?"

"어딜 다니러 갔네."

"정말! 그럼 집에 혼자 있나?"

"응."

"마침 잘됐군. 그럼 나랑 같이 일주일 동안 유럽에 다녀오는 게 어떨까."

"유럽 어디?"

"오, 아무 데나. 나한테는 어디든 마찬가지라네."

아무래도 모든 게 다 수상쩍었다. 홈즈는 아무 목적 없는 휴가를 즐기는 성격이 아니었는데, 게다가 창백하고 여윈 얼굴에는 어딘가 극도로 긴장한 표정이 드러나 있었다. 그는 내 눈에서 의문을 읽어 내고는 두 손끝을 마주 대고 팔꿈치를 무릎 위에 올려놓았다. 그리고 상황을 설명하기 시작했다.

"자네 모리어티 교수에 대해서 들어본 적 없지?"

"전혀 없네."

"허허, 그는 천재일세! 그리고 그에게 가장 놀라운 점이 바로 그거라네!"

홈즈는 부르짖었다.

"그는 런던에서 세력을 떨치고 있지만 그에 대해 아는 사람은 전혀 없네. 그가 범죄의 역사에서 최고봉으로 꼽히는 이유가 바로 그것이지. 왓슨, 내가 그자를 거꾸러뜨릴 수만 있다면, 내가 그자의 손아귀에서 이 사회를 해방시킬 수만 있다면, 나의 소명을 완성한 것으로 생각하고 현역에서 물러나 조용하게 생활할 의향이 있네. 이건 진심일세. 자네 앞이니까 하는 말이지만, 최근에 스칸디나비아의 왕실과 프랑스 정부에서 의뢰한 사건들을 해결해 준 덕분에 내 기질에 맞는 조용한 생활을 영위하면서 화학 연구에 몰두할 수 있는 여건이 조성되었네. 왓슨, 하지만 모리어티 교수 같은 인간이 런던의 거리를 거리낌 없이 활보하고 있는 걸 생각하면 나는 쉴 수도, 자리에 조용히 앉아 있을 수도 없었네."

"그가 무슨 짓을 했기에?"

"그는 특이한 이력의 소유자라네. 좋은 집안에서 태어나 훌륭한 교육을 받았을 뿐 아니라 놀라운 수학적 재능을 타고났지. 스물한 살의 나이에 이항정리에 관한 논문을 썼는데 그것은 유럽에서 높은 평가를 받았다네. 덕분에 그는 영국의 어느 작은 대학에서 수학 교수로 임명되었지. 어느 모로 보나 그에게는 빛나는 미래가 약속되어 있었네. 하지만 그에게는 타고난 악마적인 기질이 있었지. 몸속에 범죄자의 피가 흐르고 있었던 거야. 그리고 그런 범죄적 성향은 고쳐지기는커녕 뛰어난 정신적 능력 덕분에 더욱 강해지고 위험천만한 것이 되었네. 대학가에서 그를 둘러싸고 흉흉한 소문이 떠돌자 그는 결국 교수직을 사임하고 런던으로 올라올 수밖에 없었어. 런던에서 그는 육군 교관이 되었네. 세간에 알려진 것은 이 정도일세. 하지만 이제부터는 내가 직접 알아낸 얘기를 들려주도록 하지.

왓슨, 자네도 알다시피 런던의 범죄 세계에 대해 나만큼 속속들이 알고 있는 사람은 없네. 지난 몇 년 동안 나는 범죄자의 배후에서 어떤 힘을, 즉 법질서를 거스르고 범법자를 보호해 주는 거대한 조직력을 끊임없이 의식하게 되었네. 사기, 절도, 살인 같은 극단적으로 다양한 사건에서 이러한 세력의 존재를 계속 느꼈고, 발각되지 않은 숱한 범죄들에서 그 세력의 작용을 추리해 냈어. 나는 몇 년에 걸쳐 그 세력을 둘러싼 장막을 걷어내려고 애쓴 끝에 마침내 전직 대학교수이며 수학의 귀재인 모리어티의 존재를 밝혀냈지. 물론 단서를 잡아서 그를 추적하기까지 숱한 우여곡절을 겪어야 했지만 말이야.

왓슨, 그자는 범죄 세계의 나폴레옹일세. 이 대도시에서 벌어진 악행의 절반, 그리고 발각되지 않은 범죄의 거의 전부는 그에게 책임이 있네. 그는 천재이고 철학자이며 추상적 사고의 대가일세. 그리고 일급의 두뇌를 가지고 있지. 그는 거미줄 한가운데 있는 거미처럼 꼼짝 않고 엎드려 있다네. 그런데 거미줄은 천 가지 방향으로 뻗어 있고, 그는 거미줄 하나하나의 떨림을 예리하게 포착해 내거든. 그가 직접 행동에 나서는 일은 거의 없어. 오로지 계획을 세울 뿐이지. 하지만 행동 대원은 무수히 많은 데다 놀랍도록 조직이 잘 돼 있다네. 가령 어떤 범죄를 저질러야 할 때, 어떤 서류를 탈취하거나 누구네 집을 털거나 누군가를 제거해야 할 때, 그 얘기는 교수한테 들어가고, 사건은 조직되고 실행된다네. 행동 대원은 잡힐 수도 있어. 그런 경우엔 보석금이나 변호사 비용이 조달되지. 하지만 배후에서 조종하는 핵심 세력은 절대로 잡히지 않아. 의심받는 일도 없지. 왓슨, 내가 추리해 낸 조직은 이와 같았네. 그리고 나는 그것의 존재를 만천하에 드러내서 괴멸시키는 일에 전력을 다하고 있네.

하지만 교수는 사방에 교묘한 안전장치를 설치해 놓았고, 어떤 수단을 쓰더라도 법정에서 그의 유죄를 입증할 만한 증거를 잡는 것은 불가능해 보였어. 왓슨, 자네는 내 능력을 알고 있지? 하지만 나는 세 달이 지난 뒤에 마침내 나와 지적으로 동등한 적수를 만났다는 사실을 인정할 수밖에 없었네. 그가 저지른 범죄에 대한 증오심이 그 놀라운 기술에 대한 감탄 속에서 잊힐 정도였으니까. 하지만 그는 마침내 실수를 저질렀어. 그것은 사소한, 아주 사소한 실수였지만 내가 바짝 뒤쫓고 있는 상태에서 절대 해선 안 될 실수였지. 나는 절호의 기회를 놓치지 않고 그 지점부터 그의 주변에 그물을 치기 시작했고 이제는 잡아당기기만 하면 되는 상태가 되었네. 사흘 뒤에, 말하자면 다음 주 월요일에 교수는 조직의 모든 간부와 함께 경찰에 체포될 걸세. 그러면 금세기 최대의 형사 재판이 열리고 미궁에 빠진 마흔 건 이상의 범죄 사건의 진상이 드러날 거야. 필경 전원이 교수형에 처해지겠지. 하지만 만일 우리가 때가 무르익기 전에 함부로 움직이면, 그들은 마지막 순간에라도 그물망에서 빠져 달아날 걸세.

내가 모리어티 교수 모르게 이렇게 할 수 있었다면 얼마나 좋았겠나. 하지만 그처럼 교활한 인물을 속이는 것은 불가능했지. 그는 내 일거수일투족을 꿰뚫고 있었네. 그는 끊임없이 내가 친 그물을 걷어내려 시도했고 나는 그때마다 그를 격퇴했어. 여보게, 그 말 없는 싸움을 상세하게 글로 옮긴다면 범죄 수사 역사상 가장 치열한 공방전으로 기록될 걸세. 여태까지 내가 그렇게 거세게 몰아붙인 건 처음이었고, 또 적수에게 그렇게까지 심하게 몰린 것도 처음이었네. 그가 나를 향해 칼을 크게 휘두르면 나는 그의 급소를 찔렀네. 나는 오늘 아침에 마지막 포석을 놓았지. 이제 사흘간 기다리기만 하면 상황이 종료될 참이었네. 그런데 아침에, 곰곰이 그 생각을 하면서 방에 앉아 있는데 문이 열리더니 모리어티 교수가 나타났네.

왓슨, 나는 웬만한 일에는 눈 하나 깜짝 않는 사람일세. 하지만 솔

직히 말해서 내 마음을 점령하고 있는 바로 그 사내가 내 집 문지방을 밟고 서 있는 걸 보고는 흠칫 놀랐어. 그는 삐쩍 마른 키다리인데 하얀 이마는 유난히 튀어나왔고 두 눈은 움푹 꺼졌지. 깨끗이 면도한 창백한 얼굴은 금욕적으로 보이는데, 용모에는 교수 같은 분위기가 아직도 남아 있다네. 공부를 많이 한 탓에 어깨는 굽었고 고개를 약간 앞으로 빼고 있는데, 항상 파충류처럼 기묘한 모양으로 얼굴을 천천히 좌우로 흔들지. 그는 눈살을 찌푸리고 호기심 가득한 얼굴로 나를 유심히 쳐다보았네.

'예상보다는 전두골이 덜 발달하셨군.' 교수는 마침내 입을 열었

네. '그런데 실내복 주머니에 장전한 총을 집어넣고 만지작거리는
건 위험한 습관이지.'

사실 그가 방 안에 들어오는 순간 나는 지극히 위험한 상태에 놓
였다는 걸 깨달았네. 그에게 유일한 탈출구는 나를 제거하는 것뿐
일 테니까. 그래서 순간적으로 서랍에서 권총을 꺼내 주머니에 쑤
셔 넣고 옷 속에서 그를 겨누고 있었다네. 그의 말을 듣고 나는 권
총을 꺼내 공이치기를 당겨놓고 탁자 위에 올려놓았지. 그는 여전
히 미소를 지으며 눈을 깜빡이고 있었지만, 그의 두 눈에 담긴 어떤
표정을 보고 내심 흐뭇하기 이를 데 없었다네.

'당신은 분명히 내가 누군지 모를 거야.' 교수가 말했네.

'천만의 말씀.' 나는 대꾸했어. '당신이 누군지는 아주 분명한 것
같군. 앉으시지. 나한테 할 말이 있나 본데 5분 정도 시간을 줄 수
있어.'

'내가 무슨 말을 하고 싶어서 왔는지는 잘 알 텐데.'

'그럼 내 대답이 어떤 건지도 잘 알겠군.' 나는 대답했지.

'자꾸 고집을 부릴 텐가?'

'물러설 생각은 추호도 없다.'

교수는 재빨리 주머니에 손을 집어넣었고 나는 탁자에서 권총을
집어 들었네. 하지만 그가 꺼낸 것은 날짜를 서너 개 끼적거려놓은
메모첩에 불과했어.

'당신은 1월 4일에 내 영역을 침범했다.' 교수는 말했네. '23일에
는 나한테 폐를 끼친 일이 있고. 2월 중순쯤 되자 상당히 거치적거

렸고, 3월 말에는 내 계획을 결정적으로 방해했어. 그리고 4월 말인 지금, 나는 당신의 끊임없는 박해로 인해 자유를 박탈당할 위험에 처했다. 상황은 믿을 수 없을 만큼 악화되고 있다.'

'나한테 무슨 건의라도 하러 왔나?' 나는 물었네.

'홈즈 선생, 손을 떼시게.' 교수는 얼굴을 좌우로 흔들며 말했네. '손을 떼란 말이야.'

'사흘 뒤에.' 나는 말했네.

'쯧쯧!' 교수가 말하더군. '당신만 한 머리를 가진 사람이 이번 사태의 결과가 어떠할지 모를 리가 없을 텐데. 당신은 물러설 필요가 있어. 당신이 일을 극단적으로 풀었기 때문에 우리가 택할 수 있는 방법은 단 하나밖에 남지 않았다. 당신이 일을 처리하는 솜씨를 지켜보는 것이 내게는 지적인 기쁨이었지. 그래서 어떤 극단적인 조처를 취해야 한다면 솔직히 마음이 아플 것이다. 선생, 웃으시는군. 하지만 분명히 말해 두지만 내 말은 사실이다.'

'어차피 위험은 내 직업의 일부니까.'

'그건 위험이 아니다. 불가피한 파멸이지. 당신이 맞서고 있는 대상은 어느 한 개인이 아니라, 당신의 비상한 두뇌로도 전모를 파악하기 힘든 막강한 조직이다. 홈즈 선생, 비켜서라고. 그렇지 않으면 발밑에 깔리고 말 테니까.'

나는 자리에서 일어서며 말했네.

'이렇게 즐거운 대화를 나누다 보니 다른 데서 중요한 일이 기다리고 있다는 걸 깜빡했군.'

교수도 자리에서 일어났네. 그리고 슬픈 듯 고개를 흔들면서 묵묵히 나를 쳐다보았지.

'허허, 참.' 그가 마침내 입을 열었네. '안타깝지만 어쩔 수 없지. 난 최선을 다했으니까. 나는 당신이 어떤 포석을 놓았는지 다 알고 있다. 당신은 사흘 안에는 아무 일도 할 수 없다. 홈즈 선생, 그동안 우리 둘은 사투를 벌였다. 당신은 나를 피고석에 앉히고 싶어 하지. 하지만 내가 법정에 서는 일은 절대 없을 거야. 당신은 나를 꺾고 싶어 해. 하지만 내가 꺾이는 일은 절대 없을 것이다. 명심해라. 당신이 교묘하게 나를 파멸시킨다면 나 또한 당신에게 똑같이 갚아주리라는 걸.

402

'모리어티 교수, 당신이 나한테 충고를 해주었으니 답례로 나도 한마디 하겠다.' 나는 말했네. '당신을 끝장낼 수만 있다면 사회를 위해 이 한목숨 기꺼이 내놓을 작정이다.'

'어림없는 소리, 끝장나는 건 당신 하나뿐일 것이다.' 교수는 무섭게 말하고 돌아서서 고개를 흔들며 방을 나갔네.

솔직히 말하면 모리어티 교수와 이런 대화를 나눈 뒤에 몹시 불쾌한 기분이 들었네. 그의 부드럽고 명료한 말은 그 어떤 협박보다도 성실하고 설득력이 있었지. 물론 자네는 이렇게 말할 거야. '왜 경찰력을 동원해서 그를 감시하지 않느냐?'라고. 그것은 나를 공격할 사람이 그가 아니라 그의 똘마니들이기 때문일세. 나는 그런 사실을 입증할 결정적인 증거를 몇 가지 손에 넣었네."

"자네 벌써 테러를 당한 건가?"

"여보게, 모리어티 교수는 꾸물거리며 시간을 보내는 사람이 아닐세. 점심 무렵에 나는 볼일이 있어서 옥스퍼드가에 갔네. 그런데 벤틴크가의 모퉁이를 돌아 웰베크가의 교차로로 접어드는데, 두 필의 말이 끄는 짐마차가 미친 듯이 달려오더니 번개같이 나를 덮쳤네. 나는 인도로 뛰어들어 간신히 마차를 피했지. 짐마차는 눈 깜짝할 새에 매릴리본 길로 사라졌지. 왓슨, 그다음에 나는 인도로만 걸었네. 하지만 비어가를 내려가는데 어느 집 지붕에서 벽돌 하나가 떨어져 발밑에서 산산조각이 났네. 나는 경찰을 불러 그곳을 샅샅이 뒤졌어. 그 집 지붕에는 집수리용 슬레이트와 벽돌이 쌓여 있었는데, 경찰은 바람 때문에 그중 하나가 떨어진 거라고 설명하더군.

물론 나는 그게 아니라는 걸 알고 있었지만 아무것도 증명하지 못했네. 그다음엔 마차를 잡아타고 펠멜가에 있는 형의 집으로 가서 하루를 보냈네. 그러다 자네 집으로 오는 길에 곤봉을 든 괴한에게 습격당했지. 나는 그자를 때려눕힌 다음 경찰에 넘겼어. 하지만 내 주먹에 앞니를 맞은 ― 그래서 이렇게 손등이 찢어졌다네. ― 그 신사와 15킬로미터나 떨어진 곳에서 칠판에 문제를 풀고 있는 조용한 수학 교관 사이의 관련을 입증하는 것은 불가능할 걸세. 그러니 내가 이 방에 들어오자마자 덧문부터 걸어 잠그고, 이따가 앞문보다 눈에 덜 띄는 출입문으로 나가게 해달라고 부탁한 것은 당연지사지.”

나는 내 친구의 용기에 감탄한 적이 한두 번이 아니었지만, 조용히 앉아서 자신을 공포의 도가니로 몰아넣었을 사건들을 하나씩 털어놓는 모습을 보자 더욱 놀라움을 금할 수 없었다.

“오늘 여기서 잘 거지?”

나는 말했다.

“아니, 난 위험천만한 손님이 될 걸세. 나는 계획을 전부 짜놓았네. 모두 다 잘될 거야. 이쯤 해놓았으니 일당을 검거하는 문제에 관해서라면 경찰이 내 도움 없이도 잘 해낼 수 있을 걸세. 물론 혐의를 입증하려면 내가 있어야 하지. 그러니 경찰이 행동을 개시하기까지 남은 며칠 동안 나는 피신해 있는 게 좋아. 자네가 나랑 같이 유럽에 갈 수 있다면 정말 기쁠 걸세.”

“요즘은 한가한 편이라네. 게다가 친절한 이웃이 있으니까. 나도 즐겁게 동행하겠네.”

"그럼 내일 아침에 출발할까?"

"필요하다면."

"오, 그럼, 필요하고말고. 그럼 여보게, 이제 행동 요령을 알려줄 테니까 그대로 따라 하게. 자넨 지금 나와 같이 유럽에서 가장 두뇌가 비상한 악당과 가장 강력한 범죄 집단을 상대로 게임을 하는 걸세. 자, 내 말 잘 듣게! 먼저 오늘 밤에 믿을 만한 심부름꾼을 시켜서 빅토리아 역으로 짐을 보내게. 주소는 쓰지 말고. 그리고 아침에 이륜마차를 부르게. 이때 자넬 미행하는 자가 몰고 온 마차를 타거나, 그가 다른 마차를 타고 뒤따라오는 일이 없도록 조심해야 할 걸세. 마차가 오면 재빨리 올라타고 스트랜드 쪽의 로더 아케이드로 달려가게. 주소는 종이에 적어 마부에게 건네주고 그걸 던져버리지 말라고 부탁하게. 마차 요금은 미리 준비해 놓고 마차가 서자마자 내려서 아케이드를 뛰어가게. 아케이드의 반대쪽 끝에 아홉시 15분까지 도착해야 하네. 그러면 작은 브루엄 마차 한 대가 보도에 바짝 붙어서 기다리고 있을 걸세. 마부는 옷깃에 빨간 선을 두른 검은색 망토를 입고 있네. 자네가 이 마차를 타면 유럽행 급행열차 시간에 맞춰 빅토리아 역에 도착하게 될 걸세."

"자네하고는 어디서 만나지?"

"역에서. 앞에서 두 번째의 일등실을 예약해 놓았네."

"그럼 객차 안에서 만나는 건가?"

"응."

나는 홈즈에게 자고 가라고 했지만 그는 말을 듣지 않았다. 자신이 머무는 집에 문제를 일으킬 거라고 생각하고 그냥 가겠다고 고집을 부리는 게 분명했다. 내일 계획에 관해 서둘러 이야기를 마친 다음 그는 나와 함께 정원으로 나가 담을 넘었다. 그리고 모티머가로 내려서자마자 휘파람을 불어 이륜마차를 불렀다. 마차를 탄 그가 '가자.'라고 하는 소리가 들렸다.

아침에 나는 홈즈가 시킨 대로 했다. 우리를 쫓는 자가 미리 대기시켜 놓았을 법한 마차를 피하느라고 조심했고, 식사를 마치자마자 로더 아케이드로 출발했다. 나는 힘껏 달려서 아케이드를 통과했다. 맨 끝에 브루엄 한 대가 대기하고 있었는데 마부는 육중한 체구에 검은 망토를 두르고 있었다. 내가 올라타자 마부는 곧 채찍을 휘둘러 빅토리아 역을 향해 마차를 몰았다. 내가 내리자마자 그는 마차를 돌리더니 이쪽을 한 번 돌아보지도 않고 다시 쏜살같이 달려갔다.

여기까지는 만사가 순조로웠다. 짐은 벌써 와 있었고 홈즈가 말한 객차는 쉽게 찾아냈다. '예약'이라고 표시된 객차는 그것뿐이라 더욱 찾기가 쉬웠다. 걱정거리는 홈즈가 아직 나타나지 않은 것이었다. 역사의 시계를 보니 남은 시간은 고작 7분이었다. 나는 여행객과 전송객 들 틈에서 내 친구의 호리호리한 모습을 찾았다. 그러나 그는 어디에도 없었다. 나는 잠시 늙수그레한 이탈리아 사제를 도와주었다. 신부는 서툰 영어로 짐을 파리로 부칠 거라는 말을 짐꾼에게 이해시키려고 애쓰고 있었다. 그런데 한 바퀴 더 둘러보고 내 자리로 돌아오니, 짐꾼이 엉뚱하게 늙은 이탈리아 사제를 내 옆자리에 앉혀놓았다. 신부에게 여기는 다른 사람 자리라고 설명했지만 소용없었다. 내 이탈리아어는 신부의 영어보다 더 짧았기 때문이다. 어쩔 수 없이 어깨를 들썩하고 초조한 마음으로 내 친구를 찾아 다시 두리번거렸다. 겁이 덜컥 났다. 여기 안 온 걸 보니 홈즈가 간밤에 무슨 일을 당했는지도 모르겠다는 생각이 들었다. 차 문은 이미 닫혔고 기적이 울렸다. 그런데 갑자기 누군가 옆에서 말했다.

"여보게, 자네 인사도 안 하는군."

나는 화들짝 놀라서 몸을 돌렸다. 늙은 성직자가 내 얼굴을 쳐다보고 있었다. 순식간에 주름살이 펴지면서 처졌던 코가 올라붙었다. 삐쭉 튀어나온 아랫입술은 제자리를 찾았고 중얼거림도 그쳤다. 멍하던 눈에는 다시 총기가 돌았고 축 처졌던 몸은 팽팽해졌다. 그러더니 다음 순간, 온몸이 다시 쪼그라들었다. 홈즈의 모습은 나타났을 때처럼 빠르게 사라져버렸다.

"맙소사!"

나는 외쳤다.

"정말 사람을 놀라게 하는군!"

"아직도 조심해야 하네."

그는 낮게 속삭였다.

"저들은 지금 내 뒤를 바짝 쫓고 있네. 아, 저기 교수가 직접 행차하셨군."

홈즈가 말하는 동안 기차는 벌써 움직이기 시작했다. 얼른 뒤를 돌아보니, 키다리 사내가 기차를 세우려는 듯이 마구 손을 흔들며 미친 듯이 군중 속을 헤쳐 나오고 있었다. 그러나 때는 이미 늦었다.

기차는 빠른 속도로 추진력을 더해 가며 총알같이 역 구내를 빠져
나갔다.

"최대한 조심한 덕분에 무사히 빠져나왔네."

홈즈는 웃음을 터뜨리며 말했다. 그는 일어나서 검은색 사제복과
모자를 훌훌 벗어서 손가방 속에 집어넣었다.

"왓슨, 조간신문 봤나?"

"아니."

"그럼 베이커가 소식을 모르겠군?"

“베이커가?”

“저들이 간밤에 우리 하숙집에 불을 질렀네. 하지만 큰 피해는 없었지.”

“맙소사, 홈즈, 이건 정말 너무하는구먼!”

“저들은 곤봉을 든 사내가 검거된 후에 나를 놓쳤던 게 틀림없네. 그렇지 않고서야 내가 집에 돌아갔다고 생각했을 리 없지. 하지만 용의주도하게 자네를 감시했던 것이 분명해. 그래서 모리어티가 빅토리아 역에 나타난 거지. 자네 오다가 무슨 실수를 하진 않았겠지?”

“난 자네가 시킨 대로 했네.”

“내가 말한 브루엄을 타고 왔나?”

“응. 미리 와서 기다리고 있더군.”

“마부가 누군지 알겠던가?”

“아니.”

“마이크로프트 형일세. 이렇게 비밀스럽게 움직일 땐 제삼자를 끌어들이지 않는 게 유리하지. 하지만 이제부터 우린 모리어티에게 어떻게 대처할 것인지 계획을 짜야 하네.”

“이건 급행열차인 데다 배하고 곧장 연결되네. 그렇다면 이미 모리어티를 멀찌감치 따돌린 거나 마찬가지 아닐까.”

“여보게, 자네는 그 사내의 지적 수준이 나와 동등하다고 한 말의 의미를 깨닫지 못한 게 분명하구먼. 자네는 만일 내가 뒤를 쫓는 입장이었다면 이렇게 사소한 장애물 때문에 포기할 거라고 생각하나? 그렇다면 그를 아주 얕잡아 보는 게 아닐까?”

"그럼 그가 어떻게 나올까?"

"나처럼 하겠지."

"자네라면 어떻게 할 건데?"

"특별 열차를 전세 내겠네."

"하지만 늦을 걸세."

"절대로 그렇지 않아. 이 기차는 캔터베리에서 정차하네. 그런데 배는 항상 적어도 15분은 지연되거든. 모리어티는 거기서 우릴 따라잡을 걸세."

"누가 보면 우리가 범죄자인 줄 알겠군. 그 작자가 거기까지 쫓아오면 체포해 버리세."

"그러면 세 달 동안 작업한 게 물거품이 되고 말 걸세. 대어를 낚긴 하겠지만 조무래기들은 그물 밖으로 다 튀어 나갈걸. 월요일에 우린 저들을 일망타진할 수 있어. 안 돼, 체포는 용납할 수 없어."

"그럼 어떻게 할 건가?"

"캔터베리에서 내려야지."

"그다음엔?"

"음, 그다음에는 육로로 뉴헤이번으로 가야 해. 거기서 프랑스의 디에프항으로 건너가는 거지. 모리어티는 물론 나처럼 할 거야. 파리로 건너가 우리가 부친 짐을 점찍어 놓고 역에서 이틀 동안 우릴 기다릴 걸세. 하지만 그동안에 우리는 시골에서 여행용 가방을 두어 개 장만할 걸세. 그리고 룩셈부르크와 바젤을 경유해서 한가한 때에 스위스로 들어가야지."

그래서 우린 캔터베리에서 기차를 내렸지만 뉴헤이번행 기차를 타려면 한 시간을 더 기다려야 한다는 사실을 알았다.

우리의 옷가방을 실은 수하물차가 빠른 속도로 멀어져가는 것을 안타깝게 쳐다보고 있는데, 홈즈가 옷소매를 잡아당기며 철로를 가리켰다.

"봐, 벌써 오고 있어."

멀리, 켄티시의 숲 사이로 가느다란 연기가 피어오르고 있었다. 1분 뒤면 객차 겸 기관차가 탁 트인 굽은 길을 돌아 역사로 들어올 터였다. 짐 더미 뒤로 가까스로 몸을 숨겼을 때 기관차가 굉음을 내며 지나갔다. 얼굴에 더운 바람이 훅 끼쳤다.

"저기 가는군."

기차가 전철기(轉轍機) 위를 기우뚱거리며 지나가는 모습을 보면서 홈즈가 말했다.

"봤지? 저 친구의 지능에는 한계가 있네. 저 친구가 내 생각과 행동을 추리해 냈다면 그야말로 놀라운 일이었겠지."

"그런데 우릴 따라잡으면 어떻게 하려고 했을까?"

"나를 죽이려고 덤벼들었겠지. 그건 의심할 여지 없는 사실일세. 하지만 그건 둘이 해볼 만한 게임이지. 이제 문제는 여기서 이른 점심을 먹느냐, 아니면 배가 고프더라도 뉴헤이번의 식당까지 참고 가느냐일세."

우린 그날 밤 안으로 벨기에의 브뤼셀에 도착해서 이틀을 보내고 사흘째 되는 날 프랑스의 스트라스부르로 이동했다. 월요일 아침,

홈즈는 런던 경찰로 전문을 보냈고 저녁때 호텔에 돌아와보니 답장이 기다리고 있었다. 홈즈는 편지를 뜯어보더니 욕설을 퍼부으며 벽난로 속에 던져버렸다.

"그 정도는 미리 예상할 수 있었는데."

그는 신음했다.

"놈이 도망쳤네!"

"모리어티가?"

"교수만 빼고 일당을 전부 검거했네. 그자는 경찰을 따돌렸어. 물론 내가 영국을 떠난 순간 그자를 상대할 만한 인물이 없어진 건 사

실이지. 하지만 난 사냥감을 전부 경찰의 수중에 넘겨주었다고 생
각했네. 왓슨, 자넨 이제 영국으로 돌아가는 게 낫겠군."

"왜?"

"왜냐하면 이제부터는 나와 함께 다니는 게 위험해질 테니까. 그
친구는 할 일이 없어졌네. 그냥 런던으로 돌아가면 그는 패자가 되
고 마는 걸세. 내가 그의 성격을 제대로 파악했다면 그는 나에게 복
수하기 위해 사력을 다할 걸세. 지난번에 날 찾아왔을 때도 그런 얘
기를 했지만 그건 진심이었을 거야. 내가 권하는 대로 자네는 환자
를 돌보는 일로 돌아가도록 하게."

오랜 친구이자 동지에게 그것은 절대로 통할 리 없는 호소였다.
우린 스트라스부르의 식당에 앉아서 반 시간 동안 그 문제를 갖고
다퉜지만 결국 그날 밤에 다시 제네바를 향해 길을 떠났다.

일주일 동안 우리는 즐겁게 론 지방의 골짜기를 돌아다니다가 루
크로 나와 아직도 눈 속에 묻혀 있는 게미 고개를 넘었다. 그리고
인터라켄을 경유해서 마이링겐으로 향했다. 그것은 환상적인 여행
이었다. 발아래는 신록의 봄이고 위쪽은 순백의 눈이 쌓인 겨울이
었다. 하지만 홈즈는 단 한 순간도 자신에게 드리워진 어두운 그림
자를 망각하지 않은 것이 분명했다. 그것은 알프스의 소박한 촌락
이나 외로운 산길에서, 그가 날카로운 눈초리로 스쳐 가는 사람들
의 얼굴을 일일이 훑는 것을 보면 알 수 있었다. 그는 어디로 가든 우
리를 뒤따르는 위험에서 완전히 벗어날 수 없다고 확신하고 있었다.

게미 고개를 넘어갈 때는 이런 일도 있었다. 음침한 도벤세 호수

의 가장자리를 따라 걷고 있는데, 산 위에서 커다란 바위 하나가 굴러 내려오더니 옆을 스치고 뒤쪽의 호수 속으로 풍덩 빠졌다. 홈즈는 재빨리 산으로 뛰어 올라가 높은 산꼭대기에 서서 목을 길게 빼고 사방을 두리번거렸다. 여행 안내인이 이곳은 원래 봄철에 낙석이 흔한 곳이라고 누누이 말했지만 소용없었다. 홈즈는 아무 말도 안 했지만 예상대로라는 듯 나를 보고 씩 웃었다.

홈즈는 한시도 경계를 풀진 않았지만 전혀 우울해하는 빛은 없었다. 오히려 전에 없이 활달한 모습을 보여주었다. 그는 모리어티 교수를 사회에서 제거할 수만 있다면 기꺼이 탐정으로서의 삶을 정리하겠다는 얘기를 되풀이했다.

"왓슨, 나는 내 인생이 헛되지 않았다고까지 말할 수도 있네. 내 수사 기록이 오늘 밤으로 끝을 맺는다 해도 냉철한 마음으로 그것을 돌아볼 수 있어. 내게는 런던의 공기가 더 감미롭게 느껴진다네. 1000건이 넘는 사건 가운데, 내가 능력을 잘못된 부분에 쓴 사건은 하나도 없을 걸세. 요즘 들어 나는 사회의 인위적 상태로 인해 야기된 피상적인 문제보다는 자연이 제기한 문제들을 조사하고 싶은 유혹을 느껴왔네. 왓슨, 내가 유럽에서 가장 위험하고 능력 있는 범죄자를 검거하거나 제거하는 일생일대의 위업을 이루는 날, 자네의 회고록은 끝나게 될 걸세."

나는 얼마 남지 않은 얘기를 간략하지만 정확하게 이야기하려고 한다. 사실 그것은 정말 말하고 싶지 않은 부분이지만, 자초지종을 빠짐없이 설명하는 것이 내게 부여된 의무이리라.

우리가 마이링겐의 작은 마을에 도착한 것은 5월 3일이었다. 우리는 페터 스타일러 씨가 운영하는 '영국 주점'에서 여장을 풀었다. 호텔 주인은 런던의 그로브너 호텔에서 3년간 급사로 일한 경력이 있는 사람으로 유창한 영어를 구사했고 꽤 똑똑한 사람이었다. 우리는 주인의 조언에 따라 4일 오후에 길을 나섰다. 작은 산을 넘어 로젠라우이의 촌락에서 숙박할 작정이었다. 하지만 우리는 산 중턱에 있는 라이헨바흐 폭포(코난 도일은 이 작품을 발표하기 전에 실제로 이곳을 방문했다 —옮긴이)를 건널 생각일랑 절대 하지 말라는 당부를 들었다. 폭포를 보려면 길을 약간 돌아가야 한다고 했다.

그곳은 정말 무시무시한 곳이다. 눈 녹은 물로 수량이 불어난 급류가 거대한 심연으로 쏟아져 내리면, 불난 집의 연기처럼 물보라가 피어오른다. 급류는 반짝거리는 검은 바위들의 거대한 틈새로 떨어져 내리는데 점점 폭이 좁아지며 바닥 모를 깊은 용소(龍沼)로 이어진다. 그리고 용소에서 끓어오른 물은 들쭉날쭉한 가장자리로 끊임없이 넘쳐흐른다. 쉼 없이 떨어져 내리는 긴 녹색의 노호하는 물줄기와, 쉼 없이 위쪽으로 펄럭이는 두꺼운 물보라 커튼, 그칠 줄 모르는 소용돌이와 굉음 앞에서 사람들은 현기증을 느낀다. 우리는 폭포 가장자리에 서서 발밑을 내려다보았다. 저 아래쪽의 검은 바위에 물이 하얗게 부서지는 게 보였다. 우리는 심연 속에서 물보라와 함께 올라오는, 인간의 외침 소리를 닮은 굉음에 귀 기울였다.

폭포 옆구리로 전경을 볼 수 있는 길이 나 있지만, 중간쯤에서 뚝 끊겨 있어서 여행자는 왔던 길을 돌아가야 한다. 우리가 막 돌아섰을 때 어느 스위스 청년이 편지를 들고 이쪽으로 달려오는 게 보였다. 그것은 방금 전에 떠나온 호텔 주인이 내게 보낸 편지였는데 겉봉에는 그 호텔의 마크가 찍혀 있었다. 우리가 떠난 직후에 폐결핵 말기의 어느 영국 부인이 그곳에 도착했다고 했다. 부인은 다보스 플라츠에서 겨울을 나고 루체른에 있는 친구들에게 가는 중이었는데 갑작스럽게 각혈이 시작됐다. 부인은 몇 시간 살지 못할 것 같지만 영국 의사를 만나보고 싶어 하니 부디 와주십사 하는 것이었다. 마음씨 좋은 스타일러 씨는 추신을 덧붙였는데, 부인은 스위스 의

사는 한사코 싫다고 하고 자신은 큰 책임을 느끼고 있다며, 내가 와 준다면 정말 고맙겠다고 했다.

그것은 모른 척할 수 없는 호소였다. 객지에서 죽어가는 동포 여성의 부탁을 거절할 수는 없었다. 하지만 홈즈를 두고 가는 것도 마음에 걸렸다. 결국 내가 올 때까지 편지를 전해 준 스위스 청년이 안내인 겸 말벗으로 홈즈의 옆에 남기로 했다. 내 친구는 폭포를 좀 더 구경하다가 로젠라우이를 향해 천천히 산을 넘어가겠다고 했고, 나는 저녁때 거기로 가기로 했다. 내가 걸음을 돌릴 때, 홈즈는 바위에 몸을 기대고 팔짱을 낀 채 폭포를 물끄러미 내려다보고 있었다. 그것이 이 세상에서 본 그의 마지막 모습이었다.

내리막을 거의 다 내려왔을 무렵 나는 뒤를 돌아보았다. 거기서는 폭포가 보이지 않았지만, 산등성이를 넘어 그곳까지 가는 구불거리는 산길이 보였다. 그 길을 한 사내가 빠른 걸음으로 걷고 있었다.

녹색의 산을 배경으로 그의 거뭇한 형체가 또렷이 떠올랐다. 나는 그 사내와 그의 유달리 빠른 걸음을 주목했지만 돌아서자마자 그에 대해서 잊고 말았다.

마이링겐까지 가는 데 한 시간 좀 넘게 걸렸을 것이다. 스타일러 씨는 호텔 입구에 서 있었다.

나는 잔걸음으로 다가가며 물었다.

"부인의 병세가 더 나빠지진 않았겠지요?"

주인의 얼굴에 놀란 빛이 스쳐 갔다. 그걸 보자마자 나는 가슴이 쿵 내려앉는 걸 느꼈다.

“이 편지를 쓰지 않으셨습니까?”

나는 주머니에서 편지를 꺼내며 물었다.

“병든 영국 여성이 여기 와 있지 않습니까?”

“금시초문입니다!”

주인은 외쳤다.

"하지만 겉봉엔 우리 호텔 마크가 찍혀 있군요! 허, 두 분이 떠난 뒤에 도착한 키다리 영국인이 썼나 봅니다. 그분 얘기로는……."

하지만 나는 호텔 주인의 설명을 기다리지 않았다. 나는 다리가 후들거리는 걸 느끼며, 벌써 마을 길을 내달아 방금 전에 내려온 길을 오르고 있었다. 내려오는 데는 한 시간 걸린 길이, 죽을힘을 다했는데도 라이헨바흐 폭포까지 돌아가는 데 두 시간이 넘게 걸렸다. 홈즈가 서 있던 자리에는 아직도 등산용 지팡이가 바위에 기대 세워져 있었다. 하지만 그는 어디에도 없었고 큰 소리로 불러봐도 소용없었다. 대답이라곤 사방의 절벽에 부딪혀 돌아오는 내 목소리뿐이었다.

등산용 지팡이를 보았을 때 나는 오한과 함께 구역질이 났다. 그렇다면 그는 로젠라우이에 가지 않은 것이다. 숙적이 쫓아왔을 때, 그는 아직 한쪽은 수직의 절벽이고 또 한쪽은 깎아지른 듯한 낭떠러지인 이 90센티미터 폭의 길 위에 서 있었던 것이다. 스위스 청년도 사라졌다. 그는 아마 모리어티의 하수인이었을 테고 둘만 남겨두고 떠났을 것이다. 대체 어떤 일이 벌어진 것일까? 그때 무슨 일이 있었는지 누가 우리에게 말해 줄 것인가?

나는 정신을 수습하기 위해 잠시 그 자리에 서 있었다. 도저히 받아들일 수 없는 현실 앞에서 그저 멍할 뿐이었다. 그러다 나는 홈즈의 방법을 기억해 냈고 그것을 활용하여 비극적인 사실을 읽어내려고 했다. 아아, 그것은 너무도 쉬운 일이었다. 우린 아까 이야기를

하느라 길 끝까지 가지 않았고, 등산용 지팡이는 우리가 서 있던 바로 그 자리에 놓여 있었다. 거무스름한 토양은 끊임없이 이는 물보라 때문에 항상 젖어 있어서 새 발자국조차 남을 지경이었다. 두 사람의 발자국이 길 끝을 향해 선명하게 찍혀 있었다. 그 발자국은 내쪽에서 멀어져갈 뿐 어느 것도 돌아오지 않았다. 길 맨 끝에서 몇 미터 앞쪽으로 흙이 짓밟혀 완전히 진창인 곳이 있었다. 절벽 가장자리에서 자라는 나무딸기와 양치류는 가지가 꺾인 채 흙투성이가 되어 있었다. 나는 흩날리는 물보라 속에서 바닥에 엎드려 아래를 내려다보았다. 내가 떠난 뒤 날이 어두워졌기 때문에, 보이는 거라곤 희끄무레 빛나는 물에 젖은 검은 바위와 까마득한 아래쪽, 수직의 물줄기 끝에서 허옇게 튀어 올라 흩어지는 물거품뿐이었다. 나는 소리를 질렀다. 그러나 인간의 외침 소리를 닮은 폭포 소리만이 되돌아올 뿐이었다.

하지만 결국, 내 벗이자 동지에게서 마지막 인사말을 듣게 되었다. 나는 앞서 그의 등산용 지팡이가 길 위로 튀어나온 어느 바위에 기대 세워져 있었다고 했다. 그 바위 위에서 뭔가 반짝거리는 것이 시선을 끌었다. 손에 넣고 보니 홈즈가 항상 휴대하고 다니던 은제 담뱃갑이었다. 담뱃갑을 집어 들자 그 밑에 깔려 있던 작은 종이가 바닥으로 툭 떨어졌다. 펴보니 홈즈가 수첩을 찢어내 쓴 세 장짜리 편지였다. 그가 쓴 편지답게 수신인이 정확히 표기되어 있었고, 자신의 서재에서 쓴 것처럼 글씨는 또박또박했다.

친애하는 왓슨에게

모리어티 교수의 배려로 몇 자 적네. 교수는 지금 우리 사이의 문제에 대한 마지막 토론을 앞두고 나를 기다려주고 있네. 그는 내게 영국 경찰을 따돌린 방법을 간단하게 설명해 주었고, 나는 그에게 우리가 이동한 경로에 대해 말해 주었네. 이야기를 듣고 보니 역시 교수의 능력은 높이 평가할 만하군. 나는 지금 우리 사회가 더 이상 그의 존재로 인해 고통당할 일이 없을 거라고 생각하고 몹시 기뻐하고 있네. 물론 그것은 희생이 따르는 일이고, 그 때문에 내 친구들, 특히 친애하는 왓슨 자네가 고통을 겪긴 하겠지만 말이야. 하지만 이미 설명 했다시피 어찌 됐든 나는 기로에 섰고, 그리고 그 어떤 결말도 이보다 더 마음에 들지는 못할 걸세. 솔직히 말하면 나는 마이링겐에서 온 편지가 속임수라는 걸 알았지만, 일이 이런 식으로 전개될 줄 알았기 때문에 자네를 마을로 떠나보낸 것일세. 패터슨 경감한테 일당의 유죄를 입증하는 데 필요한 서류는 서류꽂이 'M.' 칸에 '모리어티'라고 쓰인 푸른 봉투 속에 넣어두었다고 전해 주게. 나는 영국을 떠나기 전에 재산을 전부 정리한 다음 마이크로프트 형에게 넘겨주고 왔네. 부인에게 인사 전해 주게. 그리고 이 사람아, 잊지 말게. 나는 자네의 진정한 벗이라는 것을.

—셜록 홈즈

남은 얘기에 대해서는 몇 마디면 족할 것이다. 전문가들의 조사에 따르면, 격투를 벌이던 두 남자는 서로를 부둥켜안은 채 비틀거리다가 밑으로 떨어졌을 거라고 한다. 그렇게 끝날 수밖에 없던 상황이었다. 시신을 건져내려는 시도는 무망한 것이었다. 물이 소용돌이치고 거품이 끓어오르는 끔찍한 가마솥 맨 밑바닥에는, 가장 위험한 범죄자와 당대 최고의 법의 수호자가 언제까지나 누워 있을 것이다. 스위스 청년은 완전히 종적을 감췄는데, 모리어티가 고용한 수많은 하수인의 하나였음에 틀림없다. 대중들은 홈즈가 수집한 증거가 검거된 일당의 조직을 얼마나 완전하게 드러냈는지, 그리고 죽은 이가 얼마나 완강하게 그들을 움켜잡고 있었는지 아직도 기억하고 있을 것이다. 그들의 무서운 우두머리에 대해서는 재판 과정에서 거의 아무 얘기도 나오지 않았는데, 내가 지금 그의 정체를 밝힐 수밖에 없게 된 것은 순전히 홈즈를 공격함으로써 모리어티의 행적을 미화하고자 하는 몇몇 지각 없는 사람들 때문이다. 홈즈는 내게 언제까지나 세상에서 가장 선하고 지혜로운 사람으로 남아 있으리라.

옮긴이 | 백영미

서울대학교 간호학과를 졸업했으며, 현재 전문 번역가로 활동하고 있다. 옮긴책으로 『셜록 홈즈 마지막 날들』, 『황금 두루마리의 비밀』, 『죽음 너머의 세계는 존재하는가』, 『타이타닉의 수수께끼』, 『히말라야에서 만난 성자』, 『의식 혁명』 등이 있다.

셜록 홈즈 전집 6
셜록 홈즈의 회상록

1판 1쇄 펴냄 2002년 2월 5일
1판 53쇄 펴냄 2014년 12월 1일
2판 1쇄 펴냄 2015년 11월 6일
2판 17쇄 펴냄 2025년 8월 25일

지은이 | 아서 코난 도일
옮긴이 | 백영미
발행인 | 박근섭
편집인 | 김준혁
펴낸곳 | 황금가지

출판등록 | 2009. 10. 8 (제2009-000273호)
주소 | 06027 서울 강남구 도산대로 1길 62 강남출판문화센터 5층
전화 | **영업부** 515-2000 **편집부** 3446-8774 **팩시밀리** 515-2007
홈페이지 | www.goldenbough.co.kr

도서 파본 등의 이유로 반송이 필요할 경우에는 구매처에서 교환하시고
출판사 교환이 필요할 경우에는 아래 주소로 반송 사유를 적어 도서와 함께 보내주세요.
06027 서울 강남구 도산대로 1길 62 강남출판문화센터 6층 민음인 마케팅부